O DIREITO NAS
SOCIEDADES HUMANAS

O DIREITO NAS SOCIEDADES HUMANAS

Louis Assier-Andrieu

Tradução
MARIA ERMANTINA GALVÃO

Martins Fontes
São Paulo 2000

Esta obra foi publicada originalmente em francês com o título
LE DROIT DANS LES SOCIÉTÉS HUMAINES, por Éditions Nathan.
Copyright © 1996 by Éditions Nathan, Paris.
Copyright © 2000, Livraria Martins Fontes Editora Ltda.,
São Paulo, para a presente edição.

1ª edição
agosto de 2000

Tradução
MARIA ERMANTINA GALVÃO

Revisão da tradução
Márcia Valéria Martinez de Aguiar
Revisão gráfica
Ivete Batista dos Santos
Márcia da Cruz Nóboa Leme
Produção gráfica
Geraldo Alves
Paginação/Fotolitos
Studio 3 Desenvolvimento Editorial (6957-7653)

Dados Internacionais de Catalogação na Publicação (CIP)
(Câmara Brasileira do Livro, SP, Brasil)

Assier-Andrieu, Louis
  O direito nas sociedades humanas / Louis Assier-Andrieu ; tradução Maria Ermantina Galvão. – São Paulo : Martins Fontes, 2000. – (Justiça e direito)

  Título original: Le droit dans les sociétés humaines.
  ISBN 85-336-1281-8

  1. Direito 2. Direito – Aspectos sociais 3. Sociologia jurídica I. Título. II. Série.

00-2726   CDU-34:301

Índices para catálogo sistemático:
1. Direito : Aspectos sociais   34:301
2. Direito e sociedade   34:301

Todos os direitos para o Brasil reservados à
Livraria Martins Fontes Editora Ltda.
Rua Conselheiro Ramalho, 330/340
01325-000 São Paulo SP Brasil
Tel. (11) 239-3677 Fax (11) 3105-6867
e-mail: info@martinsfontes.com
http://www.martinsfontes.com

Índice

Introdução XI
O ponto focal XIII
Para além das discussões tribais XVI
A caixa de ferramentas: teorias e disciplinas XX
O risco positivista: um desvio por Durkheim XXII
A busca do relativo XXVIII
Apresentação XXXIV

PRIMEIRA PARTE
PENSAR A PARTE DO DIREITO

Introdução 3

I. Como definir o direito? 5
   1. O machado de John Austin e a qualificação do direito 6
   2. O jurista e sua lanterna mágica 9
   3. O direito é uma prática fundada num conhecimento 12
   4. Leitura sociológica do direito, leitura jurídica do social 14
   5. A identidade jurídica como efeito de perspectiva 16

II. A imaginação jurídica 19
  1. Ordem jurídica e ordem social 19
    1.º) O direito supõe o Estado, e vice-versa 20
    2.º) As propriedades da escrita 22
    3.º) Os procedimentos de integração do social 24
      O costume: invenção da tradição e antecipação da legalidade 25
      Cascas maleáveis e núcleos duros 33
      Ficções legais 35
  2. Esboço de sociologia da função jurídica 40
    1.º) Da ordem e da desordem 40
    2.º) Malinowski e a configuração das obrigações 44
    3.º) Llewellyn ou o valor do conflito 47
    4.º) Observar os fatos, comparar sistemas 52

III. O direito em perspectiva transcultural 55
  1. Introdução prática: mutilações sexuais e direitos do homem 55
  2. A invenção do direito na cultura ocidental 60
    1.º) Preliminares e gênese do direito 61
    2.º) Um processo de especificação e de racionalização 65
  3. Os direitos dos povos 69
    1.º) A descoberta dos direitos autóctones 74
    2.º) A nacionalização do passado 81
    3.º) Os limites do método comparativo 89
  4. Pensar de outra maneira a normatividade 92
    1.º) A Índia ou a alternativa cultural 92
    2.º) A China ou a alternativa política 95
  Conclusão 98

IV. Pontos de referência fundadores 99
  1. Montesquieu: o direito e a sociedade 100
    1.º) As leis são relações 100
    2.º) O materialismo legal 103
    3.º) Introdução à dialética 105
    4.º) O espírito geral das leis 107

2. Savigny: o direito como cultura 111
   1.º) Direito, povo e história 113
   2.º) A consciência comum 116
   3.º) Crítica do direito positivo 120
   4.º) A diferenciação cultural das legalidades 123
   Conclusão 127

SEGUNDA PARTE
O DIREITO EM ATOS

Introdução 131
1. Os pontos de referência do direito: a exigência de medida 132
2. O exercício de harmonia: o solucionamento dos conflitos 134
3. O dever de punir: o crime e sua sanção 137

V. A exigência de medida 143
1. O âmago da normatividade: interpretação e organização 145
2. A palavra, o ritmo e a autoridade 150
3. A determinação social das proporções 158

VI. O solucionamento dos conflitos 165
1. Confrontações e vias de paz 165
2. Princípios de classificação das soluções 172
   1.º) Estruturas sociais e capacidades de resolução: a gradação dos modelos 174
   2.º) Acesso às normas e hierarquias: mediação e dominação 180
   3.º) Instituições e poderes 189
3. As justiças informais e o poder dos serventuários 199
   1.º) A demanda jurídica de informalismo 199
   2.º) O advento do taylorismo jurídico 203
4. O julgamento 214

1.º) Os parâmetros de uma representação 216
A lógica como argumento 218
A simbólica do precedente 221
O tempo social 225
A psicologia 231
2.º) O lugar do julgamento num sistema de direito 237
A verdade franca ou a suspeita generalizada 237
O silêncio dos reprovados e a resistência do intérprete 240
5. A devolução social da profissão de juiz 255
1.º) A justiça comunitária: homens de palavras e magistrados populares 256
Homens de bem 257
O tempo dos funcionários 260
2.º) O juiz na sociedade política 264
"Relações suspeitas" 265
Quando o povo julga 271

VII. O crime e sua sanção 275
Introdução 275
1. O fenômeno criminal 277
2. A lógica do homicídio 281
3. Ciência e responsabilidade 289
1.º) Três lições do caso Rivière 290
Primeira lição: o esboço de um determinismo 290
Segunda lição: do veredicto ao diagnóstico.. 291
Terceira lição: a responsabilidade, escopo dos conhecimentos 295
2.º) Da arte de punir à de tratar 298
4. O recurso à culpabilidade 299
1.º) A noção de culpabilidade 300
2.º) O papel integrador do processo 302
3.º) Fundamentos antropológicos das instituições 304
4.º) A justiça psiquiátrica 305

Conclusão: o direito maiúsculo e o movimento do tempo... 309

Bibliografia... 319
Índice remissivo... 337
Índice onomástico... 345

Introdução

> Que o ser seja para mim não é certamente o que a experiência me ensina, é uma decisão preliminar a toda experiência.
>
> VINCENT DESCOMBES, *Le même et l'autre*, Paris, Minuit, 1993, p. 97

O direito é uma realidade social. É um componente das atividades humanas marcado, como todas as atividades humanas, pela cultura e pelas formas de organização de cada sociedade. Mas é uma realidade singular. Ele é a um só tempo o reflexo de uma sociedade e o projeto de atuar sobre ela, um dado básico do ordenamento social e um meio de canalizar o desenrolar das relações entre os indivíduos e os grupos. O direito adere, assim, intimamente ao estado da sociedade por ele representada, mas dela se distingue para exercer sua missão de organização, sua tarefa normativa. Se o direito é uma realidade social, é também uma teoria ativa da sociedade, uma avaliação do que existe cuja meta é determinar o que deverá existir. Portanto, o direito é uma realidade social de feição dupla. Como teoria, como modo de encarar as relações sociais, ele produz grande quantidade de saberes apropriados. Como forma de organização, produz instituições e especializa a seu serviço certo número de membros da sociedade.

Quem quer empenhar-se em compreender o lugar e o papel do direito nas sociedades humanas não deve menosprezar nenhuma das dimensões precedentes. Nossa meta é propor alguns modos de acesso a ele, sem exagerar e sem mascarar as dificuldades que possam existir. Em particular, queremos evitar duas vias redutoras. Uma consiste em considerar o direito um percurso iniciático inteligível apenas para aqueles que se submeteram aos ritos de passagem necessários. Hermético aos não-juristas, o estudo científico do direito formaria um campo reservado, com um halo de "ciências auxiliares" cercando, como suplementos de alma ou acessórios, a base do direito positivo. As ciências sociais, sociologia, antropologia, psicologia e história, foram e são assim, em geral, limitadas a um papel de figurantes. Mas, quando essas disciplinas são sujeitadas à missão social do direito, fica bem evidente que não podem estudá-lo adequadamente. Freqüentemente, encontramos o rótulo sociologia ou antropologia do direito aplicado a discursos cujo horizonte é de um modo ou de outro explicitamente limitado pelos objetivos práticos de um sistema de direito bem determinado. Às vezes também, trata-se de olhares lançados sumariamente para o exterior, que teriam como função distrair o jurista de disciplinas mais áridas dando-lhe o sentimento de poder, de onde está, ver tudo.

Em compensação, também é errôneo acreditar que se entra no direito como num moinho, sem que se tenha de mensurar a historicidade e a tecnicidade desse objeto, o mais indócil de todos os objetos sociais. É comum zombar das abordagens ingênuas que tomam a sombra pela caça, ignorando que a complexidade do direito está justamente em ser ao mesmo tempo a sombra e a caça, uma imagem e sua realização. O acesso ao direito é salpicado de emboscadas e de engodos que provêm precisamente de sua função normativa. Sua abordagem exige, se não o respeito devido à obra de arte, pelo menos a gravidade e a prudência. Sem isso, corre-se o risco de arrombar portas abertas e o de ser o alvo da chacota dos especialistas, prontos a denunciar essa "forma de sociologia espantosamente confusional nesse terreno que pretende dominar"[1].

Este livro tem a ambição de propor uma leitura do lugar do direito nas relações sociais. Seu projeto foi concebido há muito tempo. Talvez, confusamente, tenha-se originado no ressentimento experimentado pelo aprendiz de jurista diante do desdém demonstrado por seus professores admirados com as fascinantes lições da história social ou do estruturalismo, acompanhado pela irritação do aprendiz de pesquisador de

---

1. P. Legendre, *Dieu au miroir. Étude sur l'institution des images. Leçons III*, Paris, Fayard, 1994, p. 257.

INTRODUÇÃO XIII

ciências sociais diante da indiferença que demonstravam seus professores pela questão jurídica – "uma especulação de filósofos". A compreensão das sociedades sofreu demais com especializações exageradas e com subdivisões disciplinares que, afinal de contas, em geral deixaram confusas as áreas que queriam esclarecer e às vezes mascararam a unidade, humana, dos problemas abordados. A via que escolhemos merecerá, sem a menor dúvida, a severidade dos peritos nesta ou naquela área, que acharão rápidos demais os desenvolvimentos que consagraremos aos seus temas prediletos, e o desencorajamento daqueles que um excesso de precisões ou um vocabulário pouco familiar às vezes poderá desanimar. A parcela do social constituída pelo direito merece que se tente fazer convergir para ela tanto a contribuição das ciências sociais quanto as lições da "jurisprudência", entendida à moda anglo-saxã, como a ciência jurídica do direito. Digamos, esquematicamente, que não se trata de buscar uma via mediana – entre a aprovação do dogma e sua negação – mas de tentar apresentar com coerência esse conjunto desnorteante de fatos materiais e de representações simbólicas, de fenômenos observáveis e de construções intelectuais, que, para proporcionar a paz e dizer o que é certo, procedem da *perspectiva jurídica*.

O ponto focal

Gostaríamos de ter podido evitar iniciar esta obra com uma discussão epistemológica. Preferiríamos ter ido direto ao âmago do assunto e apresentado a questão jurídica, como desejava o grande Karl Llewellyn, "com frescor". Montar um cenário vivo, animá-lo com evoluções concretas, evitar desfiar os conceitos em "ismo", fugir dos intermináveis discursos sobre o posicionamento daquele que fala e sobre as condições de apreensão de seu objeto. Infelizmente, não faremos tábula rasa das abstrações. Não por deferência para com uma figura imposta pela retórica livresca, nem por algum sadismo narrativo, mas porque seria desonesto proceder de outro modo. Eis por que: o direito é um fenômeno em perspectiva. Dá-se com ele o mesmo que com um monumento ou uma paisagem que muda de aspecto conforme a luz e a distância do olhar. O ponto de vista de onde o direito é observado delineia sua plástica, ainda mais que uma de suas faculdades é modelar, por sua vez, esse ponto de vista. Essa circularidade não é uma questão de estilo: é a conseqüência daquilo que o direito é *realmente*, do modo como funciona. A honestidade requer que levemos isso em conta com o máximo de precisão.

Não estamos, tratando-se do direito, diante de um procedimento científico comum em que o pesquisador coleta os fatos, classifica-os em virtude de hipóteses que questiona por meio de novas coletas de fatos para, afinal, delimitar um conjunto significativo e desvelar-lhe a lógica e o sentido. O direito é refratário à aplicação de tal esquema de conhecimento, porque lhe repugna que se tome distância dele, na medida em que é a um só tempo produtor de fatos, arte de classificação, massa de textos e de instituições, e ciência da maneira de pensar, juntos, os fatos e as leis, as taxinomias sociais e as instituições. Melhor do que longos discursos, o aforismo de um jurisconsulto do século XVII ajuda a apreender essa dimensão: "Quem aprova algo parece tê-lo feito."[2] Considerar um fato como jurídico significa aprovar o princípio de classificação segundo o qual esse fato, em vez de outro, é qualificado de jurídico. Adotar o campo jurídico como área de investigação é aprovar que o direito possui um estatuto específico no campo social, que não seja redutível nem ao político nem ao religioso. Talvez seja também estimá-lo universal, decidir de imediato que não há sociedades sem direito, com o risco de projetar a imagem de "nosso" direito em fenômenos pensados de outro modo em sociedades diferentes. Evocar o jurídico é imediatamente invocar as concepções implícitas por ele veiculadas. Falar do direito implica, sempre, falar utilizando os conceitos do direito. Não só porque o direito é "parte integrante e espelho integral

---

2. L. Bouchel, *La bibliothèque ou Trésor du droict françois*, Paris, 1671 (1626), I, p. 701.

da vida social"³, mas porque unifica essa missão de reflexo e esse papel ativo sob a égide de uma função superior, simbólica, na qual reside a poderosa mola de sua normatividade. Decerto ele se relaciona, como dizia Auguste Comte, com o fato de nenhuma sociedade poder existir "sem o respeito unânime concedido a certas noções fundamentais subtraídas a qualquer discussão"⁴. Quando se trata do método, essa virtude sagrada é repleta de conseqüências. A mais paradoxal é esta: o objeto jurídico possui o poder sutil de impregnar com sua própria substância os procedimentos intelectuais que visam a seu estudo, os quais se tornam desde então assimiláveis ao próprio objeto. Noutras palavras, nada mais difícil do que tomar o direito como objeto sem se deixar sujeitar por ele.

"É da natureza de um obstáculo epistemológico ser confuso e polimorfo", advertira Bachelard⁵. O que enfrentamos o é seguramente e mereceria por si só uma obra inteira. Convém admitir sua existência e não se deixar impressionar por ele a fim de, como dizia o mesmo filósofo, "transformarmos nossas objeções em objetos"⁶. O problema do direito se reporta à verdade do "paradigma perspectivo", tão bem descrito por Hubert Damisch, que faz com que "haja uma informação da percepção pela cultura que permite dizer que a cultura é percebida"⁷. O analista cai num círculo quando pretende decifrar o direito empregando, para essa decifração, os próprios códigos pelos quais o direito decifra a vida social e decifra a si mesmo. É mais construtivo "transformar em objeto" esse dado primeiro da abordagem do que resignar-se a sujeitar-se a ele pulando como uma bola na circunferência do círculo. Não se lida com o

---

3. G. Tarde, *Les transformations du droit*, Paris, Berg International, 1994 (1893), p. 188.
4. Citado por P. Ourliac, "La puissance du juger: le poids de l'histoire", *Droits*, 1989, 9, p. 32.
5. G. Bachelard, *La formation de l'esprit scientifique*, Paris, Vrin, 1986, 13ª ed., p. 21.
6. *Id.*, p. 20.
7. H. Damisch, *L'origine de la perspective*, Paris, Flammarion, 1987, p. 45.

direito segundo uma perspectiva linear, se se visa a uma visão de conjunto. Os observadores tornam-se então semelhantes aos "perspectores" de uma gravura de Bosse (1648), cada qual passeando num vasto espaço sua pirâmide visual pessoal, cujos fios se atam no ponto focal de cada um[8]. Já que ele próprio exerce um poder perspectivo, já que está em sua natureza representar o real segundo certos pontos de vista, até o ponto de fuga absoluto (a saber, o mito, traduzido, como se verá, em "ficções legais"), o direito se insere naquilo que a *Encyclopédie* chama graciosamente de "perspectiva sentimental", que se aplica aos objetos desprovidos de linhas retas e de curvas bem definidas, que se pratica "pela idéia" em vez de se aprisionar em regras fixas.

Para além das discussões tribais

A vida universitária e científica é apaixonada por rótulos, sobretudo quando se trata de uma matéria como o direito, que também é uma arte da classificação. Para não atribuir-lhe rótulos errôneos, importa definir o âmbito do assunto. Vários fatores, todavia, tornam difícil essa tarefa necessária. Quem escreve sobre o direito tem que atravessar caminhos cheios de inimigos, o que não acontece com as outras esferas do saber. Ao sociólogo das religiões, não se impõe um exame de fé; tampouco se suspeita *a priori* que o antropólogo da política tenha interesses políticos. Com o direito, não se dá o mesmo. A pressão é paradoxal. Para falar dele, cumpre ser jurista, mas tratá-lo como jurista faz com que se duvide do caráter científico do que é dito. Os "juristas" denegam a quem não o é, o poder de expressar-se utilmente sobre direito. Os "sociólogos" recusam esses discursos maculados de ideologia profissional e desconfiam dos colegas que se aproximam demais desse campo sulfuroso. Esse gênero de briga tribal, em que o argumento mais claro é "você não é dos nossos", pode provocar o riso. Ele

---

8. *Id.*, p. 50.

INTRODUÇÃO

exprime, todavia, algo mais do que a concorrência natural dos corporativismos acadêmicos e atesta que o direito não se deixa facilmente domar pelas ciências do social.

Jean Carbonnier, jurista especialista de direito privado e autor de inúmeros trabalhos de sociologia jurídica, confidenciava recentemente sua visão do problema[9]. Assim como havia espaço para uma ciência dos costumes em face da moral, avaliava o jovem leitor de Lucien Lévy-Bruhl[10], "havia espaço para uma ciência objetiva do direito". Como levá-la a cabo? A natureza de suas metas condiciona logicamente os meios da ciência. Ora, o objetivo do direito é plural e a ciência que o estuda deve adaptar-se às subdivisões dele, sendo ora "ciência das sistematizações", ou ciência da classificação, "ciência da interpretação" ou hermenêutica, ciência da "criação normativa", ou ciência da legislação e, enfim, "ciência sociológica", ou estudo dos fenômenos. "Será provavelmente o jurista que tenderá para a plenitude de sua missão, de sua função de jurista, que será constituída pela reunião dessas quatro ciências."[11] A abordagem sociológica, a apreensão do direito como fenômeno, é, em sua ótica, uma das entradas necessárias para o conhecimento do direito. Ela não poderia substituir nem englobar a parte soberana, indisponível, da tangibilidade jurídica, a saber, o tríplice domínio da coerência de suas taxinomias, do sentido de seus componentes e da lógica dos raciocínios que os ligam e, enfim, da adaptação desse sistema ordenado ao movimento do tempo mediante a produção de normas novas que lhe sejam compatíveis. Carbonnier parece opor ciência do direito à ciência exterior do direito, sendo esta da competência dos sociólogos. Isto não quer dizer que os "juristas" se dedicariam a uma ciência interna do jurídico, uma vez que a sociologia – como demonstra seu próprio percurso – lhes é acessível, nem que o direito permaneceria estranho aos não-juristas, mes-

---

9. As citações a seguir são extraídas da entrevista concedida por Jean Carbonnier a A.-J. Arnaud, *in* S. Andrini e A.-J. Arnaud, *Jean Carbonnier, Renato Treves et la sociologie du droit*, Paris, LGDJ, 1995, pp. 25-68.
10. *La morale et la science des mœurs*, Paris, 1903.
11. *Op. cit.*, pp. 32-3.

mo que eles sejam sociólogos do direito. O que encobrem esses rótulos? Carbonnier tem o mérito de fazer um dos mais esclarecedores discursos sobre esse ponto. Enquanto certos autores (M. Grawitz, M. Alliot, J. Poirier), preocupados em unir solidamente o campo jurídico à sociologia e à antropologia, pleiteiam o acúmulo das formações, Carbonnier explica que a educação não resolve o problema e que, se um sociólogo possui também um diploma de direito, isso não lhe permite forçosamente apreender melhor o objeto jurídico em seu todo. Segundo ele, o único capaz de realizar esse objetivo é "o jurista", personagem cujo critério distintivo repousa inteiramente em sua faculdade de "criar o direito", à maneira de um advogado que, para defender em juízo um processo, deve ser capaz de "montar um sistema" no interesse de seu cliente[12]. Ser realmente jurista, e portanto ter condições, como vimos, de compreender a totalidade das dimensões do direito, é ter a possibilidade de construir e de perpetuar o que se estuda, é inserir seu pensamento numa finalidade normativa. O lugar reivindicado para uma "ciência objetiva do direito" é assim estreitamente reprimido pela missão prática e pela função social do próprio objeto. O que o direito *faz* dita as condições de seu conhecimento. Com a força da experiência, um jurisconsulto, que foi iniciador de pesquisas sociológicas e, de certa maneira, também um "legislador"[13], atesta assim a densidade do problema que tentamos transmitir. Esse "jurista" (segundo seus próprios critérios) dá provas de que toda leitura sociológica do direito é marcada por uma espécie de dependência estrutural das modalidades do conhecimento acerca do que deve ser conhecido: o único que sabe é aquele que tem condições de criar. Assim enunciados o objeto jurídico e as condições de seu acesso, direito e ciência do direito parecem fundir-se numa mesma figura sagrada. Carbonnier diverte-se com isso quando evoca a resistência do direito a ser "convertido em sociologia": "O

---

12. *Id.*, p. 55.
13. Cf. J. Commaille, *L'esprit sociologique des lois. Essai de sociologie politique du droit*, Paris, PUF, 1994.

campo", ironiza ele, "não tem para apresentar uma ciência humana que possa fazer contrapeso." Por isso a sociologia rural, como as outras sociologias especializadas, não encontra as cisões de identidade sofridas pelos "sociólogos do direito"[14], divididos entre o desejo de adquirir uma posição distanciada e a força de seu objeto que, paradoxalmente, nega que essa distância possa tomar corpo fora do direito.

Para além das brigas tribais e das questões de rótulo, surge um problema de fundo: um estudo científico do direito poderá ser outra coisa além de uma contribuição para o desenvolvimento do próprio direito? Essa interrogação sugere uma segunda, em simetria. Se, como para Carbonnier, a dimensão sociológica do direito, sua natureza de fenômeno social, implica que o conhecimento sociológico seja necessariamente uma das vias do entendimento e da prática do direito, isso supõe que os limites do campo jurídico sejam determináveis apenas de um ponto de vista jurídico. A não ser que se considere – *ubi societas, ibi ius* – que todo o social é jurídico, ou que o jurídico é redutível aos outros campos sociais (o parentesco, o poder, o econômico, o religioso), a questão da marcação do que permite distinguir uma esfera especificamente jurídica no ordenamento das relações humanas deve ser exposta e resolvida. Como resolvê-la? A tradição jurídica de que provém Carbonnier procede com o rigor dogmático que convém aos guardiões do templo. Léon Duguit não escrevia em 1927: "Não há filósofo sociólogo, pelo que eu saiba, que tenha tentado marcar o momento preciso em que uma norma social se torna realmente norma jurídica. Competirá aos juristas fazê-lo?"[15] Esse privilégio reivindicado pelos cientistas do direito impõe um terrível dilema aos especialistas das ciências sociais. Acatá-lo significa submeter-se, aceitar que o direito se subtraia aos protocolos comuns da lógica científica e aceitar igualmente o risco que as investigações lançadas a seu respeito sejam outras tantas variações sobre um tema escrito por ele.

---

14. *Op. cit.*, p. 44.
15. L. Duguit, *Traité de droit constitutionnel*, Paris, 1927, I, p. 128.

A caixa de ferramentas: teorias e disciplinas

Esse risco manifesta-se de diversas maneiras nos argumentos teóricos que embasam as análises científicas. Um primeiro risco assumido consiste em dizer dogmaticamente o que é o direito – ou em assumir implicitamente um conceito de direito já existente – e em nutrir com descrições empíricas o campo determinado por essa presciência. Esse é o caso dos trabalhos clássicos, que abrigam por trás da narração das fontes, da gênese ou da extensão do direito, a exposição de uma nomenclatura definida de antemão e que as perspectivas históricas, sociológicas e antropológicas virão legitimar posteriormente. Um segundo risco assumido consiste, inversamente, em apostar na escolha *da* teoria certa ou *do* ângulo disciplinar certo. É ao discernimento do pensador que convém então dar crédito, não mais à imanência de sua matéria. O objeto jurídico é apresentado como o prêmio de uma caça ao tesouro em que, num entrecruzamento de falsas pistas, o teórico forceja para traçar o caminho adequado. A discussão epistemológica suplanta então a evocação das origens ou a divisão de um campo. Deixa-se de lado um conjunto de pontos de vista para se sustentar a argumentação que faz eleger um em vez de outro. Reivindica-se entreabrir uma passagem numa abundância de escolas e de grupos, de academismos e de controvérsias. O encaminhamento é mais ou menos longo, mais ou menos claro, mais ou menos convincente. Todavia, se não fica confinado apenas na teoria das condições da abordagem do direito, o exercício redunda naturalmente na exposição didática de um conjunto temático cujos contornos não são desprovidos de arbitrariedade. Pelas razões desenvolvidas no corpo da obra, as teorias qualificativas de uma ordem especificamente jurídica de fatos, de relações e de instituições são parte integrante do objeto ou do campo jurídico. Como o direito é a um só tempo representação do social e modo de intervenção na sociedade, as imagens e os símbolos de que ele se serve para diferenciar-se provêm dele mesmo tanto quanto as instituições de julgamento ou os atos legislativos. As teorias, o conjunto dos conceitos ou dos protocolos intelectuais que falam do direito contribuem para criar essas imagens e é, acreditamos, um desafio pretender distinguir com firmeza as teorias puramente descritivas e explicativas da juridicidade e as teorias marcadas pela obra ativa de um sistema de direito particular.

A semente boa das teorias "puras" e científicas do direito não pode ser facilmente separada do joio das teorias *ad hoc*, que só existiriam para servir a esta ou àquela ordem jurídica instituída. O que está em jogo é menos abstrato do que pode parecer à primeira vista. O direito existe tanto sob os traços de um juiz de peruca do Old Bailey de Londres como através das ambivalências seculares de certos conceitos, como, por exemplo, o de "costume". O termo "costume" (ver *infra* página 25), criteriosamente trabalhado pela ciência dos doutores em direito e pela casuística dos juízes – ou seja, a doutrina e a jurisprudência –, possui uma segunda carreira no vocabulário das ciências sociais, uma carreira "neutra", de conceito descritivo separado, para os que o empregam, das preocupações normativas da juridicidade. Ora, as duas esferas semânticas são herméticas apenas para os ingênuos. Os empregos "científicos" do termo costume devem a tal ponto sua pertinência às elaborações doutrinais e jurisprudenciais que é elementar para estas instrumentá-los juridicamente. Desde que é descrito o "costume" de um grupo, de uma categoria social, de uma etnia, de uma população, e desde que é entendido como uma ordem de práticas habituais autônomas, são criadas as condições da sujeição dessas práticas aos sistemas jurídicos para os quais o costume é uma fonte subalterna do direito, fácil de submeter pela lei e pelo regulamento. Não se pode prejulgar a ausência de alcance jurídico de um texto com base apenas em seu rótulo sociológico ou antropológico. Assim como não se pode *a priori* negar às análises jurídicas a capacidade de explicar adequadamente fenômenos sociais que elas têm a finalidade de inserir numa coerência normativa. Carbonnier tornou-se sociólogo da família fazendo obra legislativa. Llewellyn renovou a casuística americana contribuindo ao mesmo tempo para a sociologia do conflito.

A preocupação de objetivar o direito dá vida aos procedimentos das ciências sociais. Traduz-se por certo desejo de insubmissão à ordem das idéias, dos conceitos, dos modos de raciocínio instalados por este ou aquele sistema de direito positivo. A cultura jurídica, ambivalente por essência, desperta a repulsa do espírito científico. Pode-se julgar seu grau de sucesso avaliando-se o modo como é resolvido o problema da delimitação do campo jurídico no campo social. A documentação não é muito complicada mas, como toda questão epistemológica, é abstrata. Temos de escolher um fio condutor. Por que não buscá-lo no pai da sociologia moderna, referência obrigatória das ciências sociais em geral e das ciências sociais do direito em particular, haja vista a dedicação que ele demonstrou a esse campo? Assim, formularemos a Durkheim esta dupla pergunta: como ele apreende o objeto jurídico e que contornos lhe confere?

O risco positivista: um desvio por Durkheim

Para esse fundador de uma "sociologia jurídica sistemática"[16], o direito é um fato exterior que simboliza a solidariedade social, ela própria dificilmente mensurável. Direito e solidariedade social estão unidos por um vínculo tão estreito que o primeiro reflete a segunda: "Podemos (...) estar certos de encontrar refletidas no direito todas as variedades da solidariedade social."[17] Mas esse vínculo não é um vínculo de identidade nem um vínculo de coincidência absoluta. Durkheim enfrenta então o doloroso problema comum a todos que instituem de um lado o direito, do outro, as relações sociais (ou as formas da solidariedade social), como os termos do raciocínio. O direito

---

16. A expressão é de G. Gurvitch, citado por F. Chazel, "Émile Durkheim et l'élaboration d'un 'programme de recherche' en sociologie", *in* F. Chazel e J. Commaille (eds.), *Normes juridiques et régulations sociales*, Paris, LGDJ, 1991, p. 29.

17. É. Durkheim, *De la division du travail social*, Paris, PUF (1893), 1986, 11ª ed., p. 29.

INTRODUÇÃO

não "fixa" todo o social e nem todo o social organizado o é juridicamente. Durkheim recorre a noções às quais teremos de voltar, tal como a noção de "costumes":

> ... as relações sociais podem fixar-se sem, com isso, assumir uma forma jurídica. Há algumas cuja regulamentação não alcança esse grau de consolidação e de precisão; nem por isso ficam indeterminadas, mas, em vez de serem reguladas pelo direito, o são apenas pelos costumes.[18]

Marcado pelo evolucionismo – a fixação jurídica de regras é o resultado de um processo geomorfo de consolidação –, Durkheim divide cuidadosamente seu objeto em estratos hierarquizados e obedece de bom grado a uma espécie de "obsessão classificatória"[19]. Fiquemos somente com a distinção que ele estabelece entre *o direito* e *os costumes* enquanto modos de regulação social. Os segundos regulam o que não tem importância suficiente, ou melhor, o que não tem "força" suficiente, para ser regulado pelo direito. Tratar-se-á de princípios concorrentes? Durkheim o nega, mas nem por isso exclui totalmente essa possibilidade. Os costumes são a base do direito, "uma base, é verdade, sobre a qual nada se ergue"[20], a não ser uma regulamentação difusa em proveito de tipos secundários de solidariedade social: apenas o direito "reproduz todos os tipos que são essenciais". Desse ponto de vista, a oposição antagonista entre o direito e os costumes só poderia ocorrer em casos raros, que Durkheim julga mesmo perigosos ou patológicos. Com efeito, cumpriria que o direito fixado já não correspondesse ao estado da sociedade e dos costumes dos quais supõe-se que procede. Na prática, isso significaria dizer que esse direito persiste sem outra razão além da "força do hábito", dissociado das formas de solidariedade social das quais supõe-se que emane.

---

18. *Id.*
19. F. Chazel, art. cit., p. 39.
20. *Op. cit.*, p. 30.

Prestemos atenção ao esquema lógico empregado aqui. O direito fixa e regula os tipos essenciais de solidariedade social. Como nem todos são essenciais, não assume todos eles: se os reflete, reflete apenas uma parte deles. Os não-essenciais provirão, por sua vez, de uma fonte secundária de regulamentação, própria ao caráter secundário de seu estado: essa fonte "difusa" são os costumes. Durkheim utiliza o direito como índice, ele é a própria organização da sociedade "no que ela tem de mais estável e de mais preciso". Baseado nesse índice, ele vai construir sua teoria dualista da solidariedade mecânica e da solidariedade orgânica, que em si mesma não é uma sociologia do direito, mas, antes, constitui o melhor emprego que esse cientista queria dar ao conhecimento do direito para servir a uma sociologia geral. Apenas as sociedades fortemente juridificadas o interessam, os costumes flutuantes das "sociedades inferiores" parecem indispô-lo no mais alto grau: para ele só há verdadeiramente direito, pelo fato de este fixar a solidariedade social, através dos *direitos escritos*[21], ou seja, sob a própria forma do sistema jurídico mais familiar ao sociólogo.

Entre os costumes e o direito, a separação não é, para ele, nem rigorosamente hermética nem resolutamente porosa. Não a aborda sem rodeios:

> Acontece muitas vezes, escreve Durkheim, que os costumes não estejam de acordo com o direito; dizem continuamente que eles lhe temperam os rigores, que lhe corrigem os excessos formalistas, às vezes até que são animados de um espírito muito diferente. Então, não poderia acontecer que eles manifestassem outros tipos de solidariedade social diferentes daqueles expressos pelo direito positivo?[22]

Todavia, sua conclusão é muito clara: se os costumes se opõem ao direito, é em razão de uma disfunção. Ele parece adotar o adágio *cuique suum tribuere*: ao direito, as solidarie-

---

21. *Id.*, pp. 108-9.
22. *Ibid.*, pp. 29-30.

dades essenciais; aos costumes, aquelas que o direito lhes deixa a título secundário. Portanto, há não duas espécies de direito, mas dois modos de regulação social, dos quais apenas um, o modo jurídico, é "simbólico" dos tipos de solidariedade social nos quais se funda a sociedade. Os costumes, produtores de normas difusas e de costumes flutuantes, são simbólicos exclusivamente de estados sociais subalternos ou de "sociedades inferiores".

Exposto de modo esquemático demais por nós, esse raciocínio é, não obstante, significativo de uma escolha epistemológica importante da parte de Durkheim: os costumes são regras mas não são direito. Entre as primeiras e o segundo, não pode haver relação de ordem; apenas uma sadia repartição das atribuições, executada conforme as regras de consolidação da solidariedade social, pode prevalecer. Essa ótica foi liberadora para toda uma geração de teóricos da normatividade na vida em sociedade, que viram nela a oportunidade de libertar-se do direito para pensar a ordem social. A evolução da antropologia dedicada ao estudo do direito denota, assim, uma irresistível atração pelo convite durkheimiano: tornava-se possível raciocinar sobre a organização do social por regras, sem passar forçosamente pela invocação de modos jurídicos de raciocínio e sem ter o direito como referência obrigatória e como objetivo final da reflexão. A escolha de Durkheim segue, não obstante, um certo positivismo jurídico, pelo fato de admitir a amplitude mais vasta do universo das regras sobre o do direito, sem prejudicar a integridade deste último. Nenhum espírito lógico e, *a fortiori*, nenhum jurista pensaria em contestá-lo. A persistência de uma referência aos "costumes", esse conceito ambíguo que, de Montaigne aos enciclopedistas, tem o objetivo de opor a sociedade ao Estado de direito, mostra bem que o pai da sociologia deixou de explorar uma hipótese capital para apanhar o jurídico sem se deixar apanhar por ele: sua dimensão dialética, entre norma e prática, entre regra e fato. Talvez nunca se tenha assinalado melhor a importância dessa dimensão do que em P.-J. Grosley, atento exegeta de Montesquieu, que escrevia em 1757:

> As mesmas coisas podem ser alternativamente causa e efeito: de sorte que o que é causa ou princípio em certos aspectos se torna efeito ou conseqüência em outras relações...
> Os Costumes podem ser... a causa e o motivo da mudança de algumas Leis, sem que as Leis em geral deixem de ser a base, o fundamento e o princípio dos Costumes.
> Dentre as Leis, há algumas que se originaram dos Costumes; há também algumas que estabeleceram e fixaram os Costumes.
> As primeiras podem manter os Costumes nos quais se basearam, sustentá-los e perpetuá-los; mas devem enfraquecer à medida que mudam os Costumes: quando os Costumes mudam, essas Leis tornam-se nulas e ab-rogadas pelo fato...[23]

A influência das "leis" sobre os "costumes" é, em Durkheim, um assunto extenso: mas têm, entre si, relações de complementaridade[24]. Para Grosley, tanto as leis como os costumes são mutuamente relativos, alternativamente causas e efeitos, alternativamente constitutivos uns dos outros, animados de uma motricidade perpétua. Durkheim adere ao modelo de um direito por essência delimitado – "a vida geral da sociedade não pode estender-se num ponto sem que a vida jurídica também se estenda ao mesmo tempo e na mesma proporção"[25] –, mecanicamente solidário do social que ele reflete, enquanto para Grosley a parte das leis e a parte dos costumes são o resultado de uma desenfreada corrida dialética. Cada termo é suscetível de ser determinado pelo outro. O jurídico "fixa", em Durkheim, o social: é uma via de mão única, a não ser, hipótese que ele só considera sob a forma interrogativa, que os "costumes" venham contradizer o direito positivo que desde então só se manteria "pela força do hábito". Durkheim descarta essa hipótese, sintoma de periculosidade e de patologia, sem outra justificação, ao que parece, além do temor que a história inspira à estrutura, a mudança ao ser.

---

23. P.-J. Grosley, *De l'influence des loix sur les mœurs*, Nancy-Paris, *in* 4º, 1757, pp. 9-10.
24. Ver suas generalizações para todas as partes do direito, *op. cit.*, p. 78.
25. *Ibid.*, p. 29.

INTRODUÇÃO

Ora, o direito, apesar da imagem de estabilidade que a noção de sistema jurídico traduz, é um fenômeno dinâmico. Costumes e leis, relações sociais e direito, são espaços movediços de uma ordem provisória. Seus territórios, assim como suas respectivas substâncias, não parecem delimitados de antemão por algum mecanismo secreto. Entre as leis e os costumes, a distância é apenas a medida do movimento. As leis governam os costumes, pois isso é imanente a sua natureza de leis. Os costumes mudam, sob esse efeito. E, dessa mudança, os costumes tiram, em contrapartida, a força de ditar às leis com que se transformarem. A contradição entre hábito e mudança, postulada por Durkheim, é apenas uma aparência de contradição[26]. Em compensação, a distinção entre direito e costumes não separa os termos complementares e hierarquizados de um mesmo conjunto, ela assinala, como nos mostra Grosley, *a unidade contraditória de uma estrutura dialética.*

O modelo durkheimiano de supremacia do jurídico, por mais sedutor e produtivo que se possa ter mostrado no plano da sociologia geral e no da sociologia do direito das sociedades "fortemente juridificadas", deixa insatisfeito quem deseja adotar uma ótica mais generalizadora. Um primeiro motivo de insatisfação provém do tratamento da questão dos limites do direito. Precisamente, em Durkheim, essa não é uma questão. Rigidamente sujeitado à solidariedade social que ele reflete e assume, o direito coincide com ela a não ser por algumas distorções marginais e desprezíveis. A descoberta de seu conteúdo, não de suas flutuações, é o único vetor da pesquisa. O direito é considerado agente fixador e consolidador sem que os processos de fixação e de consolidação sejam realmente postos em estudo. Como Durkheim, R. von Jhering dava grande importância à organização social da coerção no advento do direito. Dessa perspectiva em comum, ele concebia, todavia, uma visão muito divergente: "o direito", escrevia, "representa a forma da garantia das condições de vida da sociedade"; porque "eternamente mutável", seu conteúdo é um objeto de estu-

---

26. Cf. F. Ravaisson, *De l'habitude*, Paris, F. Alcan (1838), 1933.

do primordial. "O direito acolheu tudo, consagrou tudo, sem nada consolidar", afirmava ele dez anos antes da publicação do *opus* durkheimiano que defenderá a tese oposta: o direito só existe sociologicamente na medida em que "consolida", não pelo que "acolhe"[27]. Uma segunda fonte de insatisfação provém do fato de Durkheim, como demonstra F. Chazel, negligenciar abordar o problema essencial da construção dos sistemas jurídicos[28]. Deixando na sombra o *modus operandi* daquilo que denomina a consolidação ou a fixação pelo direito das solidariedades sociais, sua abordagem da duração jurídica fica dependente de uma problemática geral da evolução das sociedades humanas. Em particular, ele evita reconhecer no fenômeno "direito" uma força diacrônica que lhe seja própria. Percebemos, por exemplo, com Grosley, não só que o campo jurídico não é um campo fechado, como também extrai do que não é ele (as relações sociais) tanto os meios de sua estabilidade como os de sua renovação.

A busca do relativo

A diacronia é consubstancial à idéia do direito, na medida em que provém de sua constituição dialética. Se o direito simboliza ou representa um estado das relações sociais, sua atribuição principal é transformá-las, ainda que as fixando, e, transformando-as, transforma no mesmo movimento as condições e o conteúdo da representação que efetua. A juridicidade, dessa perspectiva, nunca é "pura": nem separada a tal ponto da socie-

---

27. Cf. R. von Jhering, *L'évolution du droit*, trad. fr., Paris, Maresq (1883), 1901, pp. 288-92; Lascoumes destaca o estranho silêncio de *L'année sociologique* sobre a publicação dessa tradução do cientista alemão, pois essa revista era habitualmente muito atenta às produções da escola alemã de história do direito, P. Lascoumes, "Le droit comme science sociale. La place de É. Durkheim dans les débats entre juristes et sociologues à la charnière des deux derniers siècles (1870-1914)", *in* F. Chazel e J. Commaille (eds.), *Normes juridiques et régulations sociales, op. cit.*, pp. 41-2.
28. F. Chazel, art. cit., pp. 33-4.

dade que possa conceber-se como um corpo autônomo, nem mecanicamente sujeita às suas flutuações. Ela está *em definição* nas relações sociais que encarna, bem como estas, que sempre constituem porções variáveis da sociedade, sofrem sua influência normativa.

Georges Gurvitch, infelizmente esquecido pela memória erudita (e como que sepultado no fosso que parece separar sociólogos e juristas porque, sociólogo, falava do direito), encontrou as palavras certas para qualificar "a experiência jurídica":

> [I]ntermediária entre o moral e o lógico, entre o ímpeto criador e a estabilização num sistema, entre o puramente qualitativo e a quantificação, entre o estritamente individualizado, o insubstituível e o universal, a experiência jurídica está a meio caminho entre a experiência moral e a experiência das idéias lógicas.[29]

O depoimento é honesto. O direito é mesmo arte e ciência. A sociologia comparativa de Gurvitch conservou o mérito de expor sem rodeios o teor paradoxal do objeto: difícil de apreender empiricamente sem aderir aos princípios normativos que ele tem o encargo de pôr em ação. Já foi evocado com freqüência, a que ponto em direito "o que é observado veio a estruturar a própria observação"[30]. Esse rosto de Jano[31] é entendido geralmente, como dissemos, como uma cunha que provoca a cisão dos protocolos metodológicos em dois campos bem distintos, conforme se deseje servir ou não servir à pretensão do direito de ser sua própria ciência – voltaremos a isso. Essa cisão, acreditamos, não opõe uma via mais científica a uma via diretamente associada aos objetivos práticos do direito, mas

---

29. G. Gurvitch, *L'expérience juridique et la philosophie pluraliste du droit*, Paris, Pédone, 1935, pp. 17-8.
30. M. Barkun, *Law Without Sanctions. Order in Primitive Societies and the World Community*, New Haven, Yale University Press, 1968, p. 165.
31. J. Commaille e J.-F. Perrin, "Le modèle de Janus de la sociologie du droit", *Droit et société*, 1985, 1, pp. 95-112.

ambas procedem, assim como o fundamento de sua distinção, da *lógica simbólica interna ao jurídico*. A estrutura dialética do direito implica que nenhum discurso feito por ele pode ser considerado de antemão como totalmente exterior aos componentes do objeto. A integração no campo de observação das categorias que são seus pressupostos e seus vetores só pode ser concebida *jogando-se o jogo da própria dialética jurídica*. Isso implica tomar por "terreno" o encadeamento perpétuo das seqüências em cujo seio o direito lê o social, é lido, dispõe, renova-se em função daquilo mesmo que lhe dispôs – sem emitir juízos de valor sobre as propriedades daquilo que observamos e sem parar de questionar a postura de observação que, ao longo das seqüências desenvolvidas por esse objeto dinâmico, devemos adotar.

Durkheim atribui o controle do corte que separa o direito (ou o campo jurídico) do conjunto do campo social à lógica própria do direito. No que não difere muito da tradição doutrinal que, de Léon Duguit a Jean Carbonnier, afirma continuamente que são os juristas que têm a guarda dessa fronteira. Com Gurvitch, limitando-nos à escola francesa, escapamos a esta reação de clã. O fenômeno jurídico é descrito em sua ambivalência. A parte que ocupa entre as relações sociais é variável e figura como o resultado de um processo; assim ele escapa naturalmente à ascendência das teorias jurídicas, tributárias dos sistemas precisos que elas representam e defendem. Atestando a relatividade social do direito, Gurvitch insere seu estudo numa perspectiva sociológica. A postura dogmática, respeitada por Durkheim, fica abalada: o direito não é circunscrito segundo os critérios jurídicos de sua distinção do social, é o resultado de um processo variável e observável de especificação de uma ordem jurídica de relações. Consciente de seu poder simbólico, Gurvitch toma, ademais, o cuidado de submeter a categoria jurídica à prova da diferença social e cultural.

> A delimitação do direito como fato social, escreve em 1960, deve evitar qualquer posicionamento filosófico e qualquer dogmati-

zação de uma situação particular do direito, ligada a um tipo preciso de sociedade global, de estrutura ou de grupo.[32]

Alcançar a plenitude do fenômeno, libertando-se ao mesmo tempo da tutela pesada e etnocêntrica com que as concepções jurídicas existentes sobrecarregam a observação do direito, essa é a dupla missão que Gurvitch confia a uma sociologia do direito tornada, sob sua pena, resolutamente antropológica.

Não mais do que a sociologia em si, a abordagem antropológica não desenha um caminho mais fácil para se compreender o fenômeno "direito". Múltiplos são os usos que se pode dar ao vocábulo e ao que ele conota: o colocar-se no lugar do outro, a prova da diferença. Para a teoria do direito, "a imagem do homem em direito positivo" constitui legitimamente a matéria da antropologia do direito[33]. Esta é "ciência do *homo juridicus*", do "homem na medida em que é naturalmente jurídico"[34]. "Aptidão abstraída das normas e dos juízos", a "juridicidade" se propõe de fato como o discriminante universal da constituição social da humanidade[35]. Um manual para uso dos estudantes de direito – excelente na função de iniciar os futuros juristas na viagem transcultural sem que estes corram o risco de trair sua missão profissional – considera que "a antropologia jurídica encontra sua fonte fatual nas mutações biológicas que geraram a espécie humana", antes de enumerar, sob a égide da grande divisão entre sociedades modernas e sociedades tradicionais, as categorias usuais do direito mais ou menos modificadas conforme a distância[36]. Sob essa ótica, a antropologia jurídica, tal como é pensada por uma das mais extensivas concepções da idéia de direito, pretende abraçar, sem pudor, a agenda total da antropologia social. Mas o abraço fica frouxo quando se faz as concepções aceitas de um sistema de

---

32. G. Gurvitch, "Problèmes de la sociologie du droit", *in* G. Gurvitch, *Traité de sociologie*, Paris, PUF, 1960, II, p. 188.
33. Cf. J. Broekman, *Droit et anthropologie*, Paris, LGDJ, 1993, p. 18.
34. J. Carbonnier, *Sociologie juridique*, Paris, PUF, 1978, pp. 58-9.
35. *Id.*, p. 59.
36. N. Rouland, *Anthropologie juridique*, Paris, PUF, 1988, pp. 11 e 130.

direito viajarem assim, sem medir sua validade para as culturas diferentes[37]. A antropologia – "essa faca tão eficaz para nos diferenciar das sociedades não industriais e de nosso próprio passado 'primitivo'"[38] – possui, em comparação ao direito, a virtude de levar a experiência até os limites da própria experiência humana. Decerto a operação pode consistir apenas em deslocar, sobre um variador planetário, as concepções jurídicas iniciais do observador europeu. Essa acusação foi feita com freqüência à "antropologia jurídica", essa via específica que em geral foi considerada o braço letrado dos colonizadores e pós-colonizadores[39]. A ciência antropológica permanece, não obstante, como um formidável instrumento de observação total das mais diferentes sociedades; pois a antropologia ambiciona, repetindo os próprios termos de Claude Lévi-Strauss, "formular um sistema aceitável, tanto para o mais remoto indígena como para seus próprios concidadãos ou contemporâneos" e "estabelecer um sistema de referência fundamentado na experiência etnográfica e que seja independente, a um só tempo, do observador e de seu objeto"[40].

Para ser franco, o procedimento antropológico parece-nos particularmente apto para fazer frente à perspectiva jurídica[41], porque nele a tensão para a objetividade não prejulga a natureza das fontes com as quais é preciso lidar e porque os limites das concepções que o antropólogo deve à sua própria cultura

---

37. L. Assier-Andrieu, "L'anthropologie et la modernité du droit", *Anthropologie et sociétés*, 1989, 13, 1, pp. 31-4 e "La version anthropologique de l'ignorance du droit", *Anthropologie et sociétés*, 1989, 13, 3, pp. 119-32.

38. P. Legendre, *L'inestimable objet de la transmission. Étude sur le principe généalogique en Occident. Leçons IV*, Paris, Fayard, 1985, p. 16.

39. Ver M. Chanock, *Law, Custom and Social Order. The Colonial Experience in Malawi and Zambia*, Cambridge, Cambridge University Press, 1985.

40. C. Lévi-Strauss, *Anthropologie structurale*, Paris, Plon, 1958, pp. 396-7.

41. Ver o posicionamento de Jacques Commaille sobre uma sociologia política do direito, *Esprit sociologique des lois*, Paris, PUF, 1994, pp. 30 ss. e o de Jean-Robert Henry, "Le changement juridique dans le monde arabe ou le droit comme un enjeu culturel", *Droit et société*, 1990, 15, p. 140.

estruturam-lhe o método de modo imperioso. Bronislaw Malinowski ambicionava lançar as sociedades sem escrita na pasta "direito", abandonando a perspectiva da visão ocidental.

A coisa realmente importante, escrevia, é estudar em que medida [uma] regra é efetivamente obedecida, quais são suas condições de validade e quais são os mecanismos sociais segundo os quais ela é aplicada; ele estava certo de que não existia ruptura fundamental de continuidade entre nossa própria sociedade e a dos povos primitivos.[42]

Dotada hipoteticamente de um valor planetário, a categoria do direito estava exposta à prova do campo antropológico, da multiplicidade dos campos humanos. Seus pontos de referência cardeais, a regra, o julgamento, a sanção e a execução, tiveram de passar pelas mais desnorteantes transposições culturais, ver-se investidos de novo de conteúdos que a cultura ocidental esquecera e relegara a seu passado, ou nunca conhecera. Surgiu então a hipótese, ímpia para os dogmáticos radicais, de que a idéia de direito fosse contingente, uma formulação da ordem relativa à cultura que a nomeou tal, elevada ao plano de valor universal pelo efeito imperial da civilização que a veiculou. Émile Benveniste, Louis Gernet, Jacques Berque incentivaram a refletir sobre isso. Pierre Legendre, cioso de distinguir a necessidade universal de ligar a espécie humana à "Referência" que a funda – e que se traduz em normas em todas as culturas – do caso de figura jurídica, ligado ao léxico do Ocidente, cuja fórmula ele empenhou-se em decifrar, levou a antropologia, "outrora tão capacitada para classificar os seres humanos", a interrogar-se "sobre as verdades dogmáticas insensatas, tão insensatas quanto as dos outros, mas que permanecem na base de nossas próprias instituições"[43]. Legendre, a

---

42. B. Malinowski, "Introduction", *in* H. I. Hogbin, *Laws and Order in Polynesia. A Study of Primitive Legal Institutions*, Londres, 1934, pp. XXIV e XXX. [Quanto a todas as obras não traduzidas em francês, a tradução é de Louis Assier-Andrieu. (N. do E. fr.)]

43. P. Legendre, "La différence entre eux et nous. Note sur la nature humaine des animaux", *Critique*, 1978, pp. 852-3.

exemplo de Georges Balandier e de Marc Augé[44], quer a volta da experiência antropológica, rica da alteridade freqüentada, para as categorias iniciais dos observadores. Esses conceitos iniciais eram dignos de suas pretensões? Será lícito pensar o mundo por intermédio de Justiniano e o mundo de Justiniano resistirá à descoberta dos outros mundos? A reversibilidade das perguntas que fazemos aos outros alimenta a antropologia moderna. No que tange ao direito, o caso é, claro, complexo e paradoxal (estes dois adjetivos estão ligados ao direito, assim como a toga e a beca ao jurista). O trabalho de volta é laborioso. Se o direito é uma categoria contingente, seu uso planetário só foi, portanto, e só é *político*, e toma o lugar de categorias autóctones que ele serviu e serve para fazer com que se calem, e que poderiam da mesma forma ser consideradas alternativas para ele. Por que não pensar a harmonia do mundo segundo o *dharma* indiano, em vez de submetê-lo ao direito internacional, insulto ao *ius gentium* inteligentemente criado por ocasião da descoberta das Américas? Não pretendemos, naturalmente, dirimir a questão. Quando muito, abordaremos, entre os "selvagens", alguns aspectos que permitem repensar o modelo ocidental. A antropologia tem o mérito, acreditamos, de exacerbar, de ir até o limite da questão. O direito se apresenta como um quadro que, assim que se lhe fixam as bordas, dissolve-se em brumas. Sobre ele pode exercer-se a perspectiva antropológica, contanto que ela se adapte lucidamente ao relevo singular dele, ou seja, que respeite o "ponto de vista peculiar" que o direito, como todo cultural, é capaz de opor aos raciocínios que o visam, sem cessar de pôr em jogo e em causa suas próprias capacidades de objetivação.

Apresentação

Em virtude do que precede, este trabalho sobre o direito é mais uma evocação do que uma demonstração. Empenhamo-

---

44. G. Balandier, *Le détour, pouvoir et modernité*, Paris, Fayard, 1985; M. Augé, *Le sens des autres. Actualité de l'anthropologie*, Paris, Fayard, 1994.

nos em fornecer uma imagem do direito que não seja a de uma manifestação particular do direito, de uma concepção ou de uma escola de pensamento, mas permita ao leitor integrar, dominando os dados do problema, a diversidade dos sistemas, a paleta das concepções e a pluralidade dos pensamentos jurídicos. Foram solicitadas várias vias disciplinares, ora do lado das ciências sociais, ora do lado das ciências jurídicas, originárias de tradições nacionais diferentes. Sobretudo, tratando-se de situar no palco social o escopo jurídico, pareceu útil ilustrar com certas documentações o enredamento das lógicas institucionais e intelectuais que modelam os fenômenos jurídicos, bem como os meios de compreendê-las.

As disciplinas do homem social, assim como seu objeto, têm uma história, passam por transformações, desenham trajetórias. Redefinem seus campos à medida que, ao progredir, se segmentam ou se recompõem. O direito possui, em comparação com as disciplinas e com os objetos de estudos, a particularidade de ter sido a matriz da maioria das ciências sociais, decerto porque é ao mesmo tempo uma disciplina e um objeto social, e todo jurista assim como todo jurisdicionado pode ter consciência disso, porque, aprendendo o direito ou participando do teatro jurídico, exercitamo-nos na análise das relações humanas. Montesquieu, Marx, Tocqueville, Maine, Morgan e Weber, ilustres fundadores da sociologia e da antropologia, eram todos juristas e, para cada um deles, o ponto inicial do que iria tornar-se uma teoria geral do homem e da sociedade foi uma reflexão sobre o direito. Foi possível pensar, como fez Madeleine Grawitz, que alguns dos espíritos jurídicos que o direito impedia de desenvolver-se dele distanciavam-se, e deplorar o conservadorismo intelectual e a vocação cada vez mais técnica dos ensinamentos jurídicos[45]. Isso por certo é verdade, como é verdade que existe uma tensão entre o pensamento e a ação, e que essa tensão talvez fique ainda mais sensível

---

45. M. Gravitch, *Méthodes des sciences sociales*, Paris, Dalloz, 1993, 9ª ed., pp. 148-9.

no direito porque se trata de um instrumento inventado pelos homens para fixar seus valores e regulamentar seus atos. As circunstâncias, as épocas, as formas de sociedades farão o direito adotar uma fisionomia ou outra. É também em virtude das circunstâncias ou das tradições intelectuais dos países que se concederá às amarras sociais do direito um lugar de maior ou menor importância na criação dos juristas, ou que se conferirá reciprocamente ao conhecimento do direito uma importância mais ou menos elevada na educação do cidadão e na formação geral dos indivíduos. Mas, uma vez que foi do direito, particularmente do estudo da evolução das instituições, que nasceram, nos séculos XVIII e no XIX, as pistas de reflexão sobre o homem e a sociedade de que ainda se alimentam as ciências sociais contemporâneas, parece legítimo examinar o direito como um setor do humano entre outros. Deferente para com os saberes constituídos, ciosa de aproveitar as lições dos conhecimentos oriundos da crítica teórica e das pesquisas empíricas, a perspectiva jurídica aqui proposta pretende ser fiel ao espírito dos antigos e sensível às oscilações do presente.

A obra é dividida em duas partes. Uma **primeira parte**, *Pensar a parte do direito*, trata do que chamaremos por convenção a construção do objeto, ou seja, dos elementos que nos vão permitir situar o direito entre as outras dimensões da existência social. Um primeiro capítulo (*Como definir o direito?*) situa os principais problemas epistemológicos da abordagem do jurídico. Com *A imaginação jurídica* (capítulo II), seguimos, amparados em exemplos e experiências, as vias segundo as quais pode ser caracterizada a área do direito. Um terceiro capítulo observa em seguida *O direito em perspectiva transcultural*, submetendo à diversidade dos modelos humanos o conteúdo de que se pode dotar a categoria jurídica. O capítulo IV (*Pontos de referência fundadores*) é consagrado aos pensamentos que deram origem às leituras científicas, sociológicas e antropológicas, sobre o direito. Não oferece, para ser exato, uma história da sociologia do direito, mas propõe marcos intelectuais que servirão para compreender o encadeamento das idéias cujo fruto é o estado atual de nossos conhecimentos.

INTRODUÇÃO

A **segunda parte**, *O direito em atos*, é consagrada ao exame dos aspectos principais daquilo que o direito faz. Consiste em primeiro lugar em representar uma noção de ordem. O capítulo V (*A exigência de medida*) assinala, assim, como o direito fornece às relações humanas um princípio de proporção e normas de conduta. Segundo esse princípio e essas normas serão dirimidos os litígios e serão assumidos os atritos que marcam o curso de qualquer vida social. *O solucionamento dos conflitos*, dos modos informais aos julgamentos de tribunais, fornece a matéria do capítulo VI. Enfim, temos de nos interrogar, num sétimo capítulo (*O crime e sua sanção*), sobre os mais incisivos atentados cometidos contra a comunidade humana e sobre os métodos previstos para tratá-los. Uma conclusão sobre *O direito maiúsculo e o movimento do tempo* aborda, para terminar, o que não convém dizer ao começar um livro, mas que talvez seja a razão por que realmente o escrevemos.

Uma *bibliografia* situada no final do volume permitirá, com as referências citadas no rodapé das páginas, prolongar a pesquisa de informações. Está muito longe de ser exaustiva, mas assinala, na medida do possível e do desejável, a diversidade das fontes da socioantropologia do direito, enraizada nas doutrinas antigas, alimentada por observações contemporâneas, internacional como toda atualidade científica. Um *índice remissivo* e um *índice onomástico* permitirão, ademais, ter acesso aos desenvolvimentos contidos na obra, com mais facilidade e mais rapidez do que permite o sumário.

Nossa ótica foi posta à prova em diversos cursos de sociologia e de antropologia do direito, ministrados ora de um lado ora do outro da barreira moral que supostamente separa as ciências sociais das disciplinas jurídicas. As instituições que os acolheram[46], os estudantes que a eles se submeteram e os enriqueceram com sua sinceridade, com sua curiosidade e com

---

46. École des Hautes Études en Sciences Sociales (Paris), Cornell University (Ithaca, Nova York), Cambridge University (com Lloyd Bonfield), UFR de Sciences Juridiques (Paris X-Nanterre, com Raymond Verdier), Universitat de Barcelona-Tarragona e Tulane Law School (Nova Orleans).

seus comentários merecem calorosos agradecimentos. Marc Augé, Jacques Commaille e Pierre Legendre incentivaram e esclareceram com seus pareceres a redação desta obra, cuja orientação muito deve às discussões com Jacques Berque, Carol Greenhouse e Paul Ourliac, e cuja concepção contou com os comentários de Pierre Lascoumes e de Jean-Louis Gazzaniga. Devemos um reconhecimento especial a François de Singly, leitor perspicaz e confiante. Obrigado, enfim, como dizia um jurista admirado, "aos que farão à minha obra a honra de usá-la como um veículo para o sono depois do jantar ou da noite". Os desenvolvimentos expostos cairão tanto mais nas graças desses leitores "quanto mais o efeito que neles provocar for certeiro e imediato" (P.-J. Grosley, 1752).

PRIMEIRA PARTE
Pensar a parte do direito

Não existe filósofo sociólogo, que eu conheça, que tenha tentado marcar o momento preciso em que uma norma social se torna realmente norma jurídica. Compete aos juristas fazê-lo.

Léon Duguit, *Traité de droit constitutionnel*, Paris, 1927 (I, p. 128)

Introdução

O objeto de uma "ciência do direito" é uma matéria controversa. Na era das ciências sociais, esse campo onipresente e onipotente, relacionado tanto com a força do Estado quanto com a consciência individual do justo e do injusto, do direito de fazer e da obrigação de não fazer, do regular e do repreensível, não goza de um estatuto epistemológico comumente aceito. A identidade de sua substância bem como a delimitação de seus contornos são problemáticas e, naturalmente, os saberes consagrados ao seu estudo não se apresentam em fileiras cerradas sob o estandarte de uma disciplina unânime. A variedade das teses, dos pontos de vista, das concepções relativas às mesmas palavras, aos mesmos fenômenos, a multiplicidade dos acordos tácitos parecem mesmo convidar o observador envolvido e intrigado a renunciar a fazer a pergunta mais urgente: *o que é o direito?*

Profusão e dissonâncias explicam-se facilmente. Abramos um código, um repertório de decisões de justiça, uma obra de doutrina, leiamos no dia-a-dia as leis e os regulamentos: o direito fala de nós, organiza-nos, arruma nossas mais benignas e mais abstratas relações. Da venda de cigarros ao estatuto da vida, nada do que é humano é *a priori* alheio ao direito. Não há atividade social que não se reporte mais ou menos diretamente a um âmbito jurídico, e não existe encaminhamento intelectual que não passe, por uma ou outra de suas indagações, pela relação com a lei.

O direito, assim, diz respeito a todos e a cada qual. É claro que possui seus servidores titulares, legistas, jurisconsultos, profissionais da cena judiciária, profissionais da vida cartorial ou funcionários do Estado, cientistas ou pesquisadores. Estes contribuem para sua feitura, para sua imagem, para sua difusão, mas sozinhos não fazem o direito. Maiores ou menores, responsáveis econômicos e políticos ou cidadãos comuns, militantes engajados a serviço de uma causa ou atores passivos, todos esperam do direito que a vida social possua certa harmonia, que a justiça seja feita quando necessário, que um litígio possa ser dirimido; todos se inserem em relações jurídicas, possuem sobre o direito uma certa idéia, exercem uma certa "ciência". Que seja usada no bar da esquina ou nos eruditos cenáculos, para comprar um tablete de manteiga ou questionar a ordem mundial, a "ciência do direito" é realmente da alçada do bem e do senso comuns.

I. Como definir o direito?

A regra comum exige que um objeto seja definido antes de ser tratado. Ora, o objeto jurídico é por demais singular para que seja assim. Optar por uma definição é privar-se dos ricos ensinamentos das teses opostas. Seria preciso, em contrapartida, enumerar seu repertório abstrato? Brilhantes escolas de filosofia e de teoria do direito já produziram um farto e oportuno material a esse respeito[1]. A atitude sociológica, necessariamente empírica e sensível às variações da realidade social, impõe flexibilidade e circunspecção.

"Podem-se imaginar o direito e a sociedade como as duas lâminas de uma mesma tesoura. Quem escruta apenas uma lâmina pode pensar que ela faz todo o trabalho."[2] Fuller, jurisconsulto mordaz, assinala com essa imagem as dificuldades da análise da relação direito/sociedade. Como manejar essa relação sem enfatizar um dos dois termos em detrimento do outro, sem convertê-los numa "oposição"? Afirmar a autonomia absoluta do direito com relação à sociedade, como fez o filósofo Kelsen, ou, ao contrário, sujeitá-lo pura e simplesmente a ela, como Pasukanis e uma volumosa tradição marxista, constituem dois pólos extremos entre os quais se abre um amplo leque de posições intermediárias. Estas tentam solucionar dois problemas principais:

---

1. Ver P. Bouretz (*et al.*), *La force du droit. Panorama des débats contemporains*, Paris, Esprit, 1991, e o indispensável clássico G. Fassò, *Histoire de la philosophie du droit*, Paris, LGDJ, 1976.
2. L. L. Fuller, "American legal realism", *University of Pennsylvania Law Review*, 1934, 82, 5, p. 452.

1º) até que ponto o direito constitui uma razão distinta da ordem social?

2º) como se efetua a marcação da distinção entre o que é "jurídico" e o todo vindo das relações humanas?

Nenhum acordo resulta do tratamento dessas questões. Ao contrário, dele surge uma espécie de matiz intelectual, cuja variação de tons adotaria outras tantas variações quanto à extensão atribuída ao campo jurídico e ao aspecto dos marcos que o delimitam. A profusão das definições corresponde às exigências cromáticas dessa paleta. Desnorteante, à primeira vista, ela se torna um trunfo, um meio de aclaramento desde que se veja nela uma obra e não mais um estado, um laboratório de criação mais do que uma suma cristalizada. Como se viu na introdução, a questão jurídica impregna com seus efeitos práticos as teorias que dela tratam: esse é um fato. Não se trata nem de negá-lo, com excessivas simplificações, nem de contorná-lo... com outras teorias. É preferível aceitar sua existência, tentar compreender sua razão de ser e medir sua influência. Compete a juristas, escrevia Léon Duguit, citado em epígrafe, marcar a diferença entre o direito e a "norma social". Aproximemo-nos, portanto, do pensamento particular de um jurista para ver concretamente o que se deve fazer para "definir o direito".

1. O machado de John Austin e a qualificação do direito

Tomemos, por exemplo, John Austin. Seu livro, *A determinação de uma província da ciência do direito* (The Province of Jurisprudence Determined, Londres, 1834), inaugurou a fertilíssima corrente de pensamento que associa a criação do direito ao mando de uma autoridade soberana. Mais do que a tese, importa-nos aqui o meio de chegar a ela. Como Austin resolve as duas equações cardeais para aqueles que tentam forjar uma definição: *o direito se distingue do social? Caso sim, como o consegue?* Não é isso que em geral acontece com os escritos jurídicos, mas, nesse pensador, rigor rima com frescor.

A integridade de sua explanação desvela facilmente a montagem dela.

As relações humanas, escreve ele, são regidas por diferentes espécies de leis. Uma lei é uma ordem, caso contrário não seria uma lei, e há quatro grandes categorias de leis. As "leis divinas", que "Deus impõe às suas criaturas humanas", são as "leis da natureza" que, em Montesquieu, "derivam unicamente da constituição do nosso ser" e tocam o homem "antes do estabelecimento das sociedades"[3]. As "*leis positivas*" são leis de um segundo gênero: ordens impostas como deveres por uma autoridade superior, elas constituem a matéria da "*jurisprudência*", ou seja, da atividade intelectual construída sobre o direito. Vêm em seguida as regras de "*moralidade positiva*": são regras "quanto aos comportamentos que se deve ter", aplicadas segundo as convicções vigentes num grupo de homens. Enfim, devemos nomear as "leis" que são tais apenas por analogia, metáfora ou figura, como as leis físicas "dos corpos inanimados"?... Todas estas leis fazem parte do direito?

Austin deixa cair o machado da distinção: "as leis divinas e as leis positivas", conclui, "são leis", "as leis figurativas ou metafóricas" são impropriamente qualificadas. Restam as regras de "moral positiva", e o "machado" resolve com menos ousadia. Eventualmente denominadas "consuetudinárias", elas não são, por princípio, de natureza jurídica, *a menos que* o reconhecimento do seu valor de mandamento por um juiz, ele próprio encarnação da autoridade superior, as transforme de imediato em "leis positivas" de pleno exercício, noutras palavras, em direito digno desse nome.

Os palcos da problemática jurídica são, assim, armados num único território, dividido em províncias hostis pela fronteira continuamente redefinida de uma indispensável distinção. No cerne dos debates sobre o direito, há em primeiro lugar e acima de tudo o caráter movediço de seus limites e de seus critérios, sua faculdade de adaptação e de metamorfose. Sempre, joga-se o jogo da separação entre o jurídico e o social.

---

3. Montesquieu, *De l'esprit des lois*, 1748 (L. I, cap. II).

Austin pode falar hoje. O caso do direito natural, dessas leis que se impõem ao homem em nome da "constituição de seu ser", reaparece sob a forma premente de uma discussão permanente sobre a ética da reprodução humana. A urgência é nutrida pelas incertezas que afetam as legislações devido à supressão das "coerções naturais" em questão de fecundação, de gestação e, claro, de filiação[4]: como substituir essas "leis naturais", revogadas pelo progresso técnico, por "leis positivas" compatíveis com a natureza do homem?, perguntam-se, em perícias e em colóquios, juristas, médicos e autoridades morais.

As "regras que regem os comportamentos que se devem ter num grupo de homens" traçam um perímetro de vida social, que pode não ser propriamente um perímetro jurídico. "Todos os fenômenos jurídicos", escreve Jean Carbonnier, "podem ser olhados como fenômenos sociais, porque mesmo um sentimento puramente solitário do direito implica uma latência da sociedade."[5] Em compensação, acrescenta o autor, "nem todos os fenômenos sociais são fenômenos jurídicos; o que nos leva a perguntar por *qual caráter os fenômenos jurídicos podem ser distintos dos fenômenos sociais*" (grifo nosso). As ciências do direito, sejam elas ciências "jurídicas" do direito, ou seja, mais inclinadas a inspirar-se em sistemas de direito existentes, ou então ciências sociais, que abordam o direito como uma dimensão social entre outras, sendo naturalmente relativistas, encontram, nesse enigma, seu grande obstáculo. Como, então, efetua-se a partilha?

Voltemos então a Austin, amável guia. Há "leis positivas", que pertencem ao direito, e "regras morais positivas" que não pertencem a ele, *a menos que*, por efeito das primeiras, algu-

---

4. Ver em especial B. Edelman e M.-A. Hermitte (eds.), *L'homme, la nature et le droit*, Paris, Bourgois, 1988, C. Labrusse-Riou, "Les procréations artificielles: un défi pour le droit", in *Éthique médicale et droits de l'homme*, Actes Sud-Inserm, 1988, pp. 65-76, e L. Assier-Andrieu, "L'homme sans limites. 'Bioéthique' et anthropologie", *Ethnologie française*, 1994, 1, pp. 141-50.

5. J. Carbonnier, *Sociologie juridique*, Paris, PUF, Col. "Thémis", 1978, p. 174.

mas delas fossem ungidas com o reconhecimento da autoridade superior e mudassem literalmente de gênero: entre o direito estrito e as regras da vida social não se pode conceber diferença irredutível, mas uma permanente *economia de conversão* que se faz em torno de um corte abstrato.

Embora o direito deite raízes na vida social, deve distanciar-se dela para fixar sua esfera de intervenção. O direito é ativo. Princípio de governo, referência normativa, modo contencioso, não poderia agir eficazmente sendo assimilável, redutível, ao todo comum dos sentimentos, dos valores, das representações, dos ideais e dos hábitos que ordenam, em qualquer grupo social, a regularidade dos comportamentos. Um corte, como o que Austin instaura entre "leis positivas" e "regras de moral positiva", é-lhe indispensável para o cumprimento de suas funções. É-lhe não menos indispensável prever regras de passagem, modalidades de conversão de um estado para outro, para fazer de uma prática uma lei e de uma obrigação antiquada uma mera possibilidade. A definição desses limites, Duguit, Austin e muitos outros a reivindicam, continua da competência dos juristas. Repetindo a frase de Carbonnier, "o direito empurra arbitrariamente suas fronteiras à custa dos costumes"[6]. Estabelece clivagens e promove critérios com conteúdos variáveis. O caráter flutuante da área jurídica pode impregnar assim, com toda a naturalidade, as condições de sua observação e de seu estudo: o sociólogo verá nele apenas hermetismo e tática de poder, o jurista verá nele o absoluto de uma análise que permite pensar todo o social como direito em devir.

2. O jurista e sua lanterna mágica

Os problemas epistemológicos que evocávamos no início têm uma tradução direta na avaliação daquilo "de que se trata". Procedamos a uma curta rememoração, antes de ir mais adiante. A definição dos contornos do objeto de uma ciência do

---

6. *Ibid.*, p. 183.

direito procede, portanto, às vezes de uma oposição tribal ou de uma lógica de "campos": a mesma que inspirava este conselho solene de um professor londrino de direito a seus alunos em 1798:

> Eu gostaria que vocês evitassem extraviar-se nessas pesquisas levianas e equívocas que recomendam à atenção de vocês sob os títulos de política, filosofia, belas-letras ou qualquer outro: tomem, dessas coisas, a medida certa do que servirá ao que têm em vista... mas pensem em mantê-las subordinadas aos seus fins específicos.[7]

Essa é a versão prática de uma postura dogmática difundida, adotada, aliás, por um manual de epistemologia jurídica que descreve o objeto da ciência do direito como "o que os juristas procuram conhecer" a fim de "apreciar os meios que empregam e [...] determinar qual pode ser a influência desses procedimentos de conhecimento do direito sobre o direito que é seu objeto"[8]. O raciocínio é muito mais sofisticado do que era a peremptória admoestação do professor londrino. Mas a idéia é a mesma. O direito, pela voz de seus oficiantes, faz questão de marcar sua distância com relação à turba social original. Decerto ele provém dela, mas não poderia reduzir-se a ela. Embora seja concebível uma "ciência jurídica do direito", uma ciência exclusivamente social do jurídico apresenta ao jurista poucos atrativos: onde estariam, nela, "seus fins específicos"? Pode-se legitimamente produzir um saber sobre a sociedade *subordinado* aos fins jurídicos. Um saber sociológico sobre o direito que ignore ou, como é freqüente, despreze o desígnio jurídico, é para os juristas um contra-senso, um discurso estéril, fútil e inútil.

No outro campo ficam comumente os sociólogos. Ninguém, sem dúvida, teve palavras mais duras do que Claude Lévi-Strauss. Comparando o jurista a um "animal que preten-

---

7. *Advice to Legal Students*, Londres, Lincoln's Inn, 1798, p. 354.
8. C. Atias, *Épistémologie juridique*, Paris, PUF, col. "Droit fondamental", 1985, p. 18.

deria mostrar a lanterna mágica ao zoólogo"⁹, levantou a famosa *questão do olhar*, que continua dando origem a tantos equívocos e diálogos de surdos entre os acadêmicos. Quem, então, jurista ou sociólogo, possui o ponto de vista mais adequado para pensar a relação entre direito e sociedade? "Animal" sob a lupa do sociólogo, o jurista que pratica a ciência do direito só poderia esgotar o adversário, aumentar com o obscurantismo da linguagem e a opacidade do raciocínio o poder dos preceitos que utiliza. Assim, para Pierre Bourdieu, renitente em pôr "os óculos da cultura jurídica"[10], "uma ciência rigorosa do direito se distingue daquilo a que se chama comumente a 'ciência jurídica' pelo fato de tomar esta última por objeto"[11].

Para poderem ver além das fumaças da batalha, os epistemólogos quebram os espelhos e fabricam promontórios.

É difícil, reconhecem Jacques Commaille e Jean-François Perrin, admitir [...] a existência de determinantes sociais no fenômeno jurídico sem ficar surpreso, na ocasião, com a propensão totalitária que consiste em querer fagocitar o objeto direito.[12]

Cumpriria, para esses autores "moderados", "a um só tempo tomar o direito pelo que ele é, levá-lo a sério, admitir sua especificidade, sem contudo negar as relações necessárias que ele mantém com as estruturas sociais". Tomar o direito pelo *que ele é*. *"See it fresh!"*, cumpre ver as coisas com frescor, lançava Karl Llewellyn nos anos 1930[13], mas a empreitada não é evidente.

---

9. C. Lévi-Strauss, *Tristes tropiques*, Paris, Plon, 1955, p. 56.
10. P. Bourdieu, *Le sens pratique*, Paris, Minuit, 1980, p. 249.
11. P. Bourdieu, "La force du droit. Éléments pour une sociologie du champ juridique", *Actes de la recherche en sciences sociales*, 1986, 64, p. 3.
12. J. Commaille, J.-F. Perrin, "Le modèle de Janus de la sociologie du droit", *Droit et société*, 1985, 1, p. 95.
13. Ele lembrará a vida toda da força desse princípio de método; cf. K. N. Llewellyn, *The Common Law Tradition – Deciding Appeals*, Boston, Little, Brown and Co, 1960, p. 509.

3. O direito é uma prática fundada num conhecimento

Designando conjuntamente o fenômeno estudado, a disciplina que o estuda e o aparelho que o aplica, a noção do direito mobiliza vários registros de significados. Furta-se às qualificações muito apressadas. A abordagem do direito levanta um tremendo problema de categorias cuja resolução deveria preceder, preferencialmente, o seu estudo científico[14]. Assim, se desejamos escapar à lógica dos "campos", devemos levar em conta num mesmo conjunto: o fato de o direito representar relações sociais, modelar e arvorar uma certa distinção em relação a essas matrizes e, enfim, dispor da faculdade de conhecer a si próprio.

Sistema auto-referencial, o direito revela de sua natureza o que serve à sua função. A irritação do sociólogo nasce provavelmente da arte do jurista, pronto a pôr em cena tantas sociologias apropriadas quantas matérias sociais houver para organizar ou tratar juridicamente.

> Em direito, escrevia Oliver W. Holmes, renovador do pensamento jurídico americano, o homem de ciência não é um rato de biblioteca. *Deve aliar o gosto pelo detalhe microscópico à perspicácia que lhe dirá quais detalhes são significativos.* Não leva em consideração um dado qualquer, mas somente o que dirige sua investigação para um ponto crucial (grifo nosso).[15]

Portanto, seria injusto condenar os juristas ou a "ciência jurídica do direito" por tratarem das relações sociais procurando o que, segundo a arte deles, é crucial e significativo. "Prática fundada num conhecimento", segundo François Gény[16], o direito se oferece à observação sociológica ao mesmo tempo como

---

14. J. Poirier, "Ethnologie juridique", in *Ethnologie générale*, Paris, Gallimard, 1968, p. 1099.
15. O. W. Holmes, "Law in science and science in law" (1897), *Collected Legal Papers*, Nova York, 1920, p. 224.
16. F. Gény, *Science et technique en droit privé positif*, Paris, 1914, 1, pp. 1-2.

uma prática, com seu cortejo de regras, de conceitos, de instituições, e como um conhecimento, ou seja, como *um modo específico de apreender os fatos sociais, na perspectiva de fazer que pesem nesses fatos conseqüências jurídicas.*

A oficina do direito é assim povoada de dimensões que se entrecruzam. Os fenômenos sociais não podem ser estudados independentemente das regras jurídicas que contribuem para regê-los. Essas próprias regras são inteligíveis apenas em razão dos vínculos sociais que lhes conferem sua fisionomia particular e condicionam-lhes o emprego.

É uma imensa tentação dos sociólogos concluir daí que o direito ou o campo jurídico só representa um continente subalterno, dependente dos poderes políticos que fazem e desfazem as leis, das lógicas econômicas que lhe inspiram o conteúdo, dos esquemas religiosos e morais, aos quais é fácil reduzir a idéia de justiça. Contudo, a verdade é que o direito existe de modo distinto e que é precisamente reivindicando essa distinção que manifesta sua especificidade. Como explica um professor de direito privado,

> é de sua vocação para servir de referência a fim de determinar "como as coisas devem ser" que um enunciado [jurídico] tira seu significado normativo.[17]

Determinar o que *deve ser* não quer, porém, dizer *passar todos os comportamentos pelo crivo do proibido e do obrigatório.* O direito não é uma série taxativa de normas, de regras, de princípios e de proibições. É muito mais um modo incessantemente renovado de imaginar o real. "Intermediário entre o mundo dos fatos sensíveis e o mundo ideal", esse complexo entrelaçamento foi denominado com acerto "a experiência jurídica" por Georges Gurvitch (1935).

---

17. A. Jeammaud, "La règle du droit comme modèle", *Revue interdisciplinaire d'études juridiques*, 1990, 25, p. 131.

4. Leitura sociológica do direito, leitura jurídica do social

Agora não causará tanta surpresa que o estudo do direito seja perpassado de lógicas de pensamento, de procedimentos, de protocolos intelectuais muito díspares e bem pouco complementares. Nenhum deles merece, porém, ser afastado *a priori* da área de observação sociológica a pretexto de que serviria com muita evidência ao sistema jurídico de uma época. Tomemos a *ciência jurídica do direito*: por que deveríamos desqualificá-la? Seu campo de intervenção por certo depende estreitamente de suas preocupações normativas. Mas ele costuma movimentar-se do mais puro dogmatismo, raciocínio estritamente dependente de uma arquitetura jurídica estabelecida, até os modelos que conferem ao sociológico prioridade sobre o jurídico. O exemplo americano pode atestá-lo.

Os Estados Unidos conheceram entre as duas guerras mundiais uma revolução, pouco sangrenta, mas radical. Deixaram de lado a forma anglo-americana de dogmatismo que reinava sobre a doutrina de então para criar uma idéia nova, revolucionária: *o realismo jurídico*. A nova doutrina resume-se num princípio: devem-se reformular o direito, seus conceitos, suas regras, seus métodos, conforme as categorias fornecidas pela observação das estruturas sociais[18]. O trabalho do jurista se tornava *ipso facto* obra de sociólogo. A prova de tal reciprocidade é que foi retrospectivamente julgado que foi a emergência de um movimento sociológico *em direito* que dera à sociologia *do direito* suas cartas de nobreza, se não o essencial de suas bases metodológicas e teóricas[19]. Como escrevia o apóstolo determinado de uma *justiça sociológica*, "o conhecimento sociológico se aplica à prática do direito, à reforma judiciá-

---

18. Sobre o realismo jurídico americano: G. Gilmore, *The Ages of American Law*, New Haven, Yale University Press, 1977, e W. Twining, *Karl Llewellyn and the Realist Movement*, Londres, Weidenfeld and Nicholson, 1973.

19. A. Hunt, *The Sociological Movement in Law*, Filadélfia, Temple University Press, 1978.

ria, à teoria do direito e à política social"[20]. Ainda é preciso que as instituições que encarnam o direito e a justiça estejam inclinadas a dar-lhe boa acolhida. O culto do "caso", em seu aspecto fatual, em todas as suas dimensões sociais, é essencialmente, na doutrina jurídica americana, obra do movimento "realista". Através dele, o olhar sociológico entra nas *Law Schools* bem como nos tribunais. É em função dele que este olhar adquire uma eficácia prática e uma missão institucional: à custa – como não o ressaltar? – do domínio de seus meios e de seus fins científicos.

Quando entra no projeto jurídico, que é um *projeto de organização*, provar sua capacidade de explicar o estado real das relações sociais, não há observação sociológica que não seja, *nolens volens*, contribuição para a elaboração do direito. Hoje, existe um esforço para se aproximar a justiça dos jurisdicionados. Os "tribunais vicinais", as "casas de justiça" ou as formas alternativas ao julgamento (mediação, conciliação, arbitragem) tendem a buscar, no próprio funcionamento dos grupos sociais envolvidos nesta ou naquela contenda, a solução ou a regra mais apta para resolvê-la. Examinaremos este ponto mais adiante (ver *infra*, p. 255).

Por sua vocação *para representar*, no sentido de produzir uma imagem e uma imagem orientada, *o direito é a um só tempo uma ciência social e uma expressão cultural*. Como princípio de organização, ele é uma técnica de governo. Essa variedade de atribuições ou de propriedades reclama *saberes diferentes*: da casuística à sociologia das organizações... A despeito da miscelânea de suas origens disciplinares ou filosóficas, esses saberes não são, todavia, de modo algum exclusivos uns dos outros na realização da obra do direito. Uma antropologia do conflito entre os *cheyennes* poderá mostrar-se mais repleta de conseqüências jurídicas gerais do que uma epistemologia doutrinal de circunstância. Insistamos nisto: *é a*

---

20. D. Black, *Sociological Justice*, Nova York-Oxford, Oxford University Press, 1989, p. 102.

unidade que o serviço do direito lhes confere que define que esses saberes pertencem ao campo jurídico, não sua *aparência ou seu rótulo.*

5. A identidade jurídica como efeito de perspectiva

Mais do que uma definição estrita de seu objeto, o observador do lugar do direito na sociedade disporá, com todo o rigor, da consciência de sua mobilidade. O direito se manifesta objetivamente pelo fato de se distinguir do social do qual, porém, emana e o qual regulamenta. Para estabelecer essa distinção, ele deve mobilizar critérios sem, entretanto, comprometer sua faculdade de domínio sobre a realidade social. Tais critérios devem diferenciá-lo sem o isolar, marcar-lhe a identidade sem o impedir de modulá-la ao sabor das necessidades. Ele "acolheu tudo, consagrou tudo, e não consolidou nada"[21].

A imprecisão de suas fronteiras não é imputável às deficiências óticas dos cientistas que as observam. É, ao contrário, uma propriedade intrínseca do direito que torna improvável a definição estrita, universal e permanente, de seu conteúdo. Serão maculadas de arbitrariedade e de precariedade as tentativas de definição que se esforçarem em selecionar, entre as matérias sociais, aquelas que deverão ou não ser incluídas no campo. Importa ater-se mais aos *critérios* pelos quais o direito nos assinala sua diferença, aqueles mesmos, aliás, que lhe asseguram a eficácia.

Em seu *Étude sur les montages de l'État et du droit*[22] [Estudo sobre as montagens do Estado e do direito], Pierre Legendre trata o direito como *"uma massa textual em movimento ininter-*

---

21. R. von Jhering, *L'évolution du droit*, Paris, 1901, 3ª ed., p. 288; ver a análise pós-moderna das metamorfoses do direito de B. de Sousa Santos, "Droit: une carte de la lecture déformée. Pour une conception post-moderne du droit" *Droit et société*, 1988, 10, pp. 363-89.

22. P. Legendre, *Le désir politique de Dieu. Étude sur les montages de l'état et du droit. Leçons VII*, Paris, Fayard, 1988.

rupto". O direito é, portanto, o conjunto dos modos como esses textos são produzidos, as maneiras pelas quais são lidos, as instituições que os produzem, zelam por sua leitura e por sua tradução em atos da vida corrente (relações familiares, contratuais, administração da vida pública, gestão da propriedade) ou em atos de controle dos desvios, transgressões e disfunções.

Mas o direito não pode resumir-se aos edifícios, o mais das vezes estatais, construídos sobre os textos. Pode ser mais amplamente considerado como a maneira pela qual um grupo, uma cultura, eventualmente sem escrita, reúne os instrumentos necessários para realizar a obra jurídica; ou seja: *prevenir e tratar os conflitos que venham a surgir na sociedade em nome de uma referência compartilhada*. Essa concepção ampliada desvela uma paisagem panorâmica. Cumpre ir além dos códigos, das palavras e das interpretações dadas pelos juízes de toga ou de peruca e ver o jurídico fora de sua encarnação no Estado. Voltamo-nos então para os fatos tangíveis da vida social bruta em que se expressa, tão claramente como na forma erudita, um sentido particular do justo e do injusto, do possível e do proibido, do que é e do que deve ser.

O antropólogo Clifford Geertz[23] talvez nos ofereça, mais do que uma definição do direito, uma atitude útil para abordar seu estudo sem preconceitos. O direito, escreve ele em substância, serve para *imaginar situações concretas numa linguagem que se reporte a uma coerência geral e que seja suscetível de conseqüências específicas*: o conjunto constitui a sensibilidade jurídica de um grupo social. Considerando aceito este simples dado: "o direito se distingue do social", ele nos convida a pesquisar como, por que meios, com que conseqüências se efetua esse corte capital.

---

23. Cf. C. Geertz, *Savoir local, savoir global*, trad. fr., Paris, PUF, 1987.

II. *A imaginação jurídica*

A especificidade jurídica do direito deve-se, para a maioria dos autores, a diferentes *critérios distintivos*. Esses *marcadores* provêm de duas grandes idéias genéricas. Uma primeira família de critérios tem a própria organização da sociedade como matriz de sua constituição jurídica: a presença do Estado desempenha um papel determinante na apreensão do fenômeno "direito". Uma segunda família de critérios identifica, em compensação, o direito, sejam quais forem as estruturas da sociedade e os contextos institucionais em que está situado, por *aquilo que ele faz*: resolver os conflitos surgidos no desenrolar da vida social mediante a aplicação coerciva de normas.

1. Ordem jurídica e ordem social

Leiamos Durkheim, em *La division du travail social* (1930):

> A vida social, em todo lugar onde ela existe de maneira duradoura, tende inevitavelmente a assumir uma forma definida e a organizar-se, e o direito nada mais é senão essa própria organização no que ela tem de mais estável e de mais preciso.[1]

---

1. PUF, ed., 1986, p. 29.

Seguindo Durkheim[2], Gurvitch insistia para que a delimitação do direito como fato social não generalizasse uma situação particular, ligada a um tipo de sociedade ou a uma estrutura de grupo[3], pois a variabilidade inerente à experiência jurídica corresponde logicamente a uma variedade de situações sociais. Todavia, será entre as sociedades dotadas de um *Estado* que se reconhecerá com mais segurança a presença original de estruturas jurídicas. Cumpre eliminar, pensava ele, do campo da sociologia do direito esses tipos de sociedade cujos "sistemas do direito não são suficientemente diferenciados das outras regulamentações sociais". Fica claro que a distinção jurídica é percebida com maior nitidez quando o direito se amolda às instituições públicas que estruturam o *Estado*, o qual se define como uma "entidade abstrata erigida em depositária da identidade social e suporte permanente do poder"[4].

1º) O direito supõe o Estado, e vice-versa

Para a grande tradição do *direito público*, desenvolvida no século XIX e no início do século XX devido à exaltação da função estatal, o direito é encarnado pelo Estado e o Estado supõe o direito. Sua unidade é a tal ponto indissociável que, falando de um, fica em geral implícito que se fala também do outro. Mas, para além das controvérsias ontológicas próprias aos filósofos, nos ateremos a um elemento técnico útil ao sociólogo: se o direito depende do Estado, é acima de tudo porque dele extrai os meios para sua aplicação. "O direito", escrevia Jhering, "representa a forma da garantia das condi-

---

2. Ver (*supra*, p. XXII) nossos desenvolvimentos sobre a especificação do direito em Durkheim.
3. G. Gurvitch, "Problèmes de la sociologie du droit", in *Traité de sociologie*, Paris, PUF, 1960, II, pp. 173-206.
4. Ver o verbete "Estado" de J. Chevallier no *Dictionnaire encyclopédique de théorie et de sociologie du droit*, sob a direção de A.-J. Arnaud, Paris, LGDJ, 1986.

ções de vida da sociedade, assegurada pelo poder de coerção do Estado."[5] Assim, o direito é assimilável a uma dimensão do Estado porque este constitui a organização social da força regrada e disciplinada da coerção. Em outros termos, os do publicista Carré de Malberg, o direito só existe se uma autoridade pública é "capaz de coagir os indivíduos a observarem os mandamentos que ela própria promulgou"[6].

Artesão da modernização do direito francês, o chanceler d'Aguesseau julgava em 1716 que "a noção de direito sempre contém a idéia de uma potência suprema que possa coagir os homens a se submeter a ela"[7]. Que a potência emane de Deus, do Estado ou do próprio direito, é um ponto de doutrina pura que em nada altera o fenômeno que se mostra ao observador. Para ele, o direito será esse conjunto de "mandamentos" ou de regras cuja inobservância é suscetível de mobilizar os meios públicos de coerção. Esse raciocínio chegará paradoxalmente a impregnar certas abordagens das sociedades desprovidas de Estado, mas não desprovidas de uma organização da vida pública. Em busca de uma definição, a mais geral possível, da categoria jurídica, os antropólogos do início deste século (como Hobhouse, Hartland ou Radcliffe-Brown) fizeram grande uso do critério tirado do caráter coercivo da regra de direito, ele próprio oriundo da teoria do Estado. Há direito, avaliava por exemplo Radcliffe-Brown, quando a transgressão de uma regra acarreta a aplicação de sanções especificamente jurídicas[8], em oposição às rupturas de convenções tais como as regras de cortesia, as boas maneiras à mesa ou os usos de vestuário, sujeitos a reações sociais diferentes das jurídicas.

---

5. *Op. cit.*, 1901, p. 292.
6. R. Carré de Malberg, *Contribution à la théorie générale de l'état*, Paris, Sirey, 1920-1921, I, p. 57 n. 6.
7. D'Aguesseau, "Instructions sur les études propres à former un magistrat..." (1716), *in Œuvres complètes*, 1819, XV, p. 13.
8. A. R. Radcliffe-Brown, ver os artigos "Primitive law" e "Social sanctions", *Encyclopædia of the Social Sciences*, Nova York, Mac Millan, 1933-1934.

2º) As propriedades da escrita

Através do Estado, o direito apresenta portanto uma feição, como dizia Gurvitch, "suficientemente diferenciada". É explicitado, instrumentado por instituições, elas próprias munidas de profissionais especializados. Que forme a essência do Estado ou seja uma conseqüência de seu desenvolvimento, o direito estatal aparece, de qualquer maneira, sob a forma de regras precisas, de instâncias de julgamento, de classificações administrativas, de instituições penitenciárias e outras concretizações da função jurídica. Podemos apreendê-lo na própria medida em que ele conseguiu apartar-se do meio ambiente social para assumir um papel "*semi-autônomo*"[9]: semi, pois um direito absolutamente separado das contingências sociológicas é, como vimos, um postulado filosófico; *autônomo*, pois sua capacidade de instituir uma ordem distinta é a característica menos discutível da juridicidade. Como então apresenta-se essa relativa faculdade de autonomia?

> A constituição de uma competência propriamente jurídica, observava Bourdieu, domínio técnico de um saber erudito em geral antinômico às simples recomendações do senso comum, acarreta a desqualificação do senso de eqüidade dos não-especialistas e a revogação da construção espontânea que fazem dos fatos.[10]

O antropólogo Jack Goody pôs em evidência a capacidade que a *forma escrita* de expressão do pensamento tem de servir de alavanca específica para a constituição dessa "competência propriamente jurídica". A exploração das conseqüências sociais da escrita mostra que "a adoção de formas escritas de comunicação foi uma condição do desenvolvimento de Estados mais extensos, de sistemas de governo mais impessoais e mais

---

9. Cf. S. F. Moore, *Law as Process. An Anthropological Approach*, Londres, Routledge, 1978.
10. Art. cit., 1986, p. 9.

abstratos"[11]. Sobretudo, mediante a escrita de seu conteúdo, o direito adquire a faculdade de escapar tanto ao cunho social de suas condições de elaboração quanto à marcação particular devida ao contexto de sua aplicação. Quando um enunciado é posto por escrito, pode ser examinado com muito mais detalhes, tomado como um todo ou decomposto em elementos, manipulado em todos os sentidos, extraído ou não de seu contexto, entregue à análise, à exegese e a todas as técnicas de interpretação especialmente aperfeiçoadas para assegurar seu desígnio normativo. Pode, enfim, isso é o essencial, ir além de sua época, permanecer ao longo dos séculos e produzir conseqüências absolutamente não premeditadas por seus autores. A letra da lei sobrevive admiravelmente ao espírito de seu autor.

Abundam os exemplos na complexa e muito longa história da propriedade fundiária nas regiões da Europa. Poderemos usar como exemplo esse artigo do código dos *Usos de Barcelona*: escrito no século XII para afirmar o poder soberano do conde catalão sobre os senhores locais, e afirmando, para isso, o direito dos habitantes de utilizar sem nenhuma taxa nem ônus os recursos naturais do território, ele serve, oito séculos depois, para fundamentar a manutenção de costumes pastorais contra impressionantes projetos de reestruturação turística nos Pireneus franceses. Bastou uma palavra, a palavra *empriu*, que significa mais ou menos um direito de uso imprescritível em proveito das antigas terras de Barcelona, dentre as quais figura uma fração do território francês, cuja validade constante das antigas leis foi várias vezes reconhecida pela Corte de Cassação[12].

A tradição jurídica ocidental, também nomeada *razão escrita* (*ratio scripta*), é assim formada por uma cascata de pala-

---

11. J. Goody, *La raison graphique. La domestication de la pensée sauvage*, trad. fr., Paris, Minuit, 1979, p. 56; ver também, do mesmo autor, *La logique de l'écriture. Aux origines des sociétés humaines*, trad. fr., Paris, Armand Colin, 1986.

12. Cf. L. Assier-Andrieu, *Le peuple et la loi. Anthropologie historique des droits paysans en Catalogne française*, Paris, LGDJ, 1987.

vras sabiamente polivalente, capaz de "manobrar a equivocidade fazendo as relações entre as classificações implicadas funcionarem em seu próprio sistema de legalidade"[13]. O suporte do direito é também seu meio. Modo de designação e de classificação dos objetos sociais, *o direito tira unicamente das propriedades da forma escrita o meio de tratar esses objetos, como se devessem seu advento social apenas à chancela do reconhecimento jurídico*. Essa é uma manobra bem abstrata, mas caracteriza a nebulosa interface entre legalidade e sociedade, em que se constroem exatamente ao mesmo tempo a identidade e a força do direito.

3º) Os procedimentos de integração do social

O grau de autonomia que a forma escrita e a constituição estatal conferem ao direito tem por corolário certa depreciação do movimento permanente da vida social. Essa própria autonomia está na origem da constituição de uma *zona intelectual de conversão entre os fatos brutos e o direito formal*. Assim, convém evocar o funcionamento e o significado desse espaço sociológico em que se elabora a distinção entre os hábitos e as obrigações de direito.

O direito, como enfatizamos, deve *representar* para ter condições de administrar adequadamente. Quanto mais ligado está seu destino com as formas coercivas de um arcabouço institucional, mais ele tem necessidade de sujeitar a precisão de seus contornos a uma zona de legalidade mais incerta, da qual possa extrair uma energia de renovação. É mais ou menos como um reservatório de normas em contato direto com o social, que permite ao edifício jurídico encontrar novas fontes junto às relações sociais das quais é o emblema e apreender-lhes as transformações. Da mesma forma, o direito que se apresenta como um *corpus* especializado deve ser capaz de tratar

---

13. P. Legendre, *L'inestimable objet de la transmission. Essai sur le principe généalogique en Occident. Leçons IV*, Paris, Fayard, 1985, p. 25.

com calma de importantes acontecimentos cujo advento era inesperado: como pensar juridicamente a descoberta da América? O estatuto da Lua e do espaço? Ou, no cerne dos debates contemporâneos, as procriações sem sexualidade?

Os instrumentos mobilizados, como outras tantas soluções de continuidade, adotam vestimentas conceituais muito variadas. Sua função, porém, é sempre a mesma: permitir a sistemas de direito escritos, eruditos, institucionalizados, estatizados, gerenciar intelectualmente a distância que os distingue por essência da matéria social. As "leis positivas" de John Austin eram acompanhadas pela "moral positiva", espécie de economia geral dos comportamentos humanos, do seio da qual novas "leis positivas" podiam ser extraídas. Os "costumes", os "usos" ou os "hábitos", os "conceitos maleáveis", as "noções flexíveis" e as "ficções legais" desenham, em nome do direito, outros tantos territórios sociais votados ao exercício da imaginação jurídica, uma imaginação hábil em tingir de legalidade os assuntos mais improváveis.

O costume: invenção da tradição e antecipação da legalidade

O "costume" é certamente, dentre essas noções intermediárias, a mais familiar aos sociólogos e aos etnologistas, que procuraram, a exemplo de Max Weber, agraciá-lo com um conteúdo objetivo:

> Quando a coerção jurídica faz de um costume uma "obrigação de direito" (por exemplo, invocando as "maneiras de fazer correntes"), é freqüente que quase nada acrescente à sua eficácia. E, quando essa coerção é dirigida contra o costume, geralmente para influenciar o comportamento real das pessoas, fracassa.[14]

Como assinalava um dos principais promotores do movimento intelectual de "crítica do direito" nos anos 1970, é mais

---

14. M. Weber, "Sociologie du droit", in *Économie et société*, trad. fr., Paris, Plon, 1971, p. 332.

fácil definir o costume por seus efeitos – a inspiração da lei e a organização do que a lei não organiza – do que por suas causas[15]. "Fonte" do direito, como o consagram ritualmente os manuais de direito positivo, o costume também representa direito alternativo, indispensável contraponto da legislação. Para o observador da vida social, ele evoca a própria essência de uma ordem jurídica compartilhada. Vejamos Max Weber: o direito pode construir-se à sua imagem, não pode contrariá-lo. Vejamos mesmo Marx, que parece escrever sob a inspiração de Savigny que "o direito não deixou de ser costume ao se constituir lei"[16].

Expressão direta da consciência comum, repertório normativo espontâneo dos grupos e dos povos, direito imediatamente conectado com as necessidades sociais, o costume se manifesta tanto como princípio de ordem quanto dá provas de uma ordem imanente. Supõe-se que ele preexista à lei, prossiga seu curso histórico à sombra desta lei, complemente-a, ou ainda anule seu efeito em benefício das forças surdas da tradição. Toda ação é, sob seu domínio, sujeita a um duplo estatuto: a um só tempo sinal de obediência ao costume e parte interessada no próprio processo pelo qual o costume supostamente se cria.

Sobre as origens do princípio e seu vínculo de causalidade com a harmonia que é reputado gerar, quase não encontraremos explicações satisfatórias: *o costume é o hábito consagrado pelo sentimento da obrigatoriedade*. Certamente muito antigo, não parece entretanto provir de nenhuma gênese explícita. Representará realmente um marco da legalidade formal ou ainda uma legalidade resolutamente "diferente"? Essa é uma questão tratada com mais facilidade por meio de artifícios retóricos do que com rigor sociológico. Na melhor das hipóteses, podemos avançar isto: o costume assinala uma área social

---

15. M. Miaille, *Une introduction critique au droit*, Paris, Maspéro, 1977, pp. 242 ss.
16. K. Marx, "Débats sur la loi relative aux vols de bois", *in* P. Lascoumes e H. Zander (eds.), *Marx: "Du vol de bois à la critique du droit"*, Paris, PUF, 1984, p. 140.

que tem como característica mais clara o fato de o direito antecipá-lo. Como então é organizado esse procedimento?

A idéia de costume postula que o que escapa à lei, aos órgãos do Estado, à forma escrita, seja estruturado ou estruturável juridicamente. Ele constrói, portanto, em negativo, o que o direito representa abertamente. Henri Lévy-Bruhl distinguia "as sociedades regidas pelo costume" daquelas "submetidas ao reinado da lei"[17], em nome da Grande Partilha segundo a qual o Ocidente por muito tempo pensou sua relação com o resto do universo.

Antes de ser glorificado, a partir do século XIX, por causa dos excessos da lei, do peso dos Estados modernos, do absolutismo dos códigos, o costume era estigmatizado. Absurda e cega imitação sem crítica de alguns decretos ancestrais, ele representava a arbitrariedade.

> E acaso ignorais que o cetro de bronze do uso imperioso submete o gênero humano de modo impiedoso?
> Os hábitos universais só nos mostram quanta crueldade os costumes endossam...[18]

Para o analista, o costume constitui o direito das sociedades *sem* Estado, *sem* escrita, *sem* instituições diferenciadas. Desenha em côncavo o que é, em convexo, o Estado de direito escrito à ocidental. No próprio seio do mundo "evoluído", ele constitui o reverso do anverso jurídico. Não se poderia conceder-lhe credibilidade sem testar os sentidos históricos de seus empregos. Vejamos, assim, René Maunier, sem dúvida um dos principais fundadores da escola francesa de sociologia e de etnologia jurídicas nas faculdades de direito. Autor de volumosos trabalhos de "sociologia colonial", Maunier aborda também, nos anos 1930, a ciência dos costumes legais da França metropolitana. Seu método é simples: os costumes se prendem

---

17. H. Lévy-Bruhl, "Problèmes de la sociologie criminelle", *in* G. Gurvitch, *Traité de sociologie*, Paris, PUF, 1960, II, p. 207.
18. Le Mierre, *La veuve du Malabar ou l'Empire des coutumes*, Toulouse, 1783.

ao "folclore", por isso cumprirá definir o que, no folclore francês, expressa o "folclore jurídico"[19]. É "o costume-popular", precisa ele, noutras palavras, "um uso coletivo, arraigado e sancionado... um direito oral, local e privado, um direito desdenhado sem o qual o direito dos professores de direito seria construído no ar".

A julgar por seu plano de pesquisa, recortado em quatro "regiões de estudo", Maunier não tem o menor problema para enumerar as divisões desse folclore desdenhado:

1º) o direito familiar é o "corpo das relações desenvolvidas no seio das famílias... na medida em que essas relações se distinguem daquelas estabelecidas pelos códigos e leis";

2º) o direito possessivo é o "corpo de relações desenvolvidas acerca dos bens";

3º) o direito contratual determina "o corpo das relações entre as famílias e entre as pessoas";

4º) o direito punitivo, enfim, expressa "o corpo das punições de ordem consuetudinária, ou então sanções não previstas pelo legislador".

Família, propriedade, contrato, pena... O folclore jurídico se limita, portanto, a preencher os vazios do legislador racional, aderindo do modo mais estrito a suas categorias. O "corpo das relações" abrangidas por cada rubrica é identificado na medida em que estas se distinguem da norma oficial. Mas, uma vez inventariadas, essas distorções apresentam, por sua vez, tamanho caráter de positividade que fica tão fácil fixá-las e consagrá-las quanto erradicá-las.

A história jurídica da França é, assim, cheia de exemplos de identificação de costumes sobre os quais o sociólogo não poderia equivocar-se: constatam-se maneiras jurídicas de fazer mais para normalizar as condutas do que para estabelecer um inventário etnográfico neutro. Distinguir os bons costumes dos maus, generalizar uma lei desejável, estabelecer uma autoridade territorial são as razões mais claras desses periódicos "reco-

---

19. Ver R. Maunier, *Introduction au folklore juridique*, Paris, Éditions d'Art et d'Histoire, 1938.

nhecimentos" dos costumes aceitos; o Estado, aliás, conserva ciosamente o monopólio da iniciativa desses reconhecimentos. Quem diria!

O célebre movimento de redação dos costumes na Idade Média[20], lançado pelo poder régio e estreitamente controlado por seus responsáveis, repousava no princípio da declaração popular ou "pesquisa por turbas". Cumpria, todavia, mais manifestamente ver nisso um primeiro passo de envergadura para a unificação do direito francês do que um fortalecimento de identidades jurídicas específicas inseridas nos costumes de cada região. A Revolução vem arrematar essa obra de grande fôlego: será a era das codificações e a consagração da unidade do direito nacional. Os "monumentos legislativos" deviam abranger, com razão e coerência, o conjunto do campo jurídico. Logo foi preciso, porém, recorrer a uma noção "maleável", a de "usos", para tornar jurídicas as atividades sociais que escapavam, como esperado, ao racionalismo absoluto. Segundo uma lei de 30 do Ventoso do ano XII, repetida em seu artigo 7.º, o Código Civil de 1804 proclama a prescrição dos "costumes gerais ou nacionais". Mas esse mesmo texto fundamental remete à aplicação dos "usos da região" e outros "costumes do lugar" a fim de pôr ordem em partes inteiras da vida social, essencialmente na área rural, com relação às quais a lei geral proclamava claramente sua inaptidão. Mas, se o "uso local" estava assim destinado a paliar a ausência de regulação pela lei, ainda cumpria que se pudesse precisar-lhe o conteúdo. Não bastava invocá-lo, era preciso *reconhecê-lo*. Assim, da primeira metade do século XIX até os nossos dias, a França manteve, à margem de seu Grande Código, um autêntico laboratório permanente de extração de normas juridicamente viáveis: um processo recorrente de afirmação dos "usos locais com força

---

20. Dentre uma fartíssima bibliografia, assinalaremos a análise de E. Le Roy Ladurie, "Système de la coutume" (*Le territoire de l'historien*, Paris, Gallimard, 1973), inspirada no *Essai de géographie coutumière*, de Jean Yver (1966), por sua vez devedor da obra espantosa e sempre moderna de Henri Klimrath (*Études sur les coutumes*, 1837).

de lei" que reflete bem as funcionais ambigüidades da idéia de "costume" e dos vocábulos associados[21].

Trata-se, quando se "reconhece" um costume ou um uso, de identificar normas latentes ou promulgar normas novas? A operação compete a um etnologista ou a um legislador? Na verdade, é propriedade singular desse gênero de conceitos, servidores da evolução jurídica, tornar essas duas posturas, objetivamente inconciliáveis, rigorosamente equivalentes e até intercambiáveis. Aquele juiz de paz de um cantão rural é no século XIX um excelente etnologista quando se estende sobre o gestual das capinas femininas ou a debulha ritual dos milhos. Mas é para usar oportunamente, tal como um John Austin, sua machadinha de jurista preocupado em distinguir o jurídico do amontoado espesso das regras sociais da vida. Leiamos, portanto, essa passagem da *Topographie légale* de Amédée Clausade:

> Em tal cantão, os castradores usam todos paletós vermelhos, sendo isto a insígnia de sua profissão; ali, se o moleiro morre, as pás do moinho são postas em cruz; aqui, a lâmpada de três bicos, acendida aos pés de um morto, só deve ser apagada pelo parente mais próximo; acolá, o feiticeiro é muito respeitado e muito temido, ao passo que aqui, embora isso seja muito raro, riem dele; ali... e, enfim, eu teria escrito um livro interessante sob mais de um aspecto, mas, com certeza, não teria sido como doutor de direito que eu teria sido seu editor.[22]

Para esse juiz rural, legislador espontâneo que inventaria os "usos com força de direito", a sociedade forma um todo, rigorosamente ordenado. A imposição do feiticeiro nele será às vezes mais infalivelmente obedecida do que a conclusão do

---

21. Ver sobre esse tema L. Assier-Andrieu (dir.), *Une France coutumière. Enquête sur les "usages locaux" et leur codification* (XIXe-XXe siècles), Paris, Éditions du CNRS, 1990.
22. A. Clausade, *Usages locaux ayant force de droit et topographie légale du département du Tarn*, Albi, 1843, p. XIV.

magistrado. Um castrador raramente deixará de usar seu paletó vermelho, e o parente mais próximo do defunto cometeria infração grave se deixasse de assinalar o fim do velório apagando a lâmpada de três bicos. Mas nesse universo estritamente regrado, existem regras relativas às matérias deliberadamente abandonadas pelo Grande Código às "maneiras locais de fazer", outras que não o interessam. Sensível etnologista, mas implacável jurista, o codificador rural estende o domínio da lei francesa até esses "usos" trazidos a lume por sua própria perícia: a especificidade de uma técnica feminina da capina servirá, assim, para qualificar o contrato de arrendamento dos serviços da operária; a ritualidade da festa do milho permitirá aos colhedores e debulhadores realizá-la, estatutariamente, na propriedade do empregador... Terá sido traçada uma linha, no cerne dos mais íntimos detalhes da cotidianidade social, entre a "força do direito" e o hábito popular. Intransponível... até que um novo Código Civil, uma nova lei nacional, um dia dê de novo a algum jurista etnologista a missão de estimar, cantão por cantão, a parte de uma "jurisprudência de feiticeiro" no solucionamento das pendências ou de avaliar o caráter obrigatório dos usos funerários. O fato de a linha de demarcação entre social e direito *ter sido* assim estabelecida em 1843 – nosso juiz rural faz questão de nos contar – não é fruto de sua obediência cega a algum princípio abstrato mas, ao contrário, efeito de sua profunda ciência do meio humano e mesmo, mais precisamente, do duplo domínio que possui, de um lado, dos costumes sociais objetivos e, do outro, das expectativas da legislação.

O cientista campestre procede ao parcimonioso levantamento dos únicos hábitos locais capazes de realizar os desejos de um legislador napoleônico. Transmutados, como em alquimia, pela escrita do jurista, esses "costumes" ficam, por sua vez, investidos de uma qualidade e de uma força jurídica. Mas, aquém da preciosa unção recognitiva, as regras que organizam, de domínio a cantão, a trama das relações rurais, nem por isso são menos precisas, menos obedecidas, menos suscetíveis de sanções populares. Como, então, realizar o indispensável corte?

O historiador Marc Bloch muito cedo convidou os pesquisadores a debruçarem-se sobre esses "pequenos códigos consuetudinários dos campos"[23], verdadeiras testemunhas das estruturas e das mutações da sociedade rural. Pioneiro da sociologia rural e da etnologia na França, Marcel Maget se dedicou a isso entre 1938 e 1942[24]: notou, em particular, a freqüência das extensões abusivas de usos, meros hábitos dominiais cuja "codificação" transformava-se em lei departamental. Os redatores medievais dos costumes das províncias não agiam de outro modo para homogeneizar o mosaico legislativo baseados no Costume de Paris! A identificação da regra consuetudinária é operada mediante seleção e generalização. Com freqüência, não passa de invenção.

Personagens rurais importantes, juristas práticos, reformadores esclarecidos, os "codificadores" dos usos locais, do início do século XIX até os nossos dias, não deixaram de insuflar suas próprias concepções do "dever ser", deitando no papel normas pretensamente "constatadas". Que as imponham, no espírito do patronato, para melhor benefício da "associação frutífera entre o capital e o trabalho", ou, mais liberalmente, que as negociem, como são negociadas convenções coletivas de trabalho entre parceiros sociais. Reconhecer os usos é, não há dúvida, participar da criação de um novo direito que será preciso fantasiar de antiguidade para lhe fundamentar a legitimidade. A tradição não é uma herança cristalizada, "ela só atua sendo portadora de um dinamismo que lhe permite a adaptação, dando-lhe a capacidade de tratar o acontecimento e de explorar algumas das potencialidades alternativas"[25]. Na lógica do direito, falar do caráter tradicional dos "usos locais" era, em

---

23. M. Bloch, "Les usages locaux, documents historiques", *Annales d'histoire économique et sociale*, 1933, V, pp. 584-5.
24. Cf. M. Maget, "Les dates de mutations locatives de biens ruraux. Esquisses cartographiques d'après les recueils d'usages locaux", *Études agricoles d'économie corporative*, "Le folklore paysan", 1942, IV, pp. 317-44 e *Une France coutumière*, op. cit.
25. G. Balandier, *Le désordre. Éloge du mouvement*, Paris, Fayard, 1988, p. 37.

suma, o melhor dos modos de levar em conta ou até de favorecer a emergência de relações sociais novas, sem prejudicar o equilíbrio das situações herdadas[26].

Só se podem apreender bem o alcance sociológico e a força jurídica da idéia de costume reportando-a aos contextos de seu emprego. O conteúdo que se atribui a qualquer costume é estritamente dependente das modalidades da constatação ou do reconhecimento: o costume quase só é reconhecido no próprio processo de sua pesquisa e de sua qualificação. Só encarna os limites do direito ou seu além na medida em que uma ordem jurídica positiva o designa com o duplo objetivo de lhe governar os conteúdos e de lhe antecipar os desenvolvimentos futuros. Os diversos conteúdos abrangidos, num ou noutro momento histórico, pela noção de costume terão, como estimava Weber, uma existência objetiva? Sem a menor dúvida. Decorrem dos diferentes registros da organização dos grupos sociais: lógicas de parentesco, fluxo de poder, relações de produção e referências simbólicas e religiosas. Contrariadas pelo desenvolvimento do direito ou visadas pela ampliação de seu objeto, essas racionalidades assumirão então a aparência de "costumes", pois tal será daí em diante a forma juridicamente mais apropriada de nomeá-las e de administrá-las.

Cascas maleáveis e núcleos duros

Se a imaginação jurídica mantém suas zonas maleáveis para captar permanentemente a mudança social, isso se dá segundo seu próprio ponto ideal de estabilidade: só há conceitos flexíveis, noções maleáveis ou *soft law* em relação ao núcleo duro da construção jurídica. "Reconhecer a diversidade e a flexibilidade congênita dos instrumentos da regulação jurídica permite [...] compreender", nota A. Jeammaud, "que eles sejam a um só tempo 'positivos' e relativamente indetermina-

---

26. H. de Tarde, "Usages et progrès: l'économie juridique de la modernisation", *in Une France coutumière, op. cit.*, pp. 165-86.

dos."[27] Esses instrumentos são conceitos, ou seja, palavras investidas de um sentido abstrato e eficaz, postos no mostruário da regulação jurídica em que a "relativa indeterminação" é, por sua vez, fruto de um dispositivo particular de apreensão do social. Assim, segundo M.-A. Hermitte, de quem extraímos o essencial do que se segue[28], "duras" são as categorias jurídicas que se estabelecem numa certa evidência social, encarnam-se com precisão na lei e na jurisprudência dos tribunais, inserem-se numa coerência.

É, por exemplo, o *sujeito do direito*, tal como aparece em meados do final do século XIX: é o indivíduo humano, seja qual for seu sexo, sua idade, sua condição, do nascimento à morte. Ficamos então livres da antiga concepção de escravo que o considerava um bem, ou dos processos intentados aos animais; mas ainda não fomos atingidos pelo desmantelamento contemporâneo do ciclo da vida causado por técnicas de procriação assistida e do emprego sistemático de aparelhos para manter vivo um doente terminal. O conceito maleável é, ao contrário, aquele cujo conteúdo varia conforme as necessidades. Tira sua seiva original de um ramo "duro" do direito, mas adquire progressivamente novos significados. Estica e transforma seu campo de aplicação, a ponto de representar um conjunto de lógicas sociais independentes ou até *subversivas* da ordem do direito.

Exemplo de categoria maleável: a *propriedade*. Exemplo de lógica subversiva: a economia de mercado. Marie-Angèle Hermitte demonstra como foi distendido o conceito de propriedade, a ponto de fazê-lo levar em conta realidades totalmente diferentes desses bens materiais, de raiz, imobiliários, a cuja representação fora destinado e nos quais fundara sua

---

27. A. Jeammaud, "Consécration de droits nouveaux et droit positif. Sens et objet d'une interrogation", in *Consécration et usage de droits nouveaux*, Saint-Étienne, CERCRID, 1987.
28. M.-A. Hermitte, "Les concepts mous de la propriété industrielle: passage du modèle de la propriété foncière au modèle du marché", in B. Edelman e M.-A. Hermitte, *L'homme, la nature et le droit*, Paris, Christian Bourgois, 1988, pp. 85 ss.

"dureza" primeira. Essa abertura aos "direitos intelectuais", à propriedade literária e artística, aos direitos do inventor e do criador, redundou em esvaziar o conceito de seu conteúdo primitivo, para entregar, às vicissitudes do mercado, os interesses cuja perenidade ele tinha vocação de defender. Criação artística, obra cinematográfica, invenção que dá direito à obtenção de uma patente: os direitos de propriedade implicados se deslocaram do criador, do autor, do inventor para toda essa população de produtores, de investidores e de especialistas em aplicações no mercado, por sua vez incentivados por uma lógica econômica pouco respeitosa das fortalezas construídas "em duro" pelo pensamento jurídico.

Sensíveis às forças sociais, encarregados de tornar viável a famosa demarcação sem a qual a ordem do direito não tem identidade, esses "conceitos maleáveis" são porém, como o costume, pontos de abertura por onde se insinuarão ou se precipitarão lógicas sociais estranhas ou, por que não, contrárias ao direito. É o que ocorre, julga Hermitte, com a economia de mercado, "que não se consegue tornar jurídica" mas que, em compensação, consegue tornar o direito mercantil. É esse fenômeno que os especialistas denominam "desjuridicização".

Ficções legais

A ficção legal é um desses instrumentos do pensamento jurídico que servem para diminuir o abismo perpetuamente aberto entre as necessidades sociais e a ordem do direito. Como o costume e as noções maleáveis, ela permite à ordem legal alcançar o tempo social. "O direito é estável", escrevia Henry Sumner Maine[29], "as sociedades [ocidentais] são evolutivas. O grau de felicidade de um povo dependerá de sua prontidão para reduzir esse fosso." A eficácia mais tangível da ficção reside, em direito, no princípio mesmo de sua própria

---

29. H. S. Maine, *Ancient Law. Its Connection with Early History of Society and Its Relation to Modern Ideas*, Londres, 1861, p. 23.

negação: "O *fato* é que o direito muda, a *ficção* é que ele permanece o que sempre foi."

A ficção jurídica se encarrega de nada menos do que manipular o tempo. Sem ofender a "aversão supersticiosa pela mudança" que afeta os grupos sociais, ela dissimula o atraso recorrente do direito. Na Idade Média, aureolavam-se assim as novas leis com o prestígio da antiguidade. Reputava-se que toda atividade de legislação exumava monumentos do passado. O texto jurídico extraía sua verdade da falsificação de suas origens temporais. Um dos primeiríssimos códigos ocidentais, os suntuosos *Usos de Barcelona*, já evocados, tiveram, assim, como autores confessos o conde Raimon Berenguer I e sua esposa Almodis, figuras dinásticas da lenda catalã, e reivindicam a data de 1048, ao passo que na realidade foram escritos mais de um século depois, por volta de 1150, sob a autoridade do quarto conde do mesmo nome. Os antigos noruegueses consideravam que seu direito constituía-se das *"leis de Olavo, o Santo"*, quando na verdade se tratava de uma compilação de regras bem posteriores. E os ingleses do século XII atribuíam a *Eduardo, o Confessor*, a paternidade de uma legislação apócrifa que o santo e venerado soberano, que reinou no século XI, seguramente não poderia ter conhecido[30]. Arcaizando a identidade do legislador e da obra normativa que se trata de instaurar, vinculam-lhe a legitimidade, que o peso dos anos fortalece mais do que qualquer coisa, e a potência simbólica de uma figura genealógica tão prestigiosa quanto inacessível.

A alçada da ficção é a adaptação mais íntima do fato ao direito, à custa de todas as inverossimilhanças que a eficácia jurídica converterá então em *"figuras de verdade"*[31]. Apenas quando ela fracassa na obra de transfiguração é que sua presença é revelada, quando a verdade que propõe falha em preencher o vazio, quando a ausência de legalidade exibe a crueza

---

30. Cf. A. Gourevitch, *Les catégories de la culture médiévale*, trad. fr., Paris, Gallimard, 1983, pp. 168 ss.
31. Segundo a expressão dos glosadores medievais do direito romano (*fictio figura veritas*).

da montagem. Então, mas somente então, não há ficção legal mas um vulgar artifício de eruditos ou de legistas. A ficção jurídica é uma encenação. Propõe uma figura que seja culturalmente admissível pela sociedade a que concerne, enquanto outra sociedade, ou a mesma numa época diferente, a rejeitaria como um absurdo, uma loucura, um sonho ou um conto fabuloso. Vamos extrair dos riquíssimos anais da justiça do Antigo Regime um exemplo particularmente imaginativo.

Trata-se de uma decisão tomada pela corte de Dôle em 1573[32]. Um certo Gilles Garnier foi acusado de homicídio "cometido contra as pessoas de várias crianças e de devoramento da carne deles sob a forma de lobisomem". No dia de São Miguel, no dia de Todos os Santos, no dia de São Bartolomeu, ele raptara duas meninas e dois meninos com cerca de dez, doze anos, matara todos eles "tanto com suas mãos parecidas com patas como com seus dentes", esquartejara alguns e comera a carne "das coxas e braços" e levara certas partes à esposa. Até o dia de São Bartolomeu em que, depois de estrangular um menininho num bosque, foi cercado e preso. "O menino já estava morto", relata a corte, "estando o referido [Garnier] em forma de homem e não de lobo, forma na qual comera a carne do referido menino." Naturalmente, o homem foi condenado a ser arrastado de costas sobre uma grade, e depois queimado vivo. Mas fiquemos atentos à retórica dos juízes e à sua minuciosa anotação das metamorfoses de nosso monstro.

Se ele estrangula, decapita e esquarteja crianças, é "com suas mãos parecidas com patas". Se as devora, é ainda "igualmente em forma de lobo". Mas, quando o prendem, está "em forma de homem e não de lobo", privando *in extremis* o lobisomem do festim carniceiro que, "enquanto lobo" não teria deixado de regalar-se no corpo de sua derradeira vítima. Atenta em dominar dois registros incompatíveis do vivente, a corte julga Garnier incapaz *enquanto homem* de devorar gulosamen-

---

32. Extraído dos registros do cartório da Corte do Parlamento de Dôle, *Arestorum*, f. LV, *in Thémis*, 1821, II, pp. 18 ss.

te a carne infantil que faz suas delícias *enquanto animal*. A ordem judiciária não julga o canibal nem o infanticida. Aprecia a dualidade da constituição monstruosa do licófilo e nos dá a razão disso: ele tivera "a escolha, pelo diabo, de se transformar [em lobo] quando quisesse". A economia de suas metamorfoses fica assim perfeitamente aclarada. O diabo dotou o sujeito da capacidade de transpor à vontade e concretamente o limiar da animalidade. *Logo, erradicarão a feitiçaria sem nunca julgar digno de humanidade o ato antropófago.*

A ficção do lobisomem consegue assim uma operação intelectualmente acrobática, que não poderia ocorrer sem seu auxílio: *atestar a desumanidade de um ato incontestavelmente cometido por um humano*. A ficção serve ao direito de solução de conversão antropológica, permite pensar o impensável e julgar o inominável. Igualmente acusado de homicídios em série com devoramento das vítimas, Jeffrey Dahmer, preso em Milwaukee em julho de 1991, hoje só poderia ser assimilado a um "lobisomem" por excesso de imaginação ou entusiasmo metafórico. A corte de Dôle teria em compensação, na Idade Média, tomado a expressão ao pé da letra e discorrido sobre brutais mutações do homem-lobo. A ciência, pelo viés de suas perícias, cumpre hoje, para esse tipo de caso, a função que há pouco necessitava que se recorresse às transgressões diabólicas. Hoje em dia esforçam-se em distinguir o racional do demente, e o instrumento psiquiátrico se incumbe de nos descrever essas "mudanças de estado" que afetam a pessoa criminosa em lugar da ficção licantrópica.

Certas ficções jurídicas são *vitais* para a organização profunda da sociedade. Tomemos, por exemplo, o muito familiar adágio romano *Pater est quem nuptiae demonstrant* ("É pai aquele que as núpcias designam"). Até os movimentos recentes de reforma do direito da família, uma presunção legal de paternidade era vinculada ao "marido da mãe", e esta era por sua vez reputada "certa" (*Mater certa est*). Essa presunção exerce sua soberania sobre a filiação pelo jogo de uma ficção bem evidentemente elementar sobre a realidade biológica da geração, e das possibilidades de que o honrado *paterfamilias* pouco desconfiado pudesse ser tecnicamente alheio à gravidez de sua esposa. Mas a ficção da filiação vai mais longe, como ensina Pierre Legendre[33]. O pai é aquele que as núpcias designam. É o próprio princípio da estruturação institucional da família. Mas, fora do casamento, os filhos e as filhas seriam totalmente desprovidos de pai, portanto, se seguirmos a tradição romano-canônica que Legendre atualiza com tanta eficácia[34], privados de vínculo com a lei organizadora das relações humanas, até mesmo por isso categoricamente subtraídos ao gênero humano? Sobre o tema da investigação do pai, incerto por definição, o pensamento jurídico ostentou seus talentos, imaginou crianças que nasceriam de si mesmas (autogeradas!), criou lendas de pais mitológicos perdidos em alguns limbos. Todavia, ele se fixou numa ficção simples: o filho "natural" será *filho da terra* (*spurii terrae filii dicti, quasi e terra nati*)[35], como a expressão "pupilos da Nação" nos traz outra vez seu eco longínquo. O raciocínio jurídico arruma assim, com o amparo da ficção, uma paternidade de substituição indispensável para fazer entrar, na ordem genealógica, um efeito do caráter justamente fictício da paternidade. As ficções são eficazes porque fundamentadas por mitos e disseminadas por símbolos. Graças a elas, não há crianças sem pai: na pior das hipóteses, o pai é a terra, matriz autêntica e fonte real de vida.

Graças às noções intermediárias que o direito mobiliza em suas margens sociais, não existe tema que a imaginação jurídica não seja capaz de entender e de tratar conseqüentemente. Cumpre, entretanto, evitar ver nessas construções intelectuais os instrumentos de um empreendimento deliberado de regulamentação exagerada de tudo o que pode sê-lo, ou então, ao inverso, brechas totalmente escancaradas por onde se intro-

---

33. P. Legendre, *L'inestimable objet de la transmission. Essai sur le principe généalogique en Occident. Leçons IV*, Paris, Fayard, 1985, p. 159.
34. Deve-se ler *Le crime du caporal Lortie. Traité sur le père. Leçons VIII*, Paris, Fayard, 1989.
35. Ver o tratado de Dadin d'Hauteserre, *De fictionibus iuris*, Paris, 1659, muitas vezes evocado por P. Legendre.

duzem forças desestabilizadoras da ordem do direito. As situações concretas, históricas, oscilam ao contrário em torno de uma espécie de ponto de equilíbrio: o que permite à organização jurídica de um grupo social continuar a amoldar-se ao destino desse grupo, assumir suas transformações, administrar suas distorções. O direito não é somente, temos de insistir nesse ponto, um "instrumento técnico de engenharia social a serviço de uma evolução dos costumes e das práticas" (C. Labrusse-Riou). Contém uma parte de indisponível, um núcleo duro de categorias fortes, tal como a da filiação, que põe em cena e em ordem a coletividade humana.

2. Esboço de sociologia da função jurídica

1º) Da ordem e da desordem

Uma outra maneira de assinalar a distinção jurídica é detectar seu efeito independentemente das formas de sociedade. Havendo ou não um Estado, uma "massa textual", uma casta de especialistas judiciários dedicados a seu serviço, nada muda na identificação do direito. Este se mostra, então, como o projeto de uma função, primordial e universal: *controlar o surgimento da desordem social segundo um princípio de ordem traduzido em normas de comportamento ou em regras de organização*.

Para conseguir ver a especificidade do direito nessa função de controle social, foi preciso um rigoroso e progressivo amadurecimento científico. No mesmo momento em que os Estados-Providência fortaleciam suas bases legislativas (fim do século XIX – início do século XX), vários teóricos se ativavam para dissociar o direito da gênese das instituições públicas. O austríaco Ehrlich situava o centro de gravidade do direito "na própria sociedade"[36] – o que só é uma tautologia para os

---

36. Ver E. Ehrlich, *Fondation de la sociologie du droit*, 1913.

não-juristas. O francês F. Gény promovia a busca de uma "fonte real do direito" nos dados da natureza e dos fatos[37]. Antes dele, o prolífico historiador do direito de origem alemã, Hermann Kantorowicz, lançara a idéia de um *"direito livre"*, ou seja, de um direito liberto das tutelas estatais e que deveria sua criação apenas à "opinião jurídica dos membros de uma sociedade".

Mas como, nessa nova ótica, conseguir distinguir o jurídico do social? Para Kantorowicz[38], *o direito é um conjunto de regras sociais suscetíveis de serem empregadas por um órgão de julgamento*. Noutras palavras, o conflito, o litígio, a pendência são o elemento-chave que provoca o aclaramento e a intervenção da regra, cuja missão se torna imediatamente prevenir a ocorrência de problemas semelhantes no futuro. É assim, dentro desse espírito, pelo fato de ser ou de poder ser uma fonte de julgamento (julgar é solucionar um conflito), que uma regra de direito se distingue do mero costume social. O americano Llewellyn dará a essa intuição, como veremos, todo o seu alcance para a pesquisa empírica.

Outros autores, como os antropólogos Bronislaw Malinowski e Marcel Mauss, viram, ao contrário, o princípio essencial do direito não no caráter litigioso das relações, mas no corpo das regras que instituem a ordem da vida em sociedade. O gênio do direito está incorporado, escreve Mauss em seu famoso *Essai sur le don* (1923-1924), a um "complexo econômico, jurídico e moral". Ninguém poderia desobedecer com persistência a seus preceitos, acrescenta Malinowski em *Crime and Custom in Savage Society* (1926), sem ser excluído da ordem comum.

Notamos bem a inversão de ponto de vista. São a ordem, a harmonia, a "configuração das obrigações" (Malinowski) que tornam o indivíduo incapaz de negligenciar sua responsabilidade para com o todo social. Cada desvio de conduta se torna uma transgressão, uma patologia a qual se remedeia com res-

---

37. Ver F. Gény, *Science et technique en droit privé positif*, 1914-1924.
38. Cf. H. Kantorowicz, *The Definition of Law* (1939), Nova York, 1958.

tauração ou recomposição de uma harmonia momentaneamente arranhada. De um lado, o conflito gera o direito, de outro, ameaça-o.

A dupla preocupação de prevenir e de reprimir o gesto reprovado anima igualmente as sociedades modernas que deverão conjugar a idéia de uma ordem imanente, moral, constitucional, social, com a necessidade de levar em conta, de uma maneira ou de outra, a expressão das distorções e outras rupturas da ordem vigente. Como expressou com vigor o filósofo Unger, ao rejeitar a idéia de uma "natureza humana" que escaparia à história, as teorias da sociedade pararam de perguntar-se o que vem a ser o homem *antes* ou *sem* que viva em sociedade[39]. Nem por isso nos livramos da necessidade de formular hipóteses sobre o que, nas relações sociais, torna possível a vida dos grupos. Formular o problema da distinção social do direito reclama portanto, naturalmente, que se mobilize alguma hipótese geral sobre os fundamentos daquilo que no século XIX era chamado de a "constituição social" (Le Play). Trata-se, muito esquematicamente, de optar por uma das duas interpretações de uma única e mesma questão: *será a harmonia social ou a dinâmica dos conflitos que deve representar a referência normativa do campo jurídico?*

Nos termos do direito clássico, o enredamento das obrigações criadoras, no sentido etimológico, do laço social (do latim *ligatio*: ligadura) deve sua estrutura tanto ao cumprimento de compromissos recíprocos entre os membros de uma sociedade quanto à reparação dos danos causados: tanto ao contrato quanto ao delito. As abordagens sociológicas e antropológicas do direito se empenharam desde o início do século em esclarecer os termos opostos e complementares desse círculo vicioso, paradoxal e inseparável a um só tempo. Os sistemas de regras e os processos de solucionamento dos conflitos foram largamente explorados pelas ciências do "direito em sociedade" antes que uma corrente anglo-americana recente renegasse seu

---

39. R. M. Unger, *Law in Modern Society*, Nova York, Free Press, 1976, p. 42.

juricentrismo (*"law-centeredness"*) para associar seu estudo não mais ao conhecimento do direito, mas ao do campo social em geral[40]. Para esses pesquisadores, é a dogmática jurídica que deve indagar-se sobre a especificidade do direito: o caso é de ordem interna. O observador da sociedade deve a qualquer preço evitar perguntar-se sobre essa especificidade se não quer deixar-se iludir pelas impuras quimeras que são as teorias "jurídicas" do direito. Assim, ele vai escrutar os sistemas de ordem e os conflitos, não mais à maneira dos cientistas que fundaram as disciplinas que ele aplica, para neles procurar os princípios de uma organização *jurídica* da vida em sociedade, mas para neles descobrir normas ou razões constitutivas *in fine* das estruturas sociais, do pensamento simbólico, da cultura etc. Todos os fenômenos observáveis estão, dentro desse espírito, relacionados com um projeto de conhecimento global ou social, não daquilo que no social possui um cunho especificamente jurídico. Na melhor das hipóteses, o direito será colocado, ao lado dos mitos e das organizações políticas, entre os utensílios variados do "controle social".

Certos autores verão nessa antropologia ou nessa sociologia jurídicas desconectadas do conhecimento do direito um efeito perverso dos isolamentos subdisciplinares[41], outros, ao contrário, aproveitarão com talento essa oportunidade de escapar aos debates cheios de armadilhas armadas pelo "juricentrismo" e de pôr os objetos e os métodos, outrora confinados na análise do direito, a serviço de um ambicioso programa de decifração das racionalidades sociais[42].

---

40. Cf. J. Starr e J. F. Collier (eds.), *History and Power in the Study of Law. New Directions in Legal Anthropology*, Ithaca, Cornell University Press, 1989.

41. Ver G. E. Marcus e M. M. Fischer, *Anthropology as Cultural Critique*, Chicago, Chicago University Press, 1986, e a introdução de S. F. Moore, *Social Facts and Fabrications*, Cambridge, Cambridge University Press, 1986.

42. Os trabalhos de Carol Greenhouse são nesse aspecto muito significativos; ver, em especial, "Looking at culture, looking for rules", *Man*, 1982, 17, pp. 58-73.

Duas obras são uma introdução maravilhosa à compreensão do direito, expressão de ordem nascida da desordem. As suas duas facetas funcionais foram exploradas e magnificamente postas em cena pelas marcantes figuras da inteligência da primeira metade de nosso século que são Malinowski e Llewellyn. O primeiro era um antropólogo, inventor do método chamado de imersão total e de observação participante, noutras palavras, da pesquisa de campo moderna, que teve a boa idéia de achar fascinante a questão jurídica. O segundo era jurista, um desses brilhantes jurisconsultos que impregnam com seu pensamento o curso da história de um sistema de direito, no caso o dos Estados Unidos. Malinowski entreviu a parte jurídica da organização das sociedades "selvagens", indubitavelmente desprovidas de Estado legislador, acima de tudo como "uma miríade de laços de reciprocidade". Para Llewellyn, eram, em compensação, o atrito, a desunião, a crise, o "fator provocador de distúrbio" que constituía o verdadeiro artesão da vida jurídica do grupo. Visitemos, pois, esses monumentos ativos da reflexão jurídica.

2.º) Malinowski e a configuração das obrigações

Entre 1914 e 1920, Malinowski atraca no arquipélago das Trobriand, na Melanésia (*"ilhas povoadas de negros"*), no nordeste da Austrália. Ia fazer dele o olimpo dos etnologistas. Inaugurando uma abordagem de etnografia total, o cientista polonês se instala naqueles minúsculos e primitivos "jardins de coral". Porta-se como indígena e lança um olhar novo às categorias fundamentais da existência humana: a vida material e a economia, a sexualidade e o parentesco, a magia e a religião... o costume e o direito. A questão jurídica não deixará de preocupá-lo até suas horas derradeiras e suas páginas derradeiras, escritas em seu leito de morte e publicadas postumamente no *Lawyers Guild* americano graças à sua esposa.

De *Crime and Custom in Savage Society* (1926) a *New Instrument for the Interpretation of Law* [Novo instrumento para a interpretação da lei] (1942), que parte singularmente de uma reflexão sobre Llewellyn, passando pela longa introdução que faz à obra tornada clássica de Hogbin, *Law and Order in Polynesia* (1934), Malinowski se apropria do escopo jurídico. Ele o faz não à maneira de Gény, partindo do "*direito construído*", diríamos institucionalizado, mas segundo o dado bruto dos fatos etnográficos. Sua matéria são os acontecimentos corriqueiros da vida cotidiana, pacientemente reunidos em segmentos, que acabam por adquirir sentido sob a força da análise e desvelam a flexível e hábil disposição de um fragmento de humanidade extrema em que se lê o universalmente essencial.

Temos, para compreender a força da teoria, de seguir o observador em seu encaminhamento.

> Qualquer um que, confidencia-nos, souber a que ponto é difícil, se não impossível, organizar a menor atividade combinada com melanésios, e a precisão e a prontidão com que executam seus empreendimentos cotidianos, perceberá a função e a origem da coerção, nascida da convicção do indígena de que um outro homem possui um direito sobre seu trabalho.[43]

Se a verdade do direito fundamental não é imediatamente visível, como pode sê-lo um tribunal de justiça, nem por isso é menos estruturante e coerciva. O princípio de mutualidade inerva o corpo social com um tecido de regras e de sanções apropriadas. A pesca, por exemplo, é a primeira indústria da região. Exercem-na coletivamente sem nada abandonar ao acaso. Um homem é proprietário titular de cada uma das canoas nas quais embarcam outras tantas tripulações compostas dos homens do mesmo subclã:

> Todos esses homens [...] são ligados uns aos outros e a seus companheiros de aldeia por obrigações mútuas; quando o conjunto da comunidade sai para pescar, um proprietário não pode negar sua canoa. Deve ele próprio sair ou deixar algum outro

---

43. B. Malinowski, *Crime and Custom in Savage Society*, Londres, Routledge & Kegan Paul, 1926, pp. 28-9.

tomar seu lugar. Por razões agora claras, cada homem deve ficar em seu lugar e zelar por sua tarefa. Desse modo, cada homem recebe, na distribuição da pesca, uma parte conveniente a título de equivalente de seu serviço. A propriedade e o uso da canoa consistem, pois, numa série de obrigações e de deveres definidos que unem um grupo de pessoas numa equipe de trabalho.[44]

Fica muito claro para Malinowski que o direito é muito mais do que "um maquinário servindo para administrar a justiça em caso de transgressão". Baseado nos fatos levantados nos diferentes setores da atividade trobriandesa, o elemento jurídico é o que torna efetiva a coerção social sob a forma de um entrelaçamento de cadeias de serviços mútuos, sendo cada um deles prestado com a certeza de uma reciprocidade posterior. A estrita liturgia econômica da pesca mostra-se assim o produto de uma *obrigação jurídica* reconhecida e compartilhada. Todos os homens a endossam, e não por automatismo irrefletido ou por medo da polícia, mas *porque sabem* que uma recusa persistente de garantir seu serviço os privaria, por sua vez, do indispensável serviço dos outros.

O direito nada tem de sobrenatural, tampouco deve algo ao emprego sistemático da força de coerção. As regras de direito, em compensação, se distinguem prosaicamente pelo fato de representarem as obrigações legítimas de uma pessoa e os direitos não menos legítimos de uma outra. Separado pelo etnógrafo de toda contingência histórica, o direito se torna *uma função social*, diretamente dedutível das relações humanas. Na linguagem malinowskiana, uma "instituição" já não é um conjunto de especialistas a serviço de um *corpus* de textos, mas "um grupo de pessoas unidas por uma ou várias tarefas em comum, que obedecem a um corpo de regras"[45]. O campo jurídico, por conseguinte, é "a configuração das obrigações que torna impossível [ao indivíduo] negligenciar sua responsabili-

---

44. *Id.*, p. 18.
45. "Introdução", *in* H. I. Hogbin, *Law and Order in Polynesia. A Study of Primitive Legal Institutions*, Londres, 1934, p. XXXV.

dade sem sofrer por isso posteriormente"[46]. Portanto, é acima de tudo um *sistema de ordem*. Claro, lembra o antropólogo em seu último texto, em 1942, é ao direito que compete pôr em funcionamento um "maquinário" específico para apaziguar um conflito de interesses ou para reparar os estragos causados pelo desrespeito de uma regra de conduta[47]. Mas o que sobrevém então, e que costumamos denominar "justiça", é uma conseqüência do direito, o acessório de sua manutenção. Não é o seu princípio.

3º) Llewellyn ou o valor do conflito

Karl Nickerson Llewellyn construiu o objeto jurídico a partir de dados etnográficos tão fatuais quanto os de Malinowski para deles extrair, todavia, ensinamentos bem diferentes. Na verdade, devemos, para apreender seu pensamento, afastar nossa lupa e ver as coisas pelo avesso. O conflito não é a patologia de um direito percebido como sistema de ordem. Possui um valor criativo intrínseco capaz de desprender esse "certo sabor a mais" no qual Llewellyn sente o gosto da legalidade.

Com *The Cheyenne Way. Conflict and Case Law in Primitive Jurisprudence* (*O caminho cheyenne. Conflito e jurisprudência na legalidade primitiva*, 1941), escrito com a colaboração de seu aluno E. A. Hoebel, Karl Llewellyn (1893-1962) renova por meio da etnografia o método casuístico tão caro à tradição dos doutores da lei. Trata-se de mergulhar nos elementos fundamentais da vida jurídica de um grupo social mediante o estudo sociológico de casos exemplares. À maneira de uma coletânea de jurisprudência, seu magnífico "poema em prosa à

---

46. *Crime and Custom in Savage Society*, op. cit., p. 59.
47. "A new instrument for the interpretation of law – Especially primitive. A review of the 'Cheyenne Way'", *Lawyers Guild Review*, 1942, II, 3, p. 5.

glória do método *jurístico* dos cheyennes"[48] se fundamenta nos ensinamentos de uma série de litígios guardados na memória dos antigos. A sociedade é concebida como um "todo" prévio (Llewellyn leu bem Max Weber), animado por tensões que é indispensável reduzir sob pena de fragmentação (ele não deixou Georg Simmel de lado). Os subgrupos ou categorias de indivíduos constitutivos do conjunto (*social whole*) veiculam preocupações ou reivindicações (*claims*) em seu próprio nome e em nome da totalidade em que se inserem. Ora, está na natureza dessas reivindicações, na origem de toda contenda, comportar uma visão geral do que é conveniente ou justo fazer e não fazer: a ação reivindicatória não poderia, portanto, ser interpretada como uma negação da ordem social mas, pelo fato de expressar um desejo, como um fator de criação e de renovação dessa ordem.

Cada reivindicação, cada tensão, cada conflito contém uma faculdade de ordem e de harmonia. A adição das pressões divergentes, socialmente exercidas em direção a objetivos variados no seio de uma matriz social, constitui o verdadeiro teatro das atividades jurídicas de um grupo. Reclamações e contendas são manifestadas e tratadas em virtude de um "*sentimento de justeza*" (*felt-rightness*) presente em todos os componentes da sociedade.

A arte de manter equilibradas a integridade do todo e a animação de seus componentes divergentes constitui obra específica do direito num grupo social, noutras palavras, seu *método jurístico*. Este se exprime pela *autoridade*, a que se ativa para mobilizar a pluralidade dos meios sociais e culturais capazes de solucionar os atritos e canalizar as condutas a fim de prevenir a ocorrência de semelhantes distúrbios no futuro. A autoridade não tem, na tese de Llewellyn, o rosto imóvel de um hierarca ou de um potentado inserido na estrutura de uma organização de tipo político. Ela é um princípio flutuante, natural-

---

48. H. Cairns, "Review of 'The Cheyenne Way'", *Harvard Law Review*, 1942, 55, p. 710.

mente desencarnado. Em numerosos grupos ou culturas, ocorreu que a autoridade fosse menos ligada às pessoas do que aos modelos de ação, aos procedimentos ou às normas, afirma o jurisconsulto, cientemente convencido da distância e do poder que todo protocolo de direito adquire sobre os contextos que provocaram sua regulamentação.

O que vêm a ser "*conceitos*" jurídicos? São progressivas concreções oriundas do terreno móvel da dinâmica social. O conceito tem os pés na turba. É um "esforço de diagnóstico" sobre a natureza de um distúrbio social recorrente. É também o instrumento da "*canalização preventiva*" dos comportamentos para evitar que o distúrbio se reproduza. A experiência acumulada dita ao grupo a melhor das fórmulas para compartilhar uma norma comum, fornece também a sintaxe de sua aplicação (seu modo de emprego).

Mais fácil de experimentar do que de descrever, como confessa nosso epicurista jurista, o "sabor a mais" do direito é o que o distingue dos outros fatores de regulação social. Entretanto, dois critérios se destacam da ebulição conflituosa e reivindicativa que constitui, segundo ele, a base sociológica da legalidade:

1º) especificamente jurídica é a norma que deverá prevalecer entre outros registros normativos;

2º) a função jurídica tira dos tumultos que a fazem intervir um "caráter de oficialidade" que garante a resolução do atrito.

Da coerência e da regularidade aplicadas a esses modos (*law-ways*) de exercer a obra do direito (*law-jobs*) depende o essencial daquilo por que há "legalidade" numa sociedade: a certeza de que o solucionamento de qualquer distúrbio que seja porá o interesse de cada um à altura do destino do grupo. Etnologista moderado – não passou mais do que algumas semanas entre os *cheyennes*, deixando a Hoebel o cuidado de recolher a informação oral e extraindo da obra de G. B. Grinnell uma soma considerável de dados[49] –, Llewellyn era um notável teóri-

---

49. Cf. G. B. Grinnell, *The Fighting Cheyennes*, Nova York, C. Scribner's Sons, 1915.

co da prática e... um incomparável contista. Não poderíamos, nestas páginas, reproduzir o sabor de seus escritos. Tentaremos ainda assim reconstituir, com a evocação de um desses casos exemplares que ele adorava esclarecer, o que a modernidade de sua visão deve à combinação desses talentos[50]. Eis, pois, a história emblemática de "*Sticks-everything-under-his-belt*" ("*Aquele-que-esconde-tudo-embaixo-do-cinto*")[51], extraída do memorial ameríndio:

> Um dia, um cavaleiro decidiu caçar sozinho o bisão. Avisou a tribo. "Ponho-me", disse, "fora da tribo." Os chefes se reuniram imediatamente para examinar esse comportamento até então nunca ocorrido. Veio a decisão deles...: ninguém deverá ajudá-lo, falar-lhe, fumar em sua companhia, sob pena de ter de pagar uma *Sun Dance* (grande festa dançada em intenção do Sol) ao conjunto da tribo. Duraram vários anos o jejum e a solidão de "Aquele-que-esconde-tudo-embaixo-do-cinto". Enfim, o marido de sua irmã decidiu oferecer aquela festa extremamente apreciada para trazer o excluído de volta ao seio da tribo. Convidaram-no a fumar com os chefes e, declarou ele, "a partir de agora, correrei entre a tribo". A festa foi uma enorme festa. Isso aconteceu perto de Sheridan no Wyoming, sete anos antes de Custer...[52]

Esse cavaleiro levantou um problema inédito para a legalidade tribal e para a sagacidade retrospectiva de Llewellyn. Desse caráter inédito, o caso tira seu estatuto epistemológico, convocando para a frente do palco social os móbeis profundos da organização tribal. Tornando pública a sua recusa da caça

---

50. William Twining consagrou à obra, à posteridade e à brilhante personalidade de Karl N. Llewellyn um monumental *Karl Llewellyn and the Realist Movement*, Londres, Weidenfeld & Nicolson, 1973.

51. Caso nº 3, relatado nas pp. 9 ss., comentado nas pp. 124 ss., *Cheyenne Way*, 1941.

52. Os *cheyennes* setentrionais, cabe explicar, tiveram o costume de datar os eventos dos anos 1860-1890 relatados pela tradição oral usando como referência central a data da vitória deles sobre o comando americano em Little Big Horn, onde derrotaram o exército do general George Armstrong Custer em 25 de junho de 1876.

em comum, a singular personagem proclamou com a maior ingenuidade sua desconfiança para com a lei geral. Não a rompeu, há que notar, *ele a negou*. Nenhuma arma figurava no arsenal jurídico *cheyenne* para assumir tal situação. Construído sobre a ação e não sobre a intenção, o direito *cheyenne* existe na estrita medida do caso que tem de resolver. Não há lugar para a especulação prévia. Mediante uma rigorosa determinação, a "autoridade" se empenha em identificar e depois em reduzir cada uma das asperezas atestadas pelo acontecimento. Como, então, qualificar a atitude do cavaleiro, uma vez que a imagem de um ser separado da comunidade é impensável na cultura *cheyenne*? Desafio à autoridade, a declaração pessoal de independência do caçador ataca a própria existência do grupo. O fato de um de seus membros romper, por um ato de vontade, seu laço de dependência com o todo social representa um sismo brutal, numa cultura que só conhece o banimento ou a exclusão temporária em relação à família ou ao subclã, nunca da própria tribo. É pois o princípio de integração do conjunto que é atacado pelo ato individual de separação. O problema criado à ordem e a seus guardiães – os detentores da autoridade – é então duplo: como qualificar intelectualmente, como "imaginar", o que nunca existiu, porque nunca aconteceu? E qual conclusão prática tirar disso para resolver a distorção presente e impedir validamente que ela se reproduza?

O Conselho tribal se reúne, chefes de subgrupos e chefes de clãs. Sua interpretação não tem nenhuma ambigüidade: "Ele diz que está 'fora-da-Tribo'? Assim seja: ele está fora-da-Tribo." Noutras palavras, fazem *como se* a proclamação unilateral de uma independência impossível fosse logicamente aceitável. Mas, mediante a mesma operação de pensamento que consiste em ter como verdadeiro o princípio, o Conselho estabelece a transitividade da norma: o canal de sua exclusão voluntária também deve ser considerado o meio legítimo de sua reintegração. O caminho da retratação está claramente desenhado. Consiste, de um lado, num sacrifício de riqueza oferecido por uma terceira pessoa que responde pelo original oferecendo uma *Sun Dance* à totalidade do grupo, e, do outro, na adoção, pelo dissidente, nessa ocasião cerimonial, de uma personalidade emendada que elimina claramente a lembrança de sua rebelião. Assim foi promulgada uma norma nova para a posteridade, a fim de que a comunidade já não tivesse de ser perturbada por semelhantes transtornos.

Em *"jurisprudência antropológica"* (como a chamava Hoebel), Karl Llewellyn tira a lição desse "caso":

> Como uma solução poderia convir mais intimamente ao estado da estrutura institucional, e fazer com que, ao mesmo tempo, essa estrutura avançasse? Nós também não podemos imaginar melhor programa individualizado de reinserção, nem um arquivo mais inesquecivelmente dramatizado para o uso das gerações futuras...[53]

Todo o espírito do famoso *trouble case method* consiste em permitir que se leia a totalidade do gênio jurídico de um grupo social nas deflagrações que o dinamizam e que ele vence. Nunca, contudo, ficou demonstrado pelo exemplo que uma crise passível da intervenção jurídica consiga desmantelar, a ponto de aniquilá-lo, o grupo que ela atingiu. Antes, como mostra a parábola do "cavaleiro dissidente", uma tensão excepcional provocará uma imaginativa inovação institucional, capaz de *sancionar sem punir e reabilitar sem condenar*.

4º) Observar os fatos, comparar sistemas

O direito não marca sua singularidade com uma panóplia de critérios que poderíamos reunir num quadro ou desenvolver como uma taxinomia conforme o "grau de civilização", como diziam os antigos autores, ou conforme as formas de organização social ou as culturas, como é tão cômodo acreditar. De Joseph Kohler, que uniu o ser do direito às exigências moven-

---

53. K. Llewellyn, *The Cheyenne Way, op. cit.*, p. 125.

tes dos tumultos da universalidade humana, à mais moderna sociologia, não se resistiu à irreprimível tentação de colocar a juridicidade em um número de subdivisões igual ao das feições que ela podia mostrar.

Continua extremamente impressionante reportar-se às 1.206 páginas de *Systèmes juridiques mondiaux* [Sistemas jurídicos mundiais], publicado por Wigmore em 1936, em que a nomenclatura das legalidades considera "sistemas puros" a França e a Inglaterra, "mesclas nacionais" os países com soberania própria mas com categorias estrangeiras... como o Japão, "composições coloniais" os lugares onde o direito público depende do ocupante e o direito privado do autóctone, e considera, enfim, intraduzivelmente como "*colonial duplex composites*" os sistemas que, tal como a Índia, vêem um poder estrangeiro manter a coexistência de regimes "nativos" incompatíveis[54]. Os sociólogos Schwarz e Miller, entre muitos outros, perpetuaram a tradição tipológica com uma assombrosa "escala das características jurídicas" em cujo topo figuravam os "cambojanos, checos, ingleses elisabetanos, romanos imperiais, indonésios, sírios e ucranianos" e, na última fileira de um pelotão que ultrapassa umas cinqüenta "etnias", os "jivaros, *kababish*, casáquios, *sirionos*, *yaruros* e *yuroks*"[55]. Versão materialista, o antropólogo Newman não quis ficar atrás numa amostragem transcultural[56]. Em sessenta sociedades "pré-industriais", ele submete a presença ou a ausência desta ou daquela "instituição jurídica" ao crivo de uma estratificação social, por sua vez fundada nas relações econômicas. Essas "instituições" características da legalidade de uma sociedade são em número de oito: "ajustamento segundo o parentesco", "sistema com conselheiros", "sistema com mediadores", "conselho dos anciães", "conselho restrito", "autoridade de chefe",

---

54. J. H. Wigmore, *A Panorama of World's Legal Systems*, Washington, Washington Law Book Company, 1936.

55. D. Schwarz & J. C. Miller, "Legal evolution and social complexity", *American Journal of Sociology*, 1964, 70, pp. 159-69.

56. K. C. Newman, *Law and Economic Organization. A Comparative Study of Preindustrial Societies*, Cambridge, Cambridge University Press, 1983.

"chefe supremo", "sistema com Estado". Os incas pertencem a este último grau, os *bochimans kung* fazem parte do primeiro. É forçoso constatar que tais coleções de grupos, classificados em virtude de uma característica jurídica dominante, pouco têm a nos dizer sobre a *invenção dos cortes que asseguram a marcação do direito*. As categorias em nome das quais são elaborados esses catálogos são *a priori* supostas verdadeiras, e *a priori* julgadas universalmente aplicáveis. Sua gênese fica obscura e a questão de sua distinção do todo social obstinadamente ignorada.

O historiador britânico do direito Peter Stein mostrou-o com vigor, a evolução jurídica é acima de tudo o movimento de uma idéia[57]. Os critérios que uma sociedade emprega para que se exerça em seu seio a obra jurídica são concretizações de um pensamento preocupado em reproduzir instituições, em criar e tornar a criar a ordem social, em estigmatizar, canalizar, até mesmo cultivar certas concepções da desordem para delas obter apenas perspectivas mais sólidas de paz. Assim, há tanta diversidade do direito que as tentativas de sistematização planetária ficam facilmente desnorteadas pelas sutilezas da imaginação jurídica de cada grupo. Era a uma extrema modéstia na interpretação que a ciência histórica e as descobertas dos etnologistas já levavam no século XIX um Paul Viollet (1872):

> É só nos aproximarmos das diversas legislações antigas, esforçarmo-nos para desvendar nelas os fragmentos de uma alta antiguidade enterrados entre monumentos de data mais recente; logo conseguiremos reconhecer alguns usos primitivos, mostraremos como esses costumes originais se modificaram com os séculos conforme o gênio de cada povo; e poderemos, assim, determinar o verdadeiro caráter histórico de tal teoria jurídica, de tal instituição cujos sentido e alcance hoje apreendemos imperfeitamente porque ignoramos seu ponto inicial e porque os fatos primitivos de que ela deriva nos escapam.[58]

---

57. P. Stein, *Legal Evolution. The Story of an Idea*, Cambridge, Cambridge University Press, 1980.

58. P. Viollet, *Caractère collectif des premières propriétés immobilières*, Paris, Guillaumin, 1872, p. 4.

III. O direito em perspectiva transcultural

> Várias coisas governam os homens: o clima, a religião, as leis, as máximas do governo, os exemplos das coisas passadas, os costumes, as maneiras; donde se forma um espírito geral delas resultante. À medida que, em cada nação, uma dessas causas age com mais força, as outras lhe cedem proporcionalmente. A natureza e o clima dominam quase sozinhos os selvagens; as maneiras governam os chineses; as leis tiranizam o Japão; os costumes, outrora, davam o tom na Lacedemônia; as máximas do governo e os costumes antigos o davam em Roma.
>
> MONTESQUIEU, *De l'esprit des lois*,
> 1748 (L. XIX, cap. IV)

1. Introdução prática: mutilações sexuais e direitos do homem

De que maneira, com mais exatidão do que nesse capítulo conciso de *O espírito das leis*, salientar a universalidade do gênio jurídico humano, a disparidade de seus fundamentos e a variedade de suas manifestações? Afinal, Montesquieu convida-nos a enfrentar as conseqüências bastante problemáticas da equação por ele estabelecida com sua excelência habitual. Vamos resumi-las: se o direito é ao mesmo tempo universal, ou seja, próprio a toda forma de sociedade humana, e relativo a cada cultura, ou seja, dependente de suas especificidades estruturais, o que vem a ser a parte em comum da humanidade e a parte exclusiva de cada povo? Tratar-se-á de buscar um ponto de equilíbrio político entre níveis diferentes do campo jurídico, ou, então, existirão duas concepções opostas do direito cujos considerandos epistemológicos conviria expor?

Dentre uma série de debates recentes em torno da noção, eminentemente universalista, de *direitos do homem*, um exemplo concreto pode dar a medida do dilema[1]. A excisão é uma mutilação ritual que marca a entrada da criança na sociedade

---

1. Ver sobre esse assunto a documentação completa reunida por R. Verdier em *Droits et cultures*, 1990, 20.

das meninas. Mais tarde, ela constituirá um passaporte para o casamento. É praticada, sob diversas formas, em numerosíssimas sociedades da África ocidental, central e oriental, até na Malásia e na Indonésia, e abrange no mínimo oitenta milhões de mulheres. Uma série de processos reprimiram penalmente na França, nestes últimos anos, a prática dessas ablações totais do clitóris entre as imigrantes originárias dessas regiões. Foram o teatro de uma dessas querelas de peritos que fazem emergir as questões mais fundamentais.

Duas teses são confrontadas, contando, cada uma, com sua cota de médicos, sociólogos, etnologistas e historiadores, demonstrando bem que a especialidade do olhar técnico nada vale para o caso. A primeira ressalta o caráter geral dos atentados cometidos contra a integridade do corpo por razões iniciáticas, simbólicas ou sacras e salienta que "a legitimidade deles sempre se fundamenta em bases culturais que lhes conferem um valor redentor"[2]. Em face disso, o ato incriminado pela lei francesa não provém de uma intenção de prejudicar, de machucar, de privar a futura mulher do acesso ao prazer, mas de uma obediência à norma cultural do grupo, do qual a família se excluiria infalivelmente caso se decidisse a infringi-lo. É apenas, como explicou o antropólogo africanista Claude Meillassoux no Tribunal de Júri de Paris, "um meio de marcar que o indivíduo pertence ao sistema social"[3]. Em suma, cada povo produz sua norma e, como dizia Montaigne, "cada um chama de barbárie o que não é de seu uso". Em nome de quê poder-se-ia então, com fundamento, estimar condenáveis práticas que, para aqueles que as realizam, atendem a normas legítimas, coerentes e estruturantes?

Em nome, respondem alguns dos cientistas que desenvolvem uma segunda tese, da universalidade dos direitos da pessoa à sua integridade corporal, dos direitos da mulher à sua emancipação, dos direitos da criança à sua proteção. A exci-

---

2. M. Erlich, "Notion de mutilation et criminalisation de l'excision en France", *Droits et cultures*, 1990, 20, p. 161.

3. *Le Monde*, 9 de março de 1991.

são, nesse prisma, insere-se numa lógica de dominação dos homens sobre as mulheres. Não é um costume neutro, mas a chave violenta da reprodução do poder masculino nas sociedades em que se pratica esse costume.

A evolução do estatuto da mulher impõe trabalhar para sua erradicação progressiva[4]. Assim, é uma concepção universal dos direitos fundamentais mínimos da pessoa humana que é contraposta à especificidade das escolhas culturais operadas pelos diferentes povos.

E o debate encontra seu nó górdio no mesmo paradoxo que agita, pelo menos desde Montesquieu, os observadores do direito em perspectiva transcultural. Deixemos a socióloga Sylvie Fainzang expressar-se a esse respeito:

> Só se pode ter razão em pensar que é do interesse das meninas que essa prática acabe. Os ocidentais, que deploram a condenação dessa prática e invocam a tese do relativismo cultural, em nome do respeito aos costumes ou às práticas culturais "diferentes", e se recusam a ouvir falar, nesse debate, da defesa dos Direitos do Homem porque essa noção ocidental deveria ser aplicável apenas aos ocidentais, parecem na verdade não querer reconhecer nos africanos a condição de Homem ou de ser humano.[5]

A opção de moral política (defesa dos direitos do homem ou da especificidade das culturas) está intimamente ligada à escolha que se efetua sobre a própria natureza do direito: conjunto universal de princípios ou de categorias, ou então arranjo singular de instituições que sobrevêm em certas sociedades ou grupos em certos momentos de sua história. Mais uma vez, fiel ao procedimento que nos atribuímos, não cabe aqui optar por uma especulação ou pela outra, mas expor, da melhor maneira possível, as pistas do saber sociológico que nos pare-

---

4. Ver, nesse sentido, os trabalhos de S. Fainzang, entre eles "Circoncision, excision et rapports de domination", *Anthropologie et sociétés*, 1985, 9, 1, pp. 117-27, e "Excision et ordre social", *Droits et cultures*, 1990, 20, pp. 177-83.

5. S. Fainzang, "Excision et ordre social", *Droits et cultures*, 1990, 20, p. 181.

cem mais úteis para o entendimento do problema. Pois o problema existe.

É racismo ou etnocentrismo, martelaram regularmente os autores da escola de "antropologia jurídica", negar às populações ditas primitivas a faculdade de possuírem sistemas de direito comparáveis aos sistemas ocidentais. E tentar a todo custo, com seus manuais de direito indígena e tratados de jurisprudência primitiva, converter as concepções autóctones nos termos do direito ocidental, o que facilita o estabelecimento de um diálogo desigual cujo custo, do Alasca à Nova Caledônia, recai continuamente nas populações aborígenes, obrigadas que são pela universal juridicidade a reduzir a pretensões civis ou constitucionais as sutilezas de representações culturais que essas palavras brancas só absorvem fragmentariamente. Voltaremos a isso.

Postular a universalidade do jurídico, isto é, estimar que processos que possuem a mesma aparência (ter um repertório de normas, julgar segundo esse repertório) provêm de uma única e mesma categoria *jurídica* de análise, é realmente negar a integridade das culturas que funcionam com sistemas de referência diferentes da legalidade entendida à ocidental, e que uma pesquisa submetida às categorias ocidentais de leitura é com toda evidência incapaz de revelar. Afirmar a irrefragável relatividade de cada cultura na perenidade de seus usos é, em compensação, como assinalara Marx, "justificar o chicote de hoje pelo chicote de ontem"[6]! E as excisões de Créteil ou de Pontoise, cidades francesas, por aquelas cometidas desde tempos imemoriais em Segu ou em Adis-Abeba... A tarefa do sociólogo nesse campo escorregadio em que a argumentação científica se mostra de grande fragilidade, até mesmo de grande maleabilidade diante da força das especulações morais e ideológicas, parece decididamente ser a de fixar alguns pontos de referência de estabilidade. Certamente não vamos dizer ao

---

6. K. Marx, citado por H. Jaeger, "Savigny et Marx", *Archives de philosophie du droit*, 1967, XII, p. 72.

leitor se o direito é um fenômeno universal da humanidade, nem se devemos considerar a Declaração Universal dos Direitos do Homem e as declarações da Organização das Nações Unidas as mais perfeitas expressões dessa essência. Tampouco lhe diremos que é normal excisar, nem sequer, como certos etnologistas-sociólogos vestidos de Tartufo, que é legítimo para aqueles que o fazem, mas que, se o fazem em nosso país, cumpriria ainda assim explicar-lhes que isso não se faz. Reclamar a unidade universal é tão arbitrário quanto reivindicar a relatividade universal das coisas jurídicas. Queiram fazer a gentileza de me acompanhar e examinar três pistas relativas a essa questão, que são também três canteiros de obra onde trabalho é o que não falta.

Procedamos por ordem. Uma vez que foi a cultura oeste-européia que projetou seus efeitos por todo o planeta, seja mediante conquista, seja mediante imitação imposta, até formar o alicerce do direito internacional, receptáculo, dizem-nos, da ordem mundial, ela é a primeira que temos de pôr em perspectiva. O direito, como sabemos, não é um dado, mas uma construção cultural específica. Que vem a ser essa construção desde que tomemos o cuidado de examiná-la em suas oficinas de fabricação, em sua gênese particular?

Teremos depois de submeter essa construção às névoas da viagem no tempo e no espaço. Integrar a lição da América, da África ou da Oceania, até as reivindicações nacionais dos autóctones de hoje. O bom selvagem que ensina as vantagens da "vida sem lei" a seu visitante de tricórnio, que usará essa concepção em sua crítica ao absolutismo monárquico, será o mesmo "natural" que um republicano de quepe tentará a todo custo arrancar de sua insuportável barbárie em nome da razão e por meio da colonização. E será o mesmo aborígene que consignará sua espoliação e travará combate legal conduzindo suas reivindicações por meio dos próprios termos da linguagem espoliadora.

Enfim, após "de onde vem o direito?" e "o que ele fez do contato com outros mundos?", encontramos a outra extremidade do questionamento: existirão sociedades sem direito? O direito, em sua feição mais comumente aceita pelas ciências sociais, não seria acima de tudo apenas a história de sucesso de um episódio greco-romano oportunamente revisado pela canonística medieval? Seria bem possível que estivéssemos lidando com uma figura histórica a qual os sucessos mundiais da civilização que a criou garantiram uma espécie de insuperável potência emblemática. Como se a força da violência organizada pudesse servir de princípio filosófico, fundamentar a substância, assumir a transcendência e resolver, para seu inteiro proveito, a interminável dialética entre o eu e o outro, até que a experiência absoluta da diferença demonstrasse a precariedade do edifício moldado com ouro fino por uma jurisprudência atenta em negar sua presença. Para dizer que, até nas reivindicações autóctones, era ainda a voz de nossos legistas que se ouvia, cumpriria enfrentar universos como a Índia ou a China.

2. A invenção do direito na cultura ocidental

Pierre Noailles, Louis Gernet, Émile Benveniste, Aaron Gourevitch, Pierre Legendre... Tantos nomes ilustres para assinalar o essencial: e se o direito fosse acima de tudo uma história ocidental... Ela começa assim. São corajosos indo-europeus, ou gregos rústicos, ou romanos de gleba, ou bárbaros mutantes que começam a deixar de ver em sua lareira o sol, em suas paredes o universo, em sua família a humanidade. A natureza não é humana, eles a administram. E, para administrá-la, acode-lhes algumas dessas idéias míopes, pouco imaginativas, mas agéis em princípios de execução, que acabarão se unificando sob a idéia de direito, à força de dela excluir os símbolos, a religião e os estados de força pura. Uma dessas idéias que se impõe porque vive de eficácia, porque consegue tornar crível a inacreditável acrobacia que consiste em admitir que regras estáveis e coerentes entre si possam agüentar os choques da evolução histórica, as imposições da classe política, as quimeras das divagações mentais, sem que a ordem essencial nada perca de sua força executória, ordem que, no final das contas, eles percebem que depende dessas idéias. Portanto, deixemos os antigos e passemos à Idade Média: nesta época o direito, mais do que qualquer outra especulação filosófica, se revelará fabricado, extirpado, especificado, extraído com pás grosseiras e finas carícias de seu invólucro social e do divino cosmos.

1º) Preliminares e gênese do direito

Em *Fas et Jus* (1948), Pierre Noailles desenvolve a tese de que em Roma um "direito sagrado" precedeu o aparecimento do "direito civil", que a um só tempo dele se distingue e dele é oriundo. Filósofo e sociólogo bem como helenista, Louis Gernet retoma esse tema então novo e o integra no luminoso horizonte de um programa assim apresentado por seu aluno Jean-Pierre Vernant:

> A pergunta que Louis Gernet formulou continuamente ao mundo antigo diz-nos respeito de modo direto [...]: por que e como se constituíram essas formas de vida social, esses modos de pensar em que o Ocidente situa sua origem, em que crê poder reconhecer-se e que ainda hoje servem à cultura européia de referência e de justificação?[7]

Crítico dos etnologistas que passam o tempo colecionando fatos jurídicos primitivos ou arcaicos, Gernet vê na tese de Noailles o meio de tratar o direito como um desses "modos de pensar" que servem de referência ao Ocidente, ou seja, de decifrar na fonte a gênese da nomenclatura básica imprudentemente aplicada pela etnologia a toda e qualquer cultura.

---

7. J.-P. Vernant, Prefácio a *Anthropologie de la Grèce antique*, coletânea de textos de Louis Gernet, publicada em Paris em 1968 por François Maspéro (reed. em 1982, "Droit et prédroit en Grèce ancienne" [1948-1949], *Droit et institutions en Grèce antique*, Paris, Flammarion, Col. "Champs").

Poder-se-á reconhecer, escreve no preciosíssimo texto ainda atual *Droit et pré-droit en Grèce ancienne*[8] [Direito e pré-direito na Grécia antiga], um estado em que as relações que denominamos jurídicas seriam concebidas segundo um modo de pensamento diferente daquele do direito propriamente dito, e que relação esse estado mantém com o próprio estado jurídico, no ponto em que *constatamos a sucessão*? (grifado por Gernet)

Eis, portanto, o que nos importa:

1º) as "relações que denominamos jurídicas" podem provir de "modos de pensamento diferentes" daquele do pensamento jurídico "propriamente dito";

2º) essas relações se tornam jurídicas mediante um processo de *especificação* do direito em comparação a esses "modos de pensamento diferentes";

3º) existe uma relação entre o direito assim particularizado e esses "modos diferentes", dos quais se distingue mas dos quais é oriundo.

Não há especulação, aqui, mas o rigor de uma hipótese tríplice com virtudes cardeais. O que denominamos "jurídico" provém, essa é a lição de Roma, da Grécia, e, como mostrarão Benveniste e Dumézil, das profundezas indo-européias, da invenção de uma solução cultural original para resolver a disposição de relações que poderiam admitir outras soluções. A história o mostra, através do processo evolutivo pelo qual o campo jurídico foi, portanto, especificado.

A porta está assim aberta para um comparatismo de outro alcance. Em vez de ir exibindo mundo afora uma série congruente de conceitos e de categorias que encarnam o direito, a título verdadeiramente transcendental, como Kohler, Wigmore e tantos outros depois, indagar-nos-emos doravante, e Gurvitch bem o pressentira, o que faz que no Ocidente a experiência jurídica ganhe corpo, de qual natureza foram suas relações com as soluções adotadas por outras culturas, em que medida,

---

8. *L'année sociologique* (1948-1949), 1951, pp. 21-119, reimpresso em *Anthropologie de la Grèce antique, op. cit.*

afinal, essa famosa especificação se produziu noutros lugares. Mas a esse respeito, como em tantos temas, as palavras de Gernet são insubstituíveis.

A função jurídica, como função autônoma, é reconhecida sem dificuldade em um grande número de sociedades em que ela apresenta naturalmente muitas variações mas também uma unidade irrecusável; e entendemos com isso não só uma função social no sentido quase exterior da palavra, mas uma função psicológica, um sistema de representações, de hábitos de pensamento e de crenças que se ordenam em torno da noção específica de direito. Dir-se-á que ela existe por definição em toda sociedade, ressalvando-se as aparências que pode revestir e as justificações que os homens podem lhe dar? Ou dever-se-á admitir que ela aparece em certos pontos da experiência histórica como algo de novo em comparação ao que se deveria chamar o pré-direito?

Com Gernet, é um laboratório de envergadura que se cria. Seu fiel discípulo, Jacques Berque, contribuiu para ele no tocante ao Islã com suas *Structures sociales du Haut-Atlas* [Estruturas sociais do Alto Atlas] (1955). Percebeu entre os *seksawa* do sudoeste marroquino "traços de indivisão entre ritos religiosos e jurídicos", notando que "tanto em matéria religiosa como em matéria jurídica, essa vida estreitamente local se integra num conjunto que atua sobre ela pelo menos tanto quanto ela atua sobre ele"[9]. E com que lúcida distância constatou que o costume no Maghreb "é o direito do predecessor e concorrente", que submete a dialética da especificação do direito aos arcanos de uma sedimentação de influências plurisseculares.

Com Gernet e seus continuadores, acabou-se a crença ingênua e pretensiosa na universalidade de um direito calcado na ciência jurídica ocidental. A passagem do pré-direito ao direito é um enigma a ser esclarecido por um esforço de erudição, de

---

9. J. Berque, *Structures sociales du Haut-Atlas*, Paris, PUF, 1955, p. 240.

observação e de clareza epistemológica. Quanto à comparação dos sistemas de direito oriundos eventualmente de diferentes culturas, cumprirá estabelecê-la repetindo a operação no exterior do Ocidente e reconhecendo o considerável fenômeno de ocultação e de transformação desempenhado pela presença histórica dos conceitos ocidentais nas sociedades visitadas, contatadas, colonizadas ou submetidas pelo conjunto das nações a tal ou qual *"nova ordem mundial"*. O problema do direito é visado no cerne e esse cerne, claro, é a distinção, aqui concebida como o resultado de uma evolução de envergadura cujo caráter convém evocar.

A pista ocidental apresenta-nos o direito como uma súmula de ordem. Genealogista das línguas indo-européias, Émile Benveniste mostra que o védico *rta* e o iraniano *arta* enunciam um conceito que "regula tanto o ordenamento do universo, o movimento dos astros, a periodicidade das estações e dos anos quanto as relações entre homens e deuses e, enfim, dos homens entre si"[10]. A mesma raiz lingüística *ar-* designa na mesma imensa família cultural a ação de ajustar, adaptar, harmonizar. O que em latim ficará *ars*, "disposição natural, qualificação, talento", *artus*, "articulação", ou ainda *ritus*, "ordenamento, rito". O ordenamento, o rito, a adaptação estreita das partes de um todo segundo as qualificações delas são, assim, os atributos de uma ordem globalizadora cujas áreas específicas de ação serão expressas conforme a esfera que lhes for própria. A especificação jurídica é assim originária dela e por sua vez subdividida em funções especializadas. No exemplo grego, *thémis* designa o direito familiar e se opõe a seu complemento, *diké*, que é o direito que une as famílias que compõem a tribo. A *thémis* é de origem divina, e o conjunto de suas prescrições – leis não escritas, compilações de ditos, sentenças emitidas pelos oráculos – fixa na consciência do juiz, que não é outro senão o chefe de família, a conduta que deve ter todas as vezes que a ordem do *genos* estiver em jogo. Sua origem divina subtrai os preceitos da *thémis*, trazidos pelos mitos, à arbitrariedade

---

10. É. Benveniste, *Le vocabulaire des institutions indo-européennes*, Paris, Minuit, 1969, II, pp. 100 ss.

dos homens. A *diké*, em compensação, que dita as relações sociais para além do estrito cenáculo familiar, é uma justiça humana. Seus preceitos, os *dikai*, são fórmulas de direito que se transmitem pela fala e que o juiz, público a partir de então, tem a incumbência de conservar e de aplicar. Os romanos praticavam uma distinção semelhante entre o *fas*, emanação direta dos deuses, e o *ius civile*, produzido, como escrevia Noailles, "pela vontade racional dos homens" e veiculado, como veremos mais adiante, pela fala.

2º) Um processo de especificação e de racionalização

Até a Idade Média e a gênese decisiva das formas estatais modernas, esse duplo trabalho de dissociação, primeiro de um sistema de direito em relação a um conceito global e, depois, de um sistema de direito deliberadamente assumido pelas relações confessas dos homens entre si em vez de recorrer às regras religiosas, às crenças e às transcendências simbólicas, permanece uma constante da história do oeste europeu.

Consideremos, por exemplo, a feição do direito entre os escandinavos da altíssima Idade Média (séculos V-VIII) estudados por Gourevitch[11]. A palavra *Lög* nele representa o conceito global de ordem e a comunidade das pessoas unidas em torno dele. O conjunto de seus múltiplos significados abrange o universo das relações regulamentadas: é, como entre os antigos, a base e a marca integrante da ordem do mundo. Dele procedem tanto o cosmos, o ritmo musical, quanto a contrapartida justa da coisa vendida ou trocada. Estruturado pelos rituais, o exercício concreto da parte desse conjunto a que hoje chamaríamos direito era, numa sociedade livre de qualquer poder coercivo, dependente da fé na força mágica das maldições que não deixariam de abater-se sobre o violador da norma, e, mais precisamente, do aspecto da "ordem" que constitui o que é jus-

---

11. A. Gourevitch, *Les catégories de la culture médiévale*, trad. fr., Paris, Gallimard, 1983.

to, preciso, eqüitativo para um homem fazer, noutras palavras, a lei que o indivíduo sabe que deve observar e que tem um nome próprio, "*rettr*". Se obedecem ao direito, não é para se conformar apenas à regra do *rettr*, mas, antes, porque esta provém de um conjunto religioso que é a verdadeira referência da coerção.

Mais tarde, na cristianização e na releitura medieval e canônica do direito romano, depois na invenção do direito "natural" pelo racionalismo, a trajetória européia da idéia de direito será marcada pelo que Legendre chama de "mudanças de estado da divindade" ou de "o vaivém do Deus legislador para se adaptar"[12]. Da *especificação* da juridicidade passamos assim, nos últimos anos, para a sua *secularização*, em que Deus se viu despojado da direção jurídica dos negócios humanos; processo que, não poderíamos esquecer – esse é um desses paradoxos que Legendre se compraz em esclarecer –, é também de essência religiosa: "A distinção entre o religioso e o secular provém dos efeitos da estrutura, não é o princípio desta." Noutros termos, não há nada de "secular", de laico, de simbolicamente autônomo na idéia ocidental de direito; só existe o que a rejeição filosófica da divindade delimitou racionalmente há menos de quatro séculos. Eis, pois, a pedra de toque do edifício cultural que aparece em sua rude nudez. A secularidade do direito nasce de um artifício de pensadores, reforçado pela construção dos aparelhos administrativos e das ideologias da vida social aptas a transformá-la numa doutrina de governo. Nem por isso ela deixará de ser a reivindicação de uma dominação somente parcial sobre a regulação das relações dos homens entre si. Legendre costuma evocar Grotius e seu "se supomos que Deus não existe ou que os negócios humanos são administrados sem ele..." (1625): "Tratar-se-ia de descartar um nome?", interroga o culto historiador um pouco como o Pequeno Príncipe de Saint-Exupéry, que bem sabe que o chapéu desenhado não é mais do que a aparência de uma autêntica e gulosa serpente

---

12. P. Legendre, *Le désir politique de Dieu. Étude sur le montage de l'état et du droit. Leçons VII*, Paris, Fayard, 1988, p. 20.

boa. Essa é a "hipótese ímpia", primeiro passo para o conhecimento moderno da estrutura profunda da civilização, a que alimentou as Luzes e a sociologia posterior, para a qual o secular basta a si mesmo. O esquecimento do caráter hipotético da cisão é obra do tempo, repete Legendre em suas *Lições*. Podemos observar um testemunho concreto disso?

A evolução do juramento testemunhal pode servir de exemplo. O cumprimento desse ato simples, que consiste em atestar a realidade de um fato, adapta-se ao amplo leque de pequenas variações culturais que faz a ação legal da unção divina passar para a prova humana. Jurar, numa extremidade desse imperturbável espectro, significa falar para as forças sobrenaturais que governam o ordenamento do universo e prestar contas da retidão das palavras expressas. É a invocação do bárbaro em que seu deus Odal e sua casa Alod se confundem, por uma aliteração estruturada pela razão simbólica, na expressão do verbo jurídico. O bárbaro compromete-se totalmente nessa invocação, e com ele seus descendentes, presentes e vindouros. Na outra extremidade está o cidadão. Que jure, a todo momento, sobre a Bíblia de Gedeão, no menor tribunal cantonal das Américas, ou então que jure no vazio, diante dos olhos e do busto altivo da inconstante Marianne das prefeituras e dos juizados franceses, pela simples necessidade de prestar um depoimento confiável, ele assumirá sozinho suas conseqüências jurídicas. A passagem da primeira forma à segunda é qualificada de processo de racionalização.

Na Inglaterra estudada por R. S. Willen em um belo ensaio de sociologia histórica[13], esse processo se relaciona com a construção social da imagem da realidade. Quando no século XVII uma testemunha "fazia um juramento" (*take an oath*), era Deus que ela chamava diretamente para testemunhar a veracidade ou a mentira de seus dizeres. E Deus, prontamente, ficava espreitando sua alma como penhor de boa vontade! Apenas um homem religioso podia prestar juramento, pois só ele podia

---

13. R. S. Willen, "Rationalization of anglo-legal culture: the testemonial oath", *The British Journal of Sociology*, 1983, 34, 1, pp. 109-28.

merecer a vingança divina se por infelicidade ela tivesse de abater-se. Deus, bom sujeito, avalizava assim, sem ministros e sem óleos, a palavra dos camponeses de King's Lynn e de Avalon a respeito do preço de um porco ou de um alqueire de cevada. Concretamente, no "concreto" da época, ele tomava corpo no desenrolar do processo judiciário. E, pouco a pouco, o juramento tornou-se uma coisa abstrata, um "abstrato" não menos de época. A referência se instala, para além e sobretudo acima da palavra do honesto homem religioso que punha em jogo o inferno e a felicidade. Em 1744, decide a Corte da Chancelaria, "nenhum juramento pode ser aceito para fazer de um homem uma testemunha competente se não for prestado sobre os Evangelhos". Sentiram a diferença? O juramento já não basta a si mesmo. Ainda é preciso, assim quer a corte, que seja prestado sobre a cabeça dos deuses idôneos. É a natureza de sua crença, devidamente inventariada pelo Estado em questão, que equivalerá à verdade dos dizeres da testemunha. Eis que entra em cena o intermediário, o controlador, o mensageiro do sentido: o maometano dirá seu juramento, o judeu o seu, o cristão a sua versão, e o juiz, soberano selecionador, fará sua lei. A validade do juramento a partir de então é submetida a critérios mais universais e mais abstratos. Por certo ele não perde seu componente subjetivo: o que compromete a consciência da testemunha. Mas o exame dessa subjetividade já não depende da vigilância sobrenatural dos poderes celestes. Faz parte do procedimento judiciário e sujeita-se, como toda a ordem do processo, apenas ao controle racional da legalidade. O valor espiritual do juramento diante de Deus não está ausente, mas fica confinado ao foro interior de quem o presta. A justiça o trata como uma fórmula ou um ornamento necessário ao bom desenrolar da instância, sem conferir ao caráter religioso do ato mais importância do que reclama o direito processual da prova. Enfim, a partir da segunda metade do século XIX, a afirmação solene se torna aceitável, para as pessoas sem religião, em substituição ao juramento sagrado. Em conseqüência, a ausência de fé de quem jura sobre os Quatro Evangelhos não altera a validade do que é dito, nem seu valor quanto ao acolhimento pelo juiz dos fatos afirmados. A racionalização do juramento na Inglaterra contemporânea deve ser assim compreendida como o efeito, no campo do direito da prova, de um vasto movimento de secularização pela autonomia dos processos jurídicos em relação aos conteúdos religiosos. De meio essencial para o estabelecimento dos fatos, o juramento tornou-se acessório. Resquício de um passado em que a percepção das ações humanas transitava pelo olhar divino[14].

É de fato essa passagem cultural da administração das relações sociais que se baseia numa referência mágica ou religiosa para um ordenamento que se baseia em princípios de organização social humanamente reivindicados que assinala a especificação da esfera jurídica. Assim, em termos legendrianos, "as sociedades industriais podem dar a impressão de convergir para o mesmo ponto: a promoção do idílio do sujeito humano consigo mesmo" e conduzir-nos "mecanicamente a sempre considerar o planeta como uma espécie de excrescência do Ocidente"[15].

3. Os direitos dos povos

> *There is enough, the law is carved in granite*
> *It's been shaped by wind and rain*
> *White law could be wrong*
> *Black law must be strong.*
> (Há bastante tempo, o direito está gravado no granito
> Foi formado pelo vento e pela chuva
> A lei dos brancos poderia estar errada
> O direito dos negros deve ser forte.)
> Midnight Oil, "Warakurna" de James Moginie, *Diesel and Dust*, Warner Chappell Music, 1987

---

14. Para um estudo global do juramento, multidisciplinar e transcultural ao mesmo tempo, será consultada a totalidade dos trabalhos reunidos por Raymond Verdier: *Le serment. I. Signes et fonctions* e *II. Théories et devenir*, Paris, Éditions du CNRS, 1991 (2 vols.).

15. P. Legendre, *Leçons VII, op. cit.*, p. 23.

We carry in our hearts the true country
and that cannot be stolen
we follow in the steps of our ancestry
and that cannot be broken [...]
Mining companies, pastoral companies
Uranium companies
Collected companies
Got more right than people
Got more say than people
Forty thousand years can make a difference to the state of things
The dead heart lives here.
(Temos em nossos corações o verdadeiro país
que não pode ser roubado
Seguimos os passos de nossos ancestrais
E isso não pode ser rompido
As companhias mineiras, as companhias pastoris,
As companhias de urânio, as companhias integradas
Têm mais direito que o povo
Têm mais a palavra que o povo
Quarenta mil anos podem criar uma diferença no estado das coisas
O coração morto vive aqui.)
Midnight Oil, "The Dead Heart" de Peter Garrett, Peter Gifford, Robert Hirst, James Moginie e Martin Rotsey, *Diesel and Dust*, Warner Chappel Music, 1987.

Gravado na pedra pela chuva e pelo vento, há o direito do país que vive no coração, mas o coração talvez esteja morto, enterrado embaixo dos entulhos pelas companhias mineiras, deixando aos sobreviventes fumaças de diesel e poeiras de explosões. A lei dos brancos poderia estar errada, os negros devem ter um direito forte...

A poesia dos músicos australianos de Midnight Oil põe em cena o destino dos aborígenes do quinto continente. Lembremo-nos da cena do processo no filme de Werner Herzog, *O país onde sonham as formigas verdes* (1984). Uma sociedade mineira explora um solo cuja concessão ela possui há várias décadas. Chega um grupo de aborígenes, surgidos do deserto. A terra é deles, os trabalhos devem parar, pois é lá que devem instalar-se para rezar enquanto esperam que as "formigas verdes", totem do clã, venham sonhar. O juiz ouve as testemunhas. Alguns antropólogos explicam as estruturas sociais, os movimentos migratórios dos clãs, suas trajetórias rituais guiadas pelas normas de seus respectivos totens que se exprimem nos sonhos dos mais idosos... Elementos pouco convincentes, perante a força jurídica de um direito de exploração adquirido e utilizado com toda a legalidade. Então um velho negro se levanta, perturbando o processo, para iniciar um longo monólogo. O que ele está dizendo?, pergunta o juiz ao intérprete. Ninguém sabe. É o derradeiro representante de sua tribo, o único que fala sua língua, o único que pode dizer as palavras dos antigos, penhor de seus direitos. Fala pausadamente, incisivamente, decerto relata a teoria dos precedentes mitológicos secularmente memorizada e retransmitida para que nada se perca da regra tribal... Mas ninguém entende nada dessa língua e dessa cultura que se extinguirão com o último de seus homens. Espírito aberto, respeitoso da dignidade dos homens negros, o juiz branco teima em buscar o meio de apreender naqueles requerentes algum título probante, algum meio de direito que ele possa tornar executório. Reticente, hesitante, um outro ancião avança pesadamente, carregando um volumoso objeto oblongo embrulhado em papel jornal. A prova dos direitos de seu povo, ele a possui. Mas há um problema: só pode revelá-la a seu próprio sucessor. Quando muito, já que a situação é grave, consente em mostrá-la ao olhar daquele ancião branco que fala com autoridade e que, assim como ele, tem uma encaracolada cabeleira grisalha – sua peruca de magistrado. Mas a mostrará apenas a ele. Evacuam a sala... A audiência recomeça, e o juiz, irritado, incomodado, profere, sem olhar para eles, uma decisão que indefere o pedido dos homens do deserto e confirma a companhia de exploração na plenitude de seus direitos. Mas, afinal, ele não viu "a prova"? Sim, confidencia, ele a viu. Mas o que é que o espetáculo de um velho bastão vagamente pintado, ornado de repugnantes pedaços de animais, poderia ter em comum com a jurisprudência da Corte? A prova dos aborígenes, seu título, sua própria lei continuam, apesar da benevolência, ininteligíveis ao intérprete supremo do direito em vigor.

Algumas pessoas riem dela, algumas nunca aprendem, este país deve mudar ou a terra vai queimar. (*Some people laugh, some never learn, this land must change or land must burn*, Warakurna.)

A crônica violenta das situações coloniais e pós-coloniais contribuiu para tornar confusa a cena real do debate instaurado no campo jurídico pelo contato com culturas estrangeiras no Ocidente. Viu-se muito, descreveu-se muito, e decerto isso foi útil, o caráter unilateral das legalidades fundamentadas na conquista, meios de opressão instrumentados por um "complexo agro-militar-industrial", prontamente reversíveis quando soou a hora das libertações. Bastava nacionalizar uma constituição e organizar as repartições, já que o princípio de universal legalidade ou de universal juridicidade era então, estamos falando dos anos 1950-1970, politicamente inevitável e tecnicamente oportuno. A adoção do direito como código de administração do social aparentemente não apresentava nenhum problema, melhor, as ideologias libertadoras buscavam o que, em seu caráter, fosse próprio aos países libertados e nutriam a regeneração dos Estados pós-coloniais com os próprios escritos que foram ou quiseram ser a inteligência da colonização.

Reler sem ironia fácil um Émile Jobbé-Duval, titular, no início deste século, da cátedra de História das legislações comparadas no Collège de France, é extremamente esclarecedor:

> Se o estudo dos costumes dos nativos pode realizar-se com mais facilidade, graças à presença de numerosos europeus, administradores, residentes, magistrados, missionários ou colonos, esse estudo oferece não só um interesse científico mas um interesse político de primeira ordem. Para dirigir com sucesso os nativos, é importante compreendê-los...[16]

Residentes, magistrados, administradores ou missionários, todos eles cientistas em potencial. Mas, a título de reciprocida-

---

16. É. Jobbé-Duval, "L'histoire comparée du droit et l'expansion coloniale de la France", *Annales internationales d'histoire*, 1902, p. 122.

de, quantos sociólogos, etnologistas e psicólogos da colonização ajudaram a caucionar, provar, instrumentar, que a linguagem do direito era a retórica obrigatória, insuperável prisma de leitura do social? Semântica em comum, finalmente, do conquistador e do conquistado, avalizada sem mais delongas desde que a aquisição do precioso código serve de chave ao poder, de uso interior e de reconhecimento exterior. O jogo de espelhos entre o conquistador e o nativo pode ter tantas faces que mesmo uma cadela nele não encontraria seus filhotes.

O psicanalista Octave Mannoni não escrevia numa obra sobre a *Psychologie de la colonisation* [Psicologia da colonização] (1950) que "o Malgaxe que está sendo colonizado transfere para o colonizador sentimentos de dependência cujo tipo original deve ser procurado nos laços afetivos que unem a criança ao pai"[17]... O ato de autoridade torna-se um ato legítimo a partir do momento em que aquele que é objeto dele passa a procurar, em suas próprias imagens, em suas próprias concepções, o que pode torná-lo legítimo. Do mesmo modo, a identificação das leis e costumes locais se efetua de acordo com aquilo que, no Ocidente, leis e costumes são capazes de abranger como categorias jurídicas. Esses olhares recíprocos costumam assimilar o que há de legível no olhar do outro. O astucioso Jobbé-Duval levantara uma objeção a isso, estabelecendo um paralelo com os modos como na Idade Média se haviam legalizado os costumes da França: "Consultar um conselho de nativos eminentes é expor-se a obter somente a resposta julgada conforme aos desejos da autoridade que tomou a iniciativa..."

Via de regra "inventada" pela potência conquistadora que logo a converte no alicerce da nova ordem jurídica, a juridicidade autóctone parece só dever existir através dos gestos que visam alteração ou a supressão dessa ordem. São realmente representações e esquemas culturais desigualmente trocados, imperfeitamente compartilhados, que tecem a trama do estra-

---

17. O. Mannoni, *Psychologie de la colonisation*, Paris, Seuil, 1950, p. 163.

nho diálogo travado entre o direito ocidental e as populações "contatadas". Não abordaremos a espinhosa questão dos "direitos diferentes" na historicidade de cada situação, mas, em vez disso, iremos abordá-la através da constância da linguagem do direito a seu respeito[18]. Assim, convidamos o leitor a considerar dois *momentos* sociologicamente capitais, bem estudados pela antropologia, que determinam nossa apreensão das legalidades autóctones, alimentando ao mesmo tempo a construção política da universal legalidade:

1º) que vem a ser a condição jurídica de uma população nativa antes do contato ocidental?

2º) em que a leitura desse momento de origem influencia a constituição dos sistemas jurídicos contemporâneos?

1º) A descoberta dos direitos autóctones

> A etnologia é a ciência pela qual o Ocidente descobre e aprende a conhecer os outros povos a partir somente de seus critérios de apreciação.
>
> Gérard Abijté Kouassigan, *Afrique: Révolution ou diversité des possibles*, Paris, L'Harmattan, 1985.

O primeiro momento é o núcleo de um fascinante paradoxo, como o traduz o *Dialogue de Monsieur le Baron de La Hontan et d'un sauvage de l'Amérique* [Diálogo do Senhor Barão de La Hontan com um selvagem da América] (1704). La Hontan, aventureiro e filósofo, partiu em 1683 para o Canadá como simples soldado para ali se tornar dez anos mais tarde lugar-tenente do rei para a ilha de Terra Nova. Fez no "interior" do continente diferentes excursões e conversou, relata, com indígenas hurões, dentre eles com o famoso Adario, em quem as Luzes verão o arquétipo do célebre e inesgotável "bom sel-

---

18. Para uma abordagem juridicamente positiva da questão, ver N. Rouland, S. Perré-Caps e J. Poumarède, *Droits des minorités et des peuples autochtones*, Paris, PUF, 1996, pp. 347-53.

vagem"[19]. Adario fala de bom grado de tudo, e, portanto, das "leis". "Espero", coloca em sua boca o curioso barão, "que possas um dia viver sem leis como fazemos." Que hurão! Mal entrevê o homem com tricórnio e se informa sobre seus usos e se apressa em demonstrar-lhe sua ciência comparativa de um fenômeno cuja existência supõe-se que sempre ignorara. Que importa a veracidade – muito controvertida – do "diálogo", já que nele encontramos a mesma implacável estrutura retórica do conjunto dos textos com valor fundamental que relatam a "descoberta" das legalidades originais. Missionário, antropólogo, administrador e legista concorrem para a mesma obra, suas obras se completam na compreensão jurídica do selvagem. Geralmente o primeiro a chegar, o missionário descreve "costumes". O administrador copia dele os meios de governar inteligentemente e dá subsídios ao antropólogo que avaliza a observação e sela com a ciência objetiva usos locais. Variações à parte, o resultado é sempre idêntico. Trata-se de antecipar a presença do jurídico onde ele bem poderia não estar. É o mito do costume, sem cessar reiterado. O americano R. F. Barton, em 1906, convive corajosamente com os "caçadores de cabeças" das Filipinas: não importa o que possam pensar, esses Senhores são providos de legalidade. Assim, ele justifica uma monografia reverenciada, copiada e recopiada pelas escolas de antropologia jurídica:

> Este pequeno texto mostra como um povo desprovido dos vestígios da menor autoridade constituída e do menor governo, vivendo em conseqüência em estado literal de anarquia, está ancorado numa paz e numa segurança de vida e de propriedade comparáveis às nossas. Isso se deve à homogeneidade desse povo e ao fato de seu direito ser inteiramente baseado no costume e no tabu...[20]

---

19. Ver a análise de T. Todorov, *Nous et les autres. La réflexion française sur la diversité humaine*, Paris, Seuil, 1989, pp. 304 ss.
20. R. F. Barton, *Ifugao Law*, Berkeley, University of California Press, 1919.

Que fique bem entendido, o observador que se torna escriba e primeiro produtor, para essas sociedades orais, dos escritos que fundamentam sua juridicidade para o futuro, supõe que a legalidade autóctone preexiste à sua chegada. Ou, pelo menos, "uma certa forma" de legalidade, cujos critérios de "reconhecimento" caberá à legalidade maior, ou seja, ao direito de referência ocidental, fixar mediante uma simples operação técnica. É o que acontece com o direito da terra na África negra: opõe-se à modernidade de estruturas imobiliárias estáveis, transparentes e racionais, o paradigma de um *referente pré-colonial*, tradicional e intemporal, que engloba "o conjunto dos enunciados locais graças aos quais o observador reconstrói as regras e os usos que organizavam a apropriação e a utilização da terra"[21]. Que importa o que esses "enunciados" signifiquem realmente do ponto de vista dos atores locais, uma vez que é estabelecido por princípio que provêm de um direito imobiliário trazido por sua vez pela lógica estrangeira da propriedade privada? O fato talvez fique mais sensível se mergulharmos no próprio âmago das noções que servem para designar entre os outros povos o que é, no Ocidente, representado pela idéia de direito.

Fiquemos na África, ganhemos sua parte austral, para evocar o exemplo muito marcante da legalidade dos *tswanas*[22]. Por ordem do governador do lugar que era então um protetorado britânico, o antropólogo Isaac Schapera empreende, nos anos 1930, a preparação de seu *Manual do direito e do costume dos tswanas*[23]. O conceito *tswana* do direito é apresentado no manual em parte dupla: de um lado, há a norma oriunda do costume ou do hábito (*mekgwa*), do outro, a regra oriunda da autoridade política do chefe (*melao*), sendo apenas esta última suscetível de ser aceita e aplicada pelos tribunais. Ora, trabalhos

---

21. J.-P. Chauveau *et al.*, "Rapport introductif", *in Enjeux fonciers en Afrique noire*, Paris, Orstom-Khartala, 1982.
22. Cf. L. Assier-Andrieu, "La version anthropologique de l'ignorance du droit", *Anthropologie et sociétés*, 1989, 13, 3, pp. 119-32.
23. Cf. I. Schapera, *A Handbook of Tswana Law and Custom*, Londres, Oxford University Press, 1938.

posteriores sobre os *tswanas* demonstrarão a profunda unidade de um conceito único (*mekgwa le melao*) que nessa cultura serve para designar um repertório muito geral de normas com conteúdo e com propriedades variáveis[24].

Uma pergunta simples: por que ter apresentado sob uma feição dualista o que resulta plenamente de uma visão unitária da ordem na mente dos próprios *tswanas*? O fato pode parecer anódino, proveniente, como em literatura, da relativa liberdade do tradutor. Não é nada disso. A manobra é, ao contrário, fortemente significativa, no próprio cerne de um processo antropológico de "descoberta" de uma legalidade autóctone, da descida desse famoso corte, desse machado austiniano que marca a indispensável circunscrição do jurídico aceitável, o direito, assinalando ao mesmo tempo o reservatório de normas, a área do costume, incorporáveis, em caso de necessidade, ao direito. Reportemo-nos ao contexto da época. Era política oficial do Império britânico administrar as colônias por "governo indireto" (*indirect rule*), isto é, apoiar-se nas elites locais, quando necessário favorecendo-lhes a emergência, e tratar por intermédio delas questões internas. Mas, como mostrou muito bem Martin Chanock, historiador da experiência antropológica na África[25], a institucionalização da justiça funcionava em duas velocidades. De um lado, elites ocidentalizadas e profissionalizadas gerem em tribunais formais um "direito consuetudinário legalizado": estão próximas do ocupante e tratam, sob o controle dele, do essencial. Do outro lado, a distância, ficam os "*native courts*", ocupados em evocar, a seu bel-prazer, as questões de seus povos em virtude das normas que os britânicos se comprazem em qualificar de "amontoado informe de princípios variáveis relativamente adaptados às suas condições so-

---

24. J. Comaroff & S. Roberts, *Rules and Processes. The Cultural Logic of Dispute in an African Context*, Chicago, The University of Chicago Press, 1981.

25. M. Chanock, *Law, Custom and Social Order. The Colonial Experience in Malawi and Zambia*, Cambridge, Cambridge University Press, 1985, ver a parte I, "Law, anthropology and history".

ciais"[26]. Em suma, o trabalho do antropólogo consiste em distinguir o direito aceitável, capaz de ser aceito em jurisdição, do "amontoado informe" das regras de vida, costume bruto com o qual os nativos fazem o que bem entendem. O observador científico dos costumes entrega assim a seu financiador a substância jurídica esperada: uma legalidade dominável pela elite reconhecida e, portanto, *ipso facto* por seus interlocutores coloniais. É claro, como percebemos dos fatos de costume na França contemporânea, uma vez estabelecida, a fronteira é móvel, capaz de estender no terreno consuetudinário o campo do direito autóctone estritamente reconhecido. A insistência européia em identificar as regras do direito primitivo e em deitá-las em papel impresso em Oxford ou em Cambridge conferiu aos chefes locais uma autoridade bem superior à que podiam possuir originariamente. Melhor, a escola antropológica contribuiu com suas observações para projetar no "chefe" as funções do poder atribuídas ao Estado e segundo as quais os administradores britânicos pensavam sua relação com o nativo[27]. Para a famosa escola Rhodes-Livingstone de antropologia social, uma sociedade é reconhecida pelas regras que fazem dela um sistema. Mestres tais como Fortes ou Evans-Pritchard vão nutrir intelectualmente o modelo da projeção colonial criando uma verdadeira tabela de estabelecimento das similitudes. As sociedades contatadas mostram-se governadas segundo as relações de parentesco? Portanto, é no parentesco que se deve ver o centro do político, e na filiação a mola organizadora mais próxima daquilo que as sociedades ocidentais confiam ao Estado.

> A enorme multiplicação das minúsculas monarquias africanas, explica Martin Chanock, que o contexto dos tribunais consuetudinários, do direito e dos juízes consuetudinários criou, represen-

---

26. M. Chanock, *op. cit.*, p. 25.
27. Sobre a experiência francesa, ver o capítulo consagrado à "projeção colonial", em P. Legendre, *Thrésor historique de l'état en France. L'administration classique*, Paris, Fayard, 1992, pp. 155-93.

ta mais um traço característico do período colonial do que a continuação de uma vida pré-colonial.[28]

Distinguir, entre os *tswanas*, *mekgwa* e *melao* procede, assim, da necessidade política de discernir um direito capaz de alimentar os *native courts*, os *native judges* e os *native chiefs* que nada mais podem fazer. O autor do prefácio de Schapera relata estas palavras ditas por uma daquelas personalidades autóctones enquanto o antropólogo realizava sua pesquisa: "Será de grande ajuda", atesta o sábio, "que um livro assim seja escrito, pois a maioria entre nós, embora *bechuanas*, não conhece nossas leis e costumes."[29] A obra de reconhecimento do direito autóctone, ainda que disfarçada de cientificidade por intermédio da ciência social, nada mais é que um empreendimento de aculturação, de imposição de categorias exteriores, de sujeição sistemática a uma concepção ocidental do jurídico no interior das sociedades locais.

Uma célebre decisão de justiça estabelece, para o imenso Império britânico, o protocolo doutrinal dessas manobras, perpetuadas pela antropologia jurídica, pelas quais o próprio ato de "reconhecimento" de uma juridicidade nativa mascara o depósito arbitrário das concepções ocidentais em terra estrangeira. Em 1919, a Comissão Judiciária do Conselho Privado (*Judicial Committee of the Privy Council*), espécie de corte suprema do Império, pronunciava a seguinte sentença:

> Certas tribos estão tão embaixo na escala da organização social que seus usos e suas concepções dos direitos e deveres não podem ser conciliados com as instituições ou as idéias de uma sociedade civilizada. [...] Todavia, há povos nativos cujas concepções jurídicas, embora desenvolvidas de maneira diferente, não são menos precisas do que as nossas. Uma vez estudadas e compreendidas, elas não são menos aplicáveis do que as leis oriundas do direito inglês.[30]

---

28. *Op. cit.*, p. 34.
29. Sir Ch. F. Rey, *in* I. Schapera, *op. cit.*, p. VIII.
30. *Southern Rhodesia Law Reports*, AC, 1919, p. 233.

A descoberta dos direitos nativos é não só premeditada mas também rigorosamente programada segundo um modo de utilização dominado pela idéia de "conciliabilidade", ou seja, de identificação do semelhante. Schapera costuma mencioná-lo em seu manual, os *tswanas* ignoram um conceito especializado do direito, "mas, se os pressionamos para efetuar a distinção", acabam por reconhecer, confessar, confirmar sugestionados pelas perguntas do inquiridor, que o *Mekgwa* é um corpo difuso de normas e o *Melao*, uma série de regras aplicáveis em justiça. Ou seja, segundo a jurisprudência vigente, as regras do *Melao* são conciliáveis com o direito inglês, portanto respeitáveis, e os *tswanas* devem ser classificados entre os povos que atingiram o limiar de civilização que permite à potência tutelar outorgar-lhes uma visibilidade e uma identidade jurídicas. O corte é contundente, e as brigadas de antropólogos-funcionários em ação permanente pelo mundo todo se encontram presas na arapuca armada pela racionalidade superior da doutrina jurídica. Pleitear a relatividade irredutível das concepções da ordem humana em vigor entre as populações que eles observam equivaleria a negar que essas concepções sejam um dia "conciliáveis" com as instituições ocidentais. Seria privar, em conseqüência, essas populações da possibilidade de fazer valer direitos inteligíveis, oponíveis às arbitrariedades coloniais. Mas – a arapuca se fecha – defender a conciliabilidade dos "costumes nativos" com o sistema jurídico do visitante, condição *sine qua non* para a proteção deles, é ao mesmo tempo avalizar a visão do vencedor como referência obrigatória de qualquer juridicidade. Assim, se a noção de um "limiar de civilização", indispensável ao jurista que faz questão de balizar seu território, foi vigorosamente combatida, de Malinowski a Gluckman ou Pospisil, pelos antropólogos britânicos, eles o fizeram obedecendo à exigência de conciliabilidade, estabelecendo o inventário obstinado das semelhanças entre costumes selvagens e direito ocidental. O mesmo meio que permitia o reconhecimento e a sobrevivência desses costumes selvagens era também o que permitia sua maior assimilação, por retórica jurídica interposta. Seu resultado contemporâneo mais marcante é o ressurgimento das manobras de identificação primordial dos "direitos nativos" a serviço dos movimentos nacionalitários. Submete-se ainda melhor quando o submetido consente em adotar a linguagem daquele que o põe em condição de subordinação e quando não tem outra escolha senão o consentimento.

> A organização administrativa e política dos Estados africanos, escrevia o jurista de Togo Gérard Kouassigan em *Quelle est ma loi?* [Qual é minha lei?], inspira-se no modelo do colonizador que instituíra uma ordem jurídica interna conforme à sua filosofia e aos seus objetivos. [...] As independências não parecem traduzir-se por uma contestação fundamental dessa ordem jurídica.[31]

A afirmação é brutal e profunda: o mimetismo em relação ao Ocidente está na própria essência dos reconhecimentos dos direitos nativos outrora provocados, mas também está presente na constituição jurídica das reivindicações autóctones ou dos Estados que alcançam a independência no concerto das nações orquestrado, à moda antiga, dentro da tradição da *ratio scripta*. A apreciação *a posteriori* do "antes" do contato, afirmação incondicional da universal legalidade, foi o instrumento jurídico da colonização. Ficção bem-sucedida, ela servirá com uma irrefragável constância de embasamento natural para os movimentos reivindicativos e para as legislações pós-coloniais.

2º) A nacionalização do passado

Papua, Vanuatu, Samoa ocidentais, Fidji, Salomão... Os jardins de coral, édens dispersos dos etnologistas, são hoje nações juridicamente adultas. A Melanésia não está unida mas unificada, até na Nova Caledônia francesa, por uma comum

---

31. G. A. Kouassigan, *Quelle est ma loi? Tradition et modernisme dans le droit privé de la famille en Afrique noire francophone*, Paris, Pedone, 1974, p. 91.

reverência autóctone para com o "Costume", "Kastom" em *pidgin english*. Alternativo e oponível, o conceito define a juridicidade anticolonial invocando o tempo passado, a anterioridade da legalidade indígena. Enigmática, essa noção antiga, restaurada pela Idade Média, teria visitado antes de Cook as ilhas do Pacífico? Os fatos esclarecem o mistério. Quando os militantes *canacas* mantêm reféns na gruta de Ouvéa, na Nova Caledônia, em 1988, o substituto do procurador, "seguro de seu conhecimento do costume, decide ir dialogar com os canacas" (Ch. Villeneuve, *Paris-Match*). O vocábulo "costume" serve de efígie política para a afirmação de uma identidade negada por uma colonização que nesse caso nada tem a ver com a sofisticação do *indirect rule* britânico. Os canacas foram deixados de lado, acusados tanto pelos bons padres quanto pelos administradores e pelos etnologistas de uma incorrigível selvageria[32]. O grande etnologista Maurice Leenhardt os via mesmo como oriundos de um "grupo diferente daquele que resultou no *homo sapiens*".

Os canacas foram excluídos de suas terras – "*Cook*", escrevia Leenhardt, "*elogiou a conservação dos jardins irrigados... Por que o branco, depois dele, nunca os elogiou, neles colocando seu gado?... E o canaca recuava diante do boi...*"[33] – bem como de todo o sistema colonial. Aprenderam a caçar o homem branco, os forçados evadidos, para receber os prêmios depois do estabelecimento da prisão de trabalhos forçados e cobriram-se de glória em 1914-1918 pela tomada de praças como Vesle-en-Gaumont, o que valeu ao seu batalhão uma elogiosa citação do general Pétain, pois, explicarão, "o grito de guerra que soltavam no corpo a corpo tinha o dom de lançar o pânico nas fileiras inimigas", como manda a boa "selvageria". Juridicamente, a negação não poderia ser mais explícita. Em *Institutions et coutumes canaques* [Instituições e costumes ca-

---

32. Ver A. Bensa, "Colonialisme, racisme et ethnologie en Nouvelle-Calédonie", *Ethnologie française*, 1988, XVIII, 2, pp. 188-97.
33. M. Leenhardt, *Gens de la Grande Terre, Nouvelle-Calédonie*, Paris, Gallimard (1937), 1952, p. 221.

nacas] (1944)[34], o juiz Éric Rau ressalta que nenhuma matéria foi tão deliberadamente desprezada quanto a justiça nativa, deixando o legislador colonial à tribo o cuidado de administrar a justiça em seu seio, como ela a entendia. Mas "como as jurisdições indígenas", deplora o magistrado, "eram se não inexistentes pelo menos incapazes de emitir outra coisa além de pareceres desprovidos de qualquer força executória, recusar aos canacas o acesso aos tribunais franceses seria na prática negar-lhes qualquer direito à justiça". Na ausência de um esforço coordenado, como o dos anglo-saxões, de "reconhecimento" da legislação aborígene, é o próprio povo canaca que vai, como preconizava Leenhardt em 1952, "encetar com seus irmãos mais velhos do mundo moderno *o diálogo no decorrer do qual irá especificar-se seu direito*"[35].

A emblematização do Costume como figura da legalidade autóctone foi resultado da determinação canaca de assumir o encargo de reduzir o fosso aberto pela colonização entre a ordem francesa e a organização social nativa. O substituto Bianconi não se engana quando, no auge das lutas armadas de 1988, recorre a essa noção comum tanto ao jurista como ao aborígene para tentar evitar o massacre que advirá algumas horas mais tarde na gruta de Ouvéa. "*Às vezes, com um lance de costume, arranjam-se as coisas*", relatava a jornalista Agathe Logeart (*Le Monde*, 11 de fevereiro de 1988) antes do apogeu do conflito, pintando o retrato do singular diálogo: "em raros momentos de harmonia, o magistrado e o 'chefe' aceitam-se, mesmo não podendo compreender-se totalmente. Um olhar, um gesto dão a impressão recíproca de ser reconhecido. Um veio da metrópole, com seus livros de direito embaixo do braço, encantado com o sol e o mar... O outro, em sua tribo, em meio aos campos de inhame e de mandioca, cioso de suas

---

34. É. Rau, *Institutions et coutumes canaques*, Paris, Larose, 1944.
35. M. Leenhardt, *op. cit.* Esta observação é extraída do capítulo original que o autor acrescentou em 1952 à sua célebre monografia, p. 215 (grifo nosso).

regras que nenhum livro contém". Mas quais são essas regras, o que o canaca entende por "costume"? É "o conjunto de leis que regem a sociedade canaca: tanto a determinação dos papéis sociais quanto a atribuição das funções culturais ou econômicas, a organização das cerimônias, o calendário dos eventos. Mais particularmente, 'obedecer ao costume' é, por meio de uma oferenda, pedir o direito de acolhida num território preciso onde se tem a intenção de ir fazer alguma coisa (seja o que for: assistir a um casamento ou a um congresso político, encontrar-se com alguém, exercer uma atividade etc.). A pessoa se apresenta, de rosto descoberto, e explica quem é, ou seja, de onde vem, por que caminho passou [trata-se do caminho social: quem te envia, quem te recomenda?], e o que vem procurar nesse lugar, a razão de pedir humildemente às autoridades para entrar"[36]. Noutras palavras, o costume é um desses conceitos gerais pelos quais uma sociedade autóctone mostra ao Ocidente sua diferença. É a organização global do laço social e, até no mínimo detalhe, é também o arranjo das civilidades que tornam possíveis as relações entre indivíduos. Não há corte, no costume, entre cortesia e direito subjetivo, entre ritual e hierarquia política, entre uma economia da reciprocidade e o direito público das relações entre grupos de clãs. Como gostava de dizer Jean-Marie Tjibaou, fundador da FLNKS (Frente de Libertação Nacional Canaca e Socialista), a pessoa na Oceania é grande e reconhecida, portanto politicamente poderosa, ao contrário do Ocidente, não pelo que é capaz de tomar dos outros, mas pelo que é capaz de dar no contexto daquele "direito consuetudinário social geral" fortalecido por uma colonização de exclusão. Diferentemente do caso *tswana*, nenhuma política de administração da legalidade autóctone apoiada por uma antropologia jurídica foi implantada para que se pudesse definir, com grandes rasgos de análises psicológicas retóricas, um direito propriamente canaca admissível pe-

---

36. M. Coulon, *L'irruption Kanak. De Calédonie à Kanaky*, Paris, Messidor, 1985, pp. 67 ss.

rante os tribunais, e para que se pudesse relegar ao reino dos usos aceitos a ronda dos presentes e outros canais obrigatórios da circulação de informações. Desse modo, a versão canaca pôde apresentar-se em bloco à apreciação da potência tutelar e unificar, além disso, em nome dos princípios fundamentais da organização social oceânica, o mosaico dos clãs e das chefias canacas. Como constatava o juiz Rau, "negou-se aos canacas qualquer direito à justiça"; justiça francesa, entenda-se. O caráter fluido daquilo que esse observador se esforçava em chamar de "jurisdições indígenas", irremediavelmente incapazes de fornecer decisões executórias, era apenas a constatação exterior de uma inacessível e irredutível densidade social que assumia, dentre outras funções, as funções do que no Ocidente compete ao direito. Enquanto Karl Llewellyn selecionava, entre os *cheyennes*, uma série de casos exemplares que lhe permitissem repensar o direito americano, a "via oceânica" é aqui apresentada como uma totalidade intocável, inspiradora de uma legalidade original solidamente ancorada no movimento político que a veicula. A reivindicação atual da validade jurídica de uma organização social anterior ao contato branco passa assim pela adoção, à guisa de invólucro geral, do próprio conceito de costume, através do qual o conceito ocidental do direito sempre conquistou terreno.

Fiquemos na Oceania. Essa transfiguração fulgurante do "pré-direito" das sociedades contatadas em fundamento das constituições modernas dos Estados autóctones é particularmente impressionante no caso da Papua-Nova Guiné. O procedimento retroativo, que consiste em considerar como original e anterior ao contato exatamente aquilo que é seu legado, manobra do direito engenhosíssima, foi ali levado ao extremo. Vale a pena avaliar esse fenômeno. Outro paraíso dos antropólogos, graças a seus altos planaltos povoados de tribos guerreiras às quais se chegou somente nas últimas décadas[37] e que, por

---

37. Ver M. Godelier, *La production des grands hommes. Pouvoir et domination masculine chez les Baruya de Nouvelle-Guinée*, Paris, Fayard, 1982.

isso, ainda hoje revela-nos periodicamente um novo grupo esquecido, a Papua-Nova Guiné conquista sua independência da Austrália, portanto do antigo Império britânico, em 1975. Estamos em solo de colonização anglo-saxã, e o costume, ou o "direito consuetudinário", foram de longa data "reconhecidos", dentro da lógica política das administrações coloniais. Segundo a referência obrigatória (o direito imperial e seus sucedâneos), os costumes eram reconhecidos "contanto que não repugnem aos princípios gerais da humanidade" e sejam compatíveis com o interesse público. A independência suscita uma reviravolta da referência. Por certo não se trata de abandonar as regras inglesas de *Common Law* e de eqüidade existentes no momento da independência. Tampouco se pretende negar a força do "costume" ou das "instituições tribais", via de regra reconhecidos e encorajados pela colonização. Mas o ponto de fuga da legalidade, a chave de sua arquitetura mudou. Chama-se, a partir de então, *underlying law* (literalmente: direito subjacente). Conforme o artigo 2.1 da Constituição de 1975, o costume só existe enquanto componente desse estrato fundamental da juridicidade nova-guineana. Quanto às leis inglesas, elas deverão ser "regeneradas" sob o efeito do direito subjacente *mais apropriado*, que os tribunais doravante terão a tarefa de explicar (art. 2.2)[38]. Parece lógico, dirão, que o paradoxo da invenção de autoctonia jurídica atinja seu ápice nessa ilha de tantos opostos: a nação papua, plenamente adulta, funda seu direito numa legalidade subjacente, presumida anterior ao contato, mas, dizem os novos legistas, convém desenvolvê-la e, ao mesmo tempo, submeter a ela o *corpus* barroco de leis inglesas e de direito consuetudinário adaptado, herdado da colonização. Trata-se, em suma, de subordinar o existente a uma ficção, símbolo da primitividade autóctone, cujo conteúdo será determinado no futuro. Apesar dessa afirmação do caráter fundamental do *direito subjacente*, a obra legislativa e jurisprudencial posterior a 1975 não infringe o esquema clássico do

---

38. Cf. D. Weisbrot *et al.*, *Law and Social Change in Papua New Guinea*, Sidney, Butterworths, 1982.

"reconhecimento", tal como o entrevimos no tocante à história jurídica francesa, em que identificar quer dizer selecionar. Em 1978, a Corte Suprema exige, assim, para que uma regra oriunda da trama das relações aldeãs tradicionais seja integrada ao corpo da *underlying law*, que tenha sido preliminarmente demonstrado à corte seu caráter quase geral por todo o país: desconsiderando-se, pois, a extrema variedade tribal, o *direito subjacente* será geral ou não será. De modo mais específico, para adquirir esse embasamento jurídico autóctone constitucionalmente postulado, o direito nacional se dedicou a erradicar as guerras tribais, como as monarquias fizeram com os incessantes conflitos senhoriais na Idade Média européia. Ora, a guerra, a "necessidade de combater", é, na Nova Guiné, "uma dimensão essencial e permanente da vida" (Maurice Godelier), ela funda as hierarquias internas de cada grupo e define as relações entre grupos. Numa palavra, é certamente mais arraigada na cultura do que o muito abstrato elemento de contraste do Ocidente denominado *"underlying law"*... Mas, da guerra, o Estado sempre reclama o monopólio. Unificando as tribos com a independência, ele lhes subtrai, portanto, a faculdade de usá-la, em nome desse novo princípio superior que as rege e que elas ignoram tanto quanto ignoravam há pouco as tradições jurisprudenciais forjadas em Londres ou em Canberra. Por uma lei de 1977, a guerra tribal se torna uma infração específica, e o parlamento da jovem nação introduz a propósito dela o princípio, juridicamente muito especioso, mas aqui particularmente adaptado, da responsabilidade coletiva:

> Art. 10: Todo agrupamento de pelo menos cinco pessoas, das quais pelo menos uma estiver armada com uma arma ofensiva, tomando parte, ou parecendo prestes a tomar parte de um combate com outro grupo de pessoas ou com um membro desse outro grupo de pessoas constitui uma reunião ilegal. Toda pessoa que tome parte de semelhante reunião é culpada de infração e passível de dois anos de reclusão...[39]

---

39. *In* Weisbrot, *op. cit.*, p. 73.

A lei reduz a três pessoas a reunião ilegal, se todas elas estiverem armadas! O Estado papua terá muita dificuldade em fazer com que respeitem um edito que contraria tão violentamente a economia das relações humanas dos altos planaltos. Mas, estima ele, é a esse preço que a ruptura com a herança ocidental colonial devia ser consumada. A invenção, pelo autóctone, de seu direito subjacente, tanto quanto para o nativo ou para o camponês a anotação de seu costume pelo ocupante, é um artifício laborioso, obra de longo fôlego, arte de autoridade. As metáforas geológicas são bem decorativas: o direito subjacente se cristaliza no direito novo da nação independente... E as escolas de antropologia jurídica ou de direito folclórico são apaixonadas por elas, a ponto de falar das "estruturas normativas mais profundamente jacentes do direito tradicional"[40]. O mergulho espeleológico infelizmente tem pouco efeito sobre a superfície do direito, tecida dessas sutilezas eficazes através das quais alhos transformam-se em viçosos bugalhos. O apelo papua ao "direito subjacente", submetido ao torniquete das razões primeiras do Estado e à lógica das elaborações jurídicas, consegue de fato negar um princípio fundamental da organização social na Nova Guiné, adiando para as calendas gregas o encargo de dizer de que é feita a "subjacência jurídica" e como lhe submeter concretamente o fardo colonial sobre o qual ficou politicamente decidido que se iria pisar.

Na Oceania como em outros lugares, entre as populações ameríndias, entre os habitantes do Ártico, a afirmação da anterioridade de um sistema de direito diferente atende à exigência política de prover-se das armas úteis ao diálogo com o Ocidente. "Para justificar suas pretensões, um povo aborígene deve demonstrar que seu direito era *no momento do contato* identificável por olhos [ocidentais]."[41] A afirmação, por um povo autóctone, da juridicidade de suas reivindicações não serve para

---

40. "Deeper lying normative structures of traditional law" *in Commission on Folklaw and Legal Pluralism Newsletter*, International Union of Anthropological and Ethnological Sciences, vol. X, p. 52.
41. M. Asch, *Home and Native Land. Aboriginal Rights and the Canadian Constitution*, Toronto, Methuen, 1984, p. 53 (grifo nosso).

provar que, antes de Colombo, Cartier, Cook ou Bougainville, ele possuía uma legalidade de substância igual à do direito ocidental; ela atende à obrigação reiterada que lhe é feita de passar sua própria cultura pelo crivo do pensamento jurídico para tentar salvar fragmentos dela, sob pena de entregá-la inteira à boa ou à má vontade dos conquistadores.

A interiorização, pelo autóctone, do conceito de direito é uma estratégia de defesa. A aceitação, pelo autóctone, de sua própria juridicidade resulta de um violento e recorrente convite para que ele se adapte à linguagem escolhida por aqueles que o "contataram", linguagem de direito que, a partir desse momento, amarra seu devir.

3º) Os limites do método comparativo

Não há problema algum, confidenciava-nos um dia o antropólogo americano Marshall Sahlins, se tratarmos o direito como uma série de funções de maior ou menor presença e de maior ou menor especificidade em cada sociedade do planeta. A universalidade é óbvia. Em toda parte há regras, em toda parte é segundo regras que se resolvem pendências, se regulam os comportamentos, se organiza a vida em grupo. É uma ótica clássica em antropologia, quer ela extraia suas referências do funcionalismo, do estruturalismo ou do marxismo. É útil à descrição dos fenômenos concretos nas sociedades estudadas pelos etnologistas ou pelos sociólogos, tribos longínquas ou vizinhanças próximas. A questão se complica se, *da própria categoria do direito*, faz-se um objeto de reflexão. Que importa então que ele esteja inserido no humano, que o conflito seja seu quinhão cotidiano já que, entre os animais, este parece ser o único elemento com condições de inventar e de renovar as regras de vida? O essencial torna-se então saber como o comflito consegue fazer isso e em que medida a *categoria específica do direito* contribui para seu sucesso. O que Legendre chama de "mecanismo de referência" é decerto universal; a peculiaridade do direito é, todavia, realizar uma fragmentação do discurso normativo dissociando a lei do divino.

Insistimos na complexa ordenação das influências do modelo ocidental que se impôs tão bem, pela força das armas e das idéias, como referência universal, que hoje não existe, para o menor povoado, reconhecimento de seus direitos de pesca, de caça, de pastoreio ou de massacre ritual de animal de sacrifício sem que exista a submissão a uma legislação estatal ou supra-estatal que Justiniano não teria renegado. A ciência jurídica não era absoluta e justamente universal, destacava René Rodière, na época do direito romano ou quando o direito canônico regulava em toda parte a ordem da genealogia?[42] Bem que podemos, afinal de contas, lembrar a oportuna e esquisita interrogação de um filósofo, alguns séculos depois de Guilherme de Ockham:

> Por que houve a necessidade, e o que é que fez que houvesse esse desejo de pensar, e por que esse desejo foi tão potente que pôde ser eficaz a ponto de o Ocidente ter-se tornado o pólo em relação ao qual se fez a história universal?[43]

É de fato a ocidentalidade do ponto de vista – o direito comum, *ius commune* ou *Common Law*, é invenção européia – que sempre entrava a fluida mecânica do comparatista.

Costuma-se cair nessa armadilha, ou caem nela os conceitos. Mesmo um Chiba, jurista e sociólogo japonês devotado à causa dos direitos dos povos nativos, parece não escapar à lodosa regra. Fazendo a introdução de uma ambiciosa coletânea de *Direito asiático de povos nativos*, Chiba não pôde impedir-se de utilizar a trama fatal:

> O direito ocidental é normalmente considerado universal... e é em geral natural que a ciência do direito (*jurisprudência*) tenda, tanto entre os estudiosos ocidentais como entre os estudiosos não ocidentais, a observar o desenvolvimento de um sistema de direito não ocidental como a maneira pela qual esse sistema recebeu o direito ocidental. De fato, acrescenta nosso analista, é

---

42. R. Rodière, *Introduction au droit comparé*, Paris, Dalloz, 1979, p. 2.
43. J.-P. Dollé, *Haine de la pensée*, Paris, Hallier, 1976, p. 28.

por causa de suas histórias culturais subjacentes que ocorreram, entre o direito ocidental recebido e os direitos nativos não ocidentais, incontáveis incongruências e conflitos...[44]

Vocês perceberam, mais uma vez, a imensa astúcia do pensamento jurídico? Critica-se o jurista ocidental por ele se interessar apenas pelo que, aliás, se parece com sua visão imediata das coisas, espécie de devir de seus conceitos após entrega. Imediatamente após a crítica, desenha-se uma perspectiva que mostra a equivalência direito ocidental/direitos dos povos nativos: pois, de onde o plural destes tiraria sua validade e sua oponibilidade coletiva ao Ocidente, senão do próprio desejo ocidental de considerá-los de igual qualidade na lógica de sua expansão histórica? O sociólogo não deve deixar-se engodar. Por mais científicos e respeitáveis que sejam, amparados por profissões de fé anticoloniais, os discursos que colocam como simétricos e equivalentes o direito daquele que detém as chaves e os interesses últimos do modelo jurídico original e o direito suscitado, reconhecido, provocado, cuja linguagem, em última instância, acaba por ser adotada pelos que lutam pela identidade nacional, são *discursos doutrinais*. Pode-se compreender que aceitemos nos sujeitar a eles, em nome dos direitos da defesa, para a sobrevivência dos pescadores ameríndios *cris* do Quebec, para os derradeiros herdeiros, no estreito de Bering, da arte de arpoar a baleia branca, e por que não para esses "apaixonados" pela caça de pombos selvagens ou pela tourada... Como aceitar, porém, fazer disso o sustentáculo do raciocínio? Nesse caso, não há sustentáculo que agüente: a equivalência é assinalada pela razão jurídica a fim de tornar esta última mais apta, como sempre fez com questões consuetudinárias ou aproximativas, a reduzir essa equivalência com mais facilidade, a uma alternativa simplíssima: inclusão ou exclusão; assimilação ou desaparecimento. O direito dos outros é acolhido desde que se pareça com o modelo universal cujos critérios o Ocidente fornece e transforma.

---

44. M. Chiba, *Asian Indigenous Law*, Londres, KPI, 1986, p. V.

4. Pensar de outra maneira a normatividade

O direito, tal como se apresenta nas sociedades ocidentais, é um fato cultural e, como tal, uma *possibilidade* de que certas sociedades puderam muito legitimamente escolher prescindir, concebendo outras soluções para instalar em seu seio a normatividade que controla qualquer sociedade. Isso fica ainda mais visível quando nos distanciamos dos contextos marcados pela expansão ocidental e pela pressão colonial. Nenhum ponto do planeta escapa hoje ao domínio, pelo menos teórico, do modelo jurídico ocidental, ainda que seja pela força das organizações e das convenções internacionais. Todavia, regiões inteiras ficaram muito tempo fora de seu domínio. Assim, o caso da Índia ou o da China comprovam, à maneira deles, a hipótese do "não-direito". Evocaremos essa "alteridade radical" apenas de modo muito superficial, como diletante, para concluir pelo extremo este percurso sociológico das feições da juridicidade.

Por que a Índia e a China? Porque o primeiro desses dois gigantes demonstra que a força de um conceito que transcende o que denominamos direito (*dharma*) impede ou canaliza sua especialização: assim, trata-se de uma alternativa cultural ao direito. No caso da China, em compensação, é de *alternativa política* que se trata: historicamente, esta desenvolveu uma noção jurídica muito próxima da que o Ocidente usou, mas fez a escolha consciente, deliberada, de rejeitar essa solução.

1º) A Índia ou a alternativa cultural

"É a idéia de *dharma* [...] que particulariza o caso indiano", escreve C. Geertz[45]. É esta idéia que o afasta do cursor lógico que o comparatista passeia entre as diferentes "sensibilidades jurídicas" das culturas que aborda. O *dharma*, na

---

45. C. Geertz, *Local Knowledge, op. cit.*, p. 198.

Índia, não é solúvel nas representações ocidentais, ainda que um amplo setor das relações sociais indianas seja governado por regras de alcance nacional inspiradas por concepções inglesas[46].

O *dharma* obtém dos homens um resultado que parece a nossos olhos próximo do que o direito consegue fazer, mas procede de uma construção cultural, de uma visão do mundo, absolutamente diferente. O *dharma* se encarrega da totalidade dos deveres que pesam sobre um indivíduo conforme seu estatuto e a etapa de sua vida[47]. É apenas um aspecto das regras sem as quais não existe harmonia. *Dharma* ensina a medida, *artha* dita o interesse, *kama* rege o prazer. O homem, na Índia, existe em função desses princípios intraduzíveis.

Traduzir *dharma* por direito ou por religião, observava o indispensável Benveniste[48], leva a um desses contra-sensos tendenciosos aos quais conduz o racionalismo ocidental. Respeitemos sua integridade. A Índia foi e permanece largamente uma sociedade estruturada pelo nascimento, segundo o princípio das castas revelado à ciência social por Louis Dumont[49]. O *dharma* ignora o direito, tal como o entende o Ocidente. Ele não supõe esse corte, que achamos fundamental, entre o que é regido pela natureza e o que o direito rege; nele o material ou o secular não é distinto do espiritual ou do sagrado. Como mostrou Lingat, o *dharma* é uma regra de interdependência, fundamentada numa hierarquia indisponível, estabelecida pela ordem do mundo e necessária, em conseqüência, à manutenção da ordem social; isso foi chamado de sistema de castas, pelo

---

46. R. David & C. Jauffret-Spinosi, *Les grands systèmes de droit contemporains*, Paris, Dalloz, 1978, 9ª ed., p. 553.
47. Cf. R. Lingat, *Les sources du droit dans le système traditionnel de l'Inde*, Paris-Haia, Mouton, 1967; ver também J.-C. Galey, "Société et justice dans le haut Gange: la fonction royale au delà des écoles juridiques et du droit coutumier", in *Différences, valeurs, hiérarchies (Mélanges Louis Dumont)*, Paris, EHESS, 1984, pp. 371-421.
48. É. Benveniste, *Le vocabulaire des institutions indo-européennes*, Paris, Minuit, 1969, II, p. 266.
49. Cf. L. Dumont, *Homo hierarchicus. Le système des castes et ses implications*, Paris, Gallimard, 1966.

qual o laço social do nascimento demarca para sempre os limites da existência[50]. Pode-se, baseado nesse conceito, fixar por analogia, uma identidade jurídica, mas ela durará apenas o tempo de uma pressão imperial. *Kama* regula o desejo, o Ocidente negou-lhe a pertinência. Resta-nos *artha*, lei de interesse, lei política – também é possível ver nela, da nossa perspectiva, uma lei jurídica –, cuja precisão barroca decerto desnorteou o fervor dos assimilacionistas. O *Arthasastra*, redigido em algum momento entre o século IV a.C. e o século III d.C., tomando-se Jesus como marco cronológico, é um manual de direito público e de economia política. Desconcertante, todavia, pois preconiza proteger melhor os ministros do que o soberano. Eis um trecho dele:

> Das calamidades concernentes ao rei ou aos ministros, estas últimas são as mais graves. Pois a deliberação em Conselho, a direção dos negócios, o controle das receitas e das despesas, o recrutamento dos exércitos, a luta contra os inimigos e as tribos e a proteção do reino, a prevenção das calamidades, a salvaguarda e a entronização dos príncipes: tudo isso é tarefa dos ministros. Sem eles, essas atividades ficam paralisadas e o próprio rei não pode agir, como um pássaro de asas cortadas. Nesse caso, os inimigos não tardam a conspirar, a aproximar-se do rei e a pôr sua vida em perigo.[51]

O conceito é muito próximo, se bem que simetricamente inverso, ao das instituições da quinta república francesa. Estudiosos e fiéis ao axioma da repetição, os eruditos juristas preferiram *dharma* a *artha* quando queriam falar de direito indiano. Sem dúvida o primeiro era mais puramente exótico e talvez mais passível de receber as marcas posteriores. *Dharma* nada tem de jurídico, se queremos conferir a esse termo um sentido comunicável. Desviar-se dele significa contestar o próprio

---

50. Ver também U. Baxi, "People's law in India – The hindu society", *in* Chiba, *op. cit.*, pp. 216 ss.
51. Kautilya, *L'Arthasastra, Traité politique de l'Inde ancienne*, Paris, Rivière, 1971, p. 79.

destino, expor-se à danação... Nenhum código penal condena agora, na Europa, conscientemente, à *Geena*. Portanto, o *Dharma* foi glosado e comentado à porfia. Mas só convenceremos com extrema dificuldade um indiano que *dharma*, de alguma maneira, pertence ao direito, que *artha* não lhe pertence, que *kama* é impensável. Ainda será possível ao modelo ocidental atestar sua superioridade, seu valor de referência, quando outras referências o substituem com tanta eficácia?

2º) A China ou a alternativa política

A Índia demonstra a potência de uma cultura refratária à incisão ocidental porque pensou o humano e o regulou por inteiro, sob todos os seus aspectos. Natureza, religião, estrutura social estão imbricadas num planejamento da ordem em que a idéia de direito, hesitante, submetida aos fluxos e refluxos sociais, não tem lugar. O que na Índia é questão de herança cultural se torna na China uma fascinante questão de escolha. A China hesitou entre direito e não-direito. Dessas duas vias, que seus eruditos esclareceram com brilho, ela escolheu a segunda, na qual parece persistir até hoje.

"Por sorte, ocorre que os chineses, que inventaram muitas coisas, também descobriram o direito", alegra-se um jurista[52]. Mas escolheram não lhe dar muita importância, ao fim de uma grandiosa controvérsia, hoje gravada na ciência dos manuais como a oposição entre confucionistas e legistas. O sábio Confúcio viveu entre os séculos VI e V antes de nossa era, seu ensinamento era oral, feito de preceitos e de máximas coligidas muito mais tarde. Quando a China se torna, no início do século III a.C., o império unificado que vai permanecer até os nossos dias, ele simboliza o corpo de princípios que o poder consolidado ataca em nome de uma concepção da lei e do direito, pró-

---

52. G. Farjat, "Des sociétés sans droit? La leçon de l'Extrême-Orient", *Procès*, 1982, 2, p. 61.

xima da concepção ocidental, como "novo instrumento de ordem social"⁵³.

Trata-se de duas visões radicalmente opostas da harmonia social. Para a tradição confuciana, que apresenta a si mesma como um comentário de ensinamentos mais antigos, não há normas destacáveis dos comportamentos individuais ou coletivos. A piedade filial, a piedade para com os ancestrais, a obediência ao senhor, ao marido, ao irmão mais velho, o respeito dos protocolos de polidez se traduzem por atos visíveis, mas procedentes acima de tudo de uma pureza de intenção, de uma sinceridade do coração pela qual cada um adere à ordem do Céu, contribui para a harmonia cósmica⁵⁴. A tradição, expressa pelos ritos, encontra sua justificação em si mesma, não em especulações religiosas ou metafísicas: os confucionistas não tratam do divino, pois não se discute o incognoscível, e aplicam-se minuciosamente a respeitar e a reproduzir os comportamentos adaptados às situações vividas, sem nunca abstrair delas corpos fixos de regras. As instituições importam pouco, é a virtude dos sábios e a educação que fazem a vida coletiva e garantem-lhe o equilíbrio.

O partido dos "legistas", em busca de um meio racional de direção dos homens, exibe, ao contrário, sua desconfiança para com o tradicionalismo. "Se se quer obter eficácia, cumpre servir-se das leis e não dos homens." Com um modernismo que os filósofos das Luzes, inspiradores de nossos códigos, não teriam renegado, o legista Han Fei Tseu prossegue: "As leis devem ser reunidas e divulgadas... As recompensas estão vinculadas à observação respeitosa das leis e as penas à violação delas." A instauração do direito como referência geral da norma social, embora seja um instrumento coerente de administração pública, cria outros tantos direitos subjetivos dos quais poderia prevalecer-se um filho contra o pai, uma mulher contra o marido etc. e, portanto, colide violentamente com a

---

53. Cf. R.-M. Unger, "The chinese case: A comparative analysis", *in Law in Modern Society, op. cit.*, pp. 86 ss.
54. Cf. M. Granet, *La pensée chinoise*, e R. Grousset, *Histoire de la Chine classique*, Paris, Fayard, 1942, p. 36.

negação confuciana do conflito. Qualquer processo, qualquer reivindicação pública de interesses que se oponham aos da comunidade integrada é um escândalo que perturba a ordem natural. A idéia de uma justiça institucionalizada, profissionalizada, não está ausente da história chinesa. Ressurgiu continuamente, para assentar uma administração nova, instrumentar uma revolução "cultural", mas é invariavelmente pouco notada. Pífio será o balanço do mandarim que administra uma região na China pré-comunista dando muitas sentenças judiciárias. A conciliação dos pontos de vista mediante a busca da harmonia inerente aos corações chineses é a verdadeira solução cultural das pendências. A confissão ultrapassa e substitui a sentença. A morte consentida, quando não pode ser evitada, é preferível à morte imposta.

Refratária ao direito. Assim a China permaneceu até em seu comunismo original e persistente. A China efetuou uma revolução. Estamos diante de uma economia socialista. Já não se trata, pelo menos oficialmente, das relações básicas de tipo confuciano. A mulher adquiriu um estatuto novo. O planejamento familiar, política do filho único, é uma obrigação de Estado. Mas, de acordo com a tradição, "o que permanece *é o governo pela ideologia e a ausência de estruturas jurídicas*"[55]. R. David e C. Jauffret-Spinosi lançam sobre as intrusões modernistas um olhar igualmente cético. Nos anos 1930, promulgaram-se códigos – código civil, código de processo penal, código imobiliário. Em 1954, 1975, 1978 e 1982, publicaram-se outras tantas constituições. Em 1980 nasceu o código penal. A era Deng Xiao Ping e a vontade de reforma e de abertura da economia foram acompanhadas, nos anos 1990, de uma bateria de leis sobre a produção, o comércio e os intercâmbios internacionais. Terá a China enfim optado pelos legistas, contra Confúcio?

> Agora há textos, há estudantes de direito, mas isto ainda não quer dizer que na vida concreta haja processos, decisões prolatadas por juízes, uma jurisprudência. Se há tribunais e juízes, não é a eles que recorrem os pleiteantes, os litígios são quase

---

55. G. Farjat, art. cit., p. 74.

todos dirimidos pelo conciliador do bairro... As mentalidades deverão evoluir muito antes que exista, se existir um dia, um verdadeiro sistema de direito chinês.[56]

Conclusão

Podemos, ao termo deste percurso muito limitado da diversidade cultural do direito, ter plena certeza da necessidade de avaliar continuamente seu sentido, seus contextos de utilização, suas finalidades. Qualquer sociedade, por mais selvagem, bárbara, "diferente" que seja, possui um senso da ordem ou da referência sem o qual não há humanidade possível. Que o direito seja indispensável para isso, a observação das trajetórias do modelo ocidental, das falsas alternativas e das verdadeiras soluções de outros povos permite-nos duvidar legitimamente. Notar, pela etnografia, ou pela sociologia escrupulosa, que uma sociedade não seja estruturada pelo direito não faz enrubescer o sociólogo ou o antropólogo do direito, cioso do futuro de sua profissão. Determinar por quais vias históricas, por quais rupturas, por quais escolhas culturais, uma agregação humana consegue, em algum lugar entre deus, força e natureza, manter o campo jurídico como o campo próprio de sua regulação, aí se encontra, ditosamente aberto, o domínio de investigação da ciência do direito. "No mundo grego de outrora, o modo de vida era análogo ao que é hoje entre os bárbaros", escreveu Tucídides, um século mais moço que Confúcio[57]. Mas nenhuma lei histórica foi, ao que parece, um dia gravada para que cada indivíduo se tornasse grego em vez de bárbaro.

---

56. R. David e C. Jauffret-Spinosi, *op. cit.*, p. 608.
57. Tucídides, *La guerre du Péloponnèse*, Paris, Gallimard, 1964, I, 6.

IV. Pontos de referência fundadores

> Há que esclarecer as leis pela história e a história pelas leis.
>
> MONTESQUIEU, *De l'esprit des lois*,
> 1748, XXX, I

Vamos privar o leitor da história das idéias graças às quais o tema lhe é submetido? Como ousaríamos privá-lo desse indispensável instrumento de crítica? Afinal de contas, o direito talvez esteja inserido na natureza, e especular sobre a sua ausência não seria herético... Apesar do reflexo acadêmico que consiste em buscar a mais moderna das citações, a lição dos antigos não pode ser eludida. Que se disse de novo, de Montesquieu a Savigny, que não remonte em linha reta a Montesquieu e a Savigny? Quando as ciências sociais esquecem sua memória, tornam-se servis, apropriadas para a engenharia do humano, e todo poder tem a tentação de encarregá-las disso. Este capítulo é, portanto, dedicado ao pensamento daqueles para quem, até então, o direito ainda não é técnica de organização, nem transmissor de arbitrariedade, mas objeto relativo, tema de investigações, tecido de história e de pensamento, de esperança e de efeito.

Em grande parte, a história da sociologia do direito se confunde com a da sociologia pura e simples. Ademais, assinalamos no primeiro capítulo que é impossível tratar do campo de investigação da sociologia do direito atendo-se a uma concepção restritiva da disciplina. O direito é feito de imaginação, é um acontecimento cultural e flutuante. O conjunto dos protocolos intelectuais que entram em jogo em sua fabricação se vinculam ao campo de competências do socioantropólogo do direito. De tal maneira que aos próprios ensinamentos sociológicos pode-se atribuir um alcance jurídico direto ou, como no caso dos "direitos autóctones", a leitura antropológica dos fatos pode consistir numa operação de tradução do fato em direito.

Assim, é ainda mais importante, para reproduzir a história desse olhar específico, introduzir nessa perspectiva as idéias mestras e as reviravoltas que possibilitaram avançar no conhecimento socioantropológico do direito. Mais do que escolas instaladas e genealogias intelectuais institucionalizadas, evocaremos, pois, alguns momentos especiais na evolução das idéias, significativos na construção do direito como objeto de estudo. A Montesquieu e a seus epígonos, devemos o empirismo, o relativismo e um certo evolucionismo dialético. A Savigny e aos muitos seguidores que inspirou, devemos uma leitura cultural da lei e um método de abordagem pluralista do campo jurídico nas sociedades modernas.

1. Montesquieu: o direito e a sociedade

1º) As leis são relações

Montesquieu costuma ser honrado com o tríplice título de fundador da ciência política, da antropologia e da sociologia[1]. "Pensador cumulado de paternidades", ele se furta, todavia, às filiações ideológicas pela orientação de um trabalho intelectual que não prega nenhum modelo[2]. O que ele trouxe de novo, numa enxurrada tumultuosa de intuições, de idéias e de erudição, que esclareça a questão jurídica? "Nunca, antes dele, tiveram essa audácia de refletir sobre todas as leis e todos os usos de todos os povos do mundo", admirou Louis Althusser num ensaio clássico sobre a obra capital *O espírito das leis* (1748)[3]. O essencial para nós nesse monumento do pensamento – de

---

1. M. Grawitz, *Méthodes des sciences sociales*, Paris, Dalloz, 2ª ed., 1974, p. 86.
2. G. Benrékassa, *Montesquieu, la liberté et l'histoire*, Paris, Librairie Générale Française, 1987, p. 188.
3. L. Althusser, *Montesquieu, la politique et l'histoire*, Paris, PUF, 1959, p. 14.

quem Voltaire dizia maldosamente que "o espírito se extravia e a letra nada ensina" – não é a famosa tese da separação dos poderes. É, antes, a iniciação a uma dialética universal entre as leis e os costumes, fundamentada na idéia de que os princípios que governam a vida social são cognoscíveis apenas pela observação, pela indução e pela comparação, e não, como queria a filosofia do direito natural, pela dedução abstrata de axiomas eternos[4]. Essa "revolução no método" (Althusser) é rica de ensinamentos teóricos. Montesquieu proporciona sobretudo uma lição inigualável – porque pioneira – de modéstia. Todo sistema de leis é devedor dos fatores que o fizeram tal como é. Conhecendo-se os fatores, conhecer-se-á a lei. Grave ataque a quem queria deduzir toda e qualquer lei de princípios transcendentais. As mais variadas causas governam a ordem dos homens: o clima[5], o relevo, a economia, a demografia, as idéias religiosas e, enfim, elemento fundamental, o "espírito geral da nação" determinam a fisionomia das regras da vida humana e, como esses fatores mudam de um lugar para outro, de uma cultura para outra, é legítimo que as leis mudem. Essa é a primeira das grandes novidades. Quem a expressaria melhor do que seu próprio autor...: "As leis são as relações necessárias que derivam da natureza das coisas."

Essa frase é estimulante: as leis *são relações* e não "provêm de relações" ou "são oriundas de relações". Persistência na audácia e na lucidez. Leremos os filósofos, em especial Simone Goyard-Fabre[6], sobre a parte de "direito natural" (distinção leis naturais/leis positivas) que permanece na obra de um homem bastante prudente em seu século para discorrer sobre esse assunto e bastante rigoroso para saber carregar a pro-

---

4. Cf. E. E. Evans-Pritchard, *A History of Anthropological Thought*, Londres, Faber & Faber, 1981, p. 9.
5. Como salientava Dedieu, esse aspecto da tese de Montesquieu deve muito ao *Ensaio sobre os efeitos do ar*, de John Arbuthnot (Londres, 1733), cf. J. Dedieu, *Montesquieu et la tradition politique anglaise en France. Les sources anglaises et L'esprit des lois*, Paris, 1909.
6. S. Goyard-Fabre, *La philosophie du droit de Montesquieu*, Paris, Klincksieck, 1973.

blemática do direito dos séculos futuros de uma energia inesgotável. Logo, as leis são *determinadas* por fatores que lhes são exteriores, e essa exterioridade provém tanto da natureza física quanto das crenças ou das vontades humanas, ou das inevitáveis estratégias de adaptação dos homens ao seu meio que resumimos pelo termo economia. Montesquieu fez surgir parâmetros, variáveis, causas e relações de causa e efeito. Apreciemos o *in terminis*, por exemplo no Livro XVIII de *O espírito das leis*, sobre a relação destas últimas com a natureza da economia:

> As leis têm uma relação muito grande com o modo como os diversos povos provêm sua subsistência. É preciso um código de leis mais extenso para um povo que se dedica ao comércio e ao mar do que para um povo que se contenta em cultivar suas terras. É preciso um código maior para este do que para um povo que vive de seus rebanhos. É preciso um código maior para este último do que para um povo que vive da caça. (L. XVIII, cap. VIII.)

Montesquieu irritou muito por ter agitado tanto e resolvido tão pouco – para Voltaire, ele fazia "espirituosidade sobre as leis...". Peter Stein notava assim que, se ele vinculara as diferenças no *direito* às diferenças das condições sociais e econômicas – pois a lei dos caçadores não podia logicamente ser do mesmo nível que a dos pastores, dos agricultores, menos ainda dos comerciantes –, falhara em estabelecer a projeção histórica dessas variações. Outros o fizeram por ele. Ele deu as sementes, que frutificaram em outros lugares. O materialismo histórico e a dialética sutil das relações direito/costumes (perdoem-nos a terminologia apócrifa) logo surgem na pena de seus leitores mais aguçados, como se o *Espírito* tivesse sido um programa impressionista, pintado com anotações rápidas – das quais a mais elaborada foi certamente a teoria dos governos –, de que toda mentalidade sociológica deveria tirar, pincelada por pincelada, a matéria fecunda de explorações infinitas.

2º) O materialismo legal

O homem não surgiu, juntamente com suas instituições, de algum pensamento divino mas, indissociável de suas instituições, ele procede das circunstâncias nas quais se encontrou, de época em época, de lugar em lugar[7]. Antoine-Yves Goguet escreve em 1758 a primeira obra francesa a tratar de uma teoria dos progressos do direito na sociedade[8], suprimindo, assim, a falta de sistematismo e de historicismo com que Montesquieu matizava *O espírito das leis*. Num volumoso tratado, *De l'origine des loix, des arts et des sciences* [Da origem das leis, das artes e das ciências], esse jurista criava um esboço racional da gênese das formas jurídicas conforme o modo de subsistência adotado por cada sociedade.

> A sociedade, nas nações que tiram sua subsistência da caça, da pesca e dos rebanhos, não é suscetível de muitas leis; essas nações, tendo a necessidade de mudar com freqüência de moradia e de habitação, não conhecem a propriedade dos domínios, principal fonte das leis civis.[9]

Trata-se de Montesquieu aplicado, e aumentado. Se Goguet faz da propriedade dos domínios a principal fonte das "leis civis", é porque ela mesma decorre da fixação das populações pela agricultura, chave do edifício jurídico. Como a agricultura "deu sucessivamente origem à maior parte das artes, as artes produziram o comércio, e o comércio necessariamente ocasionou grande quantidade de regulamentos...", "a instituição do direito de propriedade e as leis sobre o casamento acarretaram necessariamente o estabelecimento de alguns usos e de alguns costumes que devem ser vistos como a ori-

---

7. R. Meek, *Social Science and the Ignoble Savage*, Cambridge, Cambridge University Press, 1976.
8. P. Stein, *op. cit.*, p. 19.
9. A.-Y. Goguet, *De l'origine des loix, des arts et des sciences et de leurs progrès chez les anciens peuples*, Paris, 1758, I, p. 23.

gem e a base de todas as leis civis"[10]. O enraizamento do direito humano no modo material de aquisição dos recursos vitais é claramente afirmado. Ademais, Goguet propõe um esquema explicativo da evolução jurídica. As "primeiras leis" não são políticas, não podem ser encaradas "como fruto de alguma deliberação confirmada por atos solenes e meditados", elas "se estabeleceram naturalmente em virtude de convenções tácitas": "são as *condições* vinculadas a essas convenções que devem ser vistas como as primeiras leis".

Portanto, a gênese do direito procede de "condições" que são seus fatores determinantes. Goguet não se interessa em debater direito natural ou razão universal: importam-lhe apenas as leis que ele consegue ligar aos modos concretos de existência. A Antiguidade fornece-lhe inúmeros campos exóticos onde pôr à prova sua ótica. Preocupa-se mais com a forma dos arados do que com especulações filosóficas. O conceito de direito, em Goguet, é clássico: família, propriedade, contrato. Mas ele vincula de modo original o surgimento e o desenvolvimento histórico das "leis civis", nitidamente dissociadas da esfera política, à lógica extrajurídica das relações sociais, em particular à lógica das relações econômicas. A comparação, em Goguet, só ocorre no final da observação e da justaposição dos fatos, da forma dos arados ou dos sistemas de irrigação. Não é obliterada *a priori* por esses grandes princípios morais e políticos que são considerados constatações científicas, das Luzes aos nossos dias. Um homem como Condorcet detestava *O espírito das leis* e o que ele pudera inspirar de prudência e de sofisticação na análise. Havia na obra exagerada preocupação com leis esquecidas, ao passo que é tão simples e tão bem aceito julgar universalmente uniformes "a razão, os direitos dos homens, o interesse da propriedade, da liberdade e da segurança..."[11]

---

10. *Id.*, I, pp. 40-1.
11. Condorcet, "Observation sur le vingt-neuvième livre de *L'esprit des lois*", in *Œuvres de Montesquieu*, Paris, Dalibar, 1822, vol. VIII, p. 427.

3º) Introdução à dialética

Montesquieu estabelece com força que as leis estão relacionadas com os costumes, mas, ao escrutar a natureza desse vínculo, trata-se mais de assinalar pela intuição um campo a ser explorado do que lhe esgotar o sentido.

> Quando um príncipe quer fazer grandes mudanças em sua nação, tem de reformar pelas leis o que é estabelecido pelas leis, e tem de mudar pelas maneiras o que é estabelecido pelas maneiras: e é uma péssima política mudar pelas leis o que deve ser mudado pelas maneiras.[...]
> Em geral, os povos são muito apegados aos seus costumes; suprimi-los com violência significa deixá-los infelizes: portanto, não se devem mudá-los, mas levar eles próprios a mudá-los.
> Toda pena que não deriva da necessidade é tirânica. A lei não é um puro ato de potência; as coisas indiferentes por natureza não são de sua competência. (*L'esprit des lois*, L. XIX, cap. XIV.)

A leitura da relação leis/costumes possui, nesse caso, o governo como ponto de fuga. Usos, costumes e maneiras são um pano de fundo. Será que as leis procedem desses usos, ou serão elas apenas princípios de ação, instrumentos de política cuja medida exata é dada pela insuperável densidade dos costumes? Foi refletindo sobre essa pista lançada pelo mestre que Pierre-Jean Grosley, contraposto a Durkheim na introdução, vai oferecer-nos um ensaio precursor da mais moderna sociologia sobre a dialética entre as relações sociais e as formas jurídicas. O opúsculo *De l'influence des loix sur les mœurs* [Da influência das leis sobre os costumes] é publicado em 1757[12]. Havia já dois anos que Montesquieu morrera, não sem ter dado bastante importância às objeções que o jovem advogado de Troyes lhe havia submetido.

---

12. P.-J. Grosley, *De l'influence des loix sur les mœurs*, Nancy-Paris, Société Royale de Nancy, 1757.

Fiquei muito tocado, senhor, com a aprovação que dais ao meu livro e ainda mais por o terdes lido com a pena na mão. Vossas dúvidas são as de uma pessoa inteligente,

escrevia em 1750 o barão de La Brède a seu obscuro mas muito atento comentador[13]. Grosley despreza a dimensão política das leis, bem como o aspecto moral delas. Fascinado pelo cadinho físico – "o clima é a chave do santuário da legislação" –, ele admite, a exemplo de Goguet, a força determinante da adaptação dos homens ao meio. Mas vai além da correlação para introduzir a lâmina incisiva de sua inteligência no coração da problemática do direito e salientar-lhe o caráter *dialético*.

Grosley tem a ambição de compreender "como, em que aspectos e até que ponto as leis podem ser o fundamento e a causa dos costumes". Se Montesquieu foi, explica ele, hábil em mostrar o quanto as leis são tributárias dos costumes, "as mesmas coisas podem ser alternativamente causa e efeito: de sorte que o que é causa ou princípio em certos aspectos se torna efeito ou conseqüência em outros ângulos".

Grosley transforma em verdadeiro objeto sociológico a prezada zona de sombra em que o direito emerge do social para se aplicar a ele. "Se as leis influenciam os costumes, os costumes influenciam também as leis; e ambos mantêm entre si uma ação igual e contínua": o princípio da mútua dependência é a chave desse pensamento cuja dialética soa correta. O direito é socialmente construído com o intuito de edificar o social. Não há lei que não exale um perfume de costumes, e não há costumes que não possam ou não devam curvar-se às injunções da lei. Grosley deixa de lado a distinção entre as leis naturais, às quais o homem não pode impor-se, e as leis positivas que ele se atribui (Montesquieu), para substituí-la pela distinção entre as *leis fundamentais* que fixam os costumes e resistem às mudanças dos costumes e as leis oriundas dos costumes que, "quando os costumes são mudados, tornam-se nulas

---

[13]. "Réponse aux objections de Grosley", in *De l'esprit des lois*, Paris, Garnier, 1871, p. 670.

e revogadas pelo fato", "são, por assim dizer, *leis de moda*, que passam com ela...". Grosley, em suma, fornece-nos a chave de uma fenomenologia do direito que é, igualmente, doutrina de evolução. Nos "costumes", nas relações sociais, deve-se distinguir o essencial, ligado à estrutura do grupo que as leis fundamentais representam e fixam, leis tão indisponíveis quanto o é a natureza do próprio grupo; e devem-se distinguir as contingências, as sucessivas adaptações aos fatores que determinam a vida social: essas adaptações tornam caducas as leis antigas, fazem nascer novas, por sua vez superadas pelo curso da mudança social.

4º) O espírito geral das leis

Essas contribuições consideráveis para a reflexão sociológica sobre o direito nos foram fornecidas em muito pouco tempo, em menos de uma década, a contar da pedra angular do pensamento moderno que é *O espírito das leis*. O direito sai dessas reflexões unido a seus determinantes sociais, dialeticamente atado às forças que lhe dão forma e dele extraem autoridade. O "direito natural", a divindade tutelar, esfuma-se diante do fato bruto, do modo de subsistência, da técnica agrária, do relevo, do clima etc., para explicar o fenômeno da legalidade em sua diversidade geográfica e em sua evolução. As numerosas pistas lançadas por Montesquieu sempre foram reportadas à influência de uma intuição central sobre a investigação do "espírito do povo", que define a identidade singular de cada nação. A investigação é histórica, de um historicismo "em que o espírito da nação se forma, modelado pelos diversos fatores... que lhe servem de elemento"[14]. Para Raymond Aron, o livro XIX (*Das leis na relação que elas têm com os princípios que formam o espírito geral, os costumes e as maneiras de uma nação*) é dos mais importantes, pois trata

---

14. M. Chelli, "Montesquieu sociologue", in *Analyses et réflexions sur Montesquieu, De l'esprit des lois*, Paris, Ellipses, 1987, pp. 31-41.

daquilo "que constitui o princípio de unificação do todo social": "o espírito geral é uma resultante, mas é uma resultante que permite apreender o que constitui a originalidade e a unidade de uma dada sociedade"[15].

Goguet, e mais ainda Grosley, aderem a essa busca sem todavia, mais do que o próprio Montesquieu, transformar a intuição estimulante em hipótese crível ou em demonstração probante. A área histórica está numa situação sem saída sob as Luzes, em especial a história jurídica. Ninguém se posiciona impunemente sobre a herança dos tempos antigos. Grosley se compromete excessivamente, pois acreditou descobrir, naquele que elegeu como mestre, a presença de caracteres originais do direito francês já no século IX. Levará a análise até os antigos gauleses: a preocupação de enraizar a identidade do direito francês no "espírito" do mais antigo de seus povos levou-o a contorções eruditas, risíveis por seus meios, mas deveras respeitáveis e até de vanguarda por sua intenção estruturalista precursora.

> Por que milagre, indaga-se, essas leis formadas pelo capricho de uma multidão de usurpadores independentes e sem ligação entre si se reúnem desde sua pretensa origem sob princípios fundamentais que ainda hoje são a base do Direito Consuetudinário?[16]

Os homens feudais são os líderes naturais das comunidades consuetudinárias; o Estado herdeiro de Roma disputa com eles a legitimidade, assaltando-os por meio de tratados eruditos. Montesquieu é um homem feudal atento à percepção de seus direitos senhoriais. Esses pensadores são conservadores antiliberais. Embora sirva para fundamentar juridicamente a identidade francesa, o costume, fornecido pela tradição, pela continuidade da obediência aos antigos, não causa boa impres-

---

15. R. Aron, *Les étapes de la pensée sociologique*, Paris, Gallimard, 1961, pp. 30 e 51.
16. P.-J. Grosley, *Recherches pour servir à l'histoire du droit français*, Paris, 1752, p. 109.

são sob os fogos do racionalismo. Não se abre uma nova era sob a égide de referências tão antiquadas como os hábitos gauleses e os imprescritíveis privilégios senhoriais. Toussaint podia imitar Montesquieu na *Encyclopédie* (o artigo Lei é copiado dele), de Grosley podia-se admirar a dialética, mas, enfim, a razão universal é que devia inventar a nação, instrumento de sua própria realização. A história era desacreditada, o passado inútil, o costume ilegal porque irracional e injusto.

> Nós, bárbaros aturdidos, escrevia o fisiocrata Louis de Brancas, vinculamos tão pouco a idéia de costumes ao que chamamos de hábitos que essa palavra acabará significando em nosso país... autoridade transmitida, exemplo consagrado pelo tempo e que, enfim, julgarão definir a palavra hábito evocando a autoridade dos costumes: que fazer? *Sic patres voluere*, foi assim que nossos pais quiseram...[17]

Exemplos cuja única virtude foi terem sido transmitidos pelo tempo sob a autoridade iníqua daqueles que dominam, o espírito esclarecido já não os quer. Mal a noção de "costume", ou de lei particular correspondente ao espírito de cada povo, aparece numa forma quase científica, e a evolução política a põe de lado.

Como resistir às acerbas tiradas de Voltaire, que notava com bom senso que

> nem as citações de Grotius, nem as de Pufendorf, nem as do *Espírito das leis* nunca produziram uma sentença do Châtelet de Paris ou do Old Bailey de Londres?

Não devemos resistir ao florilégio, extraído aqui e ali de sua *Correspondência* e do *Dicionário filosófico*.

> Quisera Deus que a França carecesse totalmente de leis, assim poder-se-iam fazer boas, pois, um homem que viaja nesse país muda de lei quase tantas vezes quantas muda de cavalos de posta.

---

17. L. de Brancas, *Traité des lois publiques*, Londres, 1771, pp. 83-4.

Não é hora de consagrar o caráter popular da diversidade consuetudinária e ressaltar a unidade profunda revelada pelas regras de direito, o "espírito do povo"! A urgência está noutro ponto. O que é analiticamente justo é cotidianamente injusto e politicamente intolerável.

> Não há nenhum código bom em nenhum país; a razão disso é evidente, as leis foram feitas pouco a pouco conforme os tempos, os lugares, as necessidades; quando as necessidades mudaram, as leis que permaneceram ficaram ridículas.

De leis fundamentais, não há nenhuma necessidade, "quem faz as leis pode mudá-las".

> Quereis boas leis? Queimai as vossas e fazei novas, no que concordamos com o conselheiro esclarecido de algum príncipe teutão: "Só um rei pode fazer um bom livro sobre as leis, mudando-as todas..."[18]

Voltaire talvez não seja considerado um precursor da sociologia do direito, mas é com toda a certeza um indispensável e inesgotável aguilhão. O vínculo do direito com o "espírito geral de um povo", reivindicado intuitivamente por Montesquieu, esboçado por meio de uma improvável obsessão da continuidade étnica por Grosley, permanece, nessa segunda metade do século XVIII, a parte intocada de um canteiro de obras sociológico que já se apossou de suas ferramentas e de seus materiais mais fundamentais. Sabe-se que o direito é relativo aos fatores que lhe são exteriores. Sabe-se ir desses fatores à lei mediante empirismo indutivo. Sabe-se que a lei muda na proporção dos *costumes* que, porém, a lei regulamenta, e assim

---

18. Citações extraídas da edição Plancher das *Œuvres*, de Voltaire, Paris, 1818-1820. Será difícil encontrar em Voltaire uma sociologia do direito, no sentido, via de regra sistêmico, em que a entendemos hoje. Tecida de emoções e de indignações, autênticas ou calculadas, a contribuição voltairiana ao entendimento do direito é ainda assim considerável e parece estar à espera de seu analista, de seu exegeta, de seu epígono.

toma-se consciência do caráter dialético da fenomenologia jurídica. Efígie sublime de quase todas as ciências da vida social e nutrido de cultura histórica, Montesquieu não foi consagrado historiador pela posteridade, pois lhe foi vedado o acesso à história. Voltaire achava até que ele citava ao acaso e citava errado. Mas quem mais podia oferecer-lhe este elogio visionário?

> Montesquieu quase sempre está errado quanto aos eruditos, porque não era um deles; mas sempre tem razão contra os fanáticos e contra os promotores da escravidão.
> A Europa deve-lhe eternos agradecimentos.

Integrar o *"espírito do povo"* ao movimento da história, apreciar a sua impregnação jurídica, fazer do direito um acontecimento de cultura, conjugar o Estado, essas foram tarefas posteriores, nem um pouco tardias. O racionalismo científico de Montesquieu e de seus êmulos diretos foi, sem a menor dúvida, limitado na França pelas urgências libertadoras de um racionalismo científico e seletivo. O que fazer com as lições coercivas da história passada no momento em que se está inventando a sua trama nova? Foram, por uma espécie de lógica caprichosa e simétrica, a contra-revolução, o irracionalismo romântico, a Alemanha conquistada e ocupada, que forneceram ao quebra-cabeça central as peças que faltavam. Com elas, a sociologia do direito, olhar de observador sobre a coisa observada, no instante, no espaço, na duração, se tornava uma realidade prática, um exercício de pensamento, ainda inacabado.

2. Savigny: o direito como cultura

Depois de assinalada a herança escocesa e inglesa por Montesquieu e seus seguidores, a problemática do direito pode resumir-se sem demasiado abuso num curioso intercâmbio franco-alemão. A Revolução e o Império foram trabalhos práticos das Luzes, com os vários matizes que se conhecem. Lerminier qualificava o Código Civil de 1804, monumental, intocável e intocado, de "composição entre a história e a filosofia", entenda-se, entre a tradição e o racionalismo[19]. Oprimida, atacada pelas monarquias coligadas, a Revolução defendia sua jovem herança: seu pensamento. Após tê-lo defendido e consolidado, ela o impôs a diversos povos, ora por suas qualidades intrínsecas, ora por convicção apoiada militarmente (o Código Civil francês propagou-se atravessando todos os oceanos). A Alemanha foi conquistada, o Código Civil foi ali imposto, mas muitos alemães não acharam a imposição pesada demais: ao contrário, receberam-na como um presente inesperado para unificar o mosaico das províncias consuetudinárias, para construir um Estado e unificar seu direito, ao mesmo tempo que a nação se firmava. A introdução do Código Civil francês teve, como conseqüência secundária, a cristalização da energia intelectual do tempo na natureza do direito. Reabilitou-se a lição da história, contra o racionalismo abstrato. Proclamou-se, por espírito de resistência ao ocupante, o arraigamento da legalidade no espírito do povo e sua teoria foi divulgada na forma de um panfleto: *Da vocação de nosso tempo para a legislação e a ciência do direito*, publicado em 1814 por Friedrich-Carl von Savigny.

> Tenho tendência a crer, escrevia Raymond Aron a propósito de Montesquieu, que o nosso autor chama de espírito geral de uma nação o que os antropólogos americanos chamam de a cultura de uma nação, ou seja, um certo estilo de vida e relações em comum, que é menos uma causa do que um resultado – resultado do conjunto das influências físicas e morais que, através da duração, modelaram a coletividade.[20]

Certamente, é a *assimilação do direito a um fato de cultura inscrito na história, e por isso capaz de caracterizar a sociedade da qual ele emana,* que constitui a contribuição essencial de Savigny e da Escola alemã denominada "do direito histórico", motivo por que ela retoma igualmente a herança de Montesquieu em sua busca do "espírito geral".

---

19. Cf. E. Lerminier, *Philosophie du droit*, Paris, Paulin, 1831.
20. *Op. cit.*, p. 51.

1º) Direito, povo e história

O direito, em Savigny, está fixado num caráter particular ao povo, como a linguagem, os costumes, a organização social. Esses elementos não têm existência autônoma, estão unidos na singularidade de um povo:

> O que os reúne em um todo é a convicção em comum do povo, a consciência viva de uma necessidade interior, com a exclusão de qualquer noção de origem acidental ou arbitrária.[21]

A influência de Jakob Grimm, um dos fundadores da filologia, que foi seu jovem assistente, fica sensível nessa reformulação da unidade orgânica do direito, em sua assimilação aos outros traços distintivos de uma cultura, como a língua, e àquilo que define a personalidade de um povo. O filósofo Herder já desenvolvera esse ponto de vista, ele que tinha a arte, segundo Goethe, "de fazer da poeira da história uma planta viva"[22]. Com suas *Idéias para uma filosofia da história da humanidade* (Riga, 1784-1791), Herder fora, parece, o primeiro a afirmar a ligação indefectível das formas jurídicas, das formas de arte, dos hábitos seculares, à "alma" do povo que os veicula.

> Para o direito, afirmava Savigny, assim como para a língua, não há momento de extinção absoluta; ele está sujeito ao mesmo movimento e ao mesmo desenvolvimento de qualquer outra tendência popular; e esse desenvolvimento particular obedece à mesma lei de necessidade interna... O direito cresce com o crescimento e se fortalece com a força do povo e, enfim, morre quando a nação perde a sua nacionalidade.

A força da tese provinha de seus antecedentes práticos.

---

21. As citações de Savigny são tiradas do *Vom Beruf unserer Zeit für Gesetzgebung und Rechtwissenschaft* (Heidelberg, 1814), tendo sido utilizada a tradução inglesa, *Of the Vocation of our Age for Legislation and Jurisprudence*, de Hayward (Londres, 1831).

22. Carta de Goethe a Herder, maio de 1775, citada por E. Cassirer, *La philosophie des Lumières*, Paris, reed. Fayard, 1983, p. 345.

Criador do romantismo, esse pensamento opunha, mais precisamente, a lição do fato contra a arbitrariedade das abstrações da *Aufklärung*, das Luzes. Foi num curioso administrador da Vestefália que Savigny reconheceu o mais notável de seus predecessores. Just Möser fazia, no auge da vaga filosófica, compilações de observações bem rústicas sob o título sugestivo de *Fantasias patrióticas* (1750): fica impressionado com a espantosa diversidade dos direitos e dos costumes de seus administrados; é ela que se tem de conservar pois nela reside a vitalidade de um povo, *as liberdades são mais preciosas do que a liberdade*[23].

Erudito romanista, nacionalista convicto, romântico até o fundo da alma, Savigny une ciência e sensibilidade em sua concepção do direito. Antes que o direito fosse escrito e gerado por seus escribas a serviço do Estado, ele era poético, vivaz e popular e – esse é um dos aspectos mais duradouros de sua doutrina – nunca deixou de ser popular por se ter tornado estatal. Savigny define assim, com uma análise segura, o direito que

> perfaz sua linguagem, toma uma direção científica e, da mesma maneira que residia anteriormente na consciência da comunidade, está doravante aos cuidados dos juristas que, por conseguinte, nesse setor, representam a comunidade.

Desse modo, o direito nunca deixa de ser "uma parte da existência orgânica da comunidade". Conforme a dominância de um ou do outro, a sociedade terá um direito adquirido ou um direito aprendido. Com Savigny, o direito investe o Estado, não procede dele. A ação legislativa, pela qual as Luzes reformulavam a economia social do Ocidente e do além-Ocidente, parece-lhe tão artificial quanto autoritária, o que demonstra a conivência de seu pensamento com o espírito daqueles que, tal como o inglês Burke, rejeitavam violentamente a obra da Revolução Francesa em nome de uma "revolta do fato contra a invenção".

---

23. Cf. J. Droz, *L'Allemagne et la Révolution Française*, Paris, PUF, 1949, pp. 342 ss.

Em suas *Reflexões sobre a Revolução da França* (1790), Burke luta contra a abstração, denuncia a impessoalidade das novas instituições, qualifica de ilusão a pretensão dos legistas de querer fazer tábula rasa do passado[24].

A ciência da jurisprudência, que é o orgulho da razão humana, enunciava ele em 1782, é a razão recolhida ao longo das eras; ela combina os princípios da justiça primitiva com a variedade infinita dos interesses humanos.[25]

Graças a Savigny, o desenvolvimento do direito é separado da ação do legislador. Melhor, a natureza plural do campo jurídico acha-se plenamente assumida num raciocínio que integra sua historicidade[26]. À dialética entre as leis e os costumes, herdada do século XVIII, vem acrescentar-se a *dialética interna das leis*, conforme elas procedam do "elemento técnico", estatal ou burocrático, ou conforme adiram à "consciência comum do povo", cuja vida histórica transcende e torna relativas as regulamentações circunstanciais, elaboradas por legistas que acreditam na razão como se acredita no nada; essas regulamentações são necessariamente precárias e menos legítimas do que o conjunto das leis transmitidas, indissociáveis da identidade do grupo.

Foi freqüente querer limitar o alcance do texto teórico de Savigny ao contexto de sua publicação em 1814. O exército imperial acabara de retirar-se, depois de ter instalado e aplicado durante vários anos o Código Civil, florão legislativo da agitação revolucionária. Certos jurisconsultos alemães, como Anton Thibaut, viam na introdução forçada do grande Código nas pro-

---

24. Uma farta literatura é consagrada às influências de Savigny. Embora sirva indiretamente a esse intuito, *La contre-révolution (1789-1804)*, de Jacques Godechot, é, em francês, uma indispensável referência (Paris, PUF, 2ª ed., 1984).
25. Discurso pronunciado na Câmara dos Comuns, 7 de maio de 1782, citado por Godechot, *op. cit.*, p. 61.
26. Cf. S. Rials, *Révolution et contre-révolution au XIXe siècle*, Paris, Albatros, 1987.

víncias ocupadas a oportunidade, depois da partida dos franceses, de unificar o Estado germânico sob sua autoridade racional. Savigny insurgiu-se contra essa perspectiva e, embora a polêmica tenha certamente motivado seu ensaio, não lhe esgota o conjunto dos significados. É mesmo verossímil que a urgência desse debate aberto sobre a constituição jurídica da Alemanha tenha sido mais o pretexto do que a razão final da expressão de uma doutrina já firmemente construída no pensamento de seu autor[27]. Savigny aderia acima de tudo ao empreendimento de desconstrução do direito brilhantemente encetado por Gustav Hugo: a lição deste pode parecer evidente, mas era altamente subversiva em sua época. Influenciado por Montesquieu e inspirado por *O declínio e a queda do Império Romano*, do inglês Gibbon (1776), Hugo despojou o direito romano de sua sacralidade universitária para mostrar que, antes de mais nada, ele era o produto de uma sociedade concreta e evolutiva que o adotara como regra de vida. Ligando o direito, ainda que este tivesse os traços da absoluta *ratio scripta*, ao estado social de um povo particular, Hugo contribuiu para esse movimento apartado das Luzes e abraçado por Savigny, que substituía a investigação das leis universais pela pesquisa dos critérios dos quais os povos tiravam sua individualidade. Atando a substância profunda do direito ao "gênio" de cada povo, tornavam o Estado de direito absolutamente solidário à nação, encarada como uma agregação de traços culturais singulares sintetizados pela noção de "consciência comum do povo".

2º) A consciência comum

Essa noção é central em Savigny e, assim como o "espírito geral da nação" em Montesquieu, trata-se mais de uma no-

---

27. Numa carta a seu editor que Hermann Kantorowicz encontrou em 1936, Savigny escrevia em 6 de junho de 1814: "Os ditosos acontecimentos dos últimos meses tornaram mais importante e mais oportuna a publicação dessas opiniões gerais sobre a legislação e a doutrina", *Rechthistorische Schriften*, Muller, 1970, p. 428.

ção-refúgio, espécie de pedra angular que permite o desenvolvimento de uma arquitetura teórica, do que de um verdadeiro princípio de causalidade. A consciência comum é aquilo pelo que uma cultura jurídica se vincula à cultura pura e simples, procedendo, assim, de sua personalidade própria. Caricaturou-se muito Savigny a partir das sistematizações abusivas de Puchta, que transformou a noção-refúgio de consciência comum em uma causa primeira, sob o nome de espírito do povo ou *volksgeist*, espécie de etnicidade irredutível e natural[28]. De fato, como percebe Carbonnier em sua *Sociologie juridique* [Sociologia jurídica] (1978), a idéia prefigura as funções que Durkheim atribuirá à consciência, até mesmo à "alma coletiva". Às vezes, em *Les règles de la méthode sociologique* [As regras do método sociológico], temos a impressão de estar relendo Savigny. O que é um estado coletivo?

> É, escreve Durkheim, um estado do grupo, que se repete nos indivíduos porque se impõe a eles. Está em cada parte porque está no todo, em vez de estar no todo porque está nas partes. Isso fica evidente sobretudo no tocante às crenças e às práticas que nos são transmitidas já prontas pelas gerações anteriores; recebemo-las e adotamo-las porque, sendo a um só tempo uma obra coletiva e uma obra secular, são investidas de uma autoridade particular que a educação nos ensinou a reconhecer e a respeitar.[29]

Especialista de direito erudito, historiador de direito romano, Savigny rompeu duradouramente as representações vigentes do campo jurídico perguntando-se, como bem disse Édouard Lefebvre de Laboulaye[30], de que modo o direito escapava da mão dos homens. Especulando sobre a potência do social, mostrou que o direito romano na Idade Média, direito

---

28. Cf. G.-F. Puchta, *Das Gewohnheitsrecht*, Erlangen, 1828-1846.
29. É. Durkheim, *Les règles de la méthode sociologique*, (1937), Paris, PUF, 22ª ed., 1986, pp. 10-1.
30. É. Laboulaye, *Essai sur la vie et les doctrines de Frédéric-Charles de Savigny*, Paris, 1842, p. 39.

comum da Europa, era formado pela sensibilidade dos povos que o adotavam e o renovavam.

Pois,

> o direito positivo sai desse espírito geral que anima todos os membros de uma nação, a unidade do direito se revela necessariamente em suas consciências e não é efeito do acaso... o Estado é pois, conseqüentemente, a manifestação orgânica do povo!

Há algo de iconoclasta e de anticonformista nesse advogado da tradição contra a vontade inconstante e arbitrária dos fazedores de leis. Na verdade, censuraram-no por ter pertencido, e muito intimamente, à juventude rebelde de sua época, que foi classificada de "romântica". Seus detratores o acusam de ter instalado o irracionalismo no pensamento histórico, seus defensores, ao contrário, o felicitam de ter sabido "aprisionar o irracional num conceito, deixando assim de lado o problema do incognoscível e dando espaço à construção sistemática"[31]. Savigny adquire, parece, toda a sua dimensão se abstrairmos as controvérsias que suscitou, com toda a pertinência, no campo da história, no da legislação ou no da teoria política. Se aceitarmos transpor, em seu benefício, o juízo favorável de Aron sobre o "espírito geral" de Montesquieu, sua contribuição inicial continua a mais marcante: ter lançado as bases de uma *teoria culturalista do fenômeno jurídico*.

Como estar mais bem preparado do que na efervescência daqueles pequenos grupos ditos do "segundo romantismo" entre Berlim, Iena, Marburgo e Heidelberg, que têm como preocupações principais a poesia, a história e a ciência da linguagem, a origem e a influência das religiões, as tradições e as lendas populares, a Idade Média Cristã e cavaleiresca, o direito antigo e as antiguidades germânicas[32]? Quando Savigny vai a Paris em 1804, assistido por Jakob Grimm que o ajuda a reco-

---

31. O. Motte, *Savigny et la France*, Berna, Lang, 1983, p. 51.
32. Cf. E. Tunner, "Le second romantisme", Introdução a *Romantiques allemands*, Paris, Gallimard, col. "Bibliothèque de la Pléiade", 1973, II.

piar os manuscritos da Biblioteca Imperial, não é um historiador do direito que está preparando sua tese, mas um romântico que cumpre um itinerário de iniciação. Friedrich Schlegel está em Paris desde 1802, e a ele vêm se juntar outros românticos "pluridisciplinares"... Sua tarefa, sua missão: ressuscitar a Idade Média alemã no momento das invasões napoleônicas. Savigny não é um elemento estranho a esse meio, está no cerne do movimento que tem como única paixão explorar por todas as vias possíveis uma cultura então indecisa. Casou-se com Gunda Brentano, irmã de Clemens e de Bettina Brentano, a confidente de Goethe, a qual por sua vez se casou com Achim von Arnin.

Assim, foi no círculo mais imediato de nosso "jurista", figuras entre as figuras desse "grupo de Heidelberg", que foram compilados os famosos *Contos da infância e do lar*, dos irmãos Grimm, e publicadas, da lavra de Schlegel, de Brentano, de Arnim, de Bettina, algumas das mais belas páginas do romantismo de além-Reno. Nessa turbulência criativa, Savigny, "o sábio e altivo doutor reverenciado pelo povo" que Brentano poetiza em seus *Romanças do rosário*, nutre sua ciência jurídica de uma sensibilidade polivalente. Esse episódio intelectual está inteiramente presente na simples afirmação, no âmago de sua doutrina, de que o direito, assim como os costumes e as artes, a linguagem e as maneiras, procede do povo do qual emana. Tal como ele o viveu e experimentou intimamente, o direito é realmente a cultura.

Menos sobrecarregado de paternidades do que Montesquieu, costuma-se reconhecer em Savigny a paternidade de uma história do direito por muito tempo entendida como a única ciência social do jurídico. Alguns fundadores da *Revue historique de droit français et étranger* [Revista histórica de direito francês e estrangeiro] (nascida em 1845), como Rodolphe Dareste e sobretudo Édouard Laboulaye, devem a seus ensinamentos uma abertura total a tudo o que é jurídico e, já que o direito vem do social, ao conjunto das realidades sociológicas do passado e do presente. Fica-se impressionado, ao folhear hoje o sumário dessa revista e o índice de suas resenhas bibliográficas, pelo menos até o início de nosso século, com a extensão de suas curiosidades. Verdadeira encruzilhada intelectual, não é um exagero dizer que a história do direito segundo Savigny e Laboulaye é um pouco a história social segundo Marc Bloch, Lucien Febvre e, depois, Fernand Braudel; a *Revue historique de droit* era os *Annales*! Nenhum aspecto do campo hoje abrangido pelas ciências sociais e humanas estava excluído dessa erudita voracidade. Para Lawrence Krader (*Anthropology and Early Law*, 1966), para Leopold Pospisil (*The Anthropology of Law*, 1971), assim como, já vimos, para Jean Carbonnier (*Sociologie juridique*, 1978), Savigny é o inspirador incontestável de um procedimento sociológico e antropológico moderno aplicado aos fenômenos de legalidade.

3º) Crítica do direito positivo

Savigny concebeu teoricamente a coexistência histórica entre o direito, atributo de cultura, que etnologistas e sociólogos buscarão nos fatos consuetudinários, e o direito, função técnica, instrumentada pelas instituições do Estado, e levantou a questão da dominância de um elemento sobre o outro como característica das sociedades "de civilização". Um de seus jovens alunos em Berlim escrevia ao pai, em 10 de novembro de 1837, que o eminente professor de direito acabava de dar-lhe o tema ao qual desejava dedicar-se daí para a frente: a propriedade. O tema ia dominar toda a sua obra e toda a sua vida. O aluno se chamava Karl Marx. Marx permanecerá fiel à intuição central de Savigny: o direito procede do social[33]. Mas ele inverterá radicalmente sua perspectiva, tendo muito cedo explorado ao máximo a oposição introduzida pelo mestre entre essa juridici-

---

33. Cf. H. Jaeger, "Savigny et Marx", *Archives de philosophie du droit*, 1967, XII, pp. 65-90; A. Dufour, "La théorie des sources du droit dans l'école du droit historique", *Archives de philosophie du droit*, 1982, XXVII, pp. 85-120 e, do mesmo autor, "De l'école du droit naturel à l'école du droit historique", *Archives de philosophie du droit*, 1981, XXVI, pp. 303-29.

dade ancorada na consciência do povo e a legalidade manejada pelos juristas no seio da sociedade política. A perspectiva histórica em Marx não se reduz à reverência pelas origens, essa "juventude das nações em que o direito se encontra em conexão orgânica com o ser e o caráter do povo" (Savigny).

A Escola histórica, escreve ele, fez do estudo das fontes seu trunfo. Exagerou sua paixão pelas fontes até dar a impressão de que o barqueiro não navega no rio mas na nascente do rio.

A idéia de fonte tem para ele um sentido funcional: a consciência comum já não é noção-refúgio ou ficção especulativa, mas um fator concreto, inserido nas relações sociais, que define um conjunto de regras precisas oponíveis à legalidade do Estado quando esta pretende contradizê-las. "O direito não deixou de ser costume ao se constituir em lei, deixou de ser exclusivamente costume."[34] Marx executa brilhantemente a lição de Savigny quando ataca em 1842 a brusca proibição feita aos camponeses, pelo Parlamento renano, de pegar lenha nas florestas privadas, o que fazia parte do uso secular. "Esses costumes próprios da classe pobre são regidos [...] por um senso instintivo do direito; a raiz deles é positiva e legítima."[35] Escutemos essa evocação dos debates daquele tempo que nada perderam de sua pertinência nem de sua atualidade, em todo lugar onde o mercado inventa seu direito contra a tradição:

> Um deputado das cidades levanta-se contra o dispositivo que leva a considerar a colheita das bagas silvestres e dos murtinhos como roubos. Fala em especial no tocante às crianças de famílias pobres que colhem frutas para proporcionar aos pais um pequeno ganho, coisa que é tolerada pelos proprietários desde os tempos imemoriais e que constituiu para as crianças um direito consuetudinário. Outro deputado refuta esse fato observando que "em sua região, essas frutas teriam ido para o comércio e seriam expedidas em tonéis para a Holanda".

---

34. *In* P. Lascoumes & H. Zander, *op. cit.*, p. 140.
35. *Id.*, p. 143.

Efetivamente, em um lugar, já se conseguiu fazer de um direito consuetudinário dos pobres um monopólio dos ricos. Tem-se, assim, a prova absoluta de que é possível monopolizar um bem comum; logo, é óbvio que se deve monopolizá-lo. A natureza do objeto reclama o monopólio, uma vez que o interesse da propriedade privada o inventou. O achado moderno de algumas almas mercantis se torna irrefutável assim que oferece alguns restos ao interesse fundiário teutão.[36]

A imemorialidade é penhor da necessidade,

os direitos consuetudinários da pobreza, martela Marx, são direitos contrários ao costume do direito positivo: o conteúdo deles não colide com a forma legal, mas, antes, com a ausência de forma que lhe é própria.

A prodigiosa inteligência prática do discípulo torna operatória a lição do mestre. A dialética entre a consciência comum e o direito técnico, Marx a transpõe da luta contra a codificação para a luta contra as leis hostis aos costumes reais do povo e para a defesa destes através de suas manifestações concretas, cuja juridicidade e legalidade ele reivindica de acordo com a mais pura retórica savigniana.

O mais eminente dos alunos é também o primeiro e o mais perspicaz dos críticos do mestre. Marx sobretudo compreendeu bem que havia várias espécies de "direitos extralegais" ou de direitos consuetudinários. Assim, distinguirá determinado costume, que é a expressão direta das necessidades populares, do "direito consuetudinário" instituído como uma área particular ao lado do direito legal e do qual é apenas a antecipação; desmanchando assim as montagens ficcionais do "reconhecimento". Entretanto, como farão mais tarde historiadores do direito pluridisciplinares como Tanon, Pound ou Kantorowicz, Marx reprova sobretudo a Savigny e à Escola histórica a frouxidão de seu evolucionismo jurídico. O mérito de

---

36. K. Marx, *Rheinische Zeitung*, 27 de outubro de 1842, ed. Lascoumes e Zander, Paris, PUF, 1984, p. 143.

Savigny foi indicar que o direito é um produto histórico e que, como tal, se amolda aos movimentos da história. Todavia, seu limite foi privilegiar as continuidades, ligadas à intangibilidade do caráter nacional, em relação às transformações, nascidas das distorções sociais. Em sua *Introdução à crítica da filosofia do direito de Hegel* (1844), ele estigmatiza, assim, com violência

> uma escola que justifica a infâmia de hoje pela infâmia de ontem, [...] que declara que todo grito que o servo solta sob o chicote é um grito de rebelião, uma vez que o chicote é repleto de anos, é hereditário, histórico.

4º) A diferenciação cultural das legalidades

Foi na França que a doutrina de Savigny assumiu o aspecto de um *método de abordagem da diferenciação das culturas jurídicas*. A Escola histórica alemã afirmou que se podiam individualizar os sistemas de direito, pelo fato de que seus embasamentos mais essenciais provinham dos próprios traços que fundamentam a originalidade de um povo. Os elementos que perduram na história, a despeito das tendências à uniformização operadas pelas legislações de Estado, serão naturalmente considerados como os fundamentos brutos de marcadores de identificação. Mas na Alemanha opera-se muito mais mediante investigação dos traços em comum da germanidade, do que mediante consideração das soluções culturais adotadas por outras identidades nacionais. Logo depois da espetacular difusão na França das idéias savignianas, instala-se um verdadeiro laboratório, cujos ensinamentos profundos chegam até os nossos dias. Savigny não gostava, entre os juristas franceses, dos obcecados pela codificação. Para aqueles que ela confinava nos frustrantes exercícios da exegese, Savigny adquiriu um sentido libertador e salvador. Vejamos, pois, o que dizia dele Eugène Lerminier, nascido praticamente junto com o Código Civil, nomeado em 1831 professor de legislação no Collège de France em razão de suas "idéias avançadas":

Quando, depois de acabar meus cursos de retórica e de filosofia, e na exaltação por que passam, aos dezenove anos, os moços cuja imaginação está despertando, eu precisava, como dizem, estudar o direito. Com que tédio mesclado de desdém abri os cinco códigos!... Entrementes, o acaso fez cair-me nas mãos um pequeno texto do Senhor de Savigny, *Da vocação de nosso século em legislação e em jurisprudência*. Eu sabia um pouco de alemão e comecei a percorrê-lo. Foi enorme a minha surpresa: o autor distinguia o direito de sua lei, falava do direito de maneira apaixonada; tornava-o algo real, vivo e dramático; depois dirigia contra as legislações e os códigos propriamente ditos veementes críticas. O quê! A legislação e o direito não eram então a mesma coisa![37]

Para a sociologia do direito, Henri Klimrath constitui, nesse espírito, uma etapa determinante. Klimrath nasceu em 1807, morreu aos trinta anos, depois de ressuscitar de seus empoeirados sarcófagos os monumentos hoje tidos como os mais essenciais da história do direito francês, dentre eles o *Livre de Jostice et de Plet* ou as *Institutions de Saint-Louis*, e escreveu os textos mais experimentalmente sugestivos para uma antropologia cultural da legalidade. A contribuição de Klimrath, nutrido de ensinamento savigniano e de cultura francesa, é das mais notáveis. Ele toma a França como um caso e emprega as redações de costumes, encomendadas pela monarquia no século XV, como um conjunto desigual de dados básicos em que a vontade legista vê suas intenções administrativas chocar-se com a variedade dos substratos populares expressos nos usos e nos costumes dos povos laboriosamente unificados pela coroa francesa.

Deve-se considerar, em Klimrath, mais a sutileza teórica das intenções do que a realidade das execuções. Nele a historicidade adquire um cunho francamente etnológico:

> Se tivessem sabido ler Tácito, não precisariam ter procurado nas injustiças e na tirania dos senhores e na barbárie da Idade Média

---

37. E. Lerminier, *Introduction générale à l'histoire du droit*, Paris, 1829, p. XI.

a origem de costumes cujo germe existia, a ponto de não haver dúvida alguma, pelo menos oito séculos antes.

O que foi reconhecido e constatado pela autoridade régia não é nada menos do que o que emergia de vida jurídica das entranhas das coletividades primordiais. Se essas instituições

> continuaram e continuam todos os dias a desenvolver-se entre nós, adequando-se em toda parte às necessidades dos tempos e das localidades, daí pode-se deduzir que, no fundo dessa multiplicidade, não vive um princípio uno e idêntico, que reduz todas as modificações particulares a um grande conjunto?[38]

É o cerne da problemática de Klimrath: como atestar as diferenças e explicar sua justaposição coerente? Ele confessa ter-se limitado, na falta de melhor, ao material que tinha em mãos: os costumes coligidos na Idade Média, reunidos e anotados tardiamente por Bourdot de Richebourg[39]. Sua "grande empreitada", como a denomina, é de fato um projeto exaustivo de explicação da variedade das formas assumidas pelos costumes e da unidade profunda de seu espírito, necessariamente nacional e francês, que só aparece quando a diversidade é reconhecida em detalhes e analisada. Não há aqui, como em Grosley, remissão cômoda às raízes gaulesas, nem refúgio no "espírito geral"... Se deve haver uma unidade do direito francês, esta deve ser demonstrada empiricamente. E o que mais se aproxima da empiria é essa massa de verificações consuetudinárias redigidas, às quais, a contragosto, Klimrath "teve de circunscrever seu trabalho", na falta de melhor, e por ser ele próprio incapaz de interrogar aqueles velhos sábios a quem os comissários régios se dirigiam nas "pesquisas por turbas". Seu projeto de *geografia consuetudinária da França* ultrapassa

---

38. H. Klimrath, "Essai sur l'étude historique du droit", 1833, *in Travaux sur l'histoire du droit français*, Paris-Estrasburgo, 1843, I, pp. 29, 33.
39. Ch. A. Bourdot de Richebourg, *Nouveau coutumier général ou corps des coutumes générales et particulières de la France et des provinces*, Paris, 1724.

realmente a exaltação savigniana dos caracteres nacionais. Klimrath estuda uma por uma as disposições civis (o direito de família, o de bens) nos cinqüenta e dois costumes gerais da França. Estabelece um mapa deles em que, apesar das circunscrições administrativas, as diferenças de espírito jurídico aparecem como que cortadas com faca[40].

Historiadores do direito como Paul Ourliac, Jean Hilaire e Jean Yver trabalham, no século XX, com a obra de Klimrath e confirmam singularmente seu caráter de antropologia cultural. Yver critica, até paradoxalmente, seu inspirador de idéias por um motivo que este não ignorava em absoluto: "Klimrath se contentava com excessiva facilidade com uma classificação geográfica, quando ele deveria ter penetrado até *o espírito dos diversos grupos de costumes*."[41] O espírito se encontra nos fatos, e os fatos do direito são atos simples e indispensáveis em que a organização e a reprodução da legalidade passam pela regulamentação de trivialidades essenciais, e o Ocidente sempre colocou na primeira categoria delas a sucessão, nas funções de autoridade e na administração dos bens. Yver teve a ambição de aproximar as práticas originárias das instituições consignadas nos costumes e de aprimorar, apoiando-se nos fatos, as "linhas fundamentais de ruptura" pelas quais se passa de um sistema para o outro, entenda-se de uma região para a outra. É a Emmanuel Le Roy Ladurie que devemos a transformação dessa documentação de erudição jurídica no campo de pesquisas de uma "antropologia histórica da França", esteada na modernidade de uma perspectiva resolutamente estruturalista. Nunca será demais dizer, exceto para os estudantes universitários que ficam regularmente impressionados com ele já na primeira leitura, quanto o *Système de la coutume*[42] [Sistema de costume] ensina, ao mesmo tempo, sobre a marca do social no

---

40. H. Klimrath, "Études sur les coutumes", in *Travaux...*, *op. cit.*, II, pp. 133-338.
41. J. Yver, *Égalité entre héritiers et exclusion des enfants dotés. Essai de géographie coutumière*, Paris, Sirey, 1966, p. 1.
42. E. Le Roy Ladurie, "Sistème de la coutume", in *Le territoire de l'historien*, Paris, Gallimard, 1973, pp. 221-2.

jurídico e sobre a capacidade do jurídico de impregnar o social. Ouçamos, então, sua lição:

> [O] estudo rigoroso das regras sucessórias relativas à devolução das heranças, tais como foram enunciadas nos costumes das províncias, fornece um dos critérios que permitem fazer a separação das áreas culturais: graças a esse estudo ficam definidas, a partir de elementos privilegiados, técnicas de transformação que permitem passar logicamente de uma área para a outra e de uma época para a outra. Essas pesquisas minuciosas e enfadonhas, sobre a etnografia consuetudinária oferecem também [...] a possibilidade de pressentir certas divergências, ou linhas de fraturas essenciais, nos embasamentos da vida familiar, conforme as diversas zonas da França.

Le Roy Ladurie lança as fundações, para as ciências sociais atuais, de uma pesquisa empírica dos modos como se constituem as áreas significativas de agrupamentos sociais, outrora designadas "nacionalidades", e fornece como critérios pertinentes as formas jurídicas segundo as quais eles se singularizam em uma "família de traços culturais". A pesquisa moderna remete assim diretamente à hipótese de Savigny, segundo a qual os elementos jurídicos pertencem à cultura do grupo, e à sua ambiciosa interpretação por Klimrath, que não se contentava em isolar o caráter legal de um povo, mas planejava *fundar empiricamente uma sociologia geral da diferenciação das culturas jurídicas*.

Conclusão

O distanciamento indispensável ao olhar sociológico se tornara, se não adquirido e difundido, pelo menos possível já no início do século XIX. Nenhum dos "grandes ancestrais" que a sociologia geral[43] reconhece sem contestação manteve o direito afastado de suas preocupações. Marx, é claro, mas também Tocqueville, Le Play, Spencer, Weber e Durkheim inte-

---

43. Cf. H. Mendras, *Éléments de sociologie*, Paris, Armand Colin, 1989, pp. 7 ss.

gram a parte jurídica do social em suas metodologias de observação científica. Um alicerce teórico já estava solidamente implantado com a contribuição dos mais antigos, pronto para servir de fundamento ao tratamento intelectual dos problemas vindouros. O direito se tornou objeto de pesquisa. Depois de um período, comum ao conjunto das ciências, de diversificação excessiva das competências, dos subcampos e das subdisciplinas, parece ter chegado a hora da concentração das energias nas questões submetidas aos nossos esforços de compreensão. O lugar do direito, o papel da justiça, é uma questão que encontra, nas sociedades contemporâneas, a preeminência que lhe concederam os pensadores de dois séculos atrás, que deviam aceitar ou rejeitar a lição da história e da alteridade para fundar a legalidade das novas sociedades políticas. Redigiram-se códigos, promulgaram-se tábuas de leis cardeais e, através de um sadio reflexo de oposição, a inteligência do jurídico passou pela história e, nela, pela perspectiva socioantropológica. Na hora em que o direito se torna, dizem-nos, um "mercado de serviços", em que as biotecnologias questionam o que é coisa e o que é pessoa, o que depende da filiação e o que pode ser alienado, as páginas que o jovem Klimrath nos oferecia em 1835 ainda continuam válidas:

> Segundo a opinião do vulgo, o direito positivo é o produto e o conteúdo da lei; a lei é uma declaração voluntária, arbitrária do poder legislativo, que sanciona o que lhe parece justo, útil, razoável, de direito natural ou de boa política. Nessa hipótese, a ciência do direito se atém à interpretação gramatical e lógica da vontade do legislador, declarada nos textos de lei atualmente em vigor.
> Segundo uma opinião contrária, mais recente, e até aqui muito menos difundida, o direito deriva das relações necessárias das coisas; existe independentemente da lei, que é apenas o reconhecimento, pelo legislador, dessa própria necessidade. As relações necessárias, por sua vez, resultam de todo o desenvolvimento social e político de um povo, de seus costumes, de suas necessidades e, para chamar as coisas por seu nome, de sua história.[44]

---

44. H. Klimrath, "Programme d'une histoire de droit français", 1835, *in Travaux....*, *op. cit.*, pp. 92-3.

SEGUNDA PARTE

O direito em atos

Tais leis são exatamente como as teias de aranhas, porque prenderão os pequenos e os fracos que nelas caírem, mas os ricos e poderosos passarão através delas e as romperão.

Anarcase a Sólon

Que os homens observem bem os contratos e pactos que fazem uns com os outros, porque não é conveniente a nenhuma das duas partes transgredi-los.

Sólon a Anarcase (PLUTARCO, *Vida de Sólon*[1])

---

1. *La vie des hommes illustres*, Paris, Gallimard, trad. fr. Amyot, 1951, I, p. 176.

Introdução

Está na hora, depois de ter tratado dos problemas levantados por sua definição e percorrido o conteúdo de seu conceito, de se interessar pelo que o direito *faz*. É uma das missões mais claras do socioantropólogo dos processos jurídicos observar suas manifestações concretas, nas mais diversas esferas de atividade. Aqui não é o lugar de fazer o balanço da obra produzida por essa via científica ativa e prolífica[2]. Cabe-nos, em compensação, dizer com a maior clareza possível como proceder para elucidar os rodeios e meandros dessa atividade humana singular, que tem por objeto regular a maioria das outras.

Não se encontrará nestas linhas um guia de pesquisa – convirá um bom procedimento de investigação sociológica, contanto que se esteja ciente das regras específicas da perspectiva jurídica que esperamos ter esclarecido na primeira parte deste livro. Examinaremos a atividade do direito mediante o exemplo de documentações esclarecedoras. Sua importância não é forçosamente o reflexo das urgências que o vento de nossa época levanta. É verdade que ele está soprando com força e às vezes é mais prudente abrigar-se do que se deixar arrastar. Portanto, escolhi propor ao leitor algumas abordagens possíveis de análise do material jurídico, que as preliminares a seguir vão tentar justificar.

---

2. Cumpriria examinar, na esteira de Arnaud, milhares de estudos; filósofo e historiador do direito, André-Jean Arnaud realizou em 1981 um notável esforço de síntese sobre o estado da sociologia jurídica, acompanhado de uma riquíssima bibliografia internacional; *Critique de la raison juridique. Où va la sociologie du droit?*, Paris, LGDJ, Col. "Bibliothèque de philosophie du droit", 1981.

1. Os pontos de referência do direito: a exigência de medida

Uma pesquisa do "Crédoc" (Centre pour la Recherche et l'Étude des Conditions de Vie – Centro de Pesquisa e de Estudo das Condições de Vida) – os órgãos de pesquisa gostam de fazer de suas siglas o primeiro dos enigmas – intitulada *Os franceses e a justiça: um diálogo a ser reatado* fornece, em dezembro de 1991, o tom do sentimento da nação sobre as instituições que ela incumbiu de aplicar o direito[3]: 71% dos cidadãos estimam que a justiça funciona mal ou muito mal. Querem precisões sobre essa insatisfação que, dizem-nos, está agravando-se? O descontentamento sentido contra a justiça está ligado ao nível de pessimismo e de insatisfação geral com condições de vida, à tendência a denunciar as dificuldades de funcionamento da sociedade em seu todo. Há um "efeito subjetivo de cristalização" que leva a ver a crítica das instituições judiciárias como a entrega do *bode expiatório* carregado de todos os pecados da comunidade dos viventes. A metáfora pertence aos especialistas da douta instituição. Ela intervém como síntese de uma análise apurada da gradação das opiniões[4] cujo ensinamento mais global reproduzimos abaixo:

Dado o que vocês conhecem da justiça, como acham que ela está funcionando na França em 1991?

	Usuários da justiça	Outros franceses	Conjunto
Muito bem, bem	18,0	26,3	24,6
Mal	34,9	41,0	39,8
Muito mal	43,3	27,8	30,9
Não sabe, não respondeu	3,8	4,9	4,7

(Fonte: *Les français et la justice*, Relatório do Crédoc, 1991, p. 10.)

---

3. Pesquisa "Conditions de vie et aspirations des français", *Collection des rapports*, dezembro de 1991, n.º 109.
4. *Id.*, p. 69.

A justiça, que aplica o direito correto, é, pois, o "bode" carregado das mensagens dessa sociedade que lhe atribui erroneamente os defeitos que a minam. A mesma pesquisa salienta incidentalmente a ausência de rancor contra os servidores do "bode", os magistrados, que têm elogiadas a qualidade profissional, a imparcialidade e a abnegação. Mas a opinião pública, por mais cientificamente que a escrutem, continua a ser uma preguiça privada, como dizia Nietzsche. É preciso aprimorar o retrato. Os sociólogos interrogaram os jovens e eles responderam. Cinqüenta e seis por cento das pessoas de vinte anos, entrevistadas pelo *Institut Français d'Opinion Publique* em 1989, demonstraram, de um lado, uma grande confiança moral na idéia de justiça e nas instituições encarregadas de executá-la, e, do outro, manifestaram mais confiança na *palavra dada* do que na escrita de um documento[5]. É verdade que o direito, e a justiça que o administra, são efeito da sociedade de que emanam e que têm vocação de dirigir. É verdade também, como os pós-adolescentes e os pré-adultos franceses têm muita consciência, que *o direito é acima de tudo um ato de palavra.*

Estas breves incursões no estado de um pensamento coletivo são, há que confessar, uma representação do sentimento de um povo. Podemos sondar mil vezes mil populações e receber delas mil ensinamentos. Estas sondagens são oportunas. Sua primeira lição é de que o aparelho de justiça se parece com a sociedade que lhe dá corda como um mecanismo de relojoaria, a ponto de se confundir com ele no irracional, a esfera mágica das crenças de que sabemos que ele provém. A imagem do bode de Israel entregue ao grão-sacerdote, dotado dos pecados da sociedade humana, parece vir à mente do estatístico com tanta naturalidade quanto um parâmetro. Uma segunda lição é de que o direito, como Savigny sentia nos primeiros tempos da era industrial, não abandonou seu invólucro original para exteriorizar suas aparências modernas. Ato de palavra, assim ele aparece nas legislações antigas e primitivas; ato de palavra,

---

5. A. Percheron, J. Chiche, A. Muxel, *Le droit à 20 ans*, Paris, IFOP-Gazette du Palais, 1989.

assim permanece acima de tudo na opinião comum de uma juventude contemporânea. Essa dimensão sincrética da idéia de direito nos permitirá fazer um pequeno estudo consagrado a desvelar o vínculo entre o que ele é e o que ele faz. Tentaremos dar conta da pluralidade de suas fisionomias e da variedade de suas missões penetrando na densidade de seu núcleo fundamental: a fonte da normatividade. *Em que o fato de o direito ser primeiramente um ato de palavra, que fixa a harmonia entre os homens e permite que se exerça a função de julgar, proporciona o que se poderia chamar de seu princípio de eficácia primeira, ao qual podem ser reportadas suas manifestações derivadas, das leis aos "pactos", das audiências às prisões?*

2. O exercício de harmonia: o solucionamento dos conflitos

Um segundo estudo será consagrado ao ato de justiça, ato de solucionamento dos conflitos, que é a prova mais clara da especificidade e da utilidade do direito. Empenhar-nos-emos em restituir-lhe a diversidade dos aspectos. Cabe invocar, a seu respeito, Aristóteles e citar a famosíssima explanação da *Ética a Nicômaco*:

> ... quando ocorre alguma pendência entre os homens, eles recorrem ao juiz. Ir ao encontro deste significa apresentar-se perante a justiça, pois o juiz pretende ser, por assim dizer, a justiça encarnada. Na pessoa do juiz procura-se um terceiro imparcial e alguns chamam os juízes de árbitros e de mediadores, querendo assinalar com isso que, quando se tiver encontrado o homem da justa medida, conseguir-se-á obter justiça. Portanto, a justiça é a justa medida, pelo menos quando o juiz for capaz de incorporá-la. O juiz mantém a balança equilibrada entre as duas partes.
> Façamos uma comparação: tendo uma linha sido cortada em duas partes desiguais, o juiz toma o que, na parte maior, ultrapassa a metade e, o que é assim tomado, é acrescentado à parte menor.[6]

---

6. Ed. Garnier, 1965, L. V., cap. IV.

Dificilmente poderíamos ser mais claros: essas reflexões antigas falam-nos no presente. Lembram-nos ao mesmo tempo que o invólucro carnal do juiz é um intermediário que serve para expressar o sentimento de justiça na ordem física; que esse sentimento tira sua cor particular da própria sociedade que fabrica juízes; que, enfim, essas "partes", com que o vocabulário jurídico sempre designa os pleiteantes de um processo, são realmente as partes de um todo. Entre elas, entende-se a igualdade de modo aritmético ou geométrico, como o respeito por uma equivalência quantitativa entre metades aferidas pela medida de uma escala de pesos e de grandezas que é medida pela balança instalada no cérebro do juiz: "A justiça é a justa medida, pelo menos quando o juiz for capaz de incorporá-la."

O repertório das leis de que se dotam as sociedades reflete as unidades de valor, os metros-padrões, da escala de apreciação segundo a qual o juiz deverá discernir e expressar o ponto de equilíbrio que é encarregado de manter. Os modos de raciocínio que empregará para reportar às regras de medida cada processo, cada caso específico, cada pendência, dependem, todavia, do artesanato particular de sua profissão. Deles vão decorrer a força ou a desconfiança que convirá conceder aos *precedentes* – os modos como foram dirimidos no passado processos semelhantes – uma estrita sujeição às prescrições da lei ou uma maior licença de interpretação. As características desse artesanato definirão a *jurisprudência* (de *iuris-prudentia*: habilidade do direito), ou seja, a natureza da relação que os juízes mantêm com as leis conforme as sociedades e conforme as épocas. Voltaire criticou vigorosamente que o ideal de justiça, a exigência aristotélica de igualdade, fosse confundido com a arbitrariedade dos profissionais:

> É um grande abuso, na jurisprudência, que freqüentemente se tome por lei os devaneios e os erros, às vezes cruéis, de homens sem eira nem beira que apresentaram suas opiniões como sendo leis...[7]

---

7. *Dictionnaire philosophique*, no artigo "Criminoso" (Paris, Ed. Plancher, 1818, vol. XVII).

Consubstancial à necessidade de aplicar justiça é a capacidade do juiz de dar curso aos seus "sentimentos", às suas concepções morais, à sua constituição psicológica. A adaptação do fato ao direito operada pelo processo passa por esse prisma, intensamente explorado pelas ciências do direito e de modo muito especial pela sociologia da profissão de juiz. Quando Sólon, sábio grego dos séculos VII-VI antes de nossa era, escreveu suas leis, teve, relata-nos Plutarco[8], uma discussão edificante com o filósofo cita Anarcase sobre a relação entre justiça e legislação. Anarcase passara para saudar Sólon em Atenas para "travar conhecimento e amizade com ele". Compartilharam, assim, a mesma mesa na época em que o legislador estava elaborando a sua obra. Anarcase zombou desse empreendimento que pretendia reprimir a injustiça dos homens por leis escritas.

> Pois tais leis, dizia ele, são exatamente como as teias de aranhas, porque prenderão os pequenos e os fracos que nelas caírem, mas os ricos e os poderosos passarão através delas e as romperão.

O espinhoso problema da igualdade dos jurisdicionados diante do instrumento da manutenção do equilíbrio humano estava brilhantemente exposto. Seu eco ressoa ainda muito forte. E a sociologia, hoje, analisa perspicazmente como se constitui uma justiça "com várias velocidades". A estrutura, os costumes e os hábitos do corpo judiciário são um fator de explicação. Sobretudo, importa descobrir nas leis os interesses que a sociedade política pretende realmente proteger e em cujo nome ela incrimina os comportamentos que lhes causam danos: a evolução do direito penal francês é sob essa luz um precioso guia[9]. A resposta dada por Sólon a seu comensal o desconcertou:

---

8. Plutarco, *La vie des hommes illustres*, Paris, Gallimard, Col. "Bibliothèque de La Pléiade", 1951, I, "Vie de Solon", n.º VIII.

9. Cf. P. Lascoumes *et al.*, *Au nom de l'ordre, Histoire politique du code pénal*, Paris, Hachette, 1989.

Que os homens observem bem os contratos e pactos que fazem uns com os outros, pois não é conveniente a nenhuma das duas partes transgredi-los.

Acima das leis, acima do recurso ao juiz, o que conta é o contrato social, soma dos "pactos" particulares firmados entre os homens e que institui o espírito de reciprocidade, lubrificação indispensável das relações sociais: assim, cumpre ficar ciente de que o traçado da "linha" entre as partes pertence acima de tudo a estas. A sociologia das questões jurídicas fez, pois, logicamente, da *experiência contenciosa* uma de suas áreas de predileção. Ela é entendida, na sua forma mais ampla, como as condições de aparecimento das pendências, a abordagem de suas características e dos meios empregados para reduzi-las. O estudo da experiência contenciosa é sinônimo, em sociologia do direito, de análise dos conflitos humanos, individuais e coletivos, e de seus modos de resolução. Abrange um campo social considerável, precisamente aquele evocado pelos sábios antigos e que vai da negociação dos "contratos e pactos" por indivíduos ciosos de eliminar os riscos de atrito até o julgamento formalmente pronunciado por um oficial profissional em nome das leis escritas. É um amplo leque de soluções, de procedimentos, de métodos, de concepções e de raciocínios mobilizados pelas sociedades, conforme a personalidade e a história delas, para interpretar a natureza das tensões que as perpassam e empreender restabelecer o entendimento mínimo que é, para cada uma delas, uma condição de existência. Abordaremos apenas seus principais traços, o mais próximo possível da lição dos casos, sem deixar de nos indagar sobre o sentido que, nas sociedades pós-industriais, a promoção assídua das "justiças brandas" pode revestir.

3. O dever de punir: o crime e sua sanção

Os homens não se enganam quando escolhem suas imagens. A balança é a representação da justiça, acompanhada da espada, ferramenta desse poder que dá autoridade às suas sentenças, mas que é também o instrumento afiado que permite recortar as partes em causa em benefício da igualdade buscada. Até a abolição da pena de morte em 1981, na França, esse símbolo devia ser tomado ao pé da letra já que, estipulava o Código Penal, "*todo condenado à morte terá a cabeça cortada*". Essa redução anatômica expressava claramente que era preciso retirar alguma coisa a mais para restabelecer a famosa linha de Aristóteles, por onde passa a justiça. Lembrava ao mesmo tempo que a faculdade judiciária de dirimir não era nada metafórica[10] para o Estado. Todo um setor da atividade do direito é qualificado de *criminal*, direito criminal, conforme nos coloquemos do ponto de vista da lista dos comportamentos que a sociedade qualifica assim, ou de *penal*, direito penal, conforme nos coloquemos do ponto de vista da punição (*a pena*) que a sociedade inflige como resposta a esses comportamentos. A nomenclatura dos atos estigmatizados pelo direito varia conforme as sociedades e as épocas. Cada sistema jurídico atualiza regularmente a sua. Ela reflete naturalmente as evoluções sensíveis da sociedade. Vimos assim, nas últimas décadas, o aborto sair da lista dos atos delituosos, na maior parte dos países da Europa e dos Estados da América do Norte, ao passo que o estupro passou a integrar a categoria das infrações mais graves – sinais da reviravolta do estatuto da mulher. A classificação de substâncias como entorpecentes e a apreciação de seu consumo e de seu comércio dão ensejo a amplos debates da sociedade, que procura determinar o que cabe à repressão, ao tratamento social e à terapêutica.

Seja qual for a natureza dos atos incriminados, é punindo-os com *penas* que as sociedades determinam concretamente sua escala de gravidade. Os mais antigos códigos jurídicos europeus, as leis bárbaras, são, nos primórdios da Idade Média, "*tarifas de composição*", literalmente, listas de preços a serem pagos em compensação pelas faltas cometidas. Essas tarifas

---

10. Em francês a palavra *trancher*, dirimir, resolver, decidir, significa também cortar, talhar. (N. da T.)

derivam dos usos de vingança privada. O romano Tácito, observador das tribos germânicas, relata que nelas se resgatava o homicida entregando certo número de reses de gado à família da vítima. A lei dos burgúndios estipulava que quem arrancasse os marcos de delimitação de um campo teria uma de suas mãos cortada... mas que o culpado poderia "resgatar a sua mão" pagando a metade do que valia sua própria pessoa. A noção de *preço do homem* perpassa esse direito penal primitivo. Um copista que alterou uma escritura por ignorância é condenado a "pagar com sua pessoa" pela lei lombarda. Quanto àquele que comete um homicídio, deve pagar o preço que sua vítima vale ou um múltiplo deste, três vezes entre os francos ripuários, nove vezes entre os alamanos. Assim, é a estratificação dos componentes dessas sociedades que as tarifações das faltas mostram: o homem livre, no alto da escala, é o que vale mais, o liberto (homem do rei ou homem da Igreja, conforme deva a um ou à outra a sua libertação) custa um pouco mais barato, o escravo, por sua vez, tem o menor valor. Entre os bávaros, o homem livre equivale a 160 soldos (*solidi*), o liberto a 80 e o escravo entre 20 e 40, conforme sua idade e sua força; do mesmo modo, o adultério cometido com uma mulher livre se eleva ao máximo (160 soldos), a multa desce a 40 se a dama é liberta e a 20 para os encantos de uma escrava. Como notava Fustel de Coulanges, esse preço do homem, alicerce do regime das punições, era independente da penalidade, "era, ao contrário, a penalidade que se regulava por ele"[11].

A escala das punições era assim determinada pelo valor, estimado em dinheiro, dos criminosos e das vítimas. A ordem penal, como toda ordem de direito, reproduz as exigências de proporcionalidade inerentes à estrutura das sociedades. Esta breve escapada à Idade Média altíssima, pitoresca e assustadora, leva-nos a essa observação: as concepções modernas da função penal, como "a substituição do ofendido pelo soberano, mesmo quando não há nenhum atentado direto ao poder públi-

---

11. N.-D. Fustel de Coulanges, *Histoires des institutions politiques de l'ancienne France*, Paris, 1875, I, p. 484.

co"[12] não lhe esgotam o conteúdo sociológico. A exemplo do conjunto do direito, a noção de pena e a administração das penas desenham uma área complexa, que se insere no âmago da problemática humana e sofre os fluxos e refluxos dos edifícios institucionais. Uma sociologia especializada, a do "campo penal", adotou como objeto o resultado do processo, bem conhecido dos historiadores do direito, que consistiu no confisco, pelos poderes soberanos, da capacidade de punir, um processo concluído, nos Estados modernos, pelo monopólio público da força em detrimento da vingança e da guerra privadas. Mas não se trata de um campo estável e estritamente balizado. Ocorre com o penal o mesmo que com todo fenômeno de legalidade: suas fronteiras são móveis. Não se dirimem conflitos hoje como se dirimiam ontem. A multiplicação das soluções alternativas para o encarceramento aplicadas pelos tribunais, ou o aumento das decisões do ministério público de não mover processo contra o autor comprovado de uma infração ("arquivamentos provisórios") atestam uma evolução da atitude das instituições[13]. Reprimir-se com menos rigor as delinqüências cujas fontes são imputadas ao desestruturamento das famílias, à desordem econômica ou à incapacidade de integração. A sociedade tende então a tratar com a ação social um vasto conjunto de comportamentos que até então ela punia exclusivamente com a pena.

O Estado mostra sua potência de outra maneira, mas o crime continua um enigma. Preferi abordar essa matéria rememorando certos casos, como o homicídio, no século XIX, cometido pelo camponês Pierre Rivière, de sua mãe, de sua irmã e de seu irmãozinho, analisado por um grupo de intelectuais dirigido por Michel Foucault, ou de outros processos, estudados por Pierre Legendre.

Apresentam-se, assim, as três vias pelas quais nos propomos entrar no cerne das *atividades do direito*. Um primeiro

---

12. P. Robert, *La question pénale*, Genebra, Droz, 1984, p. 167.

13. Podemos seguir suas evoluções quantitativas consultando os documentos emitidos pelo departamento de estatística do Ministério da Justiça francês.

capítulo será portanto, nesta segunda parte, consagrado ao modo como o direito, tal como um maestro, marca o compasso das coisas humanas. Virá em seguida uma abordagem das atividades de justiça, compreendidas de modo amplo como um conjunto de métodos de tratamento das pendências e dos conflitos, dentre os quais figura o julgamento *stricto sensu*. Enfim, trataremos, num terceiro capítulo, do crime e de sua punição.

V. A exigência de medida

> Toda justiça vem de Deus, apenas ele é a sua fonte; mas, se soubéssemos recebê-la de tão alto, não teríamos necessidade de governo nem de leis.
>
> JEAN-JACQUES ROUSSEAU, *O contrato social* (1762)

O direito é o resultado tangível da experiência realizada por uma sociedade ou uma cultura na arte de distinguir o que é justo e o que é injusto, o que é permitido e o que é proibido, o que deve ser feito e o que não pode ser feito. "Fazer direito" opõe-se a "fazer errado", como uma linha reta a uma sinuosidade. A regra de direito cumpre, para as ações humanas, uma função idêntica àquela cumprida em geometria pela régua escolar. Serve para traçar linhas retas e não tortas. Provida de gradações, é também um instrumento de medição capaz de avaliar os homens e suas relações pelo metro de um mesmo princípio. Como norma (de *norma*, o esquadro), ela dá o ângulo absoluto que fornece a um edifício, físico ou social, a coesão que lhe assegura a estabilidade. Todos esperam, da justiça, que ela não tenha "dois pesos e duas medidas": é à fixação de uma mesma unidade de pesagem e de medição que se consagra qualquer elaboração jurídica. As regras e as normas são os meios de realizar concretamente essa unidade e essa coesão.

A idéia de direito recorre assim a duas noções diferentes. Uma primeira noção atesta a presença de tabelas de interpretação de atos, de situações, de estados particulares que permitem reportar esses atos a categorias pré-definidas de organização da sociedade. A segunda noção, ao contrário, não reflete o passado mas se projeta no futuro. Trata-se, não de prever, mas de prescrever, de enunciar normas de comportamento para as quais devem tender os membros da sociedade. As leis vigentes, o "direito positivo", escrevia o filósofo Del Vecchio, "não são mais do que o produto de uma fase anterior de tal trabalho", uma espécie de "precipitado histórico da idéia de justiça"[1].

É a essa função de reflexo que Durkheim alude, em sociologia, quando postula que "o direito reproduz as formas principais da solidariedade social"[2]. Mas esse trabalho, que consiste em dar conta das "formas da solidariedade social" ou da experiência adquirida por uma determinada cultura no tratamento da idéia de justiça, possui uma finalidade: a de atuar sobre o estado das relações humanas, de transformar sua natureza tornando públicos preceitos aos quais será preciso conformar-se. Assim, um jurista do início deste século assimilava o objetivo do direito a uma busca da "harmonia social mediante a conciliação do respeito pela personalidade dos indivíduos com a salvaguarda dos interesses da coletividade considerada em seus diversos agrupamentos"[3]. Sociologicamente, a coexistência em um mesmo conceito de *âmbitos de interpretação* previamente estabelecidos e de *normas de orientação* para o futuro faz, como escrevia Gurvitch numa frase acertada, já citada (ver *supra*, p. 13), que "a realidade do direito apreendida pela experiência jurídica é intermediária entre o mundo dos fatos sensíveis e o mundo ideal"[4]. O antropólogo Geertz, como vimos, costuma erigir esse conceito dualista em modelo de análise transcultural do direito. Cada cultura, avalia, exprime sua própria "sensibilidade jurídica" no modo como interpreta os fatos para deles tirar uma conclusão normativa. Seja qual for a perspectiva disciplinar adotada, filosófica, sociológica, jurídica ou antropológica, é um mesmo núcleo empírico que se desenha.

---

1. G. Del Vecchio, *La justice*, trad. fr., Paris, Dalloz, 1955 (1922), pp. 118 e 132.
2. É. Durkheim, *De la division du travail social*, Paris, PUF, 1930, p. 32.
3. J. Bonnecase, *La notion de droit en France au XIXe siècle. Contribution à l'étude de la philosophie du droit contemporaine*, Paris, Boccard, 1919, p. 9.
4. G. Gurvitch, *L'expérience juridique et la philosophie pluraliste du droit*, Paris, Pédone, 1935, p. 17.

1. O âmago da normatividade: interpretação e organização

Em suas menores manifestações – o estabelecimento de uma convenção ou a resolução de um conflito mediante arbitragem –, o direito implica uma série de procedimentos de entendimento dos fatos e, mais precisamente, de classificação dos fatos em categorias de entendimento, de que são derivados conjuntos de preceitos de conduta ideal. O conjunto de meios intelectuais empregados pelo direito para assegurar a medição dos fatos e dos atos e editar regras de orientação é geralmente qualificado de campo normativo ou de área da normatividade.

Tornar visível e compreensível a função do direito, em seu duplo papel de analista e de regulador das relações sociais, é uma das tarefas eminentes da sociologia das questões jurídicas. Nem tudo, no repertório dos princípios de entendimento e dos modos de regulação que as sociedades empregam, depende, entretanto, da normatividade jurídica. Mais uma vez há que recorrer a uma série de cortes e de distinções para delimitar o objeto da sociologia do direito. Vejamos como procede Hermann Kantorowicz, o fundador do movimento denominado "do direito livre"[5]. Este autor considera com razão o universo das regras da vida social um conjunto coerente, mas perpassado por cortes significativos que definem uma área específica de regras jurídicas. Estas devem primeiro ser distinguidas das regras que prescrevem uma conduta interna, como a moral. Dentre as regras de conduta externa, nem todas dependem da família jurídica. Os hábitos de cortesia, as maneiras à mesa, por mais codificados e sancionados que sejam, não são regras de direito, não mais, como enumera o jurista, do que as ocasiões e o caráter apropriado dos presentes, os assuntos de conversa, as formas de se corresponder, o tato, a etiqueta ou as regras do asseio e da estética do vestuário... Cioso de realismo, o teórico propõe colocar na dualidade *interpretação/organização* o critério que possibilita distinguir um modo jurídico de

---

5. H. Kantorowicz, *The Definition of Law* (1958), ed. A. H. Campbell, Nova York, Octagon Books, 1980.

análise e de regulação do social: o direito é, assim, um conjunto de regras sociais que prescrevem condutas externas e que são consideradas suscetíveis de aplicações judiciárias. Noutras palavras, é na associação de um sistema de interpretação dos fatos com um corpo de normas que dispõe para o futuro que reside a identidade empírica do direito. Uma norma em si pode não ser jurídica. Ela torna-se jurídica se serve para avaliar a natureza de um ato e para determinar o perfil dos atos esperados pelo corpo social.

Essa apreensão da normatividade jurídica como uma técnica dupla de raciocínio tem o mérito de ser aplicável a uma infinidade de situações. Peca, todavia, por uma excessiva generalidade. As referências em que se ampara a avaliação jurídica, dos fatos, dos comportamentos, das relações sociais, bem como as formas e os conteúdos das normas que guiam a orientação de toda a sociedade ou parte dela são de tamanha variedade que seu entendimento global se mostra delicado. Os trabalhos realizados na área das "políticas públicas" mostram que, numa sociedade como a França, o direito atual difunde sua parte de mito, um mito de unidade que vem a ser contrariado pelos contextos particulares segundo os quais a normatividade se torna efetiva:

> [A] ficção segundo a qual a legalidade é una e indivisível, exigindo uma aplicação geral e abstrata, constitui uma das principais ficções das sociedades democráticas. Ela pertence mesmo ao mito fundador delas e sua lembrança permanente cumpre uma função integradora evidente. Todavia, assim que nos concentramos nas condições de aplicação de um texto de lei ou de um regulamento preciso, o caráter unitário do direito formal se rompe diante da observação em face da multiplicidade das situações particulares e das respostas pragmáticas que lhes são dadas.[6]

Lascoumes, jurista e sociólogo, traduz bem a ambigüidade contemporânea da normatividade jurídica, protegida pela

---

6. P. Lascoumes, "Normes juridiques et mise en œuvre des politiques publiques", *L'année sociologique*, 1990, 40, p. 45.

imagem vivaz da lei unitária e tutelar, mas tributária da diversificação acelerada dos modos de regulação social. Ocorre com o direito o mesmo que com o Estado, que hoje é seu vetor essencial: ambos parecem ser encarnações de um ideal jurídico e político cada vez mais afastado tanto das aspirações do corpo social quanto das realidades práticas da ação reguladora. Importa, em ciências sociais, não se ater aos dados imediatos da consciência e evitar tomar por categoria de análise a versão de um fenômeno apresentado pelas circunstâncias de uma época ou de uma sociedade. Essa regra elementar de método se torna um imperativo quando se trata de apreender o que o direito realiza enquanto agente da normatividade. A idéia jurídica é suscetível de se expressar segundo uma grande variedade de manifestações sensíveis que não devem enganar o observador.

Veículo ideal e princípio de organização baseado, como vimos, em ficções, é natural que o direito nos leve a confundir suas imagens com a sua substância[7]. De há muito, os mais lúcidos jurisconsultos preveniram seus leitores do risco que o olhar do direito comporta. Assim, Guy Coquille, célebre por seus *Commentaires sur les coutumes du Nivernais* [Comentários sobre os costumes do Nivernais] (1590), explicava por que

> parece-me que a compreensão e a prática de nossos Costumes[8] devem ser tratadas simplesmente, sem grande aparato, sem a utilização desses labirintos de distinções, limitações, categorias e outros discursos que são mais artifícios do que substância.[9]

"Valorizar mais o corpo do que a sombra" era uma das máximas favoritas desse jurista do século XVI, cioso de discernir a ação concreta das astúcias formais do pensamento

---

7. Problema abordado por Bernard Edelman, precisamente sob o aspecto do direito da imagem e com a ótica da filosofia althusseriana, num ensaio pioneiro, *Le droit saisi par la photographie. Éléments pour une théorie marxiste du droit*, Paris, Maspéro, 1973.

8. Trata-se dos monumentos jurídicos do antigo direito, não dos costumes sociais.

9. G. Coquille, *Commentaires sur les coutumes de Nivernais*, Paris, 3.ª ed., 1620, p. 9.

jurídico. Para adotar essa sadia resolução, o observador contemporâneo do direito deve evitar os "labirintos de distinções" que desnorteiam de propósito os olhares inexperientes. As fisionomias das regras de direito são múltiplas, e o objeto jurídico mantém com a duração histórica uma relação tal que pode ser tão audacioso dar crédito à inovação quanto proclamar o desuso. Essa relação acrobática está inserida na própria natureza do fenômeno "direito", que une numa mesma coerência a inspiração do passado e a fabricação do futuro. Uma forma jurídica dominar uma época, como o fez a lei materializada pelos códigos desde o início do século XIX, é um assunto legítimo de curiosidade. Por não dispor ainda de uma teoria geral das bases, das formas, das condições de aparecimento e dos efeitos das regras de direito e, de outro lado, de um esquema explicativo dessa famosa coerência que funda a especificidade do jurídico (ou seja, da concordância relativa entre as regras e os raciocínios que lhe são vinculados), o socioantropólogo deve levar em conta a densidade do problema que enfrenta. A originalidade de seu olhar sobre as coisas jurídicas reside acima de tudo em sua capacidade de tomar distância, de não se deixar ludibriar pelos artifícios, discursos e labirintos contra os quais nos previne o velho mestre.

O senso comum contemporâneo apresenta do fenômeno jurídico uma série de visões seletivas. A lei deliberada por representação democrática parece enfeitiçadora diante da massa das regras de direito de origem tecnocrática. O Estado de direito, cujo advento, manutenção ou restabelecimento são celebrados, mascara com sua autoridade a realidade menos amena do "direito do Estado"[10]. A crença na universalidade dos direitos do homem se choca regularmente, tanto interiormente como exteriormente, com a lógica do realismo político. A afirmação cada vez mais clara e cada vez mais diversificada dos direitos do indivíduo, conforme sua idade, seu sexo, sua condição físi-

---

10. Cf. as observações concordantes de um jornalista e de um professor de direito, E. Plénel, *La part d'ombre*, Paris, Stock, 1992, pp. 223 ss., e N. Rouland, *Aux confins du droit*, Paris, Odile Jacob, 1991, pp. 132 ss.

ca, mental, matrimonial ou social, acaba encobrindo o esfacelamento das montagens genealógicas e a alteração dos fundamentos culturais da solidariedade humana. Aqui deveremos deixar de lado esses riscos cruciais, mas por demais imediatos, para tentar pôr a limpo, com um máximo de objetividade, a noção de direito que interessa às ciências da sociedade.

Evitaremos tanto quanto possível abordar os aspectos da atividade do direito cuja própria apresentação não nos garantiria suficientemente a adesão a este ou àquele ponto de doutrina. Ser-me-á facilmente reprovado o mau uso de conceitos que têm, em direito positivo, um sentido diferente ou um sentido mais preciso do que o que lhes atribuímos. É uma acusação que, em nome do exercício do direito, é cômodo fazer ao conjunto das ciências sociais[11]. É realmente uma acusação que o direito, ciência de aplicação, pode fazer ao direito, ciência de entendimento. Apenas a consciência do problema evita que se sofram seus efeitos. Jean Carbonnier[12] pensava que a sociologia jurídica conhecia a separação radical, própria das ciências experimentais, entre o observador e a matéria observada, ao passo que todo jurista, "ainda que só teórico", é um elemento componente do sistema de direito que ele estuda e professa. Infelizmente não se pode atribuir à sociologia a objetividade absoluta, nem ao direito o dogmatismo absoluto. Essas duas qualidades dependem mais de sentimentos de identidade difundidos nos meios envolvidos (voltamos à querela tribal e à lógica dos campos evocados *supra*) do que de uma verdadeira

---

11. Evocamos o destino singular do costume. Setores inteiros das ciências do homem e da sociedade transpõem a terminologia jurídica para investi-la, nem sempre reconhecendo a origem da crença, de sentidos diferentes e autônomos. É o que se dá, em especial, com a sociologia da família e com a antropologia do parentesco, ou mesmo, como é menos lembrado, com o vocabulário da psicologia e da psicanálise; *inibição* (ação de um fato mental que impede outros fatos mentais de ocorrerem ou de chegarem à consciência) diz-se, por exemplo em Denisart, de uma "proibição feita, por autoridade de justiça, de se fazer alguma coisa" (J.-B. Denisart, *Collection de décisions nouvelles et de notions relatives à la jurisprudence actuelle*, Paris, 1773, p. 643).

12. J. Carbonnier, *Sociologie juridique*, Paris, PUF, 1978, pp. 21-4.

linha de fratura epistemológica[13]. Tanto o sociólogo pode perder-se nos engodos inevitavelmente lançados pela mecânica jurídica, que são o tributo de sua normatividade, quanto o jurista isolar com um rigor totalmente experimental as contingências sociais da atividade do direito. É por isso que, esforçando-nos para "valorizar mais o corpo do que a sombra", os elementos que permitem a qualquer um apreender a realidade do direito têm aqui primazia sobre os que tornam o direito menos apreensível. O conceito antigo do direito é sem dúvida alguma o melhor dos meios de atingir a densidade do fenômeno, uma vez que ignora as distinções sofisticadas nas quais se comprazem os sistemas de direito modernos. Ignora especialmente a separação entre o ser e o fazer: o direito *é* e *faz* ao mesmo tempo ou, mais explicitamente, *"Não é o fazer, mas sempre o pronunciar que é constitutivo do direito"*[14].

2. *A palavra, o ritmo e a autoridade*

A noção do direito conhecida pelos antigos romanos, longínquos pais de todos os sistemas ocidentais, unificava o que hoje é distinguido, especificado e dirigido segundo saberes e instituições separados. Paul-Frédéric Girard, jurista de direito romano, apresentava-o assim:

> Quando se fala hoje do processo mediante o qual uma pessoa chega à satisfação de seu direito, pensa-se o mais das vezes num processo, num procedimento judiciário em que uma autoridade superior intervém entre os interessados para reconhecer o direito e assegurar a execução. Mas isso supõe a existência de um poder judiciário, de uma autoridade pública com o poder de impor

---

13. O grande civilista estaria realmente enganado? "E se o direito é Deus para o dogmático", escrevia, "o sociólogo, por sua vez, impõe-se praticar o ateísmo metodológico", salientando bem que a diferença de orientações provém mais dos credos profissionais do que da lição dos fatos (*Id.*, p. 23).

14. É. Benveniste, *Le vocabulaire des institutions européennes*, Paris, Minuit, 1969, II, p. 114.

sua arbitragem aos particulares e que reconhece ter a incumbência de fazê-lo. O ponto inicial foi, em procedimento, o direito de fazer justiça para si, como foi, em direito penal, o direito de vingança, que não é essencialmente diferente do primeiro. Quem acredita ter um direito não pede justiça. Ele a faz, seguindo, aliás, formas rigorosamente definidas pelo uso, expondo-se a cometer um delito se age sem direito ou fora das formas. Há um procedimento, não há processo.[15]

Este texto centenário, escrito em um tempo em que o direito romano e a história do direito desempenhavam nas faculdades de direito o papel que as ciências sociais tendem a assumir, produz um surpreendente efeito de perspectiva. Fala-nos de procedimento sem processo e de direito sem uma autoridade pública que, como faz hoje o Estado, assegure sua fabricação e garanta-lhe a aplicação. Prestemos atenção neste aspecto: cada um pode fazer justiça para si, mas deve respeitar, em todo o seu rigor, as formas reconhecidas pelo uso; afastar-se dessas formas ou reclamar uma justiça que não é devida significa cometer um erro e expor-se à justiça dos outros. Na ausência de instituições especializadas e de autoridades pacificadoras guardiãs da ordem, que vemos? Essencialmente um direito que se manifesta pelo respeito escrupuloso das formas de sua expressão, as quais traduzem o sentimento do justo e do injusto definido pelo grupo. Essas duas idéias estão contidas na raiz indo-iraniana *yous*, "estado de regularidade, de normalidade requerido por regras rituais", que dará a palavra latina *ius*, que designa, de um lado, uma *situação de fato*, o fato de se encontrar em conformidade, e, do outro, a prescrição de se pôr em conformidade[16]. Essa dualidade original é recorrente: sempre estrutura o núcleo empírico do direito, que parece, assim, ao olhar exterior, ser uma maneira de fazer coexistir o registro da constatação do que é com o da prescrição do que deveria

---

15. P.-F. Girard, *Manuel élémentaire de droit romain*, Paris, Rousseau, 1896, p. 26.
16. Os elementos de semântica histórica são essencialmente tirados de Benveniste (1969).

ser. Um estado de integridade é conjugado num mesmo sistema de interpretação e de ação com os meios necessários à sua manutenção ou à sua restauração. Assim, o conceito de direito é propriamente dialético, já que aceita logicamente, entre a atestação de uma ordem e a gestão de seu restabelecimento, o princípio de sua negação.

Para entender bem a lição dos antigos, não se deve andar depressa demais. Sobretudo, não acrescentar artificialmente à experiência deles, da qual procedemos, as aquisições oriundas de experiências posteriores. Temos o hábito, por exemplo, de misturar ao direito e à justiça um conjunto de concepções éticas pelas quais a eqüidade jurídica se opõe ao exercício da força bruta. A identificação do direito com noções morais, que a própria idéia de justiça resume, é fruto de uma longa história, de um lento percurso de "noções de caráter formal" rumo à identificação com virtudes públicas (Benveniste).

Isso a que chamamos direito é mormente uma forma, a forma oral. Para os antigos gregos, como vimos, a *diké* é uma fórmula que "mostra por um ato de palavra o que deve ser". A palavra dará a latina *dicere*, ancestral do francês *dire* (dizer). *Ius* é, para os romanos, o conjunto das fórmulas que convêm a casos determinados. *Ius dicere* é o fato de pronunciá-las e *iudex*, o juiz, é quem as pronuncia. Ainda não se trata de uma profissão, mas de uma ação. Dizer o direito é articular uma fórmula aceita que convenha a uma situação, ou seja, que permita avaliá-la e dispor dela. Fazer justiça para si equivale, pois, dentro desse espírito, a simplesmente pronunciar a fórmula adequada, tirada do repertório das sentenças estabelecidas pelo passado e adaptadas a um leque definido de situações. Assim, conservamos a expressão arcaica "justas núpcias" (*iustae nuptiae*), perfeitamente estranha ao conteúdo ético da justiça, mas que significa que um casamento foi realizado segundo as regras, que nele se disse o que se deve dizer em circunstâncias semelhantes. O código mais antigo de Roma, a Lei denominada "das Doze Tábuas" era constituída de um conjunto de sentenças, pensadas para serem faladas, e postas por escrito para resistir ao tempo – o que, aliás, fizeram muito bem porquanto, reunidas por volta do final do século IV a.c., continuaram objeto de comentários no século III de nossa era, transitaram, através desses comentários, no pensamento jurídico medieval e, por intermédio deste, nos sistemas jurídicos contemporâneos. Assim, um direito tão elaborado e fecundo como o direito romano é no início um "ato de palavra": nele o ato jurídico consiste no pronunciamento de fórmulas que, com um mesmo movimento, lembram e restabelecem o estado de integridade que a sociedade adotou como referência.

Ato de palavra, o direito exprime em sua própria forma a essência de sua função: dar o ritmo, oferecer o compasso. O *nomos* grego do século VI antes de nossa era é uma norma concreta de distribuição de terras, noção cuja autoridade servirá para designar o próprio princípio que consiste em distribuir justiça[17]. A princípio o direito é declamado, é cantado. "Antes dos doutores, os rapsodos", escreveu um jurista romântico do século XIX, cansado do racionalismo exacerbado de sua época, do culto da lei e da adoração dos códigos. "O maior dos poetas é ainda o primeiro dos jurisconsultos", acrescenta ele, sem refrear seu próprio lirismo[18]. Antes de ser escrito, o direito é recitado. Apresenta-se sob a forma de máximas, de provérbios ou de adágios elaborados de modo que fiquem gravados nas memórias, que passem facilmente "de boca em boca, de século em século", que expressem a medida das coisas, sendo construídos como o compasso musical de uma expressão verbal. O ritmo, a assonância, a aliteração, a harmonia imitativa, a concordância fônica proporcionam às sentenças um caráter normativo antes mesmo de se considerar o sentido das palavras que as compõem. Os partidários do "elemento histórico na legislação" que, como vimos, foram no século XIX os artesãos da história das instituições e abriram o caminho da sociologia e da antropologia do direito, foram os primeiros que prestaram

---

17. G. Hoffmann, "Le nomos, 'tyran des hommes'", *Droit et cultures*, 1990, 20, pp. 19 ss.
18. Cf. Chassan, *Essai sur la symbolique du droit*, Paris, Villecoq, 1847, pp. XVI e XVIII.

toda a atenção científica que mereciam essas regras incessantemente repetidas nos recintos de justiça[19]. Apesar dos códigos, apesar do espírito sistemático que invadira a doutrina jurídica, cultivava-se à larga o espírito de Loisel – que situava a originalidade do direito francês nas expressões dos advogados. Reconhecia-se mesmo nas fórmulas orais uma capacidade de encarnar melhor do que os traços escritos o espírito jurídico de uma cultura. "Essência e espinha dorsal da jurisprudência", os ditados de profissionais conservam fielmente o caráter das instituições. Édouard Lefebvre de Laboulaye, jurista liberal, um dos fundadores da escola francesa de história do direito, mais conhecido por ser um dos promotores da doação aos Estados Unidos da estátua da liberdade, reverenciava essas expressões concisas aptas para resumir "idéias geralmente aceitas, princípios universalmente adotados"[20]. Mas, entre os legistas sonhadores do século XIX, a pesquisa intensiva das origens beira a obsessão identitária. Costumam converter o veículo que é o axioma em mero indício, o vestígio vivo de um mundo antigo que ainda não morreu. Não obstante, sempre é possível atualizar com proveito os repertórios de máximas jurídicas, até mesmo identificar novas fontes e novas formas para esses estereótipos normativos veiculados pela palavra, nos meios de comunicação audiovisuais e nos videogames... Conservemos o principal ensinamento desses "fósseis jurídicos": a norma é a própria forma. O som da sentença já é seu efeito jurídico. *"De borne plantée, rixe apaisée"*[21], rima um provérbio do Berri. Em direito consuetudinário romano, o efeito de ordenamento produzido pela sentença oral atinge a própria designação da fórmula: sentença judiciária se diz *"hotarare"*, da palavra *"hotar"*, que significa limite ou marco[22]. Formular é prescrever os limi-

---

19. Cf. H. Roland e L. Boyer, *Locutions latines et adages du droit français*, Lyon, L'Hermès, 1977-1979.

20. É. Laboulaye, "Les axiomes du droit français", *Nouvelle revue historique de droit français et étranger*, 1883, VII, p. 47.

21. "Fronteira plantada, rixa acalmada." (N. da T.)

22. G. Fotino, *Contribution à l'étude des origines de l'ancien droit coutumier roumain*, Paris, Librairie de Jurisprudence, 1925, p. 61.

tes das ações humanas, estabelecer os marcos e, no seio desses marcos, dar o ritmo, marcar o compasso.

A terminologia judiciária remete, por sua etimologia, a esta função primeira: dizer pela palavra o que é e o que deve ser. Para dizer o que é, cumpre ter observado com toda a objetividade. É o que faz o *árbitro*, cujo primeiro significado (do latim *arbiter*) é de ser aquele que vê sem ser visto. Testemunha clandestina, ele não é de maneira nenhuma ligado aos fatos da causa e pode estimar soberanamente a natureza deles. Para dizer o que deve ser, cumpre pronunciar as fórmulas de direito (*ius dicere*) com autoridade, ou seja, assumir as vestimentas do juiz (*iudex*). Temos aí dois papéis sociais complementares, perfeitamente adaptados ao que sabemos do fenômeno jurídico: o árbitro verifica adequadamente os fatos, aprecia-lhes o teor e emite uma opinião forjada de acordo com as circunstâncias; o juiz extrai a sentença que ele enuncia do acervo das fórmulas aceitas (as *iura* que compõem o *ius*). Sabemos, desde Benveniste, que essa distinção não coincide, na origem, com especializações profissionais. Árbitro e juiz são duas seqüências de um único e mesmo papel: o primeiro aborda os fatos, para avaliá-los segundo as circunstâncias observadas por ele com toda a neutralidade, o segundo pronuncia uma fórmula de direito adaptada a um caso. Assim, um mesmo agente pode reunir sob dois registros de atividade distintos a dualidade paradoxal do direito: tratar de casos inéditos, não previstos pela lei, em virtude da faculdade de apreciação que lhe é conferida por seu distanciamento das partes e da causa, mostrar pela palavra a medida que se aplica a este ou àquele litígio reconhecido. Avaliação do estado existente, indução de um princípio que caracteriza esse estado, recebimento de um corpo de princípios, enunciado desses princípios para dizer o que deve ser, esse é o mecanismo lógico atestado pelo "direito em palavras".

Guardemos a equação estabelecida entre a *medida tomada*, pela avaliação ou estimação dos casos, das situações, e a *medida dada*, pelo pronunciamento da fórmula legal. A fórmula é em si normativa, sua estrutura fônica contém ordenamento. Ainda é preciso que seja ouvida. É uma audiência atenta que a *noção de autoridade* garante a quem fala. Com Dumézil, Benveniste expõe a fascinante gênese de termos de fala "especificados em termos de instituições e substantivos de autoridade". A demonstração deles revela a utilização dos instrumentos fundamentais do direito, de vitalidade ininterrupta. O termo autoridade (*auctoritas*), de mesma raiz que augúrio, evoca "valores obscuros e potentes", já que designa ao pé da letra "esse dom, reservado a poucos homens, de fazer surgir algo e [...] de trazer à existência"[23]. É um ato de produção e, por abstração, a qualidade que se prende àquele que o comete. Este, o magistrado que assumirá o papel de dizer o direito, de julgar, é chamado de *censor* porque de início tem a função de proceder a uma avaliação, a uma classificação dos sujeitos de direito. O *census*, o censo ou o recenseamento, é uma operação técnica mediante a qual a verdade de uma sociedade é estabelecida e afirmada. Na origem, especifica Dumézil, trata-se de uma concepção política e religiosa:

> Situar (um homem ou um ato ou uma opinião) no seu lugar hierárquico certo, com todas as conseqüências práticas dessa situação, e isso mediante uma avaliação pública justa, um elogio ou uma reprovação solene.[24]

A autoridade de quem enuncia a palavra normativa repousa na classificação prévia de seus destinatários. A leitura do campo social mostra-se assim não só uma condição de execução da função jurídica, mas, de acordo com a lição das origens, um componente interno do direito. Toda classificação é normativa tanto porque hierarquiza e unifica quanto porque manifesta concretamente a autoridade daquele que classifica[25].

---

23. É. Benveniste, *op. cit.*, p. 151.
24. G. Dumézil, *Servius et la fortune. Essai sur la fonction sociale de Louange et de Blâme et sur les éléments indo-européens du cens romain*, Paris, 1943 (citado por Benveniste, p. 145).
25. Sobre o papel normativo das taxinomias sociais contemporâneas, será útil reportar-se aos trabalhos de L. Thévenot, dentre eles "Les investissements de forme", *Conventions économiques*, 1985, pp. 21-71; ver também L. Boltanski, *L'amour et la justice comme compétences*, Paris, Métailié, 1990.

Desde a célebre frase de Protágoras – "o homem é a medida de todas as coisas" (século V a.C.) –, a filosofia compartilha com o direito a ciência dos equilíbrios fundamentais da harmonia humana. Para o jurista e para o sociólogo das questões jurídicas, esses equilíbrios são forçosamente contingentes. A própria idéia de equilíbrio e a noção de justiça dela decorrente são incessantemente contestadas pela evolução das estruturas sociais. "No sentimento jurídico primordial", escrevia o filósofo do direito Del Vecchio, "há sempre uma referência à medida válida relativamente a várias pessoas."[26] Essa medida comum é o âmbito de referência que permite a interpretação do que é e a formulação do que deve ser: é a base da normatividade. Dos pensadores antigos aos moralistas modernos e aos fundadores da sociologia, a aquisição de princípios de avaliação válidos para uma agregação humana está situada na noção de *reciprocidade*. "Mede exatamente o que tomas emprestado de teu vizinho e devolve-lhe exatamente, em medida igual e maior ainda, se puderes, a fim de que em caso de necessidade fiques certo de sua ajuda", canta Hesíodo[27]. A obrigação de medir é um efeito da obrigação de cooperar; o que em termos mais nobres La Rochefoucauld expressa: "o amor à justiça é, na maior parte dos homens, apenas temor de sofrer a injustiça" (*Maximes*, 1665); ou que, mais recentemente, Marcel Mauss denominava, em *Essai sur le don* [Ensaio sobre a doação] (1923-1924), uma "forma permanente de moral contratual".

É com a experiência histórica que a justa medida, garantia elementar da colaboração social, se torna um símbolo de justiça em geral[28]. Vinculada à idéia de ritmo, ela personifica a ordem presente no mundo físico: *têmis*, a imagem grega da justiça divina, é a mãe das estações. Assim, a balança que a simbo-

---

26. G. Del Vecchio, *La justice, op. cit.*, p. 75, n. 1.
27. Hesíodo, *Les travaux et les jours*, Paris, Les Belles-Lettres, 1979, nº 349-52.
28. Cf. a análise histórica de W. Kula, *Les mesures et les hommes*, Paris, Éditions de la Maison des Sciences de l'Homme, 1984.

liza até os nossos dias deve ser entendida no sentido imediato. A exigência de proporções materiais não é uma metáfora excrescente, é, com a noção de comunidade, uma de suas manifestações primeiras. Sejam quais forem seus suportes, a idéia de justo veicula ao mesmo tempo a justeza e a justiça. Ela interessa ao direito pelo fato de definir, como expressava Dante, "a proporção do homem para o homem"[29]. Assim encontramos de novo o problema da especificação jurídica: *embora todo direito suponha uma medida comum, nem toda proporção é jurídica.*

3. A determinação social das proporções

A obra das ciências empíricas da sociedade estabelece-se assim na esteira da reflexão filosófica. O problema concreto que esses procedimentos enfrentam resume-se a uma interrogação: *de que se nutre a exigência de proporção?* Se afastamo-nos dos raciocínios abstratos, apresentam-se duas possíveis abordagens à mente, e as mencionaremos a título indicativo. A primeira pode ser qualificada de "cultural". Como a experiência histórica só nos mostra humanos vivendo juntos, ou seja, já ligados por uma trama social, é lógico que uma coletividade extraia de sua relação com a natureza e do desenrolar de suas atividades os contextos que lhe servirão de referência comum.

A Idade Média européia oferece muitas imagens concretas desse processo criativo. No País de Gales, por exemplo, a vida social é estruturada, no século X, segundo duas esferas: uma esfera doméstica – uma família possui primitivamente um pedaço de terra – e uma esfera comunitária em que os membros do grupo administram juntos seu rebanho de parceria (aliás, esse é o modelo padrão das sociedades agropastoris da Europa, ainda muito vivaz nas regiões montanhosas). Esses grupos haviam aperfeiçoado um sistema de cooperação no trabalho: um arado em comum, puxado por oito bois, por sua vez

---

29. Citado por Del Vecchio, *op. cit.*, p. 114.

dirigidos por um número proporcional de trabalhadores, cultivava todos os anos o número de glebas necessárias à subsistência de todos e, aqui está o importante, cada gleba constituía uma jornada de trabalho. Assim a paisagem era normalizada por essa deliberação em comum da organização da lavoura. A unidade de superfície, a vara de medição do espaço territorial, era o *cyphar*, a saber, a extensão de terra cultivável pela coletividade em um dia. Todas as unidades de medição anteriores ao racionalismo do sistema métrico são marcadas pela adaptação do homem ao território. No Ocidente medieval, assinala Georges Duby, "o acre e o jornal representavam, variável em extensão conforme a qualidade do solo, a tarefa diária da equipe de trabalho"[30]. Através da distância entre os marcos, através das quantidades que as demarcações territoriais permitem medir, as paisagens rurais podem assim fazer que se leia, a olho nu, a idéia de ritmo e a idéia de proporção adotadas por um grupo humano. Instalados por um modo de cooperação social, os marcos utilizados para marcar o território assinalam a existência de um código cultural de referência que serve de fator de equilíbrio e de princípio de medição, portanto de fonte de justiça, no interior da comunidade.

A segunda abordagem que propomos, para ter acesso concreto ao modo como uma sociedade fabrica os contextos de referência de seu direito, é de natureza política. A medida comum, que inclui a nós e ao próximo na mesma regra de direito e de justiça, pode ser deliberada pelo grupo ao qual ela se aplica, não mais herdada daquilo que Del Vecchio denomina um "princípio de identidade ou de equação intersubjetiva" impresso em cada fase da vida humana[31]. Esse modelo parecerá mais familiar, pois é o que invocam as democracias modernas. Rousseau ditou-lhe as bases com grande clareza.

---

30. G. Duby, *L'économie rurale et la vie des campagnes dans l'Occident médiéval*, Paris, Flammarion, 1977 (1962), I, p. 96 e, quanto ao exemplo galês, ver F. Seebohm, *Customary Acres and their Historical Importance*, Nova York, Bombaim, Longmans, 1914.

31. Del Vecchio, *op. cit.*, p. 75.

[A] ordem social é um direito sagrado, escreve em *O contrato social*, que serve de base para todos os outros. Entretanto, esse direito não vem da natureza; logo, é fundado em convenções. A primeira dessas convenções é o pacto hipotético pelo qual é instituída uma sociedade: cada um de nós põe em comum toda a sua pessoa e toda a sua potência sob a suprema direção da vontade geral.

Ora, e decerto temos aí a afirmação mais brilhante daquilo que se tornará o mito da lei (ver Lascoumes, *supra*, p. 146), "a vontade geral é sempre reta e tende sempre à utilidade pública". Se as deliberações do povo, fonte da soberania política, nem sempre têm "a mesma retidão", é porque podem ser perpassadas por coalizões de interesses que desviam suas opiniões do bem público.

Importa, pois, para ter realmente o enunciado da vontade geral, que não haja sociedade parcial no Estado; e que cada cidadão só opine de acordo consigo próprio.

A vontade geral, contanto que se obtenha a expressão certa dela, "não pode errar", estipula Rousseau em seu esquema ideal cuja prodigiosa posteridade conhecemos. Ela sempre tem razão ou, melhor, é a própria razão, o princípio, o vetor e a expressão da retidão. Desse modo, chegamos a uma redefinição radical dos atributos do direito, da exigência prévia de proporção, bem como da ação normativa. "A matéria sobre a qual se estatui é geral, como a vontade que estatui": é esse ato que Rousseau chama de uma lei. A necessidade de classificação, que sabemos, pelos antigos, pertencer ao núcleo da atividade jurídica, é a partir de então subordinada ao corpo político. No sistema de Rousseau, não há classificação ou unidade de medida que se imponha ao direito de outra maneira senão por intermédio da vontade geral, ator primeiro e horizonte final do direito. Ela é, por definição, o reflexo de uma medida em comum, já que é o resultado de um contrato de associação pelo qual "cada qual, dando-se a todos, não se dá a ninguém". Encarnação da única retidão possível, ela resolve a equação jurídica com a adoção do regime político capaz de implantar a soberania do povo sobre o povo. Por conseguinte, "não é preciso perguntar-se [...] se a lei pode ser injusta, uma vez que ninguém é injusto para consigo mesmo".

As instituições dos Estados Unidos da América, provenientes com Rousseau de outras tradições do contrato social (notadamente de John Locke), estão entre as que mais cedo encarnaram essa inversão de perspectiva. Beneficiaram-se, ademais, pouco depois de sua gestação, de um observador fora do comum. Quando Alexis de Tocqueville descreve seu funcionamento, julgamos estar diante de uma situação verdadeiramente experimental, a experimentação histórica dos ideais de que o pensador do século XVIII foi o magistral intermediário. O princípio da soberania do povo

> saiu da comuna e apoderou-se do governo; todas as classes se comprometeram com a sua causa; combateram e triunfaram em seu nome; ele se tornou a lei das leis.

A América analisada por Tocqueville na primeira metade do século XIX é dominada pela identidade entre sujeitos e objetos da lei, a que Rousseau tanto aspirava.

> Nela a sociedade atua por si mesma e sobre si mesma. Só existe potência em seu seio. O povo é a causa e o fim de todas as coisas. Tudo provém dele e tudo se concentra nele.[32]

Estaremos por isso diante do reinado ideal da vontade geral, em que nenhuma lei é injusta, pois fundada na mais ampla e mais perfeita das medidas comuns? É claro que não, e sem dúvida foi Raymond Aron, comentando Tocqueville, que melhor traduziu as vicissitudes do *espírito legista* quando perpassa, como nos Estados Unidos, o corpo social inteiro e nutre todas as formas que a política e o direito podem ali assumir:

---

32. A. de Tocqueville, *De la démocratie en Amérique (I)*, in *Œuvres*, Paris, Gallimard, 1992 (1835), pp. 60 ss.

Assim que se apresenta uma questão numa pequena cidade, num condado ou mesmo na esfera do Estado federal inteiro, encontra-se certo número de cidadãos para agrupar-se em organizações voluntárias, cuja finalidade é estudar, eventualmente resolver, o problema levantado.[33]

A justeza e a medida são estabelecidas consoante cada coalizão de interesses particulares, a cujo alcance o caráter popular das instituições põe o direito e a justiça. É uma possibilidade que Rousseau havia explorado:

Quando [o povo] divide-se em coalizões, em associações parciais em detrimento da grande, a vontade de cada uma dessas associações se torna geral em relação aos seus membros [...]; então já não há vontade geral, e a opinião que prevalece é apenas uma opinião particular.[34]

Analista das instituições americanas, Tocqueville distinguia com acuidade seu espírito de seus desenvolvimentos concretos.

o povo nomeia quem faz a lei e quem a executa; ele mesmo forma o júri que pune as infrações à lei... Logo, é o povo que dirige.

Mas, acrescenta ele,

é evidente que as opiniões, os preconceitos, os interesses e mesmo as paixões do povo não podem encontrar obstáculos duradouros que os impeçam de se manifestar na condução diária da sociedade.[35]

Seguindo seu exemplo ilustre, o sociólogo do direito deve abordar a busca da "medida comum" inerente a toda atividade jurídica evitando tanto determinismos fáceis como esquemas

---

33. R. Aron, *Les étapes de la pensée sociologique*, Paris, Gallimard, 1967, p. 233.
34. J.-J. Rousseau, *Du contrat social*, 1762, cf. L. I, cap. VI e L. II, cap. III.
35. A. de Tocqueville, *op. cit.*, pp. 193-4.

idealistas. Intérprete de Tocqueville, o filósofo Pierre Manent traduz com acerto essa exigência:

> O indivíduo só pode obedecer legitimamente a uma lei que ele próprio se atribuiu. Mas qual lei se atribuirá um indivíduo sem lei? O dogma democrático é puramente formal, vertiginosamente vazio. A vida dos homens democráticos será, portanto, feita de arranjos entre os conteúdos morais herdados e a fórmula democrática.[36]

Vimos de relance mais acima o que podem ser esses conteúdos herdados, noções práticas do equilíbrio do grupo, e esboçamos brevemente a fórmula democrática. Não são os dois termos de uma alternativa. Quanto ao objeto jurídico, o termo arranjo não lhe assenta bem. Reiteremos, ao contrário, a fórmula que Lerminier aplicava ao Código Civil, mas que poderia convir ao conjunto dos dados prévios da atividade do direito: trata-se de "uma composição entre a história e a filosofia".

Neste percurso sucinto, quisemos evocar a um só tempo a estrutura e a riqueza da idéia de direito. De uma como da outra, as ciências do homem e da sociedade não devem menosprezar nem a força nem a diversidade. O objeto jurídico não se reduz a um dos traços que uma sociedade, conforme sua história, realçará. Sua especificidade e o interesse que ele apresenta residem precisamente na variedade de suas manifestações sensíveis, em sua capacidade de encarnar a experiência humana a ponto de refletir seus aspectos mais profundos, de projetar suas tensões e de enunciar suas aspirações.

---

36. P. Manent, *Tocqueville et la nature de la démocratie*, Paris, Fayard, 1993, 2ª ed., pp. 174-5.

VI. O solucionamento dos conflitos

> Foi um pouco em toda parte que a justiça conservou, pelo menos em suas formas, a lembrança de sua origem e como que a chancela dos tempos em que era exclusivamente contratual.
>
> J. DECLAREUIL, *La justice dans les coutumes primitives*, Paris, 1889, p. 126.

1. Confrontações e vias de paz

O direito, como vimos, consiste em formular princípios e regras de ordenamento da vida social. Zela também por fazer que sejam observados punindo os comportamentos que infringem a norma. Para "tratar" esses comportamentos de transgressão, as sociedades inventaram, e o mais das vezes fizeram coexistir, os mais variados dispositivos. Os mais visíveis, os mais conhecidos, os que acodem mais facilmente à mente, são esses sistemas de aplicação das regras que revestem a forma de instituições especializadas: tribunais de justiça onde juízes emitem oficialmente uma mensagem de ordem social, enunciam o conteúdo da lei comum para estigmatizar as aberrações e as transgressões à comunidade humana, para optar entre reivindicações divergentes, para dar razão a uma pretensão justa. O tribunal, órgão de justiça, se responsabiliza em nome da comunidade pela tarefa de enunciar em alto e bom som o que se deve e o que não se deve fazer a propósito de todos os casos particulares que lhe são apresentados pela sociedade. Embora o sentimento de justiça seja encarnado por instituições, ele não é, porém, privilégio exclusivo seu.

Cada pessoa possui sua visão da ordem do mundo, que a leva a negociar passo a passo suas relações com os outros, ora a refrear suas queixas, ora a exteriorizá-las para reclamar o *seu* direito. Em caso de impasse, é preciso um *terceiro*, um intermediário capaz de levar os antagonistas a uma solução mutuamente aceita. Quando necessário, os inimigos do momento, indivíduos ou grupos, conferirão a um de seus pares o encargo de buscar junto a cada um os meios do entendimento. Ele conciliará eficazmente os pontos de vista deles ou os convencerá a corrigi-los em sentidos convergentes. Assim, ele conseguirá resolver a discórdia com sua neutra intermediação. Quanto mais delicado o atrito, mais necessário será apelar para um princípio de autoridade: autoridade da norma compartilhada, em primeiro lugar, que basta lembrar e ligar ao caso, implícita ou explicitamente. O órgão dessa evocação será o mediador do restabelecimento da paz, mediante sua simples palavra, portadora da norma. Para maior desacordo, maior organização. As partes envolvidas numa controvérsia ficarão então de acordo para conferir a uma terceira autoridade o poder de solucionar a pendência. A enunciação do desfecho conveniente passará então pela delegação, a esse terceiro, da faculdade de dizer a solução, ficando entendido que o princípio de aceitar essa solução será *a priori* aceito pelos litigantes. Trata-se aqui de arbitragem, uma função que já atrela a norma à autoridade que a torna aplicável, uma função que prefigura a instituição de julgamento, em que a delegação do poder de dizer a lei é total e absoluta, em que a execução da sentença está inscrita na letra de um veredicto decisivo.

As maneiras pelas quais os indivíduos, os grupos, os corpos sociais inteiros assumem esse encargo de aplanamento das distorções constituem um dos temas capitais da antropologia e da sociologia do direito. O conflito humano é um processo gerido pela sociedade segundo um elenco de soluções que se presta ao exame tipológico, desde o acordo negociado até o julgado coercivo. Mas, para além de qualquer consideração formal, o próprio estatuto do conflito constitui um ponto problemático: pode ser considerado tanto o fracasso do direito como sua fonte mais universal e mais dinâmica.

Alguns teóricos da harmonia social, por exemplo o fundador da sociologia empirista Frédéric Le Play, situam em certo número de instituições primordiais, como a família, a "constituição essencial" da humanidade[1]. Todas as infrações ao princí-

---

1. F. Le Play, *La constitution essentielle de l'humanité. Exposé des principes et des coutumes qui créent la prospérité ou la souffrance des nations*, Paris, Mame, 1881.

pio fundamental da autoridade paterna parecem-lhe outros tantos pecados contra a ordem dos homens e a fonte de "problemas sociais", que não apresentam outra feição que não seja a de anomalias singulares, de males que devem ser tratados unicamente com a restauração da obediência aos justos valores do Decálogo. O conflito aparenta-se então a uma doença, uma patologia que afeta o corpo da sociedade. O conflito é uma situação de exceção que se tem de resolver, de eliminar com um método simples: a restauração do estado anterior, ou seja, do estado de normalidade. Não se reconhece nenhum valor sociológico intrínseco à discórdia ou à crise; elas representam uma aberração, uma excursão para fora das normas fundamentais da ordem social. O conflito é, sob essa luz, fora-da-lei por essência. Não é admissível. O direito serve, em conseqüência, mais para pôr em execução sua negação do que para solucioná-lo, como uma razão imperiosa que não admitisse a existência da loucura.

Inversamente, uma escola sociológica, virtualmente inspirada pelo ensaio de Georg Simmel[2], nutriu com suas investigações a hipótese de um *valor juridicamente construtivo das pendências*. Simmel associa os processos sociais, os espaços sociais e as formações sociais, que outros denominariam naturalmente "instituições", aos atritos interindividuais, dos quais são, *in fine*, a resultante. Para ele, não existe unidade social na qual as tensões convergentes e divergentes dos membros não estejam intimamente ligadas. Noutros termos, o conflito é inerente à constituição e à evolução dos grupos sociais. Toda resolução é apenas provisória, e a garantia de uma canalização precária das relações sociais logo será animada por outros conflitos, que novas regulações deverão então tratar[3]. O conflito é a sociedade em movimento.

---

2. G. Simmel, *Le conflit*, Paris, reed. Desclée de Brouwer, 1993.
3. Sobre a atualidade teórica do conflito em sociologia, ver R. Boudon, *La place du désordre. Critique des théories du changement social*, Paris, PUF, 1985.

Num ensaio sobre *La justice dans les coutumes primitives* [A justiça nos costumes primitivos] (1889), o historiador do direito J. Declareuil pinta um quadro das diferentes fases de aplanamento das discórdias, do acordo negociado ao julgamento, analisadas como as etapas sucessivas de um processo de evolução que se amolda às metamorfoses de uma sociedade. Seu diagnóstico não perdeu a força singular: "O direito é um fato violento que passou para o estado de costume mediante a prescrição", ou seja, mediante a força do tempo. No princípio das sociedades, entrevemos agregações sociais, grupos reunidos pelo parentesco ou comunidades unidas por uma organização política. A violência é consubstancial à vida dos grupos e às relações entre grupos. Por ela define-se uma "primeira camada sedimentar do direito", em que a idéia é menos de fazer prevalecer a verdade ou essa abstração a que chamamos justiça do que de obter a pacificação por qualquer meio. A promessa sagrada, ou *juramento*, liga o comportamento de quem o presta ao controle da divindade e tranqüiliza o meio em que vive sobre seu encaminhamento futuro, assim canalizado pelo respeito devido ao sobrenatural. Os juramentos coletivos normalmente servem de prova, à acusação ou à defesa, salvo que se recorra diretamente à opinião das forças transcendentes em cujo nome precisamente se jura. Trata-se então do *ordálio*, ou juízo de deus; de fato, uma série de testes legados à Europa medieval pelos costumes bárbaros dos séculos VI-VIII, segundo os quais a sentença divina se expressa pelo resultado do suplício do acusado de uma falta ou das partes em litígio. Os métodos desses ancestrais são inventivos e já codificados. O *judicium ferri candentis* supõe que o interessado pegue com as mãos um ferro incandescente. O *judicium aquae calidae* é a versão úmida dessa delicada atenção: deve-se mergulhar a mão na água fervente. A mão do *quidam* é em seguida, em ambos os casos, enfaixada e selada com chancela oficial. Examinam-na ao cabo de três dias para ler ali o veredicto de Deus, que se exprime concedendo ou não ao membro mártir um começo de cura, decidindo desse modo da culpabilidade ou da inocência de seu proprietário. Não esqueçamos sobretudo o hilariante, se não fosse terrível, *judicium aquae frigidae*, que consiste em mergulhar o presumido delinqüente ou o demandante renhido numa tina de água fria: se ele afunda, tem razão, se bóia, está errado... A água divina rejeitou seu recurso. Quando a pendência é tratada diretamente pelos antagonistas, usa-se primitivamente a violência: o duelo ou a guerra. Mas existem duelos sem violência e guerras sem derramamento de sangue. O teste da cruz consistia, na Idade Média, em pôr os oponentes em pé ao lado da figura sagrada e em declarar vencido o primeiro que o cansaço abatia. Os povos do Ártico, os *inuits*, ganham sem dúvida alguma a palma da inventividade e da sutileza no solucionamento dos conflitos sem violência nem coerção. Declareuil já o notara, aproximando-os dos duelos poéticos da Antiguidade. Os *duelos cantados*, que a partir de então entraram no panteão das descobertas etnográficas, têm o objetivo de pacificar uma situação conflituosa trocando, durante períodos de tempo muito variáveis, uma estação, anos, assaltos líricos cuja qualidade harmônica e poética alegra o público reunido para "julgar" o processo. Gargalham, riem, aplaudem, regozijam-se e alegram-se ao ouvir as narrativas tradicionais salmodiadas por cada parte para seu auditório em comum. A imaginação é de rigor, como atesta este "duelo cantado" trazido da Groenlândia por Knud Rasmussen[4].

> O chamado Ipa havia roubado sua esposa de Igsia, o qual o desafiara, de acordo com o costume, para uma competição cantada. Mas Ipa cantava mal. Pediu então ao genro que cantasse em seu lugar. O genro acusou maliciosamente, com harmoniosas escansões, Igsia de tentativa de homicídio de um terceiro companheiro. Quando foi a vez de Igsia responder, fez de tudo para ridicularizar seu adversário. Não sabe cantar? Fora, então. Igsia pegou um pedaço de madeira e o fincou, aparentemente sem reação, no orifício bucal de Ipa. Fingiu costurar os lábios dele por cima, inseriu um pau de uma comissura à outra e remexeu na

---

4. K. Rasmussen, *Gronlandsagen*, Berlim, 1922, repetido por E. A Hoebel, *The Law of Primitive Man. A Study in Comparative Legal Dynamics*, Cambridge, Harvard University Press, 1954, pp. 93 ss.

abertura assim condenada. "O que posso fazer com meu adversário, se ele é incapaz de emitir sons? Ocorre-me aumentar sua boca... Meu contraditor me acusa de ter tentado assassinar nosso amigo, mas, quando voltávamos do sul, foi ele que o desafiou a um combate de percussões." Isso foi cantado, durou uma hora. O genro aproveitou para ridicularizar o orador e poeta diante do auditório com mímicas irresistíveis. A comunidade riu às gargalhadas, esgotou seus zigomáticos. O caso foi solucionado, sem veredicto nem sentença. Pela comunhão entre o riso e a alegria poética.

Declareuil distingue essas fases precursoras daquilo a que chama, como dissemos, "uma primeira camada sedimentar do direito":

... Quando os homens haviam passado pela experiência dos fatos, tiveram como que uma visão superior. A justiça apareceu-lhes sob uma forma abstrata. Começaram a amá-la por ela mesma.[5]

Amar a justiça por ela mesma! Eis o que agita os espíritos filosóficos. O sociólogo ou o antropólogo de há muito deixaram em suas mãos a problemática das origens, classificada na prateleira das especulações infindáveis, irresolúveis e intermináveis. Como nasce nos homens o amor à justiça, visão abstrata e superior? O leitor me perdoe. Mas esse assunto não é o nosso. A análise do conflito tem de positivo o fato de circunscrever a ocorrência da juridicidade ao estrito e cômodo perímetro de um fenômeno observável por todos, contanto que cada um se dê a esse trabalho. Dizem em aula: dois indivíduos brigam, um terceiro os separa, nasce o direito. Assim como é possível decantar, na sociologia própria do acontecimento, as facetas do processo que abre o caminho para o que se deve nomear institucionalização, concretização perene de modalidades de gestão jurídica das relações sociais, assim também é

---

5. J. Declareuil, *La justice dans les coutumes primitives*, Paris, Larose & Forcel, 1889, p. 39.

problemático situar precisamente esse processo na história das sociedades. As formas mais elementares de solucionamento dos conflitos, nas sociedades sem Estado e sem escrita, não ignoram o nível judiciário: julgamento por uma terceira parte investida de uma autoridade reconhecida. As sociedades dotadas de um aparelho de Estado, em contrapartida, nunca abandonaram os modos conciliatórios de pacificação das discórdias; ao contrário, atualmente, elas parecem, no Ocidente industrial, revivificá-las e estender-lhes o alcance sob a denominação de "justiças alternativas".

O conflito é um objeto jurídico em sociologia na medida em que o olhar do observador se interessa tanto pelo pormenor das interações humanas quanto pela lógica das estruturas e das instituições. Todo consenso é precário. Os indivíduos e os grupos são estimulados por interesses divergentes. O aparecimento de regras de direito é o instrumento de realização de uma afinidade de interesses ou o meio de definir um espaço capaz de transformar a confrontação de reivindicações específicas e contraditórias em troca de bons procedimentos. As leis se tornam fatores que o indivíduo leva em conta em seus cálculos de eficácia. Ele vai curvar-se a elas, como analisa Unger, na medida em que sua obediência tem mais utilidade para a consecução de seus objetivos do que a desobediência. A ordem social é, nessa ótica "utilitarista", uma espécie de resultante do temor das punições sem as quais não há regras eficazes: uma referência interiorizada como o meio mais adequado ou menos oneroso socialmente de realizar um desígnio pessoal[6].

O estudo do conflito é um dos setores capitais da pesquisa fundamental e aplicada em sociologia e antropologia do direito. No plano fundamental, ele questiona nada menos que a própria especificidade jurídica (o famoso corte descrito, entre outros, por Austin) criando tipologias refinadas dos modos de solucionamento nos interstícios significativos, como vamos ver, de escolhas institucionais. No plano da aplicação, os impulsos dos sistemas judiciários das sociedades pós-industriais para

---

6. R. M. Unger, *op. cit.*, 1976, p. 26.

buscar modos ditos "informais" de resolução de litígios, em matéria familiar, penal ou de relações de trabalho, transformam o sociólogo em engenheiro social: suas hipóteses são maquetes, suas observações, manuais de instrução, suas críticas, imperativos de qualidade. Abordaremos sucessivamente essas duas dimensões da análise sociológica do tratamento das pendências, que privilegiam, para o estudo da aplicação, o exemplo americano, desenvolvido há mais tempo e também mais revelador do que as experiências francesas na matéria. Depois abordaremos o próprio ato de julgar, primeiro em sua fenomenologia, depois através da classe dos profissionais dedicados à sua realização.

2. Princípios de classificação das soluções

A noção de conflito não é o menor paradoxo com o qual a ciência do direito tem de lidar. Não se podem compreender os atritos senão no âmbito dos contextos que os geram, e eles chamam a atenção do observador pelas amostras de normas, em outras palavras, de instrumentos de ordem social, que servem para apaziguá-los. O instante conflituoso significa, talvez, negociar o sentido profundo da vida em sociedade através de um momento singular em que os fundamentos da ordem são contestados e reafirmados a um só tempo, ou melhor, reafirmados e atualizados pelo simples fato de sua negação temporária. Sejam quais forem sua importância, sua intensidade, seu grau de coletividade, o conflito é uma ruptura de tom que implica uma mudança de registro. É uma crise, uma falha, uma chaga que redistribui as cartas do baralho social, deixa-o em suspenso, separa-lhe momentaneamente os elementos constitutivos. Assim, reconhece-se *a contrario* nesses elementos a faculdade de assegurar o vínculo das relações sociais, já que na ausência deles esse vínculo desaparece claramente. O conjunto da sociologia das pendências, orientada para o entendimento do direito, reporta-se, portanto, naturalmente a uma busca das normas. O conflito é o índice, o ponto inicial, o caso específico que leva a melhor delimitar e definir estas normas conforme a variedade dos contextos sociais e culturais nos quais elas se exprimem. É uma tendência notória da sociologia e da antropologia, orientadas para o entendimento geral dos modos de organização e de funcionamento das sociedades e das culturas, dar ao conflito esse caráter de índice, dentro do espírito do famoso *trouble case method* inaugurado por Llewellyn (ver *supra*, p. 47), pois o acesso às normas de estruturação é o objetivo final do procedimento científico, a ruptura diretamente observável só representa o meio cômodo, a chave, desse acesso. Se considerarmos, em compensação, o fenômeno conflituoso, e os modos de tratamento que lhe são inevitavelmente ligados, um componente maior do campo jurídico, importa desvelar suas principais categorias e suas principais distinções.

A linguagem comum considera vizinhas, se não sinônimas, as noções de pendência, de litígio, de contencioso, até mesmo as de conflito de interesses, de divergência das concepções, de contrariedade das reivindicações etc. Entre o mero desacordo e o conflito aberto, eventualmente violento, podemos graduar o atrito social conforme seu grau de coletividade e de intensidade. A apreensão de seus modos de tratamento – entendemos com isso os métodos adotados por uma coletividade humana para gerir as rupturas bruscas e buscar solucioná-las – apresenta um aspecto menos linear do que parece à primeira vista. O móbil principal dos esforços de classificação desses modos, cuja variedade entrevimos na introdução deste capítulo, é conseguir delimitar uma dessas cisões decisivas características do funcionamento do direito. Conforme as disciplinas e conforme os objetivos perseguidos – aprofundamento do conhecimento fundamental com objetivo puramente científico ou então aclaramento teórico visando ser útil à vida positiva do direito –, o fio da lâmina analítica não cortará no mesmo lugar. Os critérios utilizados serão diferentes, chegando às vezes a questionar as evidências aparentemente mais sólidas.

O núcleo da problemática do tratamento dos conflitos é constituído pela noção de "*mediação*", outro daqueles conceitos fluidos que evocamos na primeira parte. Base ambígua de um discurso sobre "*a oposição entre dois mundos*"[7], o da justiça dos tribunais e o do "alternativo" ou do "informal", a idéia de mediação exerce atualmente uma sedução mais significativa quando é entendida como uma confusão cômoda entre os gêneros do que como uma caracterização útil de um determinado processo. Em direito positivo, do mesmo modo que os termos conciliação e arbitragem, a mediação não é reservada, longe disso, "*à designação de procedimentos sempre análogos cujos traços comuns a distinguiriam de procedimentos denominados de maneira diferente*"[8], e seu uso introduz uma incerteza na linguagem do direito lamentável para os profissionais da área. Para a pesquisa antropológica, ela é uma "*categoria residual que preenche um vazio entre as instituições judiciárias formais e a ação violenta individual*"[9]. Para introduzir alguma clareza nessa área controversa, propomos decantar o halo pernicioso que a cerca por meio das abordagens mais aptas, ao que parece, a nos aproximar da realidade dos fatos.

Assim, abordaremos sucessivamente a classificação dos modos de tratamento dos conflitos segundo a estrutura das montagens sociais envolvidas (1), segundo seus efeitos (2) e, enfim, segundo sua relação com as instituições de Estado (3).

1°) Estruturas sociais e capacidades de resolução: a gradação dos modelos

As abundantes contribuições para a sociologia do tratamento do conflito oriundas do *trouble case method* ressaltaram

---

7. I. Théry, *Le démariage. Justice et vie privée*, Paris, Odile Jacob, 1993, p. 304.
8. A. Jeammaud, "La médiation dans les conflits du travail", *in La médiation: un mode alternatif de résolution des conflits?*, Zurique, Schultess, 1992, p. 35.
9. C. Greenhouse, "Médiation: A Comparative Approach", *Man*, 1985, 20, p. 91; ver igualmente o ensaio de B. Yngvesson, "Disputing Alternatives: Settlement as Science and as Politics", *Law and Social Inquiry*, 1988, 13, 1, pp. 113-31.

uma dessas distinções capitais de que é particularmente ávida a própria tradição jurídica: a que opõe os modos de solucionamento ditos *diádicos*, ou bilaterais, e os modos de solucionamento *triádicos*, que implicam a intervenção de uma terceira parte na resolução de uma pendência bilateral. É a forma mais abstrata e mais neutra ao mesmo tempo de encarar o problema. Com efeito, essa leitura, que não depende de nenhum contexto cultural específico e deve muito às comparações transculturais da antropologia[10], é capaz de abranger o conjunto das situações possíveis em todo o planeta. Tomemos o exemplo da população sul-africana dos *tswanas*, que já focalizamos (ver *supra*, p. 76), para apreender o alcance dessa distinção na estrutura do tratamento[11].

Para solucionar seus conflitos internos, os *tswanas* possuem um andamento processual em quatro etapas. Todos devem, em primeiro lugar, informar aos irmãos mais velhos qualquer incidente, qualquer problema suscetível de gerar uma tensão e esforçar-se para ele próprio reduzir, com a complacência da parte adversa, a pendência que os opõe. Em caso de fracasso, convém buscar, no tocante a cada parte, o conselho específico dos pais, avô e tios maternos, encarregados de avaliar o caso e de sugerir a solução mais adequada. Novo fracasso, e o querelante deve então dirigir-se ao chefe do bairro onde reside o querelado. Em última instância somente, o caso será apresentado à autoridade política, o chefe do clã.

Esses *níveis* de tratamento implicam, *todos eles*, que seja privilegiada a busca de uma solução negociada ou de um aplanamento consensual da pendência. Na primeira fase, a conferência privada das partes pode consegui-lo mediante a obtenção ou a troca de desculpas, um protocolo de compensação do dano causado e reconhecido, e a promessa de relações daí em diante cordiais. Na segunda fase, a parentela é chamada ao

---

10. Cf. o manual fundamental de L. Nader e H. Todd, *The Disputing Process – Law in Ten Societies*, Nova York, Columbia University Press, 1978.
11. No tocante aos dados empíricos, ver J. Comaroff e S. Roberts, *Rules and Processes. The Cultural Logic of Dispute in an African Context*, Chicago, The University of Chicago Press, 1981.

processo: ela intervém junto às duas partes para definir um acordo e pleitear em favor dele, caso necessário mediante reuniões formais entre os grupos familiares de cada uma. Na terceira fase, os grupos de parentes recorrem à intervenção de um terceiro, o chefe de bairro, ora para solicitar seu simples parecer sobre a questão em debate, e então ele proporá a solução que estimar aceitável pelas duas partes ou as incentivará a prosseguir suas discussões bilaterais, julgando a via insuficientemente trabalhada; ora para dirigir uma audiência e formular uma saída independentemente do acordo das partes. Enfim, um quarto nível consiste em apelar da decisão do chefe de bairro perante o chefe de clã. Este zelará por que lhe sejam relatadas pelos interessados, partes da lide, grupo de parentes e chefe de bairro, as três fases precedentes, e ele mesmo preconizará uma volta à busca de um acordo bilateral dos indivíduos ou dos grupos antes de proceder ao enunciado da solução que julgar oportuna, se necessário impondo sua execução. Em todas as etapas do processo, os métodos que qualificamos de negociação, de conciliação ou de mediação são, pois, empregados. A arbitragem sobrevém por ocasião da terceira fase. O julgamento, enfim, é um recurso final, nas mãos do detentor do poder que é o único que tem a capacidade de ordenar a sua aplicação.

Seria um erro considerar esses diferentes métodos uma panóplia de instrumentos equivalentes e intercambiáveis, saídos da caixa de ferramentas da sociedade em questão. Existe, ensinam-nos antropólogos como Gulliver, Koch, Moore e, sobretudo, Carol Greenhouse, um corte capital entre o modo diádico e o modo triádico, pelo fato de o último mobilizar um elemento estruturalmente essencial da organização social: sua hierarquia política.

A *negociação*, processo diádico por excelência, consiste na busca de uma saída para uma pendência pelas partes ou por seus representantes, aqui os membros da parentela; nas sociedades ocidentais ou submetidas à influência do Ocidente, serão seus advogados... Direto e privado, esse procedimento é fácil e não recorre a nenhuma instituição especial. As tipologias correntes, nos ensaios científicos ou nos manuais de direito, concordam em fazer da negociação o primeiro grau dos modos de tratamento dos conflitos. Os observadores mais meticulosos apontam, todavia, dois pontos um pouco diferentes no valor primordial da negociação. Primeiro ponto: ela será realmente bilateral ou diádica? Segundo ponto: ela será realmente o primeiro elo da corrente do tratamento social das pendências?

Todo fenômeno sociológico deve ser observado no contexto que envolve sua manifestação, podendo todos os elementos intervenientes em sua realização ser então considerados outros tantos parâmetros suscetíveis de lhe determinar o significado. A busca de um acordo por duas partes em oposição possui todas as aparências da bilateralidade, se nos atemos à meta perseguida: a obtenção de um desfecho pacífico ou de uma transação sem a intervenção de um terceiro cientemente implicado no processo. Ora, ocorre com freqüência que o próprio âmbito das discussões que animam a negociação introduza fatores assimiláveis à presença de uma terceira parte. É o que se dá com o caráter público desses debates, com a presença ou não de espectadores que, mesmo tácitos, produzem um efeito sobre o comportamento dos protagonistas do caso e influenciam o resultado do processo[12]. Uma via muito fecunda para a pesquisa sociológica foi, em segundo lugar, aberta pelos trabalhos referentes ao *evitamento do conflito*. Acima do tratamento diádico existiria, portanto, um modo *unilateral de resolução dos conflitos*, sendo o indivíduo, com sua consciência e o sistema de valores que ele veicula, o seu único teatro.

A monografia de Greenhouse sobre a pequena cidade georgiana de Hopewell (EUA) é a esse respeito inteiramente exemplar[13]. Hopewell comporta uma forte minoria religiosa de culto protestante batista, socialmente estruturada conforme as nor-

---

12. B. Yngvesson, art. cit., p. 126.
13. Cf. C. J. Greenhouse, *Praying for Justice. Faith, Order and Community in an American Town*, Ithaca, Cornell University Press, 1985; Greenhouse estende certos aspectos de sua análise ao conjunto da sociedade americana em "Signs of Quality: Individualism and Hierarchy in American Culture", *American Ethnologist*, 1992, 19, 2, pp. 233-54.

mas de seu dogma. As relações conflituosas são ali socialmente fustigadas porque religiosamente condenáveis. Aliando o espírito comunitário a um individualismo extremo, os habitantes de Hopewell reprovam a própria idéia de conflito como proveniente de uma inadmissível intromissão de uns na existência dos outros: "Pessoas", diz o adágio, "não podem mudar outras pessoas." A problemática de uma resolução dos conflitos se torna muito mais relativa. Será que por isso Hopewell é um porto de paz e de harmonia? O grupo é, a exemplo de qualquer grupo, perpassado de tensões e de queixas. Mas é altamente valorizado reprimir-lhes a expressão no foro interior, em vez de dar livre curso à formulação delas. Calar as reivindicações, refrear os rancores, limitar a expressão dos interesses pessoais é, em Hopewell, o meio certo de ganhar a salvação pessoal, protegendo ao mesmo tempo o entendimento soberano da comunidade religiosa. A capacidade de cada um de transcender o conflito é o meio de afirmar sua força moral e sua maturidade espiritual: a redução das fraturas ao silêncio, é isso *ser* batista.

Descrevendo uma atitude psicológica exigida sob outras formas por numerosos sistemas religiosos, Greenhouse convida, em suma, os observadores da vida social a uma distância correta e a uma prudência sadia: *antes de colar um modelo de análise a uma situação, convém indagar-se sobre a adequação desse modelo à situação concreta que se deve descrever*. Nesse caso, a tipologia clássica dos modos de solucionamento dos conflitos se mostra vã, "fútil" diz a autora, pura e simplesmente porque a sociedade estudada coloca culturalmente o conflito fora dos valores que lhe servem para estruturar-se.

A passagem para o modo *triádico*, ou trilateral, de tratamento dos conflitos não significa uma mera mudança de elo técnico, ela produz um verdadeiro salto qualitativo. Caracteriza-se, como vimos, pela intervenção mais ou menos ativa e mais ou menos eficiente de uma *instância terceira*, capaz de favorecer a unificação intelectual das pretensões divergentes das partes confrontadas (conciliação), de sugerir uma aproximação dos pontos de vista apta para oferecer uma solução (mediação), de sugerir diretamente a solução (arbitragem), de, afinal, impor o desfecho da discórdia (julgamento). Ora, a própria presença desse terceiro no processo de solucionamento do conflito implica, da parte do grupo ou da sociedade que o usa, a mobilização de sua estrutura de autoridade.

A existência de um processo triádico de solucionamento dos litígios supõe "um certo grau de integração sociopolítica" (Koch). O que devemos entender com isso? Primeiramente, o terceiro mobilizado no processo tira da organização geral do poder em sua sociedade a autoridade que lhe possibilita assegurar sua função específica. Sejam quais forem as pequenas diferenças técnicas da operação – da conciliação à arbitragem –, o próprio fato de recorrer a um terceiro supõe que ele esteja investido *a priori* no grupo de uma qualidade distinta, que possua por uma ou outra razão a faculdade de representar a coletividade. Logo, é porque uma estrutura política diferenciada está presente na organização da sociedade que fica possível recorrer aos ofícios de um terceiro conciliador, mediador ou árbitro. É igualmente porque este ocupa um lugar significativo nessa estrutura que se torna lógico associá-lo ao solucionamento do conflito. Como qualificar esse "lugar significativo"? O poder político, segundo Balandier, "organiza a dominação legítima e a subordinação e cria uma hierarquia que lhe é própria"[14]. Para ter condições de intervir no processo, a instância terceira é necessariamente *exterior* às partes oponentes. E essa exterioridade lhe confere, por assim dizer "mecanicamente", um ponto de vista distinto das posições expressas na pendência, o que quer dizer que ela a associa à posse de um registro normativo superior às pretensões individuais. Assim, a maior variação qualitativa atestada pelos modos trilaterais de solucionamento dos conflitos com relação aos modos bilaterais reside na intervenção, possibilitada por um título, de uma personagem ligada à constituição política do grupo e cujo raciocínio sobre o caso se amparará nas referências normativas fundamentais da ordem social.

---

14. G. Balandier, *Anthropologie politique*, Paris, PUF, 2.ª ed., 1969, p. 92.

Se voltamos ao exemplo *tswana*, que tem o mérito de ser uma síntese, o salto qualitativo é particularmente sensível. A etapa da negociação, quer implique apenas as partes interessadas, quer amplie num segundo tempo as discussões ao conjunto de suas respectivas parentelas, insere-se num espaço resolutamente diádico. Em caso de fracasso, personagens dedicadas a funções especializadas são chamadas ao processo: primeiro o chefe de bairro, autoridade local, depois o chefe de grupo, autoridade tribal. Por certo estes são habilitados a reativar as discussões bilaterais, mas sua posição na hierarquia do poder os dota da exterioridade e da autoridade capazes de empregar os recursos da mediação, da arbitragem e, *in fine*, do julgamento com força obrigatória. Ademais, a intervenção deles estará inserida no contexto do repertório normativo associado ao exercício de suas funções: o *kgotla*, conjunto de regras promulgadas pela autoridade política – que são contrapostas às regras gerais do costume. O corte qualitativo que passa no cerne da panóplia dos modos de tratamento do conflito, por assinalar uma mudança de natureza ligada à intervenção de um terceiro, depende, portanto, claramente da estrutura política e das regras associadas à sua execução.

A própria ocorrência de processos de "mediação" *lato sensu* nos grupos, nas populações, nos organismos sociais repousa assim, em primeiríssimo lugar, não na presença de um *corpus* de normas explícitas cujo detentor titular seria o terceiro participante, mas na fonte de sua autoridade, portanto na organização geral e na distribuição do poder.

2.º) Acesso às normas e hierarquias: mediação e dominação

É fácil proceder à classificação dos modos de tratar o conflito, não mais segundo a estrutura formal deles, mas em virtude de seus resultados. Pouco importa, nessa ótica, que o processo considerado seja bilateral ou implique a intervenção de um terceiro. Apenas será levada em conta sua influência real no desenlace da crise.

Assim, a "*tipologia teórica dos modos de solucionamento (ou tratamento) dos conflitos ou litígios*" proposta pelo jurista Antoine Jeammaud[15] situa no caráter *decisional ou não-decisional* desses modos a distinção que permite superar com mais pertinência as ambigüidades da noção de mediação. Decisionais são "o modo jurisdicional estatal e a arbitragem confiada a um juiz privado, inclusive quando o tribunal de Estado ou o árbitro é convidado pelas partes a não se referir às regras de direito e a estatuir com eqüidade". O caráter eventual do resultado da negociação bem como da mediação, entendida como "a intermediação de um terceiro que é encarregado [...] de favorecer a obtenção de um solucionamento mediante o acordo dos protagonistas ou que se propõe a isso", convida, em compensação, a considerar esses métodos atividades que não poderiam extrair sua qualificação do desfecho, por essência aleatório, de sua intervenção.

O analista em busca de um indispensável fator de discriminação usa aqui um elemento novo. A forma bilateral ou trilateral do tratamento, que como pudemos ver que era significativa de uma relação particular com a estrutura da autoridade, é indiferente. Quem pratica a mediação exerce uma atividade não decisional, ainda que seja um juiz oficial que conserva então, consigo mesmo, seu poder jurisdicional. Um árbitro privado, uma vez que suas conclusões têm o objetivo de unir as partes, oficia, em compensação, de maneira decisional, mesmo que nem por isso a pendência seja dirimida por sua intervenção. O critério escolhido deixa, pois, de lado o contexto político e institucional de que a autoridade do terceiro se origina, já que é indiferente que se trate de um juiz ou de um leigo.

É inegável a utilidade de tal modelo para aclarar o estudo do tratamento dos litígios nas sociedades dotadas de um aparelho de Estado e de instituições jurisdicionais especializadas. Em particular pelo fato de analisar minuciosa e decisivamente, com uma precisão apreciada pela técnica jurídica, a apologia em moda das "soluções alternativas e informais" para decantar

---

15. Art. cit., p. 36.

as funções reais de cada uma delas. Vamos voltar a essa inestimável virtude de racionalização. Interroguemos por ora, à luz dos detalhes revelados por abordagens mais propriamente sociológicas e antropológicas, o conteúdo dos processos de tratamento cujo resultado não é o enunciado de uma decisão.

O estudo do conflito oferece o mais das vezes ao sociólogo e ao antropólogo das questões jurídicas a oportunidade de um campo de pesquisa das configurações normativas que estruturam uma sociedade e que são seu verdadeiro objeto. Trata-se de um objeto realmente amplo, porquanto as normas que ele se esforça para localizar entre as respostas trazidas às situações de crise vão das leis formais aos simples hábitos, das regras explicitamente enunciadas como tais aos costumes do senso comum e aos esquemas culturais. Por isso, não se ficará surpreso quando um deles esmiuçar o tratamento extrajurisdicional das pendências em um ou vários contextos, que privilegie o que os processos observáveis têm a ver com os princípios da ordem social vigentes no grupo estudado. Essa atitude produziu importantes resultados, em particular a propósito da mediação, cujo significado os pesquisadores se empenharam em esmiuçar[16].

A definição mais corrente, lembramos, é a de um modo de tratamento dos conflitos que supõe a intervenção de um terceiro neutro para favorecer um acerto bilateral entre os protagonistas. O *grau de implicação* e a *capacidade de intervenção* desse terceiro no conflito motivaram, com a pesquisa mais acurada dos registros normativos à disposição, o olhar aguçado dos pesquisadores ciosos de comparar as culturas e de induzir daí constatações gerais.

Tomemos primeiro a questão das normas. Em situação de mediação, cumpre reconhecer que o terceiro atuante possui uma considerável margem de manobra. Irá escolher apelar para o senso comum do bairro, para a regra oriunda desta ou daquela autoridade política, para os esquemas religiosos, até mesmo

---

16. Cf. essencialmente os trabalhos de C. Greenhouse, S. F. Moore, B. Yngvesson, J. Comaroff e S. Roberts, já citados.

para fontes de regulação extraídas das estruturas globalizantes – uma hipótese tão plausível para o chefe de bairro *tswana*, que invocará uma disposição oriunda da colonização, quanto para o mediador familiar francês que apelará para alguma declaração da ONU? As "normas" se relacionam com um conjunto compósito e, como ressaltara Sally F. Moore, são "algo menos do que as guias automáticas da decisão"[17]. No âmbito que nos preocupa, temos de distinguir as normas explícitas das normas implícitas. As primeiras vinculam diretamente o conflito em causa aos princípios reconhecidos da ordem social, para além dos participantes e incluindo-os. As segundas se limitam à situação particular e condicionam o modo como as partes e o mediador vão conferir-lhe *um significado*. Em última análise, as normas explícitas remetem a um sistema compartilhado de autoridade e de regras promulgadas e entendidas como regras de bom funcionamento das relações sociais. As normas implícitas remetem à percepção de uma situação pelos atores dessa situação, ao acordo mínimo que eles são suscetíveis de possuir sobre os fatos e sobre o significado deles. Fica claro que todo mediador é suscetível de atuar em qualquer um desses dois registros de interpretação e de resolução do problema levantado.

Seu *grau de implicação* relativo às partes fornece um parâmetro útil. Quando o mediador não é ligado a nenhuma das partes, sua competência deriva então, inevitavelmente, de uma estrutura de poder que as engloba, quer pertençam ao mesmo grupo social ou a grupos diferentes. Ele tira sua legitimidade do sistema hierárquico dos estatutos no qual sua função para o caso é forçosamente referenciada: goza de um grau de oficialidade. Se, em vez disso, está envolvido com alguma das partes, como membro do mesmo subgrupo clânico, da mesma categoria profissional na empresa ou da mesma comunidade camponesa, sua legitimidade se fundamenta nos valores intimamente compartilhados pela coletividade a que pertence. Ela é, para esta coletividade e apenas para ela, um fato de evidência. Os *melio-*

---

17. S. F. Moore, "Law and anthropology", *Biennal Review of Anthropology*, Stanford, 1970, p. 223.

res et maiores (os melhores e os mais velhos) são, na Idade Média, esses mediadores naturais cuja sabedoria Montesquieu venerará. Os velhos costumes da Occitânia conferem ao depoimento de uma viúva a suprema faculdade de atestar a natureza dos fatos de uma causa... O mediador pode igualmente beneficiar-se da dupla investidura de uma estrutura superior de autoridade e de um consenso comunitário, tendo então condições de solicitar, alternativa ou cumulativamente, o registro normativo mais apropriado para a elucidação e para a resolução do caso. A nomeação dos juízes de paz catalões contemporâneos, proposta pelas coletividades municipais para a habilitação governamental, é significativa dessa dupla faculdade de invocar ora as razões superiores da estrutura globalizante, ora as concepções íntimas do grupo local.

Falta apreciar as conseqüências de sua implicação sobre a qualidade da participação do mediador: que se deverá pensar, em outros termos, de sua *imparcialidade*?

[A] mediação não conhece outras regras além daquelas que as partes confrontadas se atribuem [e] é a própria ausência de qualquer posição de autoridade, reivindicada pelo mediador, que constitui a garantia da eficácia da mediação,

afirmam sociólogos especialistas franceses da mediação familiar[18]. Mas, se é nas mãos do próprio mediador que repousa a supressão de "qualquer posição de autoridade", não será admitir o caráter factício ou, pelo menos, totalmente dominado por ele de sua neutralidade? Vejamos, pois, o caso do casal em via de divórcio[19] cujo marido é alcoólico e cujo objetivo é fixar o montante da pensão alimentar paga à mulher. Num primeiro momento, esta minimiza seus pedidos, decerto por culpa e preocupação de proteger o antigo cônjuge. O mediador faz então surgir na discussão os direitos reconhecidos da mulher so-

---

18. B. Bastard & L. Cardia-Vonèche, *Divorcer autrement: la médiation familiale*, Paris, Syros, 1990, pp. 42-3.
19. *Ibid.*, pp. 43 ss.

bre os recursos familiares, incitando-a a aumentar suas pretensões. Mudou-se de registro. Passou-se da ordem da história íntima e do balanço matrimonial para a ordem do direito legislativo. Dois marcos normativos acessíveis ao mediador, que joga à vontade com eles. No registro íntimo, sua própria experiência ou sua própria qualidade de intelectual – o mais das vezes hábil nos exercícios sutis da psicologia – fazem do terceiro participante o conviva precioso da partilha das dores e o bastião da ponderação reclamada, se não pelas duas partes, pelo menos por uma delas, possuída pela lembrança dificilmente comunicável dos comportamentos reprovados. Ele atinge facilmente o registro superior, que nada mais tem de íntimo, e nada mais, ou não muito, a ver com a densidade emocional da situação em causa, registro esse em que se devem acionar regras de direito concebidas para enquadrar conjuntos de situações inventariadas e classificadas, não mais o enfrentamento de subjetividades. O mediador terá usado sucessivamente sua faculdade de compreender o implícito e o recurso ao explícito. Terá julgado o implícito insuficiente para a expressão correta de sua opinião e terá passado à fase superior da convocação das referências, para o explícito, que, embora seja publicamente expresso e selado institucionalmente, nem por isso é inevitavelmente mais reconhecido pelos atores da pendência. Livre para seguir duas vias de desigual alcance simbólico para os participantes, e de desigual eficácia técnica para a consolidação do acordo desejado, o mediador é igualmente livre para promover a orientação mais próxima das convicções que tiver criado com sua formação, com suas opções vitais, com o contato com as partes... Convém agora delimitar melhor a latitude decisional do mediador num processo considerado *a priori* não decisional.

Um desvio por Max Weber: não se pode dissociar o recurso às normas daqueles que as expressam e, portanto, da autoridade em cujo nome eles as alegam. Curiosamente, e só há curiosidade em virtude da satisfação que, em nossos dias, parece advir de tudo o que parece servir de escapatória às soluções institucionais tradicionais, o papel do mediador remete-nos ao conceito de dominação: "ele só pode significar para uma ordem a possibilidade de encontrar uma docilidade"[20]. O mediador seria a ordem, a docilidade caberia às partes. A inserção do mediador no tecido social determina, na verdade, tanto o teor de sua "neutralidade" quanto sua capacidade de resultado. Assim, convém distinguir duas formas de mediação[21] e duas formas de "imparcialidade".

A primeira será qualificada de *mediação inclusiva*. Nela a relação entre o mediador e as partes é formada de conivências e de conhecimentos partilhados. Sua neutralidade é construída sobre um envolvimento equivalente com cada um dos protagonistas, como membros de uma mesma comunidade social. Sob esse prisma, certamente teriam objetado La Palice, Sully Prudhomme, O'Grady e Jeeves, "não existe troca entre três pessoas que não dependa, num ou noutro momento, da mediação inclusiva". De fato, a mediação inclusiva, que tem as normas implícitas como combustível e o mesmo grau de proximidade com as partes como garantia de dominação do assunto, adquire sua verdadeira potência sociológica na eventualidade de uma outra mediação, dessa vez *exclusiva*, que tem acesso às normas explícitas e mantém respectivamente as duas partes confrontadas na mesma distância indiferente. Ela representa, para essa segunda forma, uma muito cômoda primeira possibilidade, disponível para o mediador, dessa vez dotado de uma autoridade que escapa aos querelantes, de lançar mão de seu poder social e de regras que, mesmo sendo reconhecidas pela sociedade, não são com toda a certeza conhecidas dos interessados. O mediador inclusivo se beneficia de uma propensão das partes a reconhecer-se em sua pessoa, até mesmo a identificar-se com ela: não lhe é difícil levar a bom termo o processo, é claro que na proporção de seus talentos e da compatibilidade objetiva das pretensões. Ele muda naturalmente para o método exclusivo à medida que diminui o compartilhamento das referências entre as partes e com ele próprio, à medida que convém de-

---

20. M. Weber, *Économie et société*, trad. fr., Paris, Plon, 1971, I, p. 56.
21. Nossa referência será o artigo já citado de Carol Greenhouse, 1985.

monstrar autoridade e, conseqüentemente, à medida que se torna indispensável mostrar aos querelantes como a sociedade, com seus princípios e suas regras, é capaz de se imiscuir.

A *mediação exclusiva* é o método de mediação mais sofisticado, mesmo porque engloba *de facto* o método suave, inclusivo. Esteado na transmissão de autoridade da qual provém sua legitimidade, ele inevitavelmente trata com familiaridade as instituições jurisdicionais constituídas, nas sociedades em que elas existem. Então é tênue a fronteira entre a função cúmplice de um mediador, capaz de refletir a um só tempo o ponto conflituoso de cada uma das partes e a resultante socialmente viável e inteligível para ambas, e esse quase juiz que se apóia numa estrutura de Estado, das normas de Estado, para afirmar o que, no caso, é a única saída "razoável", a menos que as partes se exponham às vicissitudes do processo e à decisão de juízes que compartilham menos seus sentimentos íntimos para gerir a solução da pendência. A sociologia francesa parece hesitante nessa área, dividida entre o ponto de vista militante – fazer de tudo para tratar "socialmente" os litígios – e o abstracionismo *ab ultima ratio* (falemos da litigiosidade...). No civil bem como no penal, a França aprecia a mediação, tendo seus centros de mediação familiar, de orientação penal, cujo objetivo é evitar que os casos litigiosos atulhem tribunais já muito atarefados ou, através da "mediação-reparação", favorecer que o delinqüente primário apague conseqüências de seu ato e se restabeleça no seio da comunidade social.

A mediação exclusiva se insere, ainda que seus defensores minimizem esse fato, no contexto de sistemas institucionais verticais integrados no Estado. Sua natureza assim como sua função têm de ser afetadas por isso. Quando alguns centros, associativos, de mediação penal ou de mediação familiar vêem-se incumbidos de litígios pelo Ministério Público e pelo juiz das varas de família, como abstrair, no tocante tanto ao próprio mediador como às partes, da oficialidade que marca o processo, ainda que este seja reputado informal? O terceiro participante não será percebido como um juiz, e sua opinião, ainda que tenha sido construída sobre uma aproximação autenticamente inclusiva dos pontos de vista mediante o emprego de normas implícitas, recebida como uma verdadeira decisão de justiça? Simetricamente, a intensidade ou a complexidade da pendência, até mesmo a personalidade do mediador, poderão incentivá-lo a passar do implícito para o explícito, a usar discricionariamente a aparelhagem normativa e institucional que define o segundo plano de sua ação. Assim, embora a mediação não seja em toda parte e sempre um modo decisional de tratamento de litígios, o contexto sociopolítico no qual se exerce pode, em compensação, conferir-lhe um valor resolutamente decisional.

Os esclarecimentos teóricos proporcionados por Greenhouse nesse campo, menos sumários do que pode parecer à primeira vista, introduzem, por conseguinte, uma nova linha divisória em nosso método de classificação dos modos de tratamento dos conflitos. O fenômeno da mediação não é em si caracterizado por seus efeitos sociais, pela produção ou não de uma decisão. Existem, como mostra o diagrama abaixo, dois tipos de mediação, conforme a natureza das relações mantidas pela instância de mediação com as partes – reveladora da presença ou da ausência de uma hierarquia institucional –, e conforme a natureza do repertório normativo utilizado como registro de comunicação no desenrolar do processo.

Formas da mediação

Registro Normativo / Forma de Implicação	Implicação	Explícito
igual implicação com as duas partes	Mediação inclusiva	Estratégia de escalada
grau de oficialidade	Estratégia prévia	Mediação exclusiva

(Segundo C. J. Greenhouse, *Mediation: A Comparative Approach*, Man, 1985, 20, p. 103.)

3º) Instituições e poderes

Esse ângulo de ataque permite, de um lado, dissipar a impressão de alternidade, atribuída abusivamente às soluções não jurisdicionais de solucionamento das pendências, e, em segundo lugar, abordar a relação histórica mantida pelos modos ditos trilaterais com o desenvolvimento dos sistemas judiciários institucionalizados.

Uma fartíssima literatura, de ordem científica ou voltada para os profissionais em exercício, é consagrada há cerca de quinze anos ao "informalismo jurídico" e às "justiças alternativas". Retomando o tema crucial da mediação, esse instrumento é via de regra situado entre as "alternativas" que

> não visam simplesmente remediar as disfunções da instituição judiciária, mas prefiguram uma reformulação dos modos de regulação social no sentido de uma maior descentralização, maior flexibilidade, menor formalismo, maior adaptação às realidades sociais.[22]

Examinaremos mais adiante as políticas do informalismo, que muito devem à informação sociológica. Tomemos, por ora, os traços em comum desses discursos que propiciaram uma ascensão em potencial e um recurso cada vez mais diversificado às "justiças brandas" nas sociedades pós-industriais – da escola ao supermercado, do endividamento das famílias à guarda dos filhos etc. Trata-se, no essencial, de desenvolver um esquema de oposição, por meio de uma série de tropismos redutores a serviço da promoção de uma justiça amoldada aos desejos dos atores do teatro social, ele próprio concebido como uma espécie de livre intercâmbio generalizado entre indiví-

---

22. J.-P. Bonafé-Schmitt, "Une esquisse d'état des lieux de la médiation", *Le groupe familial*, 1989, 10, p. 6; ver, igualmente, do mesmo autor (obra coletiva), *Les justices du quotidien. Les modes formels et informels du règlement des petits litiges* (Lyon, Glysi, 1986) e *La lettre de la médiation et de la boutique de droit* (Lyon), editadas por este pesquisador-profissional atuante.

duos-soberanos. A ordem jurídica de uma sociedade é reputada *formal* para fazer do informalismo dos procedimentos negociados uma virtude. É *inflexível* para dar crédito à flexibilidade dos registros normativos chamados a intervir na mediação de uma melhor capacidade de criar a felicidade social. É presumida imposta, para que tudo o que não seja ela se revista imediatamente dos encantos do alternativo. Enfim, é *oficial, centralizada e institucionalizada*, para que cada meio indireto não oficial, localizado e não institucional, seja logo ornado dos atavios sedutores da modernidade, da liberdade e das boas relações sociais. Às vezes, é o próprio adjetivo *jurídico* que se torna uma mácula, como uma qualidade infamante que permitiria enaltecer a pureza de soluções "antijurídicas".

Há, por trás dessa desconfiança nos tribunais, nas suas pompas e no seu hermetismo, muita ingenuidade, é verdade que guiada em geral por uma dose maciça de boa vontade[23]. As necessidades retóricas do ativismo político, ou de estratégias políticas de maior envergadura (ver *infra* II), não poderiam, porém, eclipsar este dado maior: *o próprio direito, oficial, institucional, "jurídico!"*, conhece, consagra e organiza as soluções ditas alternativas.

Essa propensão vem de uma longuíssima tradição nas áreas do direito internacional e do direito do trabalho. A *arbitragem* é, nas relações entre nações soberanas e nas relações entre pessoas físicas e morais de nacionalidades diferentes, o mais corrente e o mais solicitado dos instrumentos de tratamento das pendências. *Consiste na concordância das partes da lide em submeter a controvérsia à apreciação de uma terceira parte – o árbitro, individual ou colegiado – cuja decisão elas aceitam de antemão como válida*[24]. Seja na organização de suas próprias relações multilaterais, ou na de seus sujeitos, há muito tempo que os Estados vêm caucionando e incenti-

---

23. Cf. J.-F. Six, *Dynamique de la médiation*, Paris, Desclée de Brouwer, 1995.

24. L. Riskin & J. E. Westbrook, *Dispute Resolution and Lawyers*, St. Paul, West Publ. Co., 1988, pp. 3, 120, 135.

vando esse método, chegando mais recentemente a facilitar-lhe o emprego com dispositivos técnicos cada vez mais sofisticados, firmes garantias de sua autonomia. Gostaríamos de examiná-lo. A convenção de Nova York de 1958 (*Convenção sobre o reconhecimento e a aplicação das decisões arbitrais*) ampara-se num consenso difundido para enunciar uma regra de direito transnacional, cujo objetivo é incentivar o recurso à solução arbitral: o texto propõe, em última análise, que seja sistematicamente reconhecida a viabilidade dos processos "adjudicatórios" (susceptíveis de dirimir uma pendência) não judiciários[25]. A questão é importante. Não só, como se dá com toda convenção internacional, é preciso que cada nação corrobore, mediante a ratificação de suas instâncias legisladoras, o princípio de uma regra superior uniforme que reconheça o poder da arbitragem, como também se trata de prever a validade dessas arbitragens extrajudiciárias no seio de cada sistema estatal. A França ratificou já em 1959 a convenção de Nova York. Um decreto de 14 de maio de 1980 conferiu, em direito interno, à arbitragem a autoridade de coisa julgada (*res judicata*) igual àquela derivada dos tribunais de justiça. Melhor, o decreto rebaixa os tribunais à categoria de instâncias supletivas do processo de arbitragem, dotando a solução convencional privada do apoio da força pública do direito quando sua intervenção se patenteia indispensável ao sucesso do "processo informal".

O procedimento é claro: trata-se de assentar firmemente a arbitragem na legislação nacional enquanto processo *alternativo* viável de solucionamento dos conflitos. O legislador (abstração que serve aos juristas para designar sumariamente os mecanismos sociais responsáveis pela produção das leis) reitera essa posição no ano seguinte quando, por decreto de 12 de maio de 1981, trata especificamente da arbitragem internacional. Jurista internacional de renome, o americano Thomas Car-

---

25. Remetemos ao tratado de Thomas E. Carbonneau, *Alternative Dispute Resolution, Melting the Lances and Dismounting the Steeds*, Urbana & Chicago, University of Illinois Press, 1989; ver cap. III "Arbitration and the creation of transnational adjudicatory norms", pp. 59-104.

bonneau não hesita em qualificar a audácia gálica como o "mais forte apoio dado por uma nação ao objetivo de legislação transnacional da convenção"[26]. Um artigo do decreto liga explicitamente a definição e a prática da arbitragem às necessidades do comércio internacional. Isso pode parecer anódino, mas não o é. Pois, nesse caso, um sistema jurídico soberano confia claramente na substância econômica para designar o repertório normativo competente e o *modus operandi* dessas normas: assim, a nação reconhece uma esfera plenamente jurídica de atividade internacional separada do controle das instituições e da legislação de seu próprio Estado. De resto, esse texto avançado confere às partes em litígio a faculdade de escolher tanto o pormenor do processo de tratamento de seu antagonismo quanto o registro de regras que será oportuno utilizar para atingir um resultado comumente aceito – e, quando necessário, o poder de mudá-lo, por acordo mútuo, durante o processo.... Se é realmente necessário o recurso a normas, o decreto preconiza, com boa lógica jurídica e com boa razão social, o recurso aos usos em vigor na atividade em questão e, se se carece realmente de imaginação, que se arbitre, pois, *ex aequo et bono*, em eqüidade, o que quer dizer: segundo o sentimento de justiça que o árbitro judiciosamente escolhido pelas partes tem condições de ter.

O direito internacional não é nada além de guerras e conveniências, dizia Édouard Lambert. Informalismo, não oficialidade, e, afora a guerra, "brandura". Os próprios sistemas jurídicos soberanos pensaram, como mostra o exemplo que precede, em organizar esse universo suave: a técnica "alternativa" da arbitragem, modo informal e não institucional de resolução dos litígios, fica em situação confortável na convenção de Nova York, e talvez ainda mais nas disposições internas do direito francês. Livres são as partes para escolher o juiz, para dar o ritmo à partitura processual, são livres para escolher a tradição normativa que mais combina com sua perspectiva mútua, até mesmo, a França permite, forjar seu próprio código, segundo

---

26. *Op. cit.*, p. 70.

os preciosos imperativos de seu intercâmbio: a aquisição e a venda externa das mercadorias. É difícil ficar mais distante do centralismo judiciário – este, aliás, é legalmente submetido às arbitragens –, mais preocupado com uma íntima adaptação às necessidades dos espíritos litigiosos, mais afastado das lentidões do aparelho de Estado: o Estado é o primeiro a garantir a distância e, quando, por convenção, vários Estados estão envolvidos, poderemos ainda duvidar do efeito "alternativo"?

Desde que o primeiro trabalhador encontrou seu primeiro empregador, o direito do trabalho é um tema convencional, motivo de adesão, de discussões, de negociações, de arbitragens, de mediações etc. A lei de Estado penetrou apenas por arrombamento na ditadura dos domínios imobiliários, no patronato industrial e no cerne dos enfrentamentos pudicamente batizados "sociais" do século cujo declínio avança. Os derradeiros servos franceses, os do Franco-Condado, que Voltaire defendia como uma dessas causas barrocas para as quais tinha talento, estavam mortos quando nasceram as bisavós dos adolescentes que festejavam o bicentenário da Revolução de 1789. As cidades-fábricas, de interesse hoje quase arqueológico, enxamearam o território desde então nacional durante a decolagem industrial do século XIX, no melhor dos casos sob a tutela esclarecida da encíclica papal *De rerum novarum* ("Das coisas novas") que fundamenta a doutrina social da igreja católica, preocupada com a colaboração mais justa entre o capital e o trabalho. O aumento de poder das categorias antagonistas do patronato e dos trabalhadores, com a proliferação sindical ora ligada à natureza técnica do processo de trabalho (minas, metalurgia, livro etc.), à função na organização da empresa (surgimento da noção de executivo), ou à afirmação da relação de propriedade (confederações patronais), permitiu o afloramento de uma litigiosidade que explodiu no século XX desembocando na confusão do discurso gerencial, técnica de gestão dos comportamentos – na qual os padres, ao contrário do século precedente em que a teologia lhes bastava, são diplomados em comércio ou em administração – que parecendo expressar tudo, diz tão pouco. Para o direito do trabalho, que na França já dispõe de seus tribunais profissionais especializados, os denominados, medievamente, *Conseils des Prud'hommes* (literalmente: homens *preux*[27]), os métodos ditos alternativos são soluções correntemente utilizadas no âmbito mesmo da legalidade ordinária.

Jurisdições compostas em número igual de representantes eleitos dos empregadores e dos assalariados, os *Conseils de Prud'hommes* foram concebidos de início como lugares de conciliação, cabendo-lhes julgar "as pendências que não redundaram em conciliação" (art. L. 521-1, Código do Trabalho). Como destaca Jeammaud[28], essa tentativa preliminar de conciliação constitui na verdade um autêntico processo de mediação *integrado na instância judiciária*. Ademais, o Código de Processo Civil prevê que faz parte da missão do conselho conciliar as partes, podendo estas conciliar-se por si sós ou por iniciativa do juiz ao longo de toda a instância. Até o fim dos debates, o conselho pode redigir um auto do acordo ocorrido e emitir um título executório que garanta sua aplicação relativamente a terceiros. A título privado, as partes podem, é claro, reconciliar seus pontos de vista e selar um acordo com um escrito chamado transação, previsto pelo venerável monumento que é o Código Civil napoleônico: "A transação é um contrato pelo qual as partes terminam uma contestação existente ou previnem uma contestação por nascer" (art. 2044). A trama do direito do trabalho deve, todavia, o essencial de sua textura às negociações realizadas pelos ramos de atividade e setores profissionais entre empregadores e assalariados, consolidados por cartas de bom funcionamento denominadas convenções coletivas que organizam, como, aliás, as convida a fazer o Código do Trabalho, o tratamento dos conflitos coletivos do trabalho por meio da bateria das soluções que agora nos são familiares:

---

27. *Homme preux*, na Idade Média, queria dizer homem valente, corajoso; mais tarde, *prud'homme* vem a ser sinônimo de homem probo, homem experiente e avisado, competente em determinada área na qual pode servir de perito judicial. (N. do T.)

28. Ver "La médiation dans les conflits du travail", *in La médiation: un mode alternatif de résolution des conflits?*, Zurique, Schultess, 1992.

negociação direta, conciliação, mediação, arbitragem. Se o recurso às modalidades da convenção fracassa, delineia-se ainda uma nova situação. As partes confrontadas podem recorrer à mediação de um agente do Estado, o inspetor do trabalho, cujo conhecimento do meio é capaz de favorecer uma saída amena à pendência. Quando o conflito atinge um limiar superior de gravidade e a autoridade judiciária fica encarregada de expulsão de grevistas, de autorização de acesso dos trabalhadores não grevistas, de entrada de fornecedores nos locais produtivos, alguns juízes incumbem às vezes um terceiro mediador encarregado de esclarecer o magistrado sobre as circunstâncias do conflito e de fazer as propostas capazes de promover o acordo dos antagonistas: o juiz consegue assim, por esse intermédio, "um meio real de pressão em favor de um solucionamento convencional"[29]. Ademais, os conflitos coletivos de trabalho mais espinhosos ensejam regularmente a nomeação pelo governo de um interveniente, reputado competente e imparcial, qualificado de *conciliador* ou de *mediador*, incumbido de preparar o terreno para um acerto amigável.

Fica muito claro, diante desse exemplo rapidamente esboçado do direito interno, que a mais oficial das legalidades não deixa em absoluto de explorar o leque técnico dos remédios não adjudicatórios (distintos da estrita sentença pronunciada por uma autoridade de justiça) de tratamento dos conflitos que enriquecem o curso da vida social. Não é inútil repetir de novo, com Jeammaud, que o direito não tem "essa imperiosidade, essa univocidade, essa rigidez – essa simplicidade, em uma palavra" que lhe atribuem com demasiada freqüência. Sua riqueza sociológica procede justamente da amplitude de suas fontes de inspiração e da envergadura de seu raio de ação.

Em suma, não é porque se soluciona uma pendência fora do tribunal que ela é solucionada fora do Estado e fora de seu direito. O modo estatizado de organização da sociedade aceita o *pluralismo interno do direito*. Confere-lhe importância maior ou menor, concede-lhe maior ou menor reconhecimento: a

---

29. Jeammaud, art. cit., p. 43.

vasta promoção contemporânea das "justiças brandas" encontra, como vamos ver, válidas razões na construção do federalismo judiciário americano. Em nenhum caso, todavia, o direito estrito possui a feição caricatural de um sistema fechado em seus dogmas e em campos de ação. O caráter alternativo das outras soluções que não o julgamento provém, portanto, mais da afirmação ideológica do que da constatação sociológica: alternativo ao quê? Por certo não ao Estado de direito. O direito estatal, em outros termos, não opõe nenhuma barreira contra soluções alternativas. Ele não é o apanágio de uma legalidade limitada, assim como não é o elemento contrastante de uma gestão moderna da litigiosidade. O estudo das causas e das modalidades do incentivo estatal aos métodos de conciliação e de mediação constitui seguramente um importante campo de estudo da sociologia política do direito. O vínculo de Estado não basta, porém, para oferecer um critério determinante de classificação dos modos de tratamento dos conflitos, para explicar suas distinções fundamentais e suas relações recíprocas, para isolar as condições de aparecimento e de emprego deste ou daquele modo... Pela própria razão do caráter globalizante do Estado, todas as tipologias levantadas por observação empírica ou construídas por esforço teórico de abstração podem parecer, ainda que apenas por ilusão de ótica, decorrer de sua forte ascendência.

Temos de passar outra vez pelas abordagens globais e transculturais do problema para examinar a sedutora hipótese de um *vínculo orgânico* entre o aparecimento dos modos triádicos de tratamento dos conflitos e o desenvolvimento dos sistemas institucionais. A perspectiva é invertida e o argumento é enunciado *a contrario*. O que têm a nos dizer as sociedades sem Estado da influência deste nos modos de solucionamento das pendências?

Voltemos para as "primitivíssimas" montanhas da Papua-Nova Guiné, junto a uma população que viu chegar sua primeira antropóloga, Marilyn Strathern[30], somente vinte e cinco

---

30. Cf. M. Strathern, *Official and Unofficial Courts: Legal Assumptions and Expectations in a Highland Community*, Camberra, The Australian University Press, 1972.

anos depois de ter visto instalar-se a primeira patrulha australiana ao redor do Monte Hagen. A observadora constata ali a ausência de sistema tradicional de autoridade institucionalizada bem como de funções jurisdicionais especializadas. Contudo, aqueles montanheses tinham por si sós deixado de recorrer às práticas guerreiras que evocamos na primeira parte, para reduzir seu uso mortífero de vingança das ofensas e adotar os modos estatais do solucionamento pacífico. "*Comissões*" específicas conciliam e arbitram as pendências no seio dos grupos clânicos. Mas, foi observado, calcaram cada vez mais o estilo de seus processos na percepção dos modos de agir dos oficiais do Estado. A ironia disso é que esses mediadores e conciliadores autóctones, em via de reproduzir, ou melhor, de inventar um método estranho à cultura deles, não estão investidos de nenhuma autoridade pelas instituições do país: suas conclusões não têm juridicamente nenhuma validade e, ao inverso do exemplo europeu precedente, o Estado não os incentiva nem um pouco a criar esse grau infrajurisdicional de filtragem dos litígios. Isso não os impede de considerar a si mesmos agentes do Estado e de persuadir eficazmente seus congêneres desse fato.

Esse sentimento de participar da hierarquia institucional, vivido por uma população desprovida de tais instituições, cria uma situação experimental única em seu gênero e muito oportuna para as questões que nos preocupam. Integrando uma representação da gestão das pendências inspirada por um modelo estatal percebido com toda a distância que separa as escolas de jurisprudência de *Common Law* dos altos planaltos da Nova Guiné, os membros dessa comunidade humana transformaram suas práticas de solucionamento e organizaram o conteúdo de suas referências normativas. Adotando o princípio do *terceiro ativo* na resolução do conflito, eles desenvolveram, explica a antropóloga, uma dupla noção até então desconhecida: noção de bem ou de interesse público da sociedade de um lado, e noção de imparcialidade desse terceiro que substitui a violência, do outro. Apoiando-se em interpretações muito pessoais da arte ocidental do processo, os membros das comissões canalizam em seu benefício uma parte do poder associado à estrutura de autoridade globalizante. Se bem que persistam em tratar dos casos de acordo com os usos clânicos da conciliação simples, a invocação dessa posição mediadora com uma ordem superior – fundada na ficção de uma relação orgânica – criou uma importante diferença de resultado com o sistema anterior: embora os dois registros normativos, das concepções implícitas locais e das regras explícitas importadas e localmente reinterpretadas (bem público, imparcialidade), estejam daí para a frente disponíveis, a instância de mediação, tornada autônoma pela afirmação de seu vínculo imaginário com o sistema de direito oficial, confere a cada deliberação a faculdade de estribar suas afirmações num espectro mais largo de referências e de dar a eles o crédito de uma efetividade mais segura. Permanecemos, tecnicamente, no âmbito da mediação, mas, para os membros das *comissões* constituídas, já se trata de julgamento. Unilateralmente, apoiando-se em suas estruturas de poder interno, estes aderiram ao sistema globalizante para dele reivindicar uma espécie de primeiro grau jurisdicional que os torna aptos a usufruir de um repertório normativo ampliado e manipulá-lo de modo estratégico, jogando plenamente com o cruzamento entre duas posições de intermediário: intermediário nas relações dos membros da comunidade entre si e intermediário do conjunto comunitário junto dos órgãos do Estado.

A conclusão antropológica dessa situação experimental é a seguinte: a existência, no seio de uma comunidade humana que vive de modo autônomo, de métodos trilaterais de tratamento dos conflitos é suscetível de acarretar, depois que essa comunidade se defronta com uma ordem jurídica institucionalizada, a conversão progressiva desses modos autóctones em estruturas análogas às estruturas de julgamento relativas aos direitos estatais. Sem nenhuma manifestação, a não ser passiva, do sistema jurídico exterior, a posição social da terceira parte tende a inflar e a extrair da ficção de pertencer organicamente ao Estado os meios de uma autoridade nova sobre a população, separada do *corpus* das normas comumente compartilhadas[31].

---

31. Essas observações relatadas por Strathern, analisadas por Greenhouse e pela nova escola de antropologia americana do direito, aprimoram

O tema da classificação das soluções de resolução dos litígios aproxima, assim, a prática da pesquisa de sociologia ou de antropologia dos fenômenos jurídicos, à gênese das instituições, trabalhada com acerto pela grande tradição dos historiadores do direito. Posteriormente, os desenvolvimentos minuciosos da pesquisa contemporânea, nutrida dos ensinamentos de uma longa e volumosa cadeia de monografias e de ensaios teóricos, parecem vir ilustrar e esclarecer com múltiplos matizes o projeto com o qual Declareuil concluía sua *Justice dans les coutumes primitives* [Justiça nos costumes primitivos] (1889):

> Talvez eu mostre um dia como o Estado se apoderou sensivelmente do direito de julgar os homens e de pôr termo a seus litígios. Hesitou muito tempo, ele próprio começou a ser apenas um árbitro mais em evidência, mais procurado do que os outros; e essa primeira origem do poder judiciário do Estado deixou sua marca nas legislações posteriores em que o processo é, em última análise, apenas a continuação de um contrato judiciário firmado diante do magistrado.[32]

3. As justiças informais e o poder dos serventuários

1º) A demanda jurídica de informalismo

Um conjunto de fenômenos de larga escala é, atualmente, nas sociedades pós-industriais, abrangido pelas noções de justiças alternativas e de soluções informais de solucionamento

---

muito sensivelmente a antiga problemática conhecida como "aculturação jurídica", florescente nos anos 1950 e 1960, dedicada ao estudo "das transformações de um sistema jurídico devidas ao contato com um outro", essencialmente pelo ângulo da "mudança de nível de consciência jurídica, cujo padrão seria a passagem de um sistema organizado no nível das sociedades tradicionais para um sistema que se desenvolve principalmente no nível de nossas próprias sociedades". (M. Alliot, "L'acculturation juridique", *in* J. Poirier (ed.), *Ethnologie générale*, Paris, Gallimard, Col. "Bibliothèque de La Pléiade", 1968, p. 1181).

32. *Op. cit.*, p. 126.

das pendências. Essas concepções, como ressaltou a seção precedente, estão na moda. Não se poderia seguir essa moda sem questioná-la, nem se satisfazer com uma sumária estigmatização dessa prática. Embora a alternativa seja uma ilusão, ainda assim é um eficaz modelo de ação. Embora o informalismo seja mais uma ideologia do que uma categoria científica, é mais útil ao conhecimento explicar as razões profundas de sua aceitação do que emitir abruptos certificados de não-conformidade teórica.

O sociólogo sempre pena para decifrar as montagens sociais, políticas e intelectuais que estão na origem dos edifícios entregues já prontos ao seu olhar. Em geral fica tentado a considerar os contornos mais evidentes do fenômeno como os limites legítimos de sua pesquisa; corre então o risco de dizer de seu objeto de estudo apenas o que esse objeto permite que dele se diga, até de produzir um discurso francamente subordinado ao projeto de ação sobre as relações sociais contido nesse objeto. A mais clara e decerto a mais nobre de suas missões é, todavia, ir mais além, não se deixar enganar, levantar os véus, problematizar as evidências e resolver os paradoxos. Descobrir o que há *por trás* do entusiasmo contemporâneo pelo informalismo é um desafio aceito, nos Estados Unidos, por grande número de sociólogos e de antropólogos, que não se assustaram com a amplitude e a dificuldade da tarefa. A multiplicação das soluções alternativas na organização da justiça americana há três décadas e sua propaganda exagerada na mídia, somada à intensidade do trabalho de fundo, doutrinal, realizado tanto nas faculdades de direito como nas organizações profissionais, tornam o empenho em sua elucidação ainda mais meritório e exemplar.

É, parece-nos, duplamente oportuno apresentar aqui a experiência americana. Primeiro, porque ela antecede os desenvolvimentos atuais do informalismo, especialmente nos velhos Estados do continente europeu, e permite compreender suas origens e sua lógica. Depois, sobretudo, porque ela põe em evidência o quanto um vasto campo de observação científica é perpassado e marcado por uma estratégia de política jurídica de considerável densidade. Estas considerações antigas de Max Weber parecem ter sido escritas especialmente para o nosso caso específico:

> [O] direito é dirigido para vias antiformais por todos os poderes que querem que a prática jurídica seja mais do que um simples meio de solucionar conflitos de interesse. Essas demandas de justiça material são de início formuladas por interesses de classes e das ideologias; em seguida, pelas tendências inerentes a certas formas de poder político, democrático e aristocrático; enfim, por "profanos" que exigem uma justiça inteligível. Em última análise, essas demandas são [...] favorecidas por aspirações ideológicas fundamentadas no poder, mesmo da parte dos próprios juristas.[33]

A evocação dos lugares-comuns e dos estereótipos mais correntemente associados ao informalismo deveria permitir-nos começar a pensá-lo. Mencionemos primeiro o ícone que serve para qualificá-lo: "ADR", para *"alternative dispute resolutions"* (*solucionamentos alternativos das pendências*). As precauções de linguagem e os matizes tipológicos são aqui supérfluos, pois o conjunto complexo dos fenômenos visados é compreendido por três letras maiúsculas. Até mesmo quatro, ADRM, para designar o Movimento de apoio a esses métodos. Sua motivação imediata? A incapacidade dos tribunais oficiais de administrar a justiça, em razão de sua saturação crônica e de sua incapacidade totalmente burocrática para corresponder às expectativas reais das populações. Seu fundamento declarado? Uma retórica do consenso, de ausência de coerção e de atendimento às necessidades individuais.

Sua justificação profunda? É na ciência que se deve buscá-la. E. Adamson Hoebel, antigo colaborador de Karl Llewellyn, e profissional pioneiro do *trouble case method*, contemplava com emoção no início dos anos 1980[34] a multiplica-

---

33. M. Weber, *Sociologie du droit*, trad. fr. Grosclaude, Paris, PUF, 1986, p. 234.
34. Segundo o depoimento de C. Greenhouse, comunicação pessoal.

ção dos *Neighborhood Justice Centers* (Centros de Justiça Vicinais): via neles a concretização de suas teses sobre a revelação da legalidade mediante o conflito e, de modo mais geral, sobre o arraigamento sociológico da justiça. Um número da *American Behavioral Scientist*, consagrado, em 1981, à questão do direito, salientava a contribuição essencial das ciências sociais e comportamentais na busca de formas mais adequadas de tratamento dos conflitos na sociedade contemporânea. A posição é a mais clara possível e merece que nos detenhamos nela:

> A pesquisa, nas ciências do comportamento, leva à observação e à reafirmação dos valores que são importantes para uma sociedade. As regras de uma ordem jurídica justa e funcional são determinadas pela natureza da sociedade que contém essa ordem. [...]
> A identificação dos valores e das perspectivas divergentes das sociedades e de seus subgrupos [...] e o desenvolvimento contínuo dos métodos e das teorias para o estudo dos casos conflituosos e dos outros fenômenos jurídicos conduzem ao desenvolvimento responsável e ao aprimoramento dos postulados e dos processos do direito.[35]

O alcance de tais declarações é considerável. As ciências do comportamento e da observação do social se encarregam explicitamente de passar a mensagem do direito. O conflito é sua clínica e a identificação dos valores e dos objetivos de cada aglomerado humano sua farmacopéia. Essa perspectiva interessa no mais alto grau aos ADR: o ideal de uma justiça especificamente adaptada à necessidade da sociedade, do grupo e do subgrupo, encontrou, se não seu modo de execução, pelo menos seu protocolo de legitimação. A não oficialidade e o informalismo possuem nas *behavioral and social sciences* seu quintal ou, mais respeitosamente, sua oficina de montagem. É descobrindo, com a paciência e o rigor teórico e meto-

---

35. A. Rohrl, "Introduction", *American Behavioral Scientist*, 1981, pp. 17-8.

dológico necessários, os "valores" de uma sociedade que podem ser fornecidos os remédios mais adaptados aos seus distúrbios.

Cada unidade social merece ter os seus, recita o credo alternativo. Resta saber se cabe também aos *social and behavioral scientists* provê-los ou se, como na profecia de Weber, a demanda de informalismo, que ganhou credibilidade pelo intermédio voluntário dos cientistas sociais, é favorecida por "*aspirações ideologicamente fundamentadas no poder, mesmo da parte dos próprios juristas*"?

Formulado de outra maneira, quem, a ciência ou o direito, aciona o outro? Os ADR serão o resultado triunfal de uma série cumulativa de descobertas sociológicas que impregnam a gestão jurídica das relações humanas com sua luz nova ou então, prosaicamente, nascerão do espírito tático de uma casta de profissionais de inteligência jurídica altamente capazes – Savigny, Austin e Weber o comprovam – de gerir com toda a astúcia e delicadeza requeridas o aquém da legalidade praticável? A ciência se impõe ao direito ou o direito, como lhe é habitual, mais uma vez tirou da ciência o melhor partido jurídico? No fundo, a própria natureza da alternatividade da via proposta por esses métodos contém uma alternativa: quer ela tenha sido aberta em razão da essência do direito, tal como definida pelas ciências sociais, quer resulte de um formidável empreendimento de gestão política dos modos de solucionamento dos conflitos. Passemos, portanto, para tentar dirimir a questão, ao exame concreto da situação.

2.º) O advento do taylorismo jurídico

Tomemos um bairro de uma aglomeração a oeste de Massachusetts[36]. É habitado por populações de origens polonesa e porto-riquenha de baixa renda e baixo nível de vida. As tensões são violentas entre as duas comunidades. Os atentados

---

36. B. Yngvesson, art. cit., pp. 119-20.

aos bens e às pessoas são moeda corrente. Os tribunais oficiais, saturados e propensos à indiferença, não se incomodam muito com esses casos associados à violência comum da paisagem local, instam os pais a vigiar melhor os filhos e os indivíduos a uma maior contenção. Centros de mediação civil e penal são instalados por intermédio de programas oficiais de incentivo às justiças vicinais. Usando o mesmo registro que os juízes que recusavam tratar juridicamente do estado conflituoso, os mediadores interpretam os casos segundo um prisma simples feito de responsabilidade paterna e de psicologia individual, desprezando curiosamente, em sua análise das situações, os parâmetros melindrosos da etnia e da pobreza. Como pano de fundo figura a concepção, singularmente alheia às premissas da sociologia e da antropologia, segundo a qual a ordem social seria mais o produto das ações individuais do que uma conseqüência das experiências humanas vividas conforme a cultura dos grupos e sua estruturação econômica, política e religiosa.

O balanço prático das justiças alternativas contrasta singularmente com suas intenções confessas. Elas "esfriam" os conflitos em vez de determinar quem está com a razão. Atomizam as pendências focalizando ao extremo o particular. Desencorajam assim as tentativas de organização coletiva dos grupos de interesse, fortalecem o fechamento das populações nas zonas desfavorecidas, substituem a justiça social e a justiça pura e simples pela manutenção da ordem. Em suma, os modos alternativos constituiriam apenas uma forma de controle estatal especificamente dirigida para os pobres e as pessoas desprotegidas[37]. A importância do movimento criou, ademais, um subcampo institucional que foi invadido por profissionais desde então especializados no alternativo. Juristas, trabalhadores sociais, psicólogos e terapeutas, que trabalham como profissionais liberais ou em centros *ad hoc*, usufruem assim de um novíssimo setor de atividade e de uma clientela enviada, em sua larguíssima maioria, pelas instâncias judiciárias ofi-

---

37. Cf. R. Hofrichter, *Neighborhood Justice in Capitalist Society. The Expansion of the Informal State*, Nova York, Greenwood, 1987.

ciais e pelos organismos públicos[38]. Esses elementos nos autorizam a indagar, parafraseando Richard Abel[39], sobre o conteúdo político da justiça informal e, para isso, a abandonar a visão sincrônica a fim de investigar a lógica histórica dessa montagem jurídico-social de alto desempenho.

A promoção das justiças informais corresponde a um processo de longa duração que a experiência americana permite-nos observar em seu conjunto, com um recuo que não é muito autorizado, por exemplo, pelo caso francês, jovem e marcado pelos efeitos de atualidade. Curiosamente, o alternativismo judiciário, cujas teses parecem amoldar-se tão bem ao progressismo dos anos 1960, parece ser um dos resultados da penetração das técnicas da administração científica das empresas – o *management* – nas questões jurídicas. Não obstante, o movimento vem de uma pluralidade de fontes intelectuais, cujo exame possibilita discernir melhor a economia geral de uma evolução institucional maior.

O advento do *taylorismo jurídico* é concomitante e complementar à reivindicação de uma justiça mais "socializada", ou seja, de uma justiça que substitui a estrita aplicação dos padrões legais pela pesquisa social e pelos cuidados terapêuticos. Os famosos *Principles of Scientific Management*, de Frederick Winslow Taylor, que revolucionaram em larguíssima escala a administração das empresas, foram publicados em 1911. Sua influência foi considerável nos meios reformistas do sistema judiciário, cuja primeira preocupação era a busca da unificação e da eficácia dos tribunais de primeira instância. A trama tradicional das justiças de paz encarregadas de todas as espécies de litígios menores, e, portanto, primeiro contato do cidadão com a instituição judiciária, mostrava-se terrivelmente cor-

---

38. 79% dos casos tratados pelo Centro de Justiça Vicinal de Kansas City, estudado por Christine Harrington, são orientados pelas autoridades judiciárias, policiais ou municipais (*Shadow Justice. The Ideology and Institutionnalization of Alternatives to Courts*, Westport, Greenwood, 1985, p. 113).

39. R. L. Abel, *The Politics of Informal Justice*, Nova York, Academic Press, 1982, 2 vols., ver sobretudo o volume 1, *The American Experience*.

rompida e seriamente dissociada do sistema judiciário em seu todo. Diversos clubes de reflexão, associações de magistrados e de advogados, convencidos de que "os tribunais devem ser regulados segundo princípios de eficácia iguais aos de quaisquer outras empresas ou organizações"[40], favoreceram a criação de *tribunais municipais*, jurisdições "administradas" à moda industrial, dotados de um corpo de funcionários competente para lubrificar seu funcionamento interno, tribunais subdivididos de acordo com áreas de especialidade aptas para abrir as portas da justiça às massas de população "sem-poder" recém-urbanizadas.

Foi mediante a busca de uma especialização das atividades jurisdicionais que o taylorismo jurídico coincidiu com as aspirações do movimento em prol de uma justiça mais social e mais humana, nascido nos anos 1880 com as primeiras experiências de uma justiça particularmente elaborada em intenção dos menores (*juvenile courts*). Os tribunais para crianças haviam desenvolvido o uso de profissionais não juristas para diagnosticar as causas da delinqüência e fornecer as respostas mais apropriadas à personalidade e ao meio ambiente sociológico do indivíduo. Sua idéia mestra era mais o tratamento de um mau funcionamento social do que o pronunciamento de uma punição. Nesse contexto, os tribunais se ligaram aos organismos sociais e os trabalhadores de mesma categoria inseriram sua ação, junto com os psicólogos, no desenrolar da vida judiciária. Inventaram a noção de "pré-delinqüente" e trabalharam arduamente tanto para *socializar a justiça* quanto para socializar *pela* justiça: o Estado, pela voz do oficial de liberdade condicional ou pela do assistente social, entrava nesse papel de amigo, incumbido de ajudar o pobre filho de imigrante operário a se tornar um americano aceitável[41].

A brandura dos métodos do intervencionismo judiciário não deixou de contribuir para alargar consideravelmente a ex-

---

40. Phi Delta Phi Club, Nova York City (1917), citado por Ch. Harrington, *op. cit.*, p. 48.
41. Cf. Harrington, *op. cit.*, p. 54.

tensão de seu campo de ação e o número de seus clientes-pacientes-usuários. A diversificação institucional dos compartimentos da ação judiciária no tratamento do primeiro nível da conflitualidade, o das pequenas causas, almejada pelos partidários do taylorismo judiciário, coincidiu duplamente com a lógica dos "tribunais juvenis": na vontade de segmentar o tratamento dos casos, e nos métodos adotados, resolutamente informais. O Tribunal Municipal de Chicago, pioneiro na matéria, se dotara em 1916 de uma variedade de ramos especializados, dentre os quais um "laboratório psicopatológico" e um tribunal de relações familiares (*court of domestic relations*). Seu modelo foi rapidamente imitado no plano nacional, impondo uma concepção nova no desenrolar dos processos: os fatos sociais importavam mais do que os fatos jurídicos. Desde então, o método adjudicatório se mostrava excessivamente formal e severo, uma máquina de triturar as famílias, incapaz de ler os múltiplos matizes de uma pendência conjugal. A conciliação se tornou, se não o remédio milagroso, pelo menos o tratamento obrigatório de todas as instâncias de divórcio:

> O interesse do Estado, explicava um reformador da época[42], é de que os lares não sejam destruídos senão por razões sérias... Um processo litigioso é destruidor, é calculado para irritar as partes e, depois de um processo, marido e mulher se acusam de verdade daquilo que poderia ter sido apenas um desacordo passageiro. Um processo de conciliação dá ao tribunal sua única oportunidade de reparar, de reunificar e de construir.

Por volta do final dos anos 1920, a primeira fase do movimento informalista está terminada. A segunda é tributária das grandes lutas do século, o combate para a aquisição dos direitos cívicos travado pela população negra, o das mulheres, do ressurgimento político de uma ideologia comunitária e de um arranjo entre tecnocratas, políticos e juristas que teria enlevado Max Weber.

---

42. Smith (1919), *in* Harrington, *op. cit.*, p. 56.

"O governo não está interessado em calar um cão que late ou em resolver uma bulha familiar." Assim falava, em 1979, o relator da Comissão do Congresso encarregada das questões de justiça. A obra de unificação e de racionalização do funcionamento das justiças inferiores, as da vida cotidiana, familiar e da pequena delinqüência, considerável em número de casos, pobre de atentados à economia profunda da civilização: os anos 1970 foram ricos de inventividade judiciária. Alguns projetos cujo longo amadurecimento conhecemos encontraram neles a consagração. Legislativamente, nasce em 1980, com o *Dispute Resolution Act*, uma lei federal sobre o solucionamento dos conflitos que privilegia, naquele ano zero do governo Reagan, os temas caros à contracultura que o governador da Califórnia Ronald Reagan combateu com causticidade nos anos 1960. Esse texto define os "recursos jurídicos" empregados para resolver os litígios como instrumentos destinados a facilitar a negociação privada.

Dentre tais recursos, os mecanismos informais são assim qualificados:

> Os tribunais de jurisdição limitada, os processos de arbitragem, de mediação, de conciliação, e processos similares, os serviços de orientação dos casos, que são disponíveis para julgar, pacificar e resolver os litígios que implicam pequenas somas de dinheiro ou que sobrevêm no curso da vida cotidiana.

Essa disposição legislativa, seguida da criação de uma direção especializada no Ministério da Justiça, vinha coroar uma confluência de reflexões e de iniciativas em favor das soluções informais cujo objetivo comum era conceder a primazia ao estabelecimento ou à restauração do consenso social.

Em resposta às tensões raciais e às irrupções urbanas dos anos 1960, e sob a autoridade da lei histórica de 1964 sobre os direitos civis (*Civil Rights Act*), o governo criava uma agência de relações comunitárias, representada em cerca de quarenta cidades, a fim de organizar "grupos consultivos de cidadãos encarregados de alertar a agência sobre a eventualidade de conflitos e de intervir nos litígios referentes à habitação social, ao desenvolvimento econômico, à escolarização e ao comportamento das autoridades policiais". Também apelava-se explicitamente aos tribunais para que transferissem a essas instâncias de mediação os processos referentes a essas matérias. Seguindo o exemplo federal, numerosos organismos privados lançavam programas de paz social propondo serviços de resolução informal das pendências. A poderosa Fundação Ford criava em 1970 um *Instituto de Mediação e de Resolução dos Conflitos*, num espírito tanto de prevenção quanto de tratamento dos litígios já maduros: sua ideologia era formar adequadamente interventores sociais encarregados, especialmente na área das relações inter-raciais, de incentivar a construção do consenso a longo prazo. Uma instituição sem fins lucrativos, de inspiração religiosa de tradição *quaker*, instalava por sua vez uma rede de derivação dos circuitos judiciários ordinários, o *Pretrial Justice Program* (*programa pré-contencioso de justiça*), que incentivava a expressão e o tratamento dos atritos no próprio seio das comunidades humanas de base – família, vizinhança, aldeia, bairro –, segundo uma concepção organicista da edificação social, apreciada pelos fundadores da democracia americana e hostil a que se levasse aos tribunais problemas relativos ao círculo primordial das relações humanas. Mas o passo, de longe, mais decisivo na institucionalização do informalismo será dado com a experimentação do conceito de *justiça vicinal*.

Devemos sua idéia e as modalidades de sua execução à Ordem dos Advogados Americana (*American Bar Association*), financeiramente apoiada nesse projeto por algumas das mais significativas companhias comerciais e industriais do país (Rand, Ford, Sears etc.). Em 1976, sua conferência nacional adota como tema a "insatisfação popular com a administração da justiça", transformando-se em fórum dos métodos alternativos. Griffin Bell é um de seus mais destacados defensores. O presidente Carter nomeia-o Ministro da Justiça (*Attorney General*), sendo nessa qualidade que ele cria o Serviço para o Melhoramento da Administração da Justiça, o qual se associa à Ordem dos Advogados em 1978, para lançar os primeiros centros pilotos de justiça vicinal, cujas palavras-chave são afastar-se do processo, favorecer a resolução amigável dos litígios menores e estruturar um método de encaminhamento das causas para esses centros pelos tribunais e pelos organismos públicos. Segundo os termos de um diretor do Serviço: num centro de justiça, "o conflito não é necessariamente resolvido em conformidade com regras de direito. Pode ser tratado entre as partes dentro do espírito do simples bom senso prático. Na verdade, o verdadeiro objetivo é chegar a uma espécie de *processo deslegalizado*"[43]. A experiência é julgada concludente, largamente imitada e, como vimos, consagrada legislativamente e consolidada institucionalmente nos anos 1980.

A "*deslegalização do processo*" encontrou nos *neighborhood justice centers* seus templos iniciáticos. A cultura jurídica, nutrida de informação sociológica, encarregou-se prontamente de lhes estruturar a área de especialidade: ciclos de formação nas Ordens dos Advogados, ensinamentos em faculdade, associações profissionais, obras e revistas forjaram em menos de uma década a consistência intelectual desse campo novo de fabricação do direito, com informalismo fortemente planejado. Até produções teatral-jurídicas com intuito edificante, como a pequena peça para a glória da mediação, representada nos centros especializados e difundida pela *American Bar Association*, na qual os chefes antagonistas de dois bandos urbanos recorrem à mediação de uma dona-de-casa no banco de um jardim público[44]...

O contexto político do incentivo ao informalismo nessa última fase histórica é dos mais envolventes. Nele encontramos um entendimento igual ao do início do século entre os meios de negócios e os órgãos profissionais. Mais singular é a contribuição ativa das inteligências conservadoras para uma

---

43. Daniel Meador, ministro adjunto da Justiça (1978), *in* Harrington, *op. cit.*, p. 80.

44. R. Ellis, "Summittime in the Park", Beverly Hills, 1988 (reproduzido em *Education and Mediation: Exploring the Alternatives*, American Bar Association, Standing Committee on Dispute Resolution, 1988).

obra entretanto aparentemente marcada de liberalismo e realizada institucionalmente pela administração democrata de Jimmy Carter. O próprio presidente da Corte Suprema dos Estados Unidos, Warren Burger, eminência conservadora por excelência, emitiu o argumento mais sólido em favor do informalismo por ocasião de um simpósio da *American Bar Association* em 1982: os métodos alternativos merecem ser instituídos, explicava ele, devido às falhas do direito e do sistema jurídico em seu conjunto. Elevou o debate ao nível de um problema de civilização[45]. Mais uma vez, a crítica do processo se alia à reivindicação dos valores sociais. O modelo do recurso contencioso tratado mediante processo perante os tribunais tornou-se o refúgio das carências individuais da sociedade moderna, acentuadas pela deterioração do espírito comunitário e religioso. O processo tornou-se um meio para o indivíduo escapar de um meio ambiente sem rosto e de deixar uma marca identificável no muro do anonimato social. O que significa, para Burger, uma grave deturpação e um fardo injustificado para as instituições judiciárias, que não têm de curar os males da alma. Quanto aos valores avançados, são os mais caros à ordem jurídica americana: o individualismo e a liberdade contratual. A busca permanente de regulação das relações humanas na palavra dos juízes contradiz a concepção do contrato social primordial, condição prévia da existência e da renovação da integração social. Portanto, convém reabilitar o uso da liberdade contratual, incitar os cidadãos a usá-la nas questões que tocam a todos nos primeiros círculos da existência, família, vida doméstica, vizinhança etc., convidá-los a solucionar "informalmente" o nível primário de seus atritos e, por isso mesmo, a renegociar o famoso contrato fundamental[46].

---

45. Ver sobre esse ponto os comentários de Th. Carbonneau, *op. cit.*, pp. 241 ss.

46. Burger se inseria numa antiquíssima tradição doutrinária americana de oposição ao tratamento contencioso das pendências e de valorização dos procedimentos extrajudiciários. A arbitragem, progressivamente reduzida pelo avanço da idéia de um "sistema do direito", desempenhava assim um papel primordial na Nova Inglaterra do século XVIII enquanto regime "vici-

Esse processo, encetado por uma inesperada multiplicidade de parceiros (governo, profissionais, cientistas etc.), parece-nos agora ser uma vasta operação de institucionalização de uma zona de informalismo, exterior ao aparelho tradicional da justiça, mas estreitamente controlada por ele, notadamente graças ao domínio dos mecanismos da orientação dos casos. Embora uma retórica de restauração dos valores de consenso supostamente inerentes a qualquer comunidade humana seja onipresente nos discursos justificativos, o desenvolvimento dos centros especializados concentra-se essencialmente nas zonas urbanas seriamente desfavorecidas, se não sinistradas, onde os círculos de inclusão social, sobre cujo funcionamento os promotores do informalismo especulam para restaurar o princípio do contrato social, estão mais seriamente abalados – família, comunidade local, identidade nacional. Fica claro que essas comunidades pouco influíram no planejamento do informalismo ou do alternativismo: os socioantropólogos que adotaram o movimento como objeto de estudo, diferentemente dos pesquisadores patrocinados pelos centros especializados e cujos trabalhos se amoldam à ideologia, são unânimes em ressaltar o caráter de álibi dessas estruturas invocadas. Se o movimento institucional e intelectual iniciado não atende a uma demanda da "base" a que ele visa, convém, pois, interrogar-se sobre seus objetivos reais.

A instauração de "circuitos de derivação dos fluxos judiciários" equivale a um só tempo, essa é a lição da experiência americana, a inventar um setor específico de intervenção para profissionais incumbidos de prover serviços jurídicos de um gênero novo e a fechar a porta dos tribunais a franjas inteiras de população no tocante a um conjunto de preocupações cotidianas.

O direito avança, a justiça recua, chegou-se a afirmar. É uma constante na evolução jurídica que a incorporação na le-

---

nal", intimamente ligado à natureza das próprias comunidades (cf. Z. Swift, *A System of the Laws of the State of Connecticut*, Windham, 1795-1796, comentado por B. H. Mann, *Neighbors and Strangers. Law and Community in Early Connecticut*, Chapel Hill, University of North Carolina Press, 1987).

gislação do movimento social seja feita pelo reconhecimento de *direitos particulares* para esta ou aquela categoria de jurisdicionados, sejam eles camponeses na Idade Média, negros ou mulheres nos Estados Unidos de hoje. A revalorização, pelas justiças vicinais, de unidades sociais como o bairro ou a família – em cujo seio, e segundo cujos supostos valores as partes litigantes são instantemente convidadas a concordar em solucionar suas pendências sem incomodar as instâncias superiores da justiça pública – tem como efeito tornar inaplicáveis, no cotidiano, os direitos cívicos das minorias raciais e os direitos das mulheres de não apanhar, de se beneficiar de eqüidade nos litígios sobre a guarda dos filhos em caso de divórcio... Orquestrando doutamente a devolução dessas causas a órgãos que substituem o raciocínio jurídico pela busca do consenso, o movimento informalista, cujas origens gerenciais e cientificistas conhecemos, tende pois, objetivamente, a onerar o exercício de direitos, por certo reconhecidos pela legislação, mas de uma legislação que apenas a jurisprudência dos tribunais pode conhecer.

Uma grave ruptura é assim consumada pela oficialização do informalismo. De um lado, o direito "formal" se apóia na tradição escrita da atividade legislativa e da casuística judiciária; leva em conta princípios adaptando-os aos casos segundo as decisões de justiça, e os próprios tribunais se reservam a faculdade, conforme sua apreciação dos casos, de tratá-los segundo uma pluralidade de métodos, dentre os quais há o processo mas também a mediação ou a arbitragem. Do outro lado, as instituições alternativas evoluem à margem da complexa coerência do direito, pacientemente elaborada ao longo dos séculos, e gerenciam um campo circunscrito de litigiosidade, mais em virtude de uma retórica da limitação e da negação dos conflitos do que no intuito de dar acesso ao direito e de administrar a justiça. Assim consegue-se, acusando-se o funcionamento da justiça em nome da eficácia, alijar partes inteiras da vida social do benefício da ordem legal, criar um novo mercado de serviços jurídicos e, afinal de contas, fazer com que progridam os ideais daquilo a que Pierre Legendre chama uma "dogmática industrial" que substitui os arcanos civilizadores da razão do direito pela lógica dos intercâmbios comerciais[47].

4. O julgamento[48]

> Dá-se com a sentença judiciária o mesmo que com todas as linguagens, ela só formula eliminando. Muito mais, sua função é operar uma regulação, portanto escolher, de preferência a outras, algumas das articulações do real.
>
> JACQUES BERQUE[49]

"Toda decisão de justiça é a conclusão de um silogismo que se costuma denominar de 'silogismo judiciário': a premissa maior é a regra de direito, a menor compreende o conjunto dos fatos que condicionam a aplicação dessa regra, a conclusão que decorre daí é então a sentença."[50] Este trecho de um manual de direito, bíblia, entre outros diplomados, dos aprendizes franceses da profissão de juiz, define o ato de julgar acima de tudo como uma forma de raciocínio, uma forma lógica, até mesmo uma lógica de pura forma. A filosofia situa sua função na economia geral das atividades da inteligência. O julgamento é um posicionamento, não só com relação a um conteúdo de pensamento, mas em relação a seu ou a seus destinatários aos quais é transmitida uma crença e solicitada uma adesão[51]. Ele efetua uma triagem entre o verdadeiro e o falso, o possível e o impossível, o ser e o necessário. O julgamento pode ser puro,

---

47. Ver o conjunto de suas *Leçons*, especialmente os vols. II e VII, Paris, Fayard.
48. Agradeço aos juízes N. Maestracci, M. Zavaro, J.-M. Wisdom, J.-B. Hebert e M. Pécondon-Lacroix por seus comentários sobre a "profissão". O que é dito aqui é, claro, de responsabilidade exclusiva do autor do livro.
49. "Prefácio" in J. P. Charnay, *La vie musulmane en Algérie d'après la jurisprudence du XXe siècle*, Paris, PUF, 1966, p. IX.
50. R. Perrot, *Institutions judiciaires*, Paris, Montchrestien, 1986, p. 202.
51. N. Mouloud, "Jugement", *Encyclopædia Universalis*, Paris, 1992.

unicamente destinado à unificação e à compreensão do real – diremos que se trata de um juízo de "valor". Pode, em compensação, mergulhar na realidade e efetuar a seguinte operação: reportar uma situação de fato a uma norma ou a uma ordem preestabelecidas. Forma de raciocínio, a sentença dada em nome do direito a fim de resolver casos precisos procede ao mesmo tempo da lógica abstrata do procedimento e das contingências particulares da função jurídica. À lógica do entendimento, a sentença deve a fórmula dita do silogismo que constitui sua estrutura. Das servidões da função procede a variedade de seus conteúdos.

Ademais, a função de julgamento abrange em direito um vasto espectro de possibilidades[52]. O juiz pode ser apenas a voz da lei, não deixando a seu raciocínio, estritamente adstrito à letra dos textos, nenhum espaço à interpretação: esse é o ideal da maior parte dos legisladores da Revolução Francesa e, em ampla medida, o dos codificadores napoleônicos; isso porque a arbitrariedade dos juízes titulares de cargos hereditários deixara recordações pungentes nos súditos tornados cidadãos e a autonomia regional dos parlamentos provincianos sob o Antigo Regime colidia com a vontade centralizadora do Estado. Na outra extremidade do cursor figura a visão, apocalíptica para quem não é juiz e não deseja sê-lo, do magistrado que aplica seus estados de alma, sua gripe forte, sua digestão difícil ou suas certezas partidaristas ao caso específico que concerne a *você*.

Entre os dois, há a jurisprudência, um conceito tão vasto quanto a sua missão, que vai da mera adaptação da lei aos casos particulares à aplicação de normas extralegais por razões de necessidade social. Ademais, a função de julgar não é apanágio exclusivo dos juízes profissionais – como foi desenvolvido precedentemente. O fenômeno do julgamento é, assim, perpassado pela mesma combinação de arranjos dogmáticos e de pressões sociais que condiciona o campo jurídico em seu todo.

---

52. Ver P. Ourliac, "La puissance de juger: le poids de l'histoire", *Droits*, 1989, 9, pp. 21-32.

Seu significado para a análise depende das características internas do ato, isoláveis segundo certo número de parâmetros, e do valor que lhe conferem o grupo social, a cultura, o sistema institucional nos quais ganha corpo.

Estudaremos sucessivamente: (1) os elementos constitutivos do julgamento, (2) o lugar relativo do julgamento num sistema de direito, e (3) os mecanismos sociais devolutivos da função de julgar.

1º) Os parâmetros de uma representação

Que se faz quando se julga? A investigação dos fundamentos do ato de julgamento, a apreciação de seu conteúdo e a avaliação de seu alcance mobilizaram desde a Antiguidade a reflexão jurídica. A doutrina, ciência jurídica do direito, trabalha, por vocação natural, para a inteligência desse princípio vital da profissão, lugar cultural em que a abstração jurídica prova sua eficácia para tratar dos fatos humanos. À medida que a renovação do edifício jurídico tornou-se dependente do movimento da sociedade, a doutrina favoreceu a análise do julgamento na sua relação tanto com a coerência dogmática das instituições quanto com os parâmetros sociais que lhe influenciam a constituição. O escopo da reflexão é, para o jurista, saber qual é a parte das normas preexistentes e qual é a parte do juiz na produção e na reprodução do direito. Nossa investigação visará determinar o âmbito de análise do julgamento válido seja qual for o contexto institucional e social do fenômeno.

Fortemente inspirado pelo movimento europeu do "direito livre" e pelo realismo jurídico nascente, Benjamim Cardozo expõe em 1921 um modelo de análise que ainda hoje convida com a mesma pertinência a penetrar na estrutura do processo de julgamento[53]. Retomaremos aqui seus principais argumentos, matizados ou emendados pelas lições de investigações pos-

---

53. B. N. Cardozo, *The Nature of the Judicial Process*, New Haven, Yale University Press, 1921.

teriores. Cardozo procede um pouco à maneira de um cineasta que usa a técnica da câmara subjetiva: eu sou juiz, vocês são juízes, nós devemos julgar... o que é que nos passa pela cabeça? O juiz tem como primeira função dizer o direito, mas, primeiro, aonde convém ir buscar a sua matéria? Ele deve, além disso, ter condições de julgar quando a lei se cala ou é imprecisa. Onde iria então buscar os elementos fundamentais de seu julgamento?

O juiz é, no sentido mais nobre, um *intérprete* a serviço da comunidade que lhe delega o mandato. Leitor da lei, deve traduzi-la e, portanto, interpretar-lhe os termos na medida do caso a ser tratado. Na ausência da lei ou quando ela é imprecisa, então seu dever de interpretação adquire sua medida plena: o juiz se torna "o vivo oráculo do direito" (William Blackstone). Sendo o julgamento um ato de pensamento, a sala de trabalho do juiz é mobiliada de instrumentos intelectuais que é fácil enumerar. Instalemo-nos, pois, na poltrona do magistrado. O caso está ali, à nossa frente. O que se deverá fazer? Uma lei clara e precisa cai-lhe como uma luva: apliquemo-la e o processo está julgado. Pela voz do juiz, a lei é a única a falar. Segunda hipótese: é necessário, para esclarecer o conteúdo da lei, recobrar o espírito original do legislador ou, ao contrário, adaptar às necessidades do tempo presente os sentidos múltiplos de um texto fora de época, mas suficientemente bem redigido para resistir aos estragos do tempo; ou então, daquele caso, nenhuma lei trata, nem pela letra nem pelo espírito. Cumpre então comparar o caso em questão aos *"precedentes"*, os casos julgados anteriormente, guardados na memória dos sábios ou nas prateleiras das bibliotecas. Se os precedentes não se mostram mais eloqüentes do que as leis, restam as *"concepções jurídicas fundamentais"* que servem de postulados aos sistemas de direito – entre as numerosas organizações fundamentais que devemos a Roma, mencionemos, como exemplo, a distinção entre coisas e pessoas. Se essas concepções são insuficientes, torna-se então oportuno recorrer às suas fontes primeiras, os *"hábitos e instituições de vida"*, por sua vez sensivelmente modelados pelo direito anterior, mas cujo movimento vital inspira continuamente o direito novo.

O julgamento de direito supõe uma curiosa relação com a ordem cronológica. Ora ele se fundamenta em seus próprios antecedentes, a tradição das sentenças já pronunciadas, para encontrar os meios de apreciar o caso presente e, instituindo com esse fato um novo precedente, projeta seus efeitos no futuro. Ora o presente jurídico se calca no presente sociológico, fundamentando sua identidade e seu destino nas estruturas globais da sociedade. Enfim, há que mencionar o elemento psicológico do julgamento: a intervenção da subjetividade do pensador, de seu inconsciente, no curso da produção do ato de pensamento, ato de decisão. Convém examinar os diferentes elementos que fundam explicitamente ou intervêm implicitamente no julgamento.

A lógica como argumento

Em primeiro lugar, vem a lógica. Ela faz com que, no tocante a julgamento, para casos análogos, seja decidido de maneira semelhante. Os princípios que conferem à massa das leis e dos julgamentos anteriores sua unidade e sua racionalidade, ou seja, a coerência geral do direito, constituem o segundo plano mental que governa, para o juiz, a apreciação de todo processo submetido ao seu exame. Ora, se esses princípios são dotados de uma lógica, esta é capaz de produzir seus efeitos no presente e no futuro, como um vetor de conhecimento. Assim, cada caso entrará na coerência geral do direito, contanto que sua unidade e racionalidade não sejam atacadas. O ilogismo judiciário desperta um imediato sentimento de injustiça. Sejam quais forem os fundamentos da decisão, é inadmissível aos jurisdicionados que, diante de um grupo de casos resolvidos de uma certa maneira, seja dirimido diferentemente um novo caso rigorosamente idêntico aos precedentes. Se, numa mesma ordem de litígios, ontem eu era o réu – aquele contra quem é movida uma ação – e se hoje sou eu o autor, esperarei do juiz que aplique ao caso exatamente a mesma atitude. A previsibilidade da sentença é um efeito de lógica que sugere um sentimento de eqüidade. O respeito pela tradição, bem como pelas formas rituais que lhe são vinculadas, fortalece na justiça o poder lógico de uma coerência de normas aptas, em virtude da experiência passada, a integrar a experiência nova.

Não há necessidade de passar pelo registro simbólico para explicar o gosto particular dos juízes, seja qual for o sistema em cujo seio operam, pela repetição estilística e pela simetria dos conceitos. Nada obriga os juízes franceses a usar os famosos *"attendu que"* [visto que] – depois dos quais a técnica do comentário de aresto ensina a todo estudante de direito que uma idéia segue – senão a vontade de manifestar, pelo discurso, a aderência do raciocínio à mais estrita e previsível das lógicas. A busca da *elegantia juris* não deve ser considerada somente um floreio, mas um dos meios da eficácia jurídica, um meio cujo fundamento é a lógica. Cardozo, como todos os grandes *jurisconsultos* de direito privado, gosta dos exemplos simples. Ser-nos-á permitido transcrever livremente este. Roger vende a Ernest uma cômoda. Antes que o contrato seja formalmente firmado, a cômoda é destruída. Roger reclamou o preço de sua cômoda ao comprador, mas o juiz indeferiu a ação. Joe, de sua parte, vende a Maggie uma casa com jardim. Antes que a escritura seja passada, a casa pega fogo. O mesmo juiz vai conceder a Joe o preço da casa, em detrimento de Maggie. Não vejamos de modo algum nessas conclusões divergentes o efeito da aversão do juiz pela mobília Luís XV ou de sua misoginia. É na mais pura lógica jurídica que se situa a origem da divergência. Trata-se de projeções de conceitos fundamentais em suas conseqüências naturais. A venda de bens móveis, ou seja, que podem ser movidos, como uma cômoda, vincula-se a uma categoria de contratos diferente daquela da venda de terras e de bens imóveis. Apenas na segunda espécie, o comprador é reputado comprador desde o início[54].

Mas a "potência diretriz da lógica" não se desenvolve de modo mecânico nem unívoco. O juiz é o artesão da escolha.

---

54. Entenda-se: em direito anglo-americano, cf. Cardozo, *op. cit.*, pp. 39-40.

Como, no caso em que o homem assassinado deixou por testamento todos os seus bens a um único herdeiro, seu assassino: o princípio da força executória de um testamento legalmente constituído parece dever aplicar-se. Outro princípio parece favorecer amplamente a execução testamentária, o que impede as jurisdições civis de considerar as penas prolatadas no âmbito dos tribunais criminais. Todavia, é um princípio mais geral que vai ditar sua lei: os romanos haviam fornecido seu adágio: *nemo auditur propriam turpitudinem allegans*, a ninguém é lícito alegar a própria inobservância ao direito. Sigamos, pois, o encaminhamento lógico que presidiu a essa escolha. Uma via, traçada por princípios, foi fechada, uma outra via, marcada por um preceito, foi tomada. Foi a lógica desta última que governou a decisão, de preferência às outras lógicas, contudo juridicamente válidas. Por quê? O juiz fundamentou seu raciocínio na avaliação da hierarquia dos princípios concorrentes invocados, em virtude da técnica da analogia, para a interpretação do processo em questão. Decerto, pode-se imputar sua escolha à qualidade de seu discernimento e à sua faculdade de medir o interesse da sociedade. A predominância de um princípio geral, que governa a orientação das ações judiciárias, sobre princípios particulares de direito testamentário ou de direito penal se relaciona, não obstante, com mecanismos da lógica mais formal, que pressupõe que o geral prime sobre o particular que ele engloba e representa.

Se a arte de julgar fosse redutível a um exercício de pura lógica, já se teriam substituído os magistrados por programas de computador e os tribunais por terminais[55]. Há overdose de lógica quando seus métodos e suas conseqüências tomam o lugar das finalidades do direito. Em outros termos, não se deve con-

---

55. A exploração de um sistema auxiliar para a decisão de justiça no âmbito do divórcio por culpa (sistema DIVA – "Divorce assisté par ordinateur" ["Divórcio auxiliado por computador"]) foi efetuada, sob a direção de J.-L. Bilon, pelo *Institut de Recherche et d'Études pour le Traitement de l'Information Juridique* (CNRS e Universidade de Montpellier I; cf. A. Gouron e V. Fortier, "La composition automatique d'un jugement de divorce", *Annales de l'IRETIJ*, 1991, 3, pp. 45 ss.).

fundir o direito da lógica com a lógica do direito. Esse excesso consiste, segundo F. Gény, em fechar *a priori* o sistema inteiro do direito positivo dentro de um número limitado de categorias lógicas, predeterminadas por essência, com fundamentos imutáveis, governadas por dogmas inflexíveis, e portanto incapazes de se adaptar às exigências variadas e incessantemente moventes da vida[56]. Lembraremos a atitude de Leibniz, para quem a ciência do direito era a investigação das "divisões jurídicas que conterão todos os fatos" (Leibniz), ou daquele filósofo que pensava o edifício jurídico como "a elite das verdades maduras e possíveis apresentadas à prática da humanidade"[57]. Mais recentemente, conhecemos o procedimento de um Hans Kelsen, tão preocupado com uma "teoria pura do direito" que se voltou exclusivamente para a análise interna das configurações normativas, a ponto de suprimir do campo de observação o ofício impuro do juiz, em que a norma roça os casos sociais[58], e de inspirar certas modelizações matemáticas da arquitetura jurídica[59].

A simbólica do precedente

> O que os juízes poderiam fazer senão amar essa posteridade gerada por eles?
>
> JEREMY BENTHAM[60]

---

56. F. Gény, *Méthodes d'interprétation et sources en droit privé positif*, op. cit., I, p. 127.

57. E. Lerminier, *De l'influence de la philosophie du XVIIIe siècle sur la législation et la sociabilité du XIXe*, 1833, p. 360.

58. Michel Troper, especialista em Kelsen, propõe uma visão mais matizada de sua obra, que evolui de um "positivismo estritamente normativista a um positivismo que se aproximaria dos realistas"; "Un système pur du droit: le positivisme de Kelsen", in P. Bouretz (ed.), op. cit., pp. 177 ss.

59. Ver a corrente de lógica deôntica (lógica das normas) representada na França por G. Kalinowski, cf. *La logique des normes*, Paris, PUF, 1972.

60. Citado por A. Goodhart, "Le précédent en droit anglais et continental", in *Le problème des sources en droit privé positif, Annuaire de l'Institut International de Philosophie du Droit et de Sociologie Juridique*, Paris, Sirey, 1934, p. 43.

Deixemos, pois, a lógica para tratarmos desse outro instrumento cardeal da confecção da sentença: a soma das sentenças anteriores, também denominadas precedentes. Não se trata de sujeitar-se, por efeito de algum automatismo, ao peso das decisões acumuladas, mas, como já se mencionou, de selecionar, entre as soluções já pronunciadas e registradas, aquela ou aquelas que projetam adequadamente sua força diretriz no futuro e convêm à resolução do caso presente. Conforme o sistema geral do direito, a presença da escrita, a importância concedida à lei, a latitude concedida pelas instituições à expressão dos juízes, o precedente ocupará um lugar maior ou menor entre os instrumentos de confecção da sentença.

A pátria do precedente judiciário – com exceção dos direitos orais, fundamentados na memória dos exemplos – é, claro, britânica. Na Grã-Bretanha, uma sentença se funda essencialmente em outras sentenças. Por isso, a função do juiz não é somente aplicar, mas descobrir as regras do direito buscando seus princípios na herança jurisprudencial. É obrigatório, a quem julga, ater-se às regras estabelecidas por outros juízes, segundo o método do *stare decisis* que consiste na busca "da última decisão pertinente", tirando o magistrado sua margem de liberdade da amplitude dos elementos inéditos que figuram no caso específico[61]. É uma nova lógica de conversão do social em direito que se encontra ativa na constituição do precedente. Teórico e unificador do sistema de "direito comum" (*common law*) no século XVIII, William Blackstone fixou-lhe a doutrina em seus *Comentários sobre as leis da Inglaterra*[62]. Os juízes são depositários das leis, que eles conhecem pelo estudo e pela experiência, mas sobretudo em virtude de sua familiaridade com as decisões dos predecessores, elas próprias fundadas na observação do costume – conceito que conhecemos bem –, receptáculo do direito. Das leis, essas decisões de justiça "são a

---

61. A. Harding, *A Social History of English Law*, Gloucester, Smith, 1966, pp. 220 ss.
62. W. Blackstone, *Commentaries on the Laws of England*, Oxford, 1765, I, pp. 69-71.

prova principal, dotada da maior autoridade". Elas não podem ser subordinadas às opiniões pessoais deste ou daquele magistrado. O juiz "não é delegado para pronunciar novas leis, mas para manter e explicar as antigas". Em resumo, o direito positivo é estabelecido e fixado pela força dos costumes que as sentenças anteriores expressaram: nenhum juiz moderno poderia distanciar-se delas sem infringir sua missão e sem romper com o direito.

Prestar-se-á muita atenção a este desenvolvimento do pensamento blackstoniano: claro, nem todas as sentenças passadas são palavra de evangelho, podem ter sido pronunciadas injustamente ou com insensatez, e o conteúdo delas não pode pretender ao estatuto de regra de direito, não porque seria "mau direito", mas porque, *desde a origem, elas não eram direito*, já que não refletiam o costume estabelecido. É do mesmo cuidado jurídico de proteger a coerência do edifício normativo aderindo ao mesmo tempo ao curso da vida social, examinado na primeira parte, que se trata de novo aqui. Na mente do jurisconsulto, uma sentença é *a priori* válida se adere aos precedentes, ganhando ela própria força de precedente se, *a posteriori*, estima-se que não traiu os costumes. Um curioso paradoxo temporal governa assim a doutrina do precedente, que só se torna tal depois de validado por uma decisão posterior a ele. Como notava um espírito lúcido, "é apenas a respeito do primeiro litígio que os tribunais lidam com um costume"[63], os juízes têm a incumbência de descobrir nele a regra de direito, e esta seguirá daí em diante o curso límpido da tradição dos profissionais; de costume social ela se terá tornado costume judiciário. Os precedentes e as regras devem ser obedecidos, pregava Blackstone, "mesmo que a razão deles não seja evidente à primeira vista, ainda assim devemos tamanha deferência aos tempos passados que não podemos supor que possam ter agido sem discernimento". Limitando o juiz à disciplina da sentença anterior, negando-

---

63. A. Goodhart, "Le précédent en droit anglais et continental", *in Le problème des sources en droit privé positif, Annuaire de l'Institut International de Philosophie du Droit et de Sociologie Juridique*, Paris, Sirey, 1934, p. 42.

lhe qualquer faculdade de inovação, o culto do precedente estabelecia com muita firmeza a independência da função judiciária relativamente ao poder político. Citemos esta mensagem exemplar de Edward Coke, jurisconsulto de corte, a seu rei, que pretendia ter o direito de interpretar o "direito comum":

> Deus outorgou à Vossa Majestade uma ciência excelente e grandes talentos naturais; mas Vossa Majestade não é iniciada nas leis de seu reino da Inglaterra, e os litígios concernentes à vida, à sucessão, aos bens ou à fortuna de seus súditos não devem ser decididos segundo a razão natural, mas segundo a razão artificial e o juízo do direito, que por sua vez é uma arte que requer um longo estudo e uma longa experiência antes que um homem possa alcançar seu conhecimento.[64]

Coke prevenia seu monarca de que, a não ser que se fizesse juiz, mediante a prova do aprendizado, não poderia julgar nenhuma causa. Seu rigor jurídico valeu-lhe a desgraça e a reclusão na torre de Londres. Contribuiu, não obstante, para solidificar a barreira entre o saber fazer do juiz e a propensão do poder a apoderar-se de seus instrumentos. Instalava duradouramente "a exclusão do profano", ainda que rei, das questões de julgamento.

O que pensar da doutrina do precedente obrigatório? Ela conduz mais, escreveram, a um direito previsível do que a um direito justo. Introduz utilmente, responderam, o cimento da certeza na fluidez do direito dos juízes. Mas "a mão forte do passado pesa muito no direito inglês". Lógica de veneração dos tempos passados, "o espírito da *common law* é de essência conservadora, apoiando-se no que existe, desconfiando da mudança e se recusando a admiti-la a menos que a necessidade a imponha com evidência"[65]. Nenhum sistema de direito alicer-

---

64. Sir Edward Coke, *Prohibitions del Rey*, 1608, citado por Goodhart, art. cit., p. 44, a propósito do célebre *Bonham's case*.

65. J. Bryce, "Influence of national character and historical environment in the development of the Common Law", *in* Kocourek & Wigmore, *Evolution of Law*, 1918, II, p. 370.

çou, segundo os comparatistas, tão rigorosamente sua arquitetura no registro e no respeito escrupuloso de uma acumulação de sentenças.

Desse caráter excepcional, que mesmo assim irradiou-se em todas as latitudes, examinaremos o *esquema de funcionamento*. Ele obedece a uma dupla referência. De um lado, um mito de origem: o costume contém todas as regras do direito, portanto o juiz tem a função de operar sua constatação sob a pressão do caso que reclama a norma; e, do outro, um sentimento prático: uma vez reclamada a norma pelo caso fundador, logicamente já não é necessário lembrá-la sob a instância de outros casos, basta ater-se à coisa julgada. A lei simplesmente mudou de habitação. Deixou o costume no qual originariamente morava, para viver na palavra de um juiz e ir parar nas encadernações de papel que lhe guardam escrupulosamente o arquivo. Os registros, por conseguinte, serão considerados costume. Com a lição dos juízes, é a lei social inteira que será recebida.

O tempo social

Todos os sistemas de direito são trabalhados pelo movimento do tempo e pelos movimentos particulares que afetam os diferentes setores da sociedade. Alguns o são mais do que outros e são, mais do que outros, capazes de repercutir no conteúdo do campo jurídico. O problema aqui não é percorrer as evoluções setoriais do direito positivo. Mas abordar em que a história e a observação da sociedade entram em jogo na confecção de uma sentença.

É preciso preencher os vazios! Vazio da lei, vazio do precedente. Diante do silêncio ou da imprecisão do direito registrado, por ocasião do advento de um problema rigorosamente inédito, o juiz deverá mesmo assim julgar. As legislações o obrigam a isso, como o Código Civil francês, apegado, como é sabido, ao reino da lei, que dispõe em seu artigo 4 que "o juiz que recusar julgar, a pretexto do silêncio, da obscuridade ou da insuficiência da lei, poderá ser processado como culpado de denegação de justiça"⁶⁶. Mas em função do que, dessa vez? Cardozo distingue nessa tarefa de preenchimento dos vazios os papéis respectivamente desempenhados pelo "método da tradição" e pelo "método da sociologia" para conseguir determinar "o padrão predominante de boa conduta". Mas há que reconhecer que se inspirar nas lições da história passada ou na observação dos costumes presentes equivale sempre a trabalhar para a interação "entre a conduta e a ordem, entre a vida e o direito". Essa própria interação, não paramos de praticá-la, é o elemento motor do direito e o laboratório de sua edificação e de sua renovação. Levanta eternamente o problema da "reconciliação da idéia de um *corpus* consolidado de regras jurídicas com a idéia de mudança, de desenvolvimento e de fabricação de novas regras"⁶⁷. A questão paradoxal, que dá ao direito o caráter de um processo evolutivo, depende aqui totalmente da inteligência do juiz: ele deve interpretar e ajustar. Interpretar a natureza e a amplitude da defasagem ou do "vazio" criado no repertório normativo e ajustar o fruto de sua interpretação aos dados específicos do caso que lhe é submetido.

Portanto, seu papel é duplamente transitivo:

1º) ele deve recompor a coerência geral do sistema de normas que desenha seu campo de referência, em razão de seu "dever de preenchimento" do direito existente com os fatos observados;

2º) deve aplicar esse campo recomposto à resolução da espécie em causa, ou seja, usar a nova regra forjada em virtude da "tradição" ou da "sociologia".

A tradição social, claro que distinta da tradição judiciária também denominada jurisprudência, ocupa nas sentenças francesas o lugar deixado vago pelos interstícios de uma legislação, como é sabido, muito codificada e muito sistemática, mas desigualmente codificada e desigualmente sistematizada con-

---

66. A "denegação de justiça" é uma recusa ilegal de ministrar justiça.
67. Cf. Roscoe Pound, *Interpretations of Legal History*, Nova York, Mac Millan, 1923, p. 1.

forme seus ramos. Assim, ela perpassa mais facilmente o direito rural do que o das pessoas. O ponto de vista do juiz a seu respeito é bem resumido por François Gény[68]:

> Fica bem claro que a própria continuidade das situações, dos atos e dos fatos, por atenderem a nossos instintos de passividade e de imitação, desempenha um papel capital na formação das regras de direito. E a jurisprudência, constantemente às voltas com as realidades sociais, não pode deixar de levar esse elemento essencial em grande consideração.

Os "usos convencionais" – práticas via de regra seguidas no mundo dos negócios às quais se presume que os contratantes se referiram –, os usos que organizam o desenrolar das atividades profissionais, até os contratos padrões que atendem, em meio rural, às necessidades específicas de uma atividade ou de uma região[69], são, como mostrou Paul Ourliac, nas mãos do juiz, instrumentos imputáveis ao respeito pela tradição.

A tradição pode, ademais, ser entendida como a obediência devida a certo número de princípios fundamentais destinados a modelar o raciocínio judiciário: concepções que estruturam o núcleo duro da razão jurídica no seio de um sistema particular, e concepções cujo aspecto fundamental impregna um vasto conjunto de sistemas nacionais. As noções de *obrigação* ou de *trust* são, assim, características da família dos direitos romano-germânicos e dos sistemas de *common law*. A obrigação, levada pelos juristas a um alto grau de refinamento técnico, é o dever que incumbe um indivíduo de fazer, de não fazer, de dar alguma coisa a uma outra pessoa. É uma noção-chave do conjunto do direito, um referente tradicional, totalmente ignorado, todavia, pelos países anglo-americanos que, por outros

---

68. F. Gény, "Prefácio", *in* E. H. Perreau, *Technique de la jurisprudence en droit privé*, Paris, Rivière, 1923, I, p. XI; ver também G. Marty, *La distinction du fait et du droit. Essai sur le pouvoir de contrôle de la Cour de cassation sur les juges du fait*, Paris, Sirey, 1929.

69. P. Ourliac, "La crise des droits locaux et leur survivance à l'époque moderne", *in Études de droit et d'histoire*, Paris, Picard, 1980, II, pp. 286-9.

motivos, construíram a categoria específica do *trust*, que só se explica pela história e que dá a alguém a responsabilidade de administrar bens *segundo sua consciência*, com a condição de transferi-los num prazo determinado a alguma outra pessoa[70].

Transversais a vastos conjuntos de sistemas de direito estão, em compensação, os princípios que remetem a uma apreciação da qualidade humana e dos direitos do homem, os quais, estima-se, dominam a hierarquia dos valores de julgamento. As limitações que muitas legislações pronunciam para suas próprias prescrições remetem, assim, à aplicação pelo juiz de tais valores: o artigo 281 do Código grego dispõe "que o exercício de um direito é proibido se ele ultrapassa manifestamente os limites impostos pela boa-fé ou pelos bons costumes ou pelo objetivo social e econômico do referido direito"[71]. A longa caminhada dos valores humanos é significativa da fundação progressiva de uma tradição de referência que sublima as concepções nacionais. A estigmatização da desumanidade, a construção e o emprego da noção de crime contra o gênero humano e a das intervenções humanitárias procedem de uma evolução de longa duração do *jus gentium*, o direito das gentes, essa idéia moderna de concórdia racional[72]. Inicialmente fundado no princípio de não-intervenção dos Estados soberanos nos negócios internos uns dos outros, o direito das gentes viu desenvolver-se em seu seio a noção de "intervenção humanitária", segundo a qual um Estado ou um grupo de Estados impõe sua vontade a um terceiro Estado, em nome da proteção do gênero humano. A despeito de esforços de homogeneização e de racionalização traduzidos pelas convenções internacionais, a defesa dos caracteres fundamentais da humanidade varia conforme os contextos de sua invocação. Um publicista evocava suas dificuldades em 1910:

---

70. Cf. sobre essas noções, R. David e C. Jauffret-Spinosi, *Les grands systèmes de droit contemporain*, Paris, Dalloz, 9ª ed., 1988, pp. 90 e 394.
71. *Ibid.*, p. 165.
72. Cf. M. Villey, *La formation de la pensée juridique moderne*, Paris, Montchrestien, 1975, pp. 356 ss.

Todas as vezes que uma potência intervier em nome da humanidade na esfera de competência de uma outra potência, ela sempre se aterá a opor sua concepção do justo e do bem social à concepção desta última, sancionando-a, se necessário, com a força. [...] A intervenção humanitária parece ser um meio jurídico engenhoso de corroer pouco a pouco a independência de um Estado para incliná-lo progressivamente para a semi-soberania...[73]

Dessa apreciação antiga até os debates provocados pela aplicação da resolução da Assembléia Geral da Organização das Nações Unidas sobre o "livre acesso às vítimas das catástrofes naturais e de outras situações de urgência" (8 de dezembro de 1988), interpretada por certos Estados como o emprego de um *direito de ingerência* nos negócios internos de um outro Estado, as vicissitudes do tema da proteção da humanidade salientam seu caráter de princípio geral de interpretação. Estudando a noção de crime contra a humanidade através do processo de Klaus Barbie, realizado em Lyon em 1987, o filósofo Alain Finkielkraut descreve o aprimoramento da incriminação, o aprofundamento do conceito da desumanidade a ser reprimida, pelo próprio fato da acuidade dos depoimentos feitos e até das declarações do réu[74]. A extensão de um princípio de julgamento era assim trabalhada pela história concreta no próprio teatro do processo encarregado de pô-lo em execução.

O uso da informação sociológica na criação do julgamento é qualificado por Cardozo de busca do bem-estar da sociedade, por Gény, em compensação, de "livre investigação científica". O magistrado americano reivindica a faculdade judiciária de preencher o hiato existente entre a norma e o caso segundo sua concepção do interesse coletivo ou da justiça social,

---

73. A. Rougier, "Quels actes peuvent justifier une intervention d'humanité et quelles sont les limites du droit d'action des États intervenants?", *Revue générale du droit international public*, 1910, XVII; reproduzido em um número especial da revista *Actes. Les cahiers d'action juridique*, "Droit et humanité", 1989, n.ºs 67-8.

74. Cf. A. Finkielkraut, *La mémoire vaine. Du crime contre l'humanité*, Paris, Gallimard, 1989, ver cap. IV.

em suma, segundo uma visão subjetiva somente controlada pela ética e pela deontologia. Gény recusa, em compensação, que se possa fundar assim a sentença numa projeção individual:

> Deve haver um direito natural que seja realmente direito, a fim de coagir o juiz mesmo em caso de lacuna do direito positivo e impedi-lo de agir conforme sua livre fantasia.[75]

Esses jurisconsultos esquadrinham o campo social com olhares diferentes mas com um objetivo em comum, o de preencher o vazio. Nenhum desses olhares é em si um olhar sociológico. A sociologia é um conceito exterior, alimentado pelas próprias concepções do jurista que não recorre à lei, nem ao precedente, nem à tradição, para investigar os fundamentos de uma decisão. Cardozo estima sociológica uma justificação que lhe parece convir às aspirações da época, em suma, uma questão de opinião pública. Gény usa o método sociológico como um meio de acesso aos princípios de organização jurídica do social, ausentes da lei e que o juiz não poderia inventar por conta própria.

O julgamento que decorre de cada concepção não é um julgamento sociológico, mas resulta da invocação de um princípio de decisão designado por esta ou aquela doutrina jurídica como proveniente da sociologia. Não se julga em virtude de uma leitura científica do social, mas estima-se que a faculdade de apreciar o estado da sociedade pode ser para o juiz um fundamento aceitável para nutrir o pronunciamento de sua decisão. Embora, praticando esse tipo de observações, os juízes não se tornem sociólogos, eles oferecem, em contrapartida, ao sociólogo a oportunidade de analisar os discursos sociológicos feitos pela prática judiciária.

Conquanto não tenha valor de decisão de justiça, este trecho de audiência solene da Corte de Cassação não deixa de ter o caráter de uma análise sociológica e de um julgamento sobre a sociedade:

---

75. O. Cayla, "L'indicible droit naturel de François Gény", *Revue d'histoire des facultés de droit et de la science juridique*, 1988, 6, p. 106.

O combate pelo direito é essencialmente o combate por mais direitos em favor do homem-indivíduo e não em favor do homem simples elemento de um todo anônimo e despótico, do homem percebido em sua singularidade e sua dignidade próprias e não do homem forçado à miserável busca de uma efêmera vantagem econômica ou social.[76]

A psicologia

Entre as forças que desenham a forma e o conteúdo do julgamento, ato de pensamento, figuram as forças próprias da psicologia de cada indivíduo chamado a julgar. As inclinações e os preconceitos, os gostos e as aversões, "o complexo dos instintos e das emoções que fazem o homem, seja ele jurisdicionado ou juiz"[77] influenciam o teor do fenômeno do julgamento. O sociólogo deve levar em conta esses fatores que, embora influam sobre o encadeamento das escolhas que levam a uma decisão, raramente deixam rastros visíveis no produto final. Os estados psicológicos que influem sobre o julgamento são-nos acessíveis mediante pesquisas centradas nesta ou naquela categoria de magistrados, ou, muito mais raramente, mediante estudos de casos individuais.

Um estudo realizado a partir de uma amostragem de juízes de menores evoca, assim, os efeitos da composição psicológica dos magistrados sobre seu comportamento na função[78]. Essa especialidade judiciária, cuja tarefa oscila estatutariamen-

---

76. *Cour de cassation*, Audiência solene de início do ano judiciário, Discurso de Pierre Drai, Primeiro Presidente, 8 de janeiro de 1990, Paris, La Documentation française.

77. B. N. Cardozo, *op. cit.*, p. 167.

78. Cf. M. T. Mazerol e J. Villier, "Aspects cliniques de la fonction de juge des enfants. Étude phénoménologique", *Annales de Vaucresson*, Centre de Formation et de Recherche de l'Éducation Surveillée, 1983, 20, pp. 131-70; Incluindo numerosas citações de depoimentos de juízes, que utilizamos entre aspas, esse texto apresenta, todavia, induções discutíveis. Ver também, M. T. Mazerol, *Le juge des enfants. Fonction et personne: approche clinique*, Vaucresson, CRIV, 1987.

te entre a aplicação estrita da lei e o recurso a uma paleta de métodos assistenciais, é um terreno particularmente adequado para tentar vincular os dois termos da equação em questão. A investigação das causas da escolha da profissão judiciária em geral, e da justiça e menores em especial, aponta, pela boca dos magistrados estudados conforme a técnica das entrevistas aprofundadas, motivações tais como o "voyeurismo", "uma fantasia agressiva de dominação", o desejo de "compensar um certo sentimento de inferioridade", ou, mais amplamente, a vontade de "tirar vantagem". O passado dos sujeitos entrevistados esclarece mais decisivamente a orientação deles do que essas afirmações caricaturais, provavelmente fornecidas ao entrevistador por derisão ou por provocação. A trajetória que os juízes confiaram ao entrevistador, alguns deles preparados para o exercício com o auxílio de uma psicanálise[79], revela certos traços suscetíveis de repercutir no conteúdo de sua profissão.

"Quando se tem vontade de ser juiz, tem-se vontade de que finalmente a justiça exista", resume um deles. A primeira marca profunda dessa vontade, formulada pelos juízes-informadores e sublinhada pelos pesquisadores, origina-se na infância ou na adolescência, nas quais um sentimento de injustiça ou um sentimento de privação da palavra vai projetar seus efeitos no percurso e no comportamento profissionais do sujeito. Do primeiro sentimento vai nascer uma propensão à encarnação de um ideal de justiça, do segundo, uma aptidão especial a revestir os atributos da função judiciária:

> Não sendo ouvida como particular, como criança, como adolescente, a pessoa será ouvida como representante de uma palavra social que todos são forçados a escutar porque é a palavra social.

---

79. As relações dos juízes com a análise mereceriam uma exploração sistemática, apesar de todas as dificuldades de uma pesquisa limitada pelos imperativos de sigilo de ambas as partes do divã. A voz do povo, caucionada por uma sondagem, é entretanto audível: mais de um terço dos franceses coloca o juiz à frente dos profissionais que deveriam fazer psicanálise, decerto a fim de evitar que oriente seus julgamentos consoante seus próprios questionamentos (sondagem IPSOS-L'Âne-Libération, fevereiro de 1986, citado por D. Soulez Larivière, *Les juges dans la balance*, Paris, Points, Seuil, 1990, 2.ª ed., pp. 285 ss.).

Um nível mais profundo se destaca quanto à opção específica pela justiça de menores. A importância conferida ao estudo das situações, à escuta dos interessados e à análise social permite ao juiz – que gosta mais de falar de "entrevistas" do que de "audiências" – expandir seu desejo de "representar o partido dos filhos contra os pais" ou de tratar de uma "população maltratada", sem deixar o alicerce estável e prestigioso da autoridade judiciária, oráculo togado da lei, amparado por um círculo de escrivães, de assistentes sociais e de policiais. Essa dualidade de função é regularmente consolidada pelos textos.

Consideremos esses casos patentes em que, com o exercício da função de julgar, exercício de modelagem do social, o juiz assume um papel preciso na ordem da filiação, ditado por seu próprio passado. Esse juiz masculino, para quem seu ofício possui um sexo "andrógino", descreve assim suas relações com os serviços assistenciais:

> Se não concordo com a educação que minha mulher "educação vigiada" dá a meus filhos, é claro que, sobretudo, não vou lhe dar um filho...[80]

Essa assimilação da função de juiz ao papel paterno deve ser aproximada da biografia desse homem, criado pela mãe, confrontado com o fracasso escolar, que de repente decide optar pela carreira jurídica logo após o falecimento do pai ausente. Uma magistrada, simetricamente, diz acordar durante a noite, muito maternalmente atormentada pelas crianças que internou e das quais estima não ter recebido notícias suficientes. As vias de interpretação são múltiplas. O tema da reparação está presente na mente: a necessidade de pôr em ordem para outros o que a própria pessoa não encontrou em ordem. Igualmente presente ao espírito está o tema mais complexo da programação genealógica, segundo a qual nenhum lugar é ocupado se não estiver vago. Só se tem condições de se responsabilizar pela

---

80. Ou seja: "Não entregarei crianças aos serviços da educação vigiada."

função paterna se, em seu próprio modo de acesso à identidade, essa função foi assumida, e depois, pelo jogo das substituições de gerações, liberada para que os seguintes na ordem instituída lhe sucedam[81]. Ao lugar liberado por um pai sucede um filho na função de pai. Quando esta foi frouxa, imersa na ausência, afinal expressa pela morte, o processo de substituição só pode ser diferente. O novo pai, cujo lugar se cria como que repentinamente – como ele próprio disse aos entrevistadores –, adota "a educação vigiada"; mulher com largas atribuições, ele próprio encarna a autoridade para muitas crianças que nunca terá gerado. O tema é rico, todavia faltam-nos informações. Citamos do estudo há pouco mencionado apenas os elementos que podem ser significativos para os mais reticentes a esse tipo de abordagem. A necessidade que têm dela é entretanto claramente manifestada pelos próprios juízes, que parecem entregar-se a ela de bom grado e cujas revelações indicam a pertinência e a amplitude da área de pesquisa.

Vezes há em que a psicologia do juiz nos é transmitida diretamente por ele. O caso mais célebre e mais extremo é o de Daniel Paul Schreber, presidente da Corte de Apelação de Saxe, que publicou em 1903 suas *Memórias de um neuropata*[82], em que especifica:

> Sofri duas vezes de moléstias nervosas, todas as vezes depois de um esgotamento intelectual; a primeira (quando era presidente do Tribunal de Primeira Instância) por ocasião de uma candidatura ao *Reichstag*; a segunda, depois do trabalho estressante e extraordinário que tive de executar ao assumir em minhas novas funções de presidente da Corte de Apelação de Dresden.

Uma personalidade se interessou pelo caso fascinante do presidente Schreber, atingido, em função, de *dementia paranoides* (paranóia), e só temos de lamentar que não tenha centrado

---

81. Cf. *L'inestimable objet de la transmission, Étude sur le principe généalogique en Occident.* Leçons IV, Paris, Fayard, 1985, de Pierre Legendre.
82. *Mémoires d'un névropathe*, trad. fr. Paris, Seuil, 1975.

sua atenção clínica nos efeitos judiciários da doença: o dr. Sigmund Freud, embora atento a tudo, não era jurista. Tentemos ainda assim extrair do estudo que consagrou a esse juiz paranóico e autobiógrafo[83] alguns sinais da relação de um psiquismo singular com a obra de justiça. A bem da verdade, certas constatações surpreendem *a contrario*, pela faculdade que esse magistrado delirante tinha de assumir suas funções do modo mais correto do mundo. De fato, o "problema" do presidente Schreber provinha de certa maneira de suas funções, já que se considerava, segundo os juízes que decidiram sua saída da clínica, "como que chamado a fazer a salvação do mundo e a lhe devolver a felicidade perdida", mas só poderia realizar essa missão depois de se ter transformado em mulher. Um relatório médico precisa que "qualquer que fosse o assunto abordado – desde que se pusessem à parte as idéias delirantes –, quer se tratasse de administração, de direito, de política, de arte ou de literatura, da vida mundana, em suma, sobre todos os assuntos, Schreber demonstrava um vivo interesse, conhecimentos profundos, boa memória e juízo sadio e, no campo ético, concepções a que só podíamos aderir". Mas, escreve o juiz em suas *Memórias*, "tornou-se indubitavelmente consciente para mim que a ordem do universo exigia imperiosamente minha emasculação", a fim de que eu fosse fecundado pelos raios divinos com vistas à procriação de homens novos.

Tal doente, observa Freud, pode dar lições aos psiquiatras, pois, apesar de seu delírio, esforça-se para não confundir o mundo do inconsciente com o mundo da realidade. O sol, que fala com ele, com quem ele berra, que empalidece diante de seu olhar, que ele se gaba de poder fixar, ocupa um grande lugar em seu delírio. Simboliza seu próprio pai, por quem o juiz concebeu uma atração homossexual. Freud, singularmente, reivindica a ótica antropológica para interpretar esse aspecto da doença. Com sua relação com o sol, o presidente da

---

83. S. Freud, "Remarques psychanalytiques sur l'autobiographie d'un cas de paranoïa. Le président Schreber" (1911-1913), *in Cinq psychanalyses*, Paris, PUF, 1989, pp. 263-324.

Corte de Apelação de Saxe reproduz uma cena primitiva que se encontra na base de um edifício de legalidade. Certos mitos da Antiguidade descrevem uma *prova do sol* que a águia, o animal mais próximo do céu, impõe a seus filhotes antes de reconhecê-los como filhos legítimos: a faculdade de fixar o sol é um exame de paternidade, um ordálio simbólico (os celtas entregavam seus recém-nascidos às correntezas do Reno antes de se convencerem que eram mesmo deles). A capacidade de olhar o sol é sinal de que se pertence ao grupo de filiação de que o sol é ancestral e a águia o pai: a águia se comporta como um descendente do sol que submeteria seus filhos à prova do ancestral. Através do totem animal, é o processo de identificação ao grupo de filiação que é representado.

> Quando Schreber se gaba de poder, impunemente e sem ficar ofuscado, fixar o sol, encontrou aí uma velha expressão mitológica de sua relação filial com o sol [...] símbolo do pai.

Em sua neurose, o magistrado, cuja grande cultura nos é atestada, recupera as "forças edificadoras dos mitos da humanidade" e do núcleo fundamental de suas montagens de legalidade: o princípio genealógico. Assim, a demência do juiz o conduziu ao cerne do edifício de razão, fundador das massas elaboradas de textos e de conceitos jurídicos a que servia por profissão. O desvio é curioso. Ignoramos se a paranóia de Daniel Paul Schreber o conduziu a tomar decisões estranhas; estaríamos mais inclinados a acreditar que isso não ocorreu e que sua magistratura permaneceu irrepreensível. Ela o levou, em compensação, às origens do direito, à custa dos tormentos de uma grave moléstia que se parece, para esse jurista, com uma volta às fontes de sua disciplina. Para Freud, a neurose, como o sonho, é uma janela libertadora, diante da qual o homem volta a ser, enquanto ser, uma criança e, enquanto humano, um primitivo[84].

Retornemos a Cardozo para encerrar este esboço de um modelo do julgamento em que ele nos serviu de guia, com um retrato do ator principal, o juiz, com toda a solenidade:

---

84. Art. cit., apêndice, p. 324.

O juiz, mesmo quando é livre, não é totalmente livre. Não pode inovar à vontade. Não é um cavaleiro andante que caminha sem destino perseguindo seu próprio ideal de beleza ou de bondade. Deve derivar sua inspiração de princípios consagrados. Não deve recorrer a um sentimento espasmódico, a uma inclinação vaga e incontrolada. Deve exercer uma discrição modelada pela tradição, tornada metódica por analogia, disciplinada por espírito sistemático e subordinada à "necessidade primordial de pôr ordem na vida social" (Gény). Permanece, em toda consciência, um campo discricionário bastante vasto.[85]

2º) O lugar do julgamento num sistema de direito

As sociedades concedem aos órgãos de julgamento e à prolação das sentenças um valor social que os sociólogos ou os antropólogos se encarregam de descobrir. Claro, assim que um direito transforma-se em sistema, vincula-se a uma tradição escrita e a uma coerência intelectual marcada pela autonomia, o trabalho deles consiste em avaliar o lugar do julgamento em relação a esses pesados conjuntos. Assim, vamos examinar a jurisprudência francesa. Mas, para não perder de vista a profunda relatividade dos fenômenos de que tratamos – o fato de uma multiplicidade de soluções ser sempre possível –, vamos nos aproximar da fluidez da arte de julgar por um exemplo *ad absurdum*, extraído da história medieval, em que o julgamento se parece com a purgação das paixões e o solucionamento dos conflitos com a reciprocidade caluniosa.

A verdade franca ou a suspeita generalizada

Vamos, portanto, passear pelos lados de Flandres e do Hainaut, em pleno século XIV[86]. Uma vez a cada dois ou três

---

85. Cardozo, *op. cit.*, p. 141.
86. Os dados utilizados no texto são extraídos de um trabalho erudito fundamentado na exploração dos registros contábeis de um bailiado do norte; cf. L. Verriest, "Une institution judiciaire en action. Les 'Franches Vérités' du

anos, em novembro ou dezembro, realizam-se dentro dos cemitérios camponeses assembléias judiciárias denominadas *"franche vérité"* [franca verdade], sendo esse o termo autêntico. Esses tribunais compostos de escabinos, ou seja, de personalidades locais investidas de uma missão de justiça, e dos quais participa a maior parte da comunidade, operam um rastreamento ultra-acurado de todos os tipos de comportamentos faltosos que escaparam ao funcionamento da justiça ordinária. Era preciso "ouvir" todos os habitantes da cidade, no decorrer de sessões que podiam durar uma semana.

Cada qual, sob pena de multa, devia vir falar aos edis, assistidos de um amanuense escrivão e de um meirinho. Na verdade, tratava-se de um sistema de delação generalizada. Todo o mundo devia *"relatar"* os delitos de que tinha conhecimento. Uma única acusação bastava para acionar esse tribunal de verdade.

O volume de infrações constatadas e das penas pronunciadas mostra que não se tratava em absoluto de uma tentativa formal de controle social em profundidade vinda de cima, das autoridades, e pouco ou não obedecida. Cada qual, de fato, tinha algo para denunciar sobre as atividades culposas do marido, da mulher, do primo, do vizinho... De tal maneira que aquele que acusava tinha quase certeza de sê-lo por sua vez. Não consta nenhum outro modo de prova a não ser o conteúdo da testemunha acusadora, que, dissemos, podia ser única. Assim, pode-se falar, sobre essas *francas verdades*, de um verdadeiro sistema de reciprocidade, organizado segundo trocas de acusações, sem que seja buscada nenhuma distinção entre o testemunho fundamentado e a pura calúnia, entre o relato de fatos e a confissão de fantasias.

O círculo aldeão procede cíclica e ritualmente[87] à troca generalizada de *julgamentos individuais* cuja mera enunciação

---

bailliage de Flobecq-Lessines en la seconde moitié du XIVe siècle", *Revue du Nord*, 1958, XL, pp. 411-28.

87. Não é casual essas sessões se realizarem no cemitério; por falta de informações mais amplas, esse fato sugere o caráter cerimonial desses grandes desabafos costumeiros.

acarreta a aplicação de sanções. A acusação ocasiona julgamento. O essencial das incriminações toca à esfera íntima. As inclinações femininas são mesmo seu tema principal. Para "*grudar-se ao primo-irmão do marido*", a multa é fixada em doze libras; cinco libras e dezoito soldos para um cunhado; cinco libras e dois soldos no caso de uma viúva que se deixa levar a um semi-incesto com um meio irmão. Um banimento de três anos e um dia punirá a dama que tiver "feito a filha ir com um homem casado", uma punição pronunciada "sobre um membro", ou seja, sobre a certeza da ablação de um membro de seu corpo, se porventura a mãe licenciosa fosse avistada nas paragens do bailiado antes do termo de sua pena. Para compreendermos melhor o arraigamento cultural dessas audiências extraordinárias, observemos que nelas a "má fama" é entendida como uma falta grave, que pode, como as outras infrações ao código da coletividade, ser denunciada por "relatório" singular. Esse elemento tênue nos remete ao cerne vivo do conceito de justiça.

A fama, a *phémé* grega, a *fama* latina, é o nome original da palavra divina[88]. O famoso adágio "*vox populi, vox dei*" deve ser levado ao pé da letra. Lembremo-nos de Hesíodo, que foi o primeiro a expressar na tradição escrita que "a má reputação é coisa leve, que se levanta com muita facilidade; mas que é difícil de largar. Nenhuma reputação morre inteiramente, quando são muitos os que a proclamaram. A reputação também é uma deusa"[89].

A voz do povo que diz a fama pronuncia a opinião de Deus, que equivale a sentença judiciária. Se a fama é má, é Deus que o diz, pela boca do povo. Como os escabinos aldeões, reunidos no cemitério no limiar do inverno nórdico, poderiam não ouvir e dar razão a esse julgamento coletivo marcado, desde a Antiguidade, pela chancela divina? As sociedades rurais do Ocidente contemporâneo abundam em manifestações dessa reci-

---

88. Cf. Benveniste, *op. cit.*, pp. 138-9.
89. Hesíodo, *Les travaux et les jours*, Paris, Les Belles-Lettres, 1979, n.os 761-4.

procidade judiciária interna às comunidades, legitimada pela prepotência do julgamento coletivo que se exerce em nome da fama e cujo termo capitalizável é geralmente entendido como "a honra"[90]. As famílias, as casas, as aldeias, as regiões e até os Estados a acumulam ou perdem, renunciam a ela ou a reivindicam, sob a autoridade desse inapreensível juiz, em vigília atenta, que é o dizer coletivo.

O silêncio dos reprovados e a resistência do intérprete

A França, cuja história do direito costuma ser assimilada à perseguição de um ideal de unidade e à manutenção do culto da lei, pode parecer a alguns o pior dos lugares para estudar o *valor do julgamento num sistema de direito*. Vimos, nos países de *Common Law*, que o ato de julgar ocupava uma posição central na organização jurídica. Pudemos igualmente insistir, junto com Cardozo, na voracidade intersticial do julgamento, circunscrito pelo precedente e pelas concepções coercivas da arquitetura geral dos princípios de direito, forçado a tirar proveito dos hiatos e das margens para assumir sua originalidade criadora. Onde então, por conseguinte, melhor do que num sistema abertamente hostil à sua expressão, tentar apreciar-lhe a força do modo mais evidente?

A personalidade do direito francês foi durante certo tempo reivindicada, em oposição ao trator hegemônico do aparelho romano-canônico, sobre a base de instituições consuetudinárias irredutíveis e sobretudo de práticas parlamentares (ou seja, judiciárias) aptas a refletirem a especificidade das regiões na unidade de uma nação nascente. Lembremo-nos de que Antoine Loisel, jurisconsulto famoso sob Henrique IV, que nutria o desígnio de "reduzir à conformidade, à razão e à eqüidade de

---

90. Cf. J. Caro Baroja, "Religion, world views, social classes and honor during the sixteenth and seventeenth centuries in Spain", e S. Ott, "Indarra: some reflections on a Basque concept", *in* J. G. Peristiany e J. Pitt-Rivers (eds.), *Honor and Grace in Anthropology*, Cambridge, Cambridge University Press, 1992.

uma única lei, costume, peso e medida sob a autoridade de sua majestade" a variedade dos usos franceses, fundamentava em sua experiência *advocatícia* a justificativa de sua tese política:

> Assim tive trabalho e prazer ao mesmo tempo, praticando-o com nosso direito francês, pelo espaço de quarenta anos, e além disso, de observar em nossos costumes e usos o que tinha a aparência de regra ou de sentença; e, reunindo-os pouco a pouco, arranjá-los em alguma ordem melhor, tendo esperança que duplo proveito adviria daí...[91]

Tudo o que tinha *aparência* de regra ou de sentença era útil para estabelecer a exceção francesa diante da fria e implacável razão romana que, devidamente organizada pelos canonistas, dominava o Ocidente a despeito das pretensões dos Estados de falar sua própria língua jurídica. Essa abertura feita para a palavra dos juízes na voz do direito era, em compensação, menos tolerável uma vez que a nação jurídica estivesse assentada nas firmes estruturas do Estado moderno. Reduzir o direito ao formulário da lei escrita convinha melhor a seu intento racional. A França preparou-se para isso por muito tempo. O próprio Loisel, com muitos outros autores, criava, recorrendo a uma solução de unidade, condições favoráveis à lei sobre os escombros dos usos locais, dos debates de tribunais, das sentenças memoráveis, dos arestos portadores de jurisprudência, cuja diversidade não era muito mais que uma virtude precária. Tão logo adquirida a unidade, o dizer do juiz se tornava um elemento dissonante.

Nas monarquias puras, em que os Príncipes mantêm melhor sua soberania, da qual são extremamente ciosos e notadamente na

---

91. A ambição de Loisel é tão modesta que ele intitula sua obra de *Institutes coutumières* (1607), designando a um só tempo seu alvo, o direito romano, tomando o título emprestado de uma parte famosa da compilação de Justiniano (imperador romano do Oriente no século VI) destinada aos estudantes, e a razão de sua ação: erguer diante de Roma uma juridicidade especificamente francesa, mas comparável.

da França (que é a mais pura e a mais perfeita do mundo), o Rei é o único que pode fazer leis [...]; quanto aos decretos dos parlamentos..., não são leis, mas, antes, são a observação e execução das leis,

anunciava arrogantemente Bouchel já em 1629[92].

O desprezo pelas decisões judiciárias é patente em Ferrière, que define, à inglesa, a jurisprudência como "a ciência do que é justo e do que não o é" e estigmatiza os arestos que não passam "de conjeturas de direito que os profissionais de má-fé utilizam para derrubar os princípios e eludir as disposições das leis"[93], prefigurando a legendária aversão dos legisladores revolucionários, consagrada pela obra napoleônica, por tudo quanto atenta contra a integridade do texto da lei. Em seu *Esprit du Code Napoléon* [Espírito do Código de Napoleão], Locré mostra a plena medida do opróbrio que atinge todas as faculdades de interpretação de que os juízes ou os doutores teriam a impertinente fantasia de pretender apoderar-se:

> Diz-se com razão desses comentários que matam a lei. Obscurecem-na com uma mescla de idéias estranhas, e que nada garante. Têm a arte perigosa de tornar problemático o texto mais claro e dele extrair dúvidas e perguntas.
> Então a lei falha em seu objetivo: longe de traçar regras que previnam as dificuldades, ela se torna, para a sutil chicana, um meio de fazê-las nascer.
> Então a lei perde sua majestade: já não é esse regulador supremo, essa razão pública diante da qual a razão individual deve curvar-se com submissão e respeito.
> É letra morta que cada qual atormenta e desfigura ao sabor de seus caprichos e de seu interesse e que, deixando de ter um sentido próprio, presta-se a todos os que se lhe quer dar.[94]

---

92. L. Bouchel, *La bibliothèque ou Trésor du droict françois*, Paris, 1626, 3 vols., *in* f°, II, p. 589.

93. Cl.-J. de Ferrière, *Dictionnaire de droit et de pratique*, Paris, 1749, I, p. 136.

94. J.-G. Locré, *Esprit du Code Napoléon*, Paris, 1805, I, p. 1.

Já que se tornava ilícito comentar a lei escrita, com o risco de a trair, a leitura do direito pelos juristas e de modo muito especial pelos juízes era desde então severamente refreada, confinada apenas ao exercício da exegese: tarefa de explicação das leis, isenta de interpretação, como se se tratasse de textos sacros.

Esse percurso gálico é rico de ensinamentos para o observador, ainda que só para mantê-lo alerta sobre as lógicas sinuosas do objeto que enfrenta. Trata-se de uma marcha tonitruante rumo à racionalização cujo termo culto era a lei, como texto, como reunião de palavras, e cuja leitura não podia admitir nada que não permanecesse nos estreitos limites do literal. A filosofia, as doutrinas de governo, a teoria política concorreram para refrear severamente pela lei a voz dos juízes. Recordemos estas linhas de Montesquieu: "Os juízes da nação são [...] apenas a boca que pronuncia as palavras da lei, seres inanimados que não lhe podem moderar nem a força nem o rigor."[95] *Os* juízes são *a* boca. A coletividade dos indivíduos que gozam do ofício de juízes, encarregados de repelir a desordem humana, beneficia-se apenas de um orifício comum para comunicar-se: a lei estabelece a um só tempo a unicidade orgânica da qual ela deve provir e o que esse órgão compósito é incumbido de expressar entre seus dois lábios com comissuras ficticiamente atadas. Supõe-se que os juízes franceses atuais sempre falam com uma única boca. A repressão excessiva de sua palavra parece ter se mantido. O ciclo da sua estigmatização e do seu relativo alargamento – plagiando seu jargão profissional – deve ser tomado a título de caso prático: *o que haverá na estrutura do direito que faça com que não se possa obturar totalmente, através da lei, a propensão do juiz para decidir alguns casos?*

Os melhores trabalhos, como o de F. Zénati, tratam desse problema delicado da mais elegante maneira jurídica[96]. Para o

---

95. Montesquieu, *De l'esprit des lois*, 1871, (1748), Paris, Ed. Garnier, p. 149.

96. Cf. F. Zénati, *La jurisprudence*, Paris, Dalloz, 1991.

sociólogo, esse caso histórico específico é um exemplo extremo; dessa forma, é um caso-limite, tão longe foi levada a teoria da mordaça, devido às exigências de um racionalismo que escapa aos rótulos políticos – até a ruptura revolucionária não lhe resiste – e de tanto que a nova emergência da palavra jurídica estava inserida na lógica do direito.

A traição do texto é a obsessão de todo legislador. A monarquia dos últimos séculos tinha uma aguda consciência disso, a Revolução também, por motivos análogos de assimilação do judiciário ao político, e o Império Napoleônico, em tantos aspectos cristalizador da modernidade institucional francesa, só pôde aquiescer a isso com alegria. Vamos diretamente às conclusões, assim o desenvolvimento ficará ainda mais livre. O juiz francês é obrigado a julgar, mesmo quando essa lei que lhe tem tão pouca estima falha em seu ideal de perfeição (art. 4 do Código Civil). Ele não pode tomar-se por um juiz à antiga e meter-se a ditar, baseado em sua experiência, alguma regra de alcance reprodutível, portanto geral. O artigo 5 do Código Civil de 1804, o Código de Napoleão, que continua em vigor, toma suas precauções:

> É vedado aos juízes pronunciar mediante disposição geral e regulamentar sobre as causas que lhes são submetidas.

Na hipótese de que algum desejo legislativo o invadisse, o artigo 127 do Código Penal de 1810, também ele ainda em pleno vigor, se encarregaria de lhe refrear o impulso: trata-se da acusação de prevaricação e depois da degradação cívica para os juízes "que se tiverem imiscuído no exercício do poder legislativo" ou "que tiverem excedido seu poder imiscuindo-se nas matérias atribuídas às autoridades administrativas". Moral da história: muitas das seduções do encadeamento jurisprudencial são recusadas secamente aos juízes franceses. O precedente é um fruto proibido, sob pena do artigo 5 do Código Civil: nem pensar em julgar em virtude do que já foi julgado, apenas a lei deve ser obedecida, não os colegas. E, claro, mãos ao alto assim que a supremacia do poder legislativo puder ser atingida de alguma maneira (art. 127 do Código Penal). O balanço contemporâneo é muito cinzento. O magistrado é, etimologicamente, aquele que detém uma parte de poder soberano para administrar, como juiz, a justiça. Sobre a eminência da função, ouçamos Roger Perrot:

> [...] O juiz tem a convicção profunda de que exerce uma função independente, livre de toda subordinação no momento da tomada de decisão. [...] Mas tudo lhes lembra que são funcionários do Estado e eles mesmos agem como tal. [...] É difícil negar que a função de julgar é confiada em nossos dias a uma "autoridade judiciária".[97]

Estamos longe do "poder judiciário", vilipendiado pelos filósofos e acossado pela monarquia e pela república, quando existia: esmagado pelo império e pela sociedade moderna, quando já não era pensável.

Entre o escrito da lei e a palavra do juiz, o movimento histórico desenrola a trama de uma verdadeira dialética cultural em que está em jogo a questão do lugar do julgamento na extensão da função jurídica que uma sociedade assume. A trajetória da lei se parece com a construção lenta e determinada de um edifício monumental. Do edifício montado pedra por pedra, a lei tira sua funcionalidade. Do caráter monumental provém, em compensação, a densidade simbólica de que ela foi investida.

As pedras do edifício foram trazidas desde os séculos XV e XVI, como se diz, por uma espécie de conjunção entre o fortalecimento da monarquia e a atividade intelectual dos próprios juristas. Desde a ordenação de Montil-les-Tours (1454) pela qual Carlos VII comandava a redação dos costumes da França, empreitada de longo fôlego largamente tributária do exemplo do Costume de Paris (posto no papel em 1510), foi através do trabalho de *codificação*, ou seja, de classificação e de reunião racionais das regras de direito, que a soberania ré-

---

97. R. Perrot, *Institutions judiciaires*, Paris, Montchrestien, 1989, 3ª ed., pp. 47-8.

gia pretendeu dotar-se de um âmbito jurídico unitário. Suas etapas mais marcantes foram as grandes ordenações preparadas por Colbert, sobre o processo e a administração pública, depois pelo chanceler d'Aguesseau em matéria de direito privado (1731 sobre as doações, 1735 sobre os testamentos). Estes textos são significativos da dominação progressiva da lei do soberano sobre o campo das questões reguladas pelo direito, que os legisladores revolucionários converterão gulosamente em seu pão cotidiano. Com a pequena diferença de que se passará brutalmente da lei do soberano à soberania da lei. A edificação do monumento em via de construção não sofreu nenhuma ruptura com isso. O ímpeto monárquico de unificação encontrou na Revolução sua continuidade e, nos grandes códigos imperiais (civil, penal, processo, comércio), que, no essencial continua a reger a França, sua posteridade. A obra do Antigo Regime podia considerar-se concluída com a repressão dos costumes territoriais e com a diminuição do poder dos juízes. Não obstante, inovou-se: toda a função de julgar estava desde então absolutamente reduzida à execução de uma operação técnica, à aplicação da lei, controlada estreitamente pelo poder político, o único capaz de fazer as leis.

É possível encontrar na reflexão dos próprios juristas, acerca da parte que a palavra dos juízes deve ocupar na construção do direito, os sinais de um movimento convergente. Observemos este único ponto. Os ofícios de judicatura eram sob o Antigo Regime bens patrimoniais, que podiam ser comprados e transmitidos por herança; por isso cada juiz era suscetível de apliçar com toda liberdade suas concepções próprias, até mesmo de opor às regras mais gerais em vigor sua sensibilidade pessoal. Contra essa autonomia inserida no próprio átomo da função judiciária, as primeiras coletâneas de decisões introduziram certa transparência e um embrião de classificação, portanto de previsibilidade. Executados por profissionais esclarecidos, o mais das vezes por iniciativa própria, esses documentos permitiram pura e simplesmente ir dos tipos de casos às regras mais comumente aplicadas, apresentando um quadro ordenado e indexado de uma prática judiciária que, sem eles, teria ficado opaca ao olhar exterior. As obras principais de jurisconsultos tais como Bourjon (*Le droit commun français et la coutume de Paris réduits en principes* [O direito comum francês e o costume de Paris reduzidos em princípios], 1747-1770) e mais ainda Pothier, responsável por um conjunto de tratados de direito privado nos quais é patente que os redatores do Código Civil se basearam largamente[98], contribuíram ainda mais decisivamente para estabelecer as fundações da lei, modelando uma referência de normas coerentes cada vez mais separada dos casos e daqueles que os julgam. Existia, portanto, já nos primeiros surtos revolucionários, o edifício intelectual que permitiu a um Adrien Duport afirmar a um só tempo que "os juízes são instituídos apenas para aplicar as leis"[99] e que é perigoso recorrer a eles para fazer isso[100]. O julgamento era tão bem reprimido pelo pensamento jurídico que, durante o século que seguiu a impressão do código maior, o Código Civil, o direito inteiro podia resumir-se à contemplação adorativa dos textos sagrados: foi o que se chamou retrospectivamente de *escola da exegese*[101]. Não se ensinava o direito, davam-se "cursos de Código de Napoleão". O direito estava feito, de uma vez por todas. Já não se tinha de fazê-lo. Toda pertinência criativa era negada à função judiciária. Os oráculos do direito eram unicamente os doutores, com seus comentários estritamente restritos à letra do texto, inclinados devotamente diante do edifício legislativo. A altura do texto impediu que os juízes pudessem interpretar-lhe um fragmento, por estarem por demais inclinados a macular seu olhar com esses "caprichos dos fatos" (Taulier, 1848) com os quais sua missão os obriga a lidar.

Para fazer de um edifício um monumento, cumpre cobri-lo com os símbolos que sintetizam as crenças mais vivas. A lei

---

98. Cf. A.-J. Arnaud, *Les origines doctrinales du code civil français*, Paris, LGDJ, 1969.

99. 24 de março de 1790, citado por F. Zénati, *op. cit.*, p. 48.

100. Cf. 22 de setembro de 1789, Principes fondamentaux de la police et de la justice, citado por Lascoumes *et al.*, *Au nom de l'ordre. Une histoire politique du Code Pénal*, Paris, Hachette, 1989, p. 96.

101. Cf. J. Bonnecase, *L'école de l'exégèse en droit civil*, Paris, 1924.

francesa é repleta deles. Essa quintessência da razão jurídica moderna foi investida de longa data por paixões filosóficas tão ardentes quanto frio era o seu veículo. Precisava-se sobretudo de um refúgio, de um horizonte longínquo, do abrigo de uma idéia nobre. A lei era para o direito o que a justiça cotidiana não podia ser naquele tempo, o lugar do justo. As filípicas voltairianas permanecem vivas em nossa memória:

> Era precisamente o tempo em que se preparavam para supliciar Calas na roda em Toulouse. A palavra parricida, e pior ainda huguenote, voava de boca em boca em toda a província. Ninguém duvidou que Sirven, sua mulher e suas duas filhas tivessem afogado a terceira por princípio de religião. Era uma opinião universal que a religião protestante ordenasse positivamente aos pais e mães que matassem os filhos, se estes quisessem se tornar católicos. Essa opinião deitara tão profundas raízes mesmo nas cabeças dos magistrados, então desgraçadamente arrastados pelo clamor público, que o conselho e a igreja de Genebra foram obrigados a desmentir esse erro fatal e a enviar ao parlamento de Toulouse um atestado jurídico, que não só os protestantes não matam os filhos como os deixam senhores de todos os seus bens, quando deixam sua seita por uma outra. Sabe-se que Calas foi supliciado na roda apesar desse atestado...[102]

A filosofia do século XVIII francês desenvolveu inúmeros textos sobre a arbitrariedade judiciária e os dolorosos excessos do poder regalengo. Evocamos muitas vezes Montesquieu. Não nos esqueçamos mormente de Rousseau, breviário dos legisladores da Revolução. Nele a lei serve de margem absoluta. É até ela que quem acredita num futuro melhor deve querer chegar; é ela que devemos construir para termos esperança de alcançá-la.

O que é que torna as leis tão sagradas, até independentemente da autoridade delas, e tão preferíveis a simples atos de vontade?

---

102. Voltaire, *Dictionnaire philosophique*, Paris, Ed. Plancher, 1818, t. XVII, pp. 405-6.

Em primeiro lugar, elas emanam de uma vontade geral; sempre justa com relação às particulares; além disso, são permanentes e sua duração anuncia a todos a sabedoria e a eqüidade que as ditaram.[103]

Aqui devemos retomar essa assombrosa inversão da perspectiva institucional: a lei do soberano é substituída pela soberania da lei, expressão da vontade geral. Mas a revolução intelectual se opera, como exige a duração jurídica, recalcitrante às rupturas brutais, de acordo com uma admirável solução de continuidade.

Todos os adágios de Antigo Regime, que expressavam a supremacia monárquica, aplicam-se admiravelmente à Lei, nova "voz viva" do Direito, substituta do príncipe de outrora.[104]

Substituiu-se a reverência devida ao monarca pela adoração de uma abstração derivada, pelos filósofos, da razão universal[105], sem mudar a estrutura ritual de fidelidade e submissão.

Objeto de culto, reconhecia-se na lei um princípio ativo, sociológico: o idealismo que invadia os espíritos reformadores via nela bem mais que uma referência geral ou um âmbito de julgamento, mas uma norma de conduta, um guia sistemático dos comportamentos[106]. Perante semelhante absolutismo, a função judiciária esvanece. A própria ocorrência da causa, do litígio, da pendência, assumia a aparência de um acontecimento estranho. Era, com muita evidência, fora de propósito que as instituições judiciárias, cujo dever era tratá-los, fruíssem o menor espaço na criação do direito. A essas *"forças factícias"* que eram os tribunais – segundo a expressão de Destutt de Tra-

---

103. J.-J. Rousseau, *Fragments politiques*, in *Œuvres complètes*, Paris, Gallimard, Col. "Bibliothèque de La Pléiade", 1964, p. 491.
104. P. Legendre, *Trésor historique de l'état en France. L'administration classique*, Paris, Fayard, 1992, p. 398.
105. Cf. o artigo "lei" da *Encyclopédie* (1757): "A lei em geral é a razão humana...".
106. Cf. F. Zénati, *op. cit.*, p. 48.

cy, grande personalidade do império[107] –, convinha não dar a menor importância. A mordaça estava solidamente atada, pela ideologia da lei, na boca dos juízes.

No entanto a judicatura permaneceu loquaz. Manteve sua faculdade de julgamento em virtude de um desses paradoxos aos quais nos terá habituado o exame do objeto jurídico. Conhecemos o estatuto do átomo judiciário na antiga França: uma autonomia indomável oriunda do caráter patrimonial dos cargos, reduzida na escala de províncias inteiras pela soberania dos parlamentos. Esse contrapoder jurisprudencial era o principal obstáculo ao cumprimento das resoluções unificadoras e dos impulsos legisladores da monarquia. Para que a menor das ordenações reais, pontas de lança da idéia legislativa, fosse recebida como regra de direito nos principais tribunais do reino, cumpria primeiro que seus magistrados se tivessem dignado aceitar sua admissibilidade.

Tomando o tom da época, em seu período final, prestemos atenção nesta mensagem ao rei dos membros do conselho soberano do Roussillon, terra catalã anexada à França em 1659:

> A verificação livre das leis é a garantia da obediência dos povos: portanto, ela só pode ser atribuída a corpos políticos e permanentes que, distribuídos no Estado, conhecedores dos costumes, dos usos, dos privilégios das províncias, adquiriram sua confiança e podem defender seus interesses esclarecendo a religião do monarca.[108]

Se os juízes são livres para verificar as leis, são livres para desmembrá-las, para espalhar-lhes os despojos, em suma, para não as aplicar. A monarquia, orgulhosa de seus empreendimentos racionais, dotou-se, portanto, de um meio radical de fazer com que os mais surdos de seus súditos munidos do poder de julgar os ouvissem: *a cassação*. Um meio de educação das

---

107. Destutt de Tracy, *Commentaire sur L'esprit des lois de Montesquieu*, Paris, Dalibon, 1806, p. 18.
108. Reclamação ao Rei, julho de 1788.

instâncias judiciárias, que viam suas sentenças aniquiladas se não observassem as preciosas ordenações que pretendiam dirigir, sob todos os aspectos, setores inteiros da vida jurídica do reino. A administração régia imaginou punir, assim, com uma infamante nulidade, as decisões de justiça contrárias aos preciosos preceitos de seus legistas. No início trata-se de uma técnica maliciosa, instaurada por astúcia em proveito de um Estado em gestação. Sua resultante, porém, é a mais segura garantia da autoridade judiciária.

Tratamos de um objeto polimorfo, de tal modo que todos os que quiseram transformá-lo em uma máquina se condenaram ao ridículo. Em direito não é compreensível nada que não integre a duração e a potência estrutural das instituições. O direito é feito de história e de lógica. O sociólogo do direito deve aceitar essa dupla advertência. Os fatos pouco significam em face de quem pretende negá-los ou fazê-los servir a alguma superioridade de pensamento em que a vida social já não tem ser. Tornam-se todo-poderosos quando a lógica que pretendia desprezá-los gera uma instituição apta para acolhê-los em seu seio caloroso.

É precisamente esse o caso da cassação. Medida vexatória na origem, para aqueles juízes de colarinhos altos que só seguiam seus cômodos costumes, ela se tornou, por mera obediência às forças de sua criação, a pedra angular de uma identidade judiciária específica, oponível aos poderes políticos. De polícia da observação das ordenações gerais do reino, de "técnica destinada a jugular o poder normativo do juiz tanto quanto o poder de julgar" (Zénati), a cassação se institucionalizou sob a Revolução, tomando a forma de um tribunal especializado encarregado em 1790 de anular "todos os procedimentos nos quais as formas tiverem sido violadas e toda sentença que contiver uma contravenção expressa ao texto da lei"[109]. Domi-

---

109. Decreto de 27 de novembro – 1º de dezembro de 1790 instituindo um Tribunal de Cassação; sobre as origens dessa instituição, ver J.-L. Halperin, *Le Tribunal de cassation et les pouvoirs sous la Révolution* (1790-1799), Paris, LGDJ, 1987.

nados pela soberania da lei, estamos num contexto em que é formalmente vedado aos juízes preencher os vazios e os silêncios da lei, e mais ainda interpretar-lhe o conteúdo. A própria lei torna-lhes obrigatório recorrer ao corpo legislativo em seu conjunto "todas as vezes que acharem necessário quer interpretar uma lei, quer fazer uma nova"[110]. Um procedimento incrivelmente pesado mas perfeitamente coerente para a ideologia *sistêmica* adotada: todo o direito provém da lei e compete à lei. O juiz serve apenas para assinalar as imperfeições que *"acredita"* perceber no poder legislativo, o único que pode nessa lógica emitir um juízo sobre a lei. Reduz-se realmente a função judiciária apenas à função legislativa: negando a realidade sociológica do tratamento jurisdicional das pendências, opera-se a relação dos casos com as normas a fim de dirimilos. Ora, entre o caso e a lei, o juiz é um intermediário estrutural e um intérprete obrigatório.

Assim, essa obrigação de recorrer ao legislativo, pedra angular de um esquema idealista, foi contrariada pela força prática da instituição de cassação, que fez aflorar de novo a especificidade judiciária, ao passo que fora inventada para amordaçá-la. Por uma autêntica tomada de poder jurisprudencial, o Tribunal de Cassação – que se tornará *Corte de Cassação* em 1804, assim permanecendo até nossos dias – se atribui no ano IV (1796) a faculdade de interpretar a lei sem recorrer ao "recurso legislativo". Desde então, o que na origem não passava de um instrumento de policiamento nas mãos da autoridade soberana, destinado a jugular a expressão das sentenças, se converteu, pelo próprio peso da instituição de cassação[111] e pela potência de osmose da área de atividade que ela devia reger, no florão e no ápice da organização judiciária do país.

---

110. Decreto de 16-24 de agosto de 1790 sobre a organização judiciária.

111. Sobre a tendência das instituições à perenidade, esta frase de Hegel: "Na lei e no Estado, o que está em questão é que as instituições são absolutamente necessárias em si e para si, como relacionais e, em conseqüência, a forma em que nasceram e foram introduzidas não interessa àquele que considera o fundamento racional delas." *Principes de la philosophie du droit*, Paris, Gallimard, 1940, pp. 246-7.

Assumindo o controle da legalidade, controle da conformidade com as leis, das sentenças emitidas sobre fatos pelas jurisdições inferiores, a instância de cassação acabou integrando-se pela lógica prática de sua atividade, ao conjunto das instituições de julgamento. Essa é uma outra lição prática que ela própria tirou quanto à natureza de sua competência: não poderia existir função judiciária sem que o juiz pudesse interpretar a norma no tocante ao caso. Vindo o exemplo de cima, a faculdade de interpretar conseguiu de novo exprimir-se na prática do julgamento, como uma dimensão incompressível, uma propriedade sociológica irredutível do ato de julgar, que cientificamente vão pretender erradicar.

O que anunciava Jean-Étienne-Marie Portalis, o principal redator do Código Civil, ao apresentar seu projeto no ano IX (1801):

> Como acorrentar a ação do tempo? Como opor-se ao curso dos acontecimentos ou à vertente insensível dos costumes? Como conhecer e calcular de antemão o que apenas a experiência pode revelar-nos? [...]
> Um código, por mais completo que possa parecer, nunca é suficiente para evitar, assim que acabou de ser redigido, que mil questões inesperadas venham oferecer-se ao magistrado. Pois as leis, uma vez redigidas, ficam tais como foram escritas. Os homens, ao contrário, nunca ficam inativos [...].
> Logo, uma profusão de coisas são abandonadas ao domínio do uso, à discussão dos homens, à arbitragem dos juízes.[112]

A lucidez da constatação dessa magnífica pena legisladora prefigura o que será a história do julgamento nos séculos XIX e XX[113]. Progressivamente, os casos recuperam seu direito

---

112. J.-É.-M. Portalis, "Discours préliminaire sur le projet de Code Civil présenté le 1er pluviôse an IX par la commission nommée par le gouvernement consulaire", in *Écrits et discours juridiques et politiques*, Presses Universitaires d'Aix-Marseille, 1988, pp. 21-63.

113. Sobre o percurso da noção de jurisprudência no exemplo francês, ler-se-á E. Serverin, *De la jurisprudence en droit privé, Théorie d'une pratique*, Presses Universitaires de Lyon, 1985.

e os juízes recobram, sob a soberania da lei e segundo as coerções dispostas pelos textos, a capacidade de contribuir para a construção jurídica mediante a obra de jurisprudência. No sistema francês do direito contemporâneo, a sentença judiciária deve claramente seu estatuto renovado ao estabelecimento da doutrina. As primeiras compilações de acórdãos do direito francês eram, como sabemos, obras de advogados militantes que transformavam sua experiência profissional do palácio de justiça em tentativa de pôr em ordem o direito. Os legistas do soberano gostavam de caçoar deles. Por uma saborosa reviravolta da história, uma vez que a lei triunfou e os juízes foram aparentemente reduzidos ao automatismo, foram os cientistas do direito que se puseram a compilar as decisões dos tribunais, a começar pelo de cassação, para animar o monumento legislativo com algum sopro de vida. Repertoriando os acórdãos, dedicaram-se a comentá-los discorrendo sobre o que a decisão explora de aspectos ignorados da lei, mexendo nesta por meio das escolhas ruminadas pelos juízes. *Grosso modo*: executando de viva-voz a função de interpretação denegada pela legislação aos magistrados.

Como uma máquina ventríloqua, os cientistas faziam os juízes dizer o que sabiam mas não tinham o direito de dizer. O sistema não parece ter superado o curioso procedimento de testa-de-ferro cujo espírito Meynial apresenta por ocasião do centenário do grande Código:

> [P]rática e doutrina se conheceram lentamente e mais lentamente se apreciaram; [...] com a prática fornecendo sua experiência e sua perícia, assinalando as necessidades, fazendo compreender toda a necessidade e toda a legitimidade em decisões específicas às vezes inábeis; com a doutrina trazendo para a satisfação dessas necessidades seus recursos de dialética, sua preocupação com a construção jurídica, com a organização lógica e harmoniosa e com a eqüidade abstrata.[114]

---

114. E. Meynial, "Les recueils d'arrêts et les arrêtistes", *in Le code civil, livre du centenaire*, Paris, Rousseau, 1904, I, p. 175.

5. A devolução social da profissão de juiz

O problema exposto aqui é o da *institucionalização de uma classe distinta de juristas dedicados ao exercício da função de julgar*. A forma da sociedade e o conteúdo de sua cultura jurídica vão condicionar a fisionomia e o estatuto dessa casta de profissionais parcial ou totalmente especializados no serviço da idéia de justiça[115]. Savigny outrora nos explicou, com um útil modelo de análise, o vínculo existente entre a gênese dos "especialistas" e a evolução geral do direito: por força do tempo, os atributos orgânicos das comunidades humanas tendem a se individualizar e a se tornar propriedade de classes particulares,

> o direito perfaz sua linguagem, toma uma direção científica e, da mesma maneira que residia anteriormente na consciência da comunidade, compete doravante aos juristas, que, por conseguinte, nesse setor, representam a comunidade.[116]

As modalidades da gestão desse ramo individualizado de conhecimento abrem um largo campo de estudo aos olhos do sociólogo. Seus processos de institucionalização são extremamente variados, não menos do que as divisões sofridas pelos corpos profissionais, uma vez instituídos. Vejamos Hegel: "O aparecimento histórico da função de juiz pode revestir a forma de uma instituição patriarcal ou de um ato da força ou de uma escolha voluntária."[117] Se nos ativermos mais à base social das

---

115. O conjunto das profissões constituídas para o serviço do direito e da justiça, magistrados, advogados, tabeliães, escrivães etc. faz parte da análise sociológica. Limitamo-nos aqui a um apanhado da profissão de juiz que não deve obliterar os avanços realizados em particular na sociologia da profissão de advogado, ver Y. Dezalay, *Marchands de droit*, Paris, Fayard, 1993, e o conjunto dos trabalhos de Lucien Karpik, dentre eles "Avocats: une nouvelle profession?", *Revue française de sociologie*, 1985, XXVI, pp. 571-600, e sobretudo *Les avocats entre l'état, le public et le marché XIIIe-XXe siècles*, Paris, Gallimard, 1996.

116. Savigny, *Of the Vocations of our Age for Legislation and Jurisprudence* (1814), trad. Hayward, Reprint, Arno Press, Nova York, 1975, p. 28.

117. Hegel, *Principes de la philosophie du droit*, Paris, 1940, p. 246.

instituições de julgamento do que às origens da vontade judiciária, a gênese dos grupos de agentes destinados à função de justiça pode ser entrevista de duas maneiras. A primeira é endógena às comunidades humanas, da família à aldeia, da aldeia ao país ou à tribo. A segunda se relaciona com a implantação dos aparelhos de Estado. Esses dois níveis de institucionalização às vezes se apresentam entremeados ao observador: as lógicas de Estado, como pudemos observar a propósito da área normativa do costume ou da questão dos direitos autóctones (v. *supra*), sendo em geral aquelas consoantes as quais os níveis endógenos são revelados e até reforçados, tendo em vista a oposição ou a sobrevivência, descritos, especificados ou enquadrados, para melhor limitá-los ou erradicá-los. É o que se dá com as magistraturas locais que apresentaremos em seguida, dentre uma grande abundância de exemplos fornecidos pela sociologia e pela etnologia históricas das instituições rurais européias[118]. O lugar do corpo judiciário no corpo de nossa sociedade será em seguida abordado pelo ângulo controvertido da relação que os juízes mantêm com a esfera política.

1º) A justiça comunitária: homens de palavras e magistrados populares

... os costumes são corrompidos pelos jovens julgadores que não conhecem bem os antigos costumes...

Philippe de Beaumanoir, *Coutumes de Beauvaisis*, 1283

Se lançarmos um olhar retrospectivo sobre as culturas jurídicas européias, o desenvolvimento dos sistemas de direito erudito – um direito letrado governado por uma coerência abstrata – tem tendência a obliterar a realidade prática de variadas

---

118. Encontrar-se-á uma compilação de trabalhos e indicações bibliográficas em "Le droit et les paysans", um número especial de *Études rurales*, 1986, n.ᵒˢ 103-4.

instituições de julgamento, enraizadas nas estruturas sociais locais. As abordagens de sociologia e de etnologia, atentas à valorização das práticas, ressaltam o sentido da atribuição do ofício de juiz no plano local. O ideal seria dispor de estudos monográficos suficientes que levassem em conta a gênese e a evolução endógena das instituições judiciárias, a fim de proceder à sua classificação e de estabelecer uma tipologia válida para um conjunto significativo de regiões com base em uma duração pertinente. Nós nos ateremos aqui a esboçar uma espécie de retrato sociológico do juiz popular, depois a examinar a dinâmica do ofício na situação em que é concomitante a uma ordem judicial globalizadora.

Homens de bem

O juiz local é acima de tudo um mensurador, um perito em equilíbrios, cuja ciência se aplica às ações da comunidade de que ele emana. Sua imagem é mais próxima à do guardião dos limites, cara a Aristóteles, do que à do magistrado funcionário de Estado. Cada aldeia produz sua cota de memórias vivas e de consciências eficazes. Cada coletividade dota seus "*homens de bem*" de funções de justiça. Quando o Estado está presente e supõe uma hierarquia piramidal de funcionários, esta em geral tomará por base uma rede de juízes locais designados na maior parte dos sistemas pelo nome de "juízes de paz". Seja ele escolhido por formalidade de eleição ou nomeado pela autoridade, o juiz de paz é uma personalidade "importante" da comunidade territorial que forma a base de sua função, municipalidade, cantão, "condado" ou "região". Pode-se mesmo afirmar que é em virtude de qualidades já reconhecidas por seus companheiros de existência que lhe vem o reconhecimento oficial: na verdade, o Estado parece, em toda parte onde essa instituição primária é constatada, limitar-se a pôr um rótulo judiciário em quem cumpre *de facto* uma função de perito em usos locais e tem condições de conciliar sob sua égide os interesses divergentes. Na falta de juízes de paz, ou em caso de mau funcionamento da instituição (por corrupção ou desnaturação da posição de equilíbrio e de imparcialidade relativa indispensável ao cargo), algum oficial público colocado por suas funções oficiais em contato íntimo com a população (guarda civil, fiscal aduaneiro, padre etc.) assumirá na prática as atribuições reservadas pela tradição ao homem de bem[119].

Quando a comunidade conserva a integralidade do poder de nomear seus juízes, eles serão chamados *parolanti* na Córsega, *boni homines* na Sardenha, falando apenas do núcleo do Mediterrâneo. Avaliadores, homens de palavra e de bem, a corporação judiciária produzida pelas sociedades camponesas é recrutada em virtude das exigências das missões a serem cumpridas. A experiência da vida econômica, da produtividade do trabalho, do valor das coisas materiais e imateriais, dos sentimentos e das reputações, é um atributo essencial. Vejamos, por exemplo, essa maneira corsa de julgar sucessões resolvendo ou antecipando as pendências familiares, relatada por um etnologista:

> Quando [as partilhas] são feitas ao morrer o último parente, às vezes surgem contestações entre os herdeiros; nesse caso, ou então ao contrário, antes que se chegue a esse ponto, pois isso macula a reputação da família, recorre-se à arbitragem de avaliadores conhecidos [...] pela competência e pela retidão. Nos casos delicados, apela-se para dois "stimatori". Um deles me contou que antigamente, quando dois "stimatori" intervinham juntos, cada um deles tinha no bolso uma quantidade de pequenos pedregulhos que ia pegando na mão no decorrer das avaliações [...]. Quando a visita estava terminada, cada um tirava a mão do bolso e contavam-se os pedregulhos. Faziam-se depois lotes que eram sorteados...[120]

---

119. A etnografia permite ter acesso a esses níveis judiciários ainda muito ignorados, pois mascarados por ou incorporados no exercício de outras missões de ordem (sobre as "conferências de paz" realizadas pelos padres rurais na Louisiana francesa, ver L. Assier-Andrieu, "Loi du père et réforme du Code Civil en Louisiane", *in* E. Blankenburg, M. Galanter e J. Commaille, *Disputes and Litigations*, Oñati Proceedings, 1991, 12, pp. 127-43).

120. G. Ravis-Giordani, *Bergers corses. Les communautés villageoises du Niolu*, Aix-en-Provence, Edisud, 1983, pp. 366-7.

São a "competência" e a "retidão" que fazem o juiz. São valores subjetivos no grupo. Competência quer dizer conhecimento, e conhecimento significa regras de vida e práticas correntes da comunidade. Retidão significa que é reconhecido por todos que o interessado respeitou essas regras e observou essas práticas. Saber e moralidade são, assim, duas noções nutridas por concepções vernáculas e locais, até mesmo privadas, domésticas ou íntimas. Para julgar o valor das terras, dos meios de trabalho, do rebanho, das construções, deve-se possuir a experiência aguda e atualizada da vida econômica do lugar. Mas, para fazer deslizar um a um, entre o polegar e o indicador, pequenos pedregulhos escondidos pelo tecido espesso de um bolso rural perante os bens da família, impregnados de símbolos como os elementos de um enxoval, instrumentos de caça, um banco esculpido paterno..., para atribuir a cada qual um referido valor, distribuí-lo em quinhões eqüitativos que os co-herdeiros sortearão entre si, é preciso uma ciência profunda do universo familiar, com suas lendas, seus rituais, suas prescrições e suas proibições. Isso é compreensível acerca do registro normativo aldeão em geral, mas também, para satisfazer do modo mais adequado às necessidades de cada caso específico, acerca do domínio da história local das alianças e das filiações, do funcionamento interno da família em causa, dos fluxos de afeto e dos circuitos de estima.

Uma pesquisa centrada nesse tipo de função na Sardenha assinala as virtudes essenciais que permitem à comunidade conferir o poder de julgar àqueles de seus membros que as possuem:

> É um homem dotado de consciência em todos os atos de sua vida, mesmo privada, e que não trai os segredos; é mais informado que os outros e conhece as pessoas; é distinto, possui um caráter reto e conhece o bem e o mal; é animado de boas intenções, é regular e não engana; fazendo a parte justa das coisas, ele é aquele que faz o justo.[121]

---

121. Trechos de depoimentos recolhidos por M. Carosso, "Parole d'homme: l'arbitrage dans un village sarde", *Droits et cultures*, 1985, 9-10, p. 129.

Não há cerimônia de entronização para esses homens de palavra e de bem. *"Stimare"* ou *"estimare"* e *"estimar"* quer dizer em corso, sardo ou catalão, tanto apreciar o valor de uma coisa como amar uma pessoa. Um duplo significado perfeitamente encarnado pelos juízes locais, que ficam sabendo que o são ao ver os aldeões recorrer à sua perícia, com uma amplitude e uma regularidade que dão provas da confiança dos aldeões nas sentenças dadas e da convergência de seus sentimentos para a pessoa escolhida. Nessas sociedades, em que o indivíduo deve sua identidade e seu estatuto no interior do grupo acima de tudo à linhagem ou à "casa" – no sentido em que a entendem as dinastias reais – à qual pertencem, o reconhecimento da probidade de uma pessoa, essa adesão comunitária que torna juiz uma pessoa, é capaz de estender-se à sua descendência. Assim, observam-se "casas distintas", marcadas por uma espécie de *fama* judiciária, em que de pais para filhos se transmitem o conhecimento das normas da vida local, a experiência de sua prática, o sentido da medida e a autoridade necessária para assegurar o respeito comum. A boa fama é a um só tempo a fonte e a retribuição da função, a cujo prestígio os aldeões prestam uma homenagem simbólica pelo intermédio material de doações em produtos da terra.

O tempo dos funcionários

O advento do Estado como âmbito principal das atividades políticas e jurídicas sugere uma inversão total da perspectiva. Progressivamente, e por vias tratadas pelos manuais de história do direito, estabelece-se a idéia segundo a qual o poder de julgar seria um dos atributos da soberania, um atributo essencial. Daí em diante, a faculdade de ministrar a justiça parece ser uma competência delegada do poder soberano, seja ele sua fonte técnica administrativa ou sua referência abstrata. Entre a panóplia das instituições de ordem pública emerge uma instituição especificamente reservada à função de justiça, assumida por um corpo profissional particular. As diversas formas dessa institucionalização pertencem ao estudo comparado das profissões judiciárias e jurídicas, que vem tendo na Europa um salutar desenvolvimento[122]. Voltemos a examinar um fenômeno que já evocamos de outro ângulo, com o problema dos direitos autóctones: a valorização dada, nesse contexto novo, às justiças oriundas das estruturas sociais primordiais e aos juízes trazidos pelo assentimento comunitário. Sabemos que se instaurou um diálogo curioso entre o endógeno e o exógeno: vejamos, portanto, os ensinamentos que podemos tirar da situação no plano do estatuto sociológico dos juízes.

O exemplo de Portugal servirá de fio condutor[123] na abordagem desse problema delicado, em que o desenvolvimento objetivo do fenômeno se complica devido aos prismas pelos quais a densidade do tempo obscurece sua observação. Ocorre com "justiças tradicionais" e com "magistrados populares" numa perspectiva histórica o mesmo que com o conjunto das estruturas sociais endógenas engolidas, pelo menos aparentemente, por sistemas dominantes. Podemos lembrar esta conclusão antiga de G. Roupnel:

> [S]e restituímos seus direitos à comunidade aldeã original, o papel do usurpador se torna de uma evidência manifesta. E a usurpação, visível em todas as suas conseqüências, só fica ignorada no gesto que a realizou.[124]

Os mecanismos da usurpação se relacionam, em nossa matéria, com a subordinação de uma função judiciária à outra

---

122. Cf. sob a direção de J.-L. Halperin, *Les professions judiciaires et juridiques dans l'histoire contemporaine*, Lyon, Institut d'Études Judiciaires e Centre Lyonnais d'Histoire du Droit, 1993; e, para uma abordagem da influência dos Estados Unidos: Y. Dezalay, *Marchands de droit*, Paris, Fayard, 1993.

123. Cf. A.-M. Hespanha, "Savants et rustiques. La violence douce de la raison juridique", *Ius commune. Max Planck Instituts für Europäische Rechtgeshichte*, 1983, X, pp. 1-48; R. Iturra, "Stratégies de reproduction. Le droit canon et le mariage dans un village portugais", *Droit et société*, 1987, 5, pp. 7-22.

124. G. Roupnel, *Histoire de la campagne française*, Paris, Plon, 1981 (1932), p. 363.

ou com a substituição de uma pela outra. Consistem, no essencial, em apresentar o existente como concedido, em apresentar o regime novo como a fonte do direito tradicional. Novo circuito da ordem do direito e, sem dúvida, novo paradoxo: o sistema que se impõe ou se sobrepõe nega que o esteja fazendo, considera o que lhe preexiste como se o houvesse criado. Assim, desvencilhou-se da preocupação de provar sua autoridade, e está livre para exercê-la em outras tantas liberalidades ou concessões de privilégios que, na realidade, são apenas confiscos[125]. Os tribunais locais são em Portugal de tradição antiga, oriundos das idéias principais da ideologia política medieval. Ali o juiz é "por essência um oficial da comunidade, com a função de resolver os conflitos consoante as normas que essa mesma comunidade estabeleceu para si"[126]. Esse corpo das normas locais é supervisionado pela autoridade monárquica que, à medida que sua potência vai aumentando, esforça-se em policiá-lo. *Corregidors*, inspetores da vida judiciária, incentivam a aplicar o direito nacional, mas tropeçam no bloco compacto das *posturas*, conjunto das doutrinas de julgamento e dos direitos específicos ratificados pelas comunidades. Mas a lei régia não exige dos magistrados locais que conheçam ou que apliquem o direito escrito: nem sequer exige que saibam ler ou escrever. Todavia, segundo um procedimento cuja malícia percebemos na política francesa de redação dos costumes, a autoridade globalizadora se dava ao trabalho de "reconhecer" as posturas locais, de "confirmá-las", encetando assim um sutil processo de controle do seu conteúdo. Uma vez reconhecidas e validadas, exigiu-se sua conformidade "com o interesse dos povos e com o bem comum", ou seja, avaliada inacessível para uma comunidade local. Entrando mais cedo no conteúdo dos julgamentos locais, restringiu-se o controle à obrigação lógica de não contrariar a lei régia. Com a supervisão das nor-

---

125. Para uma microssociologia muito viva do fenômeno, ver T. El Hakim, *Un substitut de campagne en Égypte. Journal d'un substitut de procureur égyptien*, Paris, Plon, Col. "Terre Humaine", 1974 (1942).
126. Hespanha, art. cit., p. 30.

mas aplicáveis, ia-se assim atingindo aos poucos o cerne intelectual da normatividade popular: os fundamentos teóricos da "potência auto-organizadora dos corpos sociais espontâneos". Influindo sobre o conteúdo daquilo em cujo nome a justiça é administrada, a sociedade global instala a lógica de uma empresa que deve estender-se aos próprios agentes da prática judiciária.

Conhecemos a fragilidade da norma oral: intensamente vivida e partilhada pela comunidade, ela é desprovida de defesas imunológicas diante da massa textual do direito escrito que a incorpora. A sabedoria do juiz local é sua consciência e sua prudência, seu domínio dos equilíbrios comunitários e o comedimento de suas opiniões. A do juiz letrado ampara-se na ciência das configurações lógicas dos escritos jurídicos. É com essa distorção que o soberano vai jogar para substituir "a autonomia jurisdicional dos corpos sociais primários" por uma justiça inserida no labirinto administrativo. Uma vez estabelecido o princípio de subordinação da norma comunitária aos móbeis públicos encarnados pelo poder político segundo a estrutura do direito escrito, uma mera lógica de inércia parece bastar para desfigurar, sem ter o ar de fazê-lo, a instituição judiciária. Definiu-se o perfil do juiz esperado, cumpre somente favorecer-lhe o advento. Com o estabelecimento das cartas comunais (séculos XIII-XIV), mecanismo de administração pública, as magistraturas populares são fortalecidas em sua prática, mas inseridas na lógica dos textos. O invólucro protetor oferecido pelo reconhecimento soberano constitui de fato um precedente indispensável à desnaturação do sistema tradicional. É implantada uma seleção progressiva dos juízes que favorece os letrados em detrimento dos "rústicos". A proporção dos juízes locais oriundos do exterior das comunidades aumenta rapidamente nos séculos XVII e XVIII. É severamente traçada pela escrita uma fronteira entre um saber hegemônico, o único eficiente, e a autenticidade comunitária remetida para o campo da ignorância. Conclui-se o processo quando o litígio aceito em justiça só pode ser o tipo de litígio que corresponde ao formato e aos procedimentos definidos pelo direito erudito, reduzindo ao silêncio, no próprio seio das "magistraturas populares", a expressão dos conflitos vividos e a normatividade comunitária[127].

2º) O juiz na sociedade política

Essa é uma linha de frente. Decerto é a dimensão da instituição judiciária que suscita a mais ardorosa solicitude do grande público. A inquietude que ele manifesta a respeito de uma justiça hierarquizada, dos tribunais de exceção ou da faculdade dos políticos para subtrair-se ao direito comum, é proporcional às virtudes colocadas na instituição judiciária em nome da democracia[128]. Tais virtudes procedem de um ideal de liberdade. "Quando, na mesma pessoa ou no mesmo corpo de magistratura, o poder legislativo está reunido com o poder executivo, não há liberdade", escreve Montesquieu no livro XI de *O espírito das leis*. Essa teoria, chamada de separação dos poderes, que se deve a uma longa tradição de filosofia política inglesa, figura no patrimônio conceptual de todos. É um primeiro instrumento de análise das realidades públicas, e uma cláusula de vigilância.

Nos primórdios das leis modernas, o ícone era uma frágil e preciosa conquista. O Estado, suas instituições, seus agentes, principais responsáveis pela defesa da democracia e do bem comum, eram particularmente protegidos pelo direito penal revolucionário. Mas deveres dos cidadãos e deveres dos políticos eram concebidos como um par absolutamente indissociável, o que é patenteado pelo arsenal de disposições repressivas

---

127. Para uma síntese desse tipo de processo na Europa ocidental, poder-se-á consultar a edição especial de *Études rurales*, "Le droit et les paysans", já citada; ver também, sobre a Rússia, a rica análise sócio-histórica de N. A. Minenko, "Traditional forms of investigation and trial among the russian peasants of Western Siberia", *Soviet Anthropology and Archeology*, 1982-1983, XXI, 3, pp. 55-79.

128. Ver a importante retrospectiva de Robert Badinter (dir.), *Une autre justice*, Paris, Fayard, 1989; ver igualmente Ph. Boucher (dir.), *La révolution de la justice. Des lois du roi au droit moderne*, Paris, Monza, 1989.

que atingem o mau uso ou a desnaturação das instituições por aqueles que tinham a missão de lhes assegurar o funcionamento. Se hoje, como destacam Lascoumes, Poncela e Lenoël, "as garantias dadas ao funcionamento democrático podem ser olhadas como insuficientes ou tênues"[129], nem por isso a atenção dos cidadãos deixa de ser menos aguçada, e oportunamente incrementada pela investigação sociológica.

"Relações suspeitas"

Todo olhar sobre a relação do judiciário com o político é, em virtude do princípio de separação dos poderes, um olhar desconfiado. Focaliza-se naturalmente nas transgressões ou nos fatores suscetíveis de as desencadear. Uma análise como aquelas praticadas pela sociologia das profissões atinge o duplo problema da *distinção*, ou seja, da construção da identidade do grupo e da sua cultura ou de seu "habitus", e da *reprodução*, isto é, das modalidades de perpetuação do modo de inclusão no grupo através das gerações, uma dupla dimensão posta em evidência por Pierre Bourdieu e sua escola. Tratando-se de magistrados, a idéia de distinção desperta o temor de uma justiça separada das bases democráticas das instituições públicas, a de reprodução reaviva o espectro dos cargos hereditários. Invertamos os parâmetros e aparecem outras inquietações. Se os magistrados são hierarquicamente subordinados ao poder político, atenta-se contra a tríade sagrada. Se o recrutamento deles se democratiza e se "feminiliza", é em detrimento da função, um sinal de sua desvalorização. Como expressava um alto magistrado: "a magistratura do segundo império era decerto uma magistratura de classe, mas de fato relativamente independente..."[130]

---

129. P. Lascoumes, P. Poncela, P. Lenoël, *Au nom du droit. Une histoire politique du Code Pénal*, Paris, Hachette, 1989, p. 78.

130. O Primeiro Presidente Dargent (1969), citado por J.-P. Mounier, "Du corps judiciaire à la crise de la magistrature", *Actes de la recherche en sciences sociales*, 1986, 64, p. 29; sobre a sociologia do corpo judiciário fran-

Essas diferentes dimensões são progressivamente esclarecidas pela pesquisa sociológica – mas não esqueçamos, junto com Jacques Commaille, que nessa área, talvez mais ainda do que naquelas vistas até então, "as interações entre setores da vida social e sociologias especializadas são de tamanha complexidade que a autonomia destas é em geral maior do que elas afirmam"[131].

A atração de alguns pesquisadores pelos períodos críticos, períodos de exacerbação de traços fundamentais, produz efeitos sadios quanto ao estudo sem rodeios da profissão de juiz. Tomemos como exemplo uma pesquisa cooperativa realizada sobre a justiça do período 1939-1950[132]. Apesar do caráter excepcional das circunstâncias, nela se revelam os traços recorrentes do dilema do juiz em face do político. Uma magistratura nomeada pela III República, cuja hierarquia dá provas de múltiplos vínculos com as famílias políticas radical, radical-socialista e com a Frente Popular, sofre o fluxo e o refluxo de dois expurgos sucessivos, pelos quais o cuidado de se dotar dos agentes mais apropriados à execução de uma política supõe a continuidade do próprio corpo judiciário. Mais da metade dos chefes de tribunal do regime de Vichy já o eram antes, os novos promovidos o são em virtude de apreciações hierárquicas baseadas em sua carreira anterior e em memorandos prefeitorais que atestam suas opiniões "nitidamente republicanas". Do mesmo modo não ficamos pouco surpresos de saber que na

---

cês, ver especialmente: A. Boigeol, "La formation des magistrats: de l'apprentissage sur le tas à l'école professionnelle", *Actes de la recherche en sciences sociales*, 1989, n.os 76-7, pp. 49-64 e *Histoire d'une revendication: l'école de la magistrature* (1945-1958), Vaucresson, Cahiers du CRIV; A. Bancaud, *La haute magistrature judiciaire entre politique et sacerdoce*, Paris, LGDJ; J.-L. Bodiguel, *Les magistrats. Un corps sans âme?*, Paris, PUF, 1991 e D. Soulez-Larivière, *Les juges dans la balance*, Paris, Ramsay, 1987.

131. J. Commaille, "Normes juridiques et régulation sociale. Retour à la sociologie générale", in F. Chazel e J. Commaille (eds.), *Normes juridiques et régulation sociale*, Paris, LGDJ, 1991, p. 22.

132. Sob a direção de D. Peschanski, *Justice, répression et persécution en France de la fin des années 1930 au début des années 1950*, Paris, Institut d'Histoire du Temps Présent, 1993.

Libertação uma comissão de peritos planejava manter intactas as principais jurisdições de exceção do Estado francês, em particular as "seções especiais" que tiveram de definir os crimes "terroristas", qualificados retroativamente, para julgar atos de colaboração. A partir de 1940, a Chancelaria excluiu os judeus[133] e se empenhou em distinguir os magistrados que esposam a causa do regime conforme um duplo critério de "firmeza de caráter e de devotamento total ao Estado". Na Libertação, os decretos do governo provisório referentes à ação judiciária que deveria ser realizada contra os colaboradores devem "conciliar o apelo do coração e o respeito para com as tradições da justiça francesa"[134].

Esses momentos de forte pressão do poder político, em seu nível mais alto, e em suas atitudes mais paroxísticas, uma "Revolução nacional", uma reformulação pela Resistência e pela Libertação, permitem observar os curiosos sinais de uma atitude de corpo talvez sintomática da mais profunda expectativa social quanto à função judiciária. Ouçamos o que diz um presidente da Ordem dos Advogados, advogado de condenados à morte, ao presidente de uma seção especial:

> O senhor cumpriu a tarefa mais arriscada que era imposta com serenidade, sem receio dos riscos, mas também sem cegueira e com o cuidado de permanecer justo na severidade obrigatória da repressão.

Tendo em conta alguns "riscos", o magistrado foi expurgado e exonerado na Libertação, o que lhe valeu esta defesa do mesmo presidente da Ordem dos Advogados:

> [Ele] deu provas de um espírito indulgente e de humanidade que só tinha como limite os rigores da lei.[135]

---

133. Cf. o artigo capital de H. Rousso, "Une justice impossible. L'épuration et la politique anti-juive de Vichy", *Annales E. S. C.*, 1993, 3, pp. 491-500.
134. P. Novick, *L'épuration française, 1944-1949*, Paris, Balland, 1985, p. 230.
135. Citado por A. Bancaud, "La magistrature sous Vichy", *in* D. Peschanski, *op. cit.*, p. 69.

Firmeza, dogmatismo, predisposição à defesa da ordem estabelecida e propensão à repressão da desordem parecem, para um alto magistrado, outras tantas qualidades naturais, inerentes à profissão e independentes da autoridade política que formula a lei, e que foi treinado, desde a queda do antigo regime, para aplicar *perinde ac cadaver*. Pode advir a ordem nova da Liberação, a magistratura está a postos, pronta para a menos problemática reciclagem existente para ela: adaptar-se à evolução da lei.

Fica-se impressionado em verificar a incompreensão do corpo a respeito das acusações que se abatem sobre ele. Diferentemente da alta função pública, a magistratura implicada se defende mal. Ela "não pôde ou não soube", escrevem o sociólogo Bancaud e o historiador Henri Rousso, "superar sua dependência e dotar-se, ainda que de maneira conjuntural, de uma autonomia em face do político"[136]. Por mais opostas que possam ser suas filosofias, todos os governos querem uma magistratura leal, não realmente uma magistratura capaz de manipular sua relação com a lei segundo quem lhe inspira o conteúdo. As reações do executivo ao célebre acórdão "Canal" do Conselho de Estado (19 de outubro de 1962), que anulava, praticamente vinte anos depois da instalação das seções especiais de Vichy, o decreto de criação da Corte Militar de Justiça, atestam uma medida extrema da lealdade jurisdicional. Os juízes que estatuíram de encontro à vontade política do chefe de Estado foram automaticamente aposentados. Embora houvessem apenas cumprido seu dever para com o direito, anulando uma disposição que instituía uma jurisdição transgressora dos princípios gerais do direito penal republicano (notadamente suprimindo qualquer via de recurso), exigia-se deles que tivessem satisfeito a uma obrigação menos tangível porém mais premente: a obediência às resoluções da autoridade política.

---

136. A. Bancaud e H. Rousso, "L'épuration des magistrats à la Libération (1944-1945)", *in* D. Peschanski, *op. cit.*, p. 123.

Um cidadão, escreveu-se então, que faz dos princípios ditados pela lei uma idéia diferente da do governo seria apenas um robô, se contra esses decretos, decisões e regulamentações, não dispusesse de um recurso, se não possuísse a garantia de que um juiz independente e imparcial dirimiria o debate e diria o alcance exato da legalidade.[137]

O cidadão quer o recurso, almeja o mensurador, o guardião dos equilíbrios. O príncipe, por sua vez, quer ser lealmente servido, esquecendo às vezes, como se insurgia o primeiro presidente Séguier sob a Restauração, que "a Corte fornece arestos, e não favores".

Entre o martelo do poder e a bigorna do cidadão, é exatamente essa a posição do magistrado republicano. Guardaremos do estudo dos cataclismos da metade do século a origem hesitante do corporativismo judiciário e do sindicalismo na magistratura. Às desilusões e à crise de identidade provocadas por Vichy, pela Liberação, pelo advento da IV República, correspondeu uma reivindicação cada vez mais clara pela natureza *profissional* da função judiciária. A União Federal da Magistratura (tornada União Sindical da Magistratura) é criada depois do expurgo sobre uma base essencialmente corporativista. O Sindicato da Magistratura nasce em 1968 de um projeto de atualização do lugar da justiça na sociedade. Ele ficará, em seus primórdios, "dividido entre a nostalgia de uma norma central, universal, bem ordenada e sua preocupação em ver regulamentadas situações bem precisas que pretende controlar"[138], mas não obstante deliberadamente adaptado às grandes transformações do campo jurídico: dominação do executivo, inserção do judiciário numa lógica de administração pública[139],

---

137. F. Mitterrand, *Le coup d'état permanent*, Paris, UGE (1964), 1993, p. 174.
138. A. Devillé, "L'entrée du syndicat de la magistrature dans le champ juridique en 1968", *Droit et société*, 1992, 22, p. 642.
139. Cf. a análise de uma personalidade "histórica" do sindicato que se tornou diretor da administração geral da Chancelaria, L.-M. Raingeard de la Bletière, "Peut-on adapter l'administration aux finalités de la justice?", *Revue française d'administration publique*, 1991, 57, pp. 61-7.

redefinição das missões do juiz num sentido social. Laboratório de reflexão, esse sindicato encontra na Escola Nacional da Magistratura o instrumento mais eficaz da difusão de suas posições, antes que em 1981 a esquerda abra a seus arautos as portas do executivo e da alta hierarquia judiciária. Os dirigentes da Associação Profissional dos Magistrados, criada em 1981, seguirão um encaminhamento simétrico quando, em 1986 e depois de 1993, governos de direita favorecerem por sua vez o jogo da cadeira entre os magistrados. A reivindicação de "profissionalidade" pode ser concebida entre os magistrados como uma espécie de vontade pragmática de assumir o desconforto de sua relação com as forças políticas[140]. Ironicamente, essa estratégia corporativista, cuja meta é fortalecer a identidade de seus membros mediante um fechamento, terá a conseqüência, provavelmente inesperada, de sistematizar a distribuição dos papéis de sua hierarquia entre tarefas técnicas de administração pública, análogas à maioria daquelas que cabem aos funcionários do Estado, dos cargos propriamente políticos, à disposição dos governos.

> Dizem [...] que os juízes mantêm com os poderes relações suspeitas, que às vezes cedem diante de poderosos interesses. Estão errados, ainda que a autoridade judiciária nem sempre tenha sido tratada como convém. Entra aí o peso de uma história que conheceu horas sombrias. Não é suportável que essa suspeita subsista. Um certo derrotismo apodera-se assim progressivamente do corpo judiciário, que corre o risco de se desencorajar diante de uma tarefa cada vez mais opressiva e cada vez menos gratificante.

Seria natural situar essas palavras por volta do final dos anos 1940. Figuram, na verdade, no preâmbulo de uma circular, com valor de manifesto, do Ministro da Justiça Pierre Ar-

---

[140]. J. Commaille efetua-lhe a análise sob o aspecto de uma *estratégia* a propósito das jurisdições encarregadas da família, ver *Familles sans justice? Le droit et la justice face aux transformations de la famille*, Paris, Le Centurion, 1982, pp. 193 ss.

paillange datada de 7 de novembro de 1988[141]. Tendo alcançado, fato raro, o topo político da hierarquia judiciária da qual galgara todos os escalões da carreira, P. Arpaillange inscrevia a desilusão no frontão de seu programa de ação pública. "A autoridade judiciária nem sempre foi tratada como convém": a função judiciária continua tributária do político no tocante ao dever de lealdade, o qual não se poderia pretender que deva, em virtude das circunstâncias, dar lugar a um dever de oposição. Entre servilismo e rebelião, não falta espaço para a expressão da personalidade singular do judiciário. O juiz reivindica a faculdade de demonstrar que a lealdade não exclui a independência[142].

Quando o povo julga

Enfim, temos que considerar o vínculo político mais bruto conhecido pelo exercício da justiça: o julgamento direto do povo reunido em júri. Sua presença na organização judiciária francesa é apenas homeopática, reduzida à modesta porção do exame de certos processos criminais, diferentemente da Grã-Bretanha e sobretudo dos Estados Unidos, que convocam o júri popular para um leque muito amplo de infrações civis ou penais, da colisão de automóveis ao parricídio.

Foi Tocqueville que deu ao júri seus atestados de nobreza sociológica salientando, em *A democracia na América*, para além de sua missão judiciária, a essência política da instituição.

---

141. *Orientations pour un service public de la justice*, Ministério da Justiça, Paris, 7 de novembro de 1988.
142. Cf. R. Exertier, *Contribution à la déontologie du magistrat. Le devoir de loyauté*, Bordeaux, ENM, 1987; lê-se essa proposta extremamente secularista como conclusão de uma pesquisa sobre a ética dos juízes: "Deve-se imaginar uma 'cláusula de consciência' que permita ao juiz, assim como ao médico, recusar julgar quando sua consciência lhe proíbe fazer obra de justiça?", Cahiers de l'IHFJ, Paris, 1993, p. 24.

Seria limitar singularmente a reflexão sobre ele, restringir-se a encarar o júri como uma instituição judiciária; pois, se ele exerce uma grande influência sobre a sorte do processo, exerce uma ainda maior sobre o próprio destino da sociedade.[143]

Fato político o júri que

"põe a direção real da sociedade nas mãos dos governados ou de uma porção deles" deve ser compreendido como um modo da soberania do povo. Sua legitimidade no domínio da justiça criminal é evidente pois a verdadeira sanção das leis políticas está nas leis penais.

Mas é em matéria civil que o júri expressa seu sentido profundo: "Cada qual, julgando seu vizinho, pensa que poderá ser julgado por sua vez." Assim, os costumes que deram origem às leis controlam diretamente sua aplicação:

O júri ensina cada homem a não recuar diante da responsabilidade de seus próprios atos [...]
Reveste cada cidadão de uma espécie de magistratura; faz todos sentirem que têm deveres a serem cumpridos para com a sociedade, e que participam de seu governo. Forçando os homens a ocupar-se de outra coisa além de seus próprios negócios, combate o egoísmo individual, que é como que a ferrugem das sociedades.
O júri serve incrivelmente para formar o juízo e para aumentar as luzes naturais do povo.[144]

O júri é politicamente virtuoso porque é sociologicamente político. Trata-se, para o sociólogo do século XIX, de um instrumento de fabricação e um horizonte da democracia. "Escola gratuita e sempre aberta, em que cada jurado vem instruir-se acerca de seus direitos", o júri parece-lhe ao mesmo tempo "o meio mais enérgico de fazer o povo reinar" e "o meio mais efi-

---

143. A. de Tocqueville, *De la démocratie en Amérique*, Paris, Gallimard, 1961, I (1835), p. 404.
144. *Id.*, p. 407.

caz de ensiná-lo a reinar". A capacidade dialética do júri de administrar diretamente normas, das quais enquanto povo é reputado ser o autor, ao mesmo tempo que faz com que compreenda a tecnicidade delas, parece apagar um dos mecanismos fundamentais da instituição judiciária, a saber, a distinção entre o profano e o sacro, entre o popular e o erudito. Tocqueville responde de antemão às objeções que a corporação dos juízes poderia levantar:

> O júri, que parece diminuir os direitos da magistratura, funda [...] realmente sua autoridade, e não há país onde os juízes sejam tão poderosos como aqueles em que o povo compartilha de seus privilégios.[145]

Claro, o argumento é político. Claro que é à imagem da América. Ainda assim delineia uma pista de pesquisa muito firme para a sociologia empírica: para além dos preconceitos bem conhecidos sobre a incompetência dos júris populares ou sobre como podem ser manipulados pelos juízes profissionais, sobre sua propensão a reprimir ou sobre a sua permissibilidade, é, na verdade, uma doutrina do povo em posição de julgamento que se trata de explorar. A recente obra do sociólogo Louis Gruel estabelece com força o estatuto antropológico das deliberações dos júris populares que ele estuda na França da Revolução até os nossos dias, mostrando não só que os jurados populares têm um outro modo de julgar, mas que esse outro modo "toca nos vínculos essenciais entre o homem e a sociedade, na própria concepção do que é socialmente um homem"[146]. Seu objeto real é revelar "o que ata os laços de uma coletividade social e funda a qualidade de seus membros", e, demonstrando a veracidade das perspectivas tocquevillianas, essa ligação fundamental provém da experiência do júri, inventor de paradigmas:

---

145. *Ibid.*, p. 410.
146. L. Gruel, *Pardons et châtiments. Les jurés français face à la violence criminelle*, Paris, Nathan, Col. "Essais et recherches", 1991, (pp. 5-13 e 123-32); ver também a tese de história social de F. Lombard, *Les jurés. Justice représentative et représentations de la justice*, Paris, L'Harmattan, 1993.

Os jurados se referem ao que se pode chamar de pessoas, ou seja, uma espécie de dignidade de existência cuja qualidade, espessura, valor se situam no cumprimento adequado dos papéis sociais, na conformidade cotidiana às expectativas normativas do meio, no respeito às obrigações, ainda que não escritas, do estatuto ocupado...

André Gide, jurado inúmeras vezes, confidenciava em 1912 os tormentos do "homem popular" em busca dos meios de julgar esses semelhantes que não são seus pares:

> Esta noite não consigo dormir; a angústia apertou-me o coração e não o desaperta nem por um instante. [...] Antes de voltar para casa deitar-me, eu tinha perambulado muito tempo naquele triste bairro perto do porto, povoado de gente miserável, para quem a prisão parece uma moradia natural – negra de carvão, embriagada de vinho ruim, embriagada sem alegria, horrorosa. E naquelas ruas sórdidas, rondavam crianças pequenas, macilentas e sem sorrisos, mal vestidas, mal nutridas, mal amadas...[147]

Mas, como que para apagar esse juízo aristocrático, o mesmo Gide, que deplorava que a magia do escrito e as proezas verbais da audiência pudessem influenciar tanto o voto de um júri popular, refutava os desejos de uma seleção pela cultura. "Não me ficou de modo algum provado", escrevia em oposição ao filósofo Bergson, "que o jurado mais inábil para falar seja o que sinta e pense pior. E inversamente, infelizmente!"[148]

---

147. A. Gide, *Souvenirs de la Cour d'assises* (Rouen, 1912), *in Journal 1939-1940 – Souvenirs*, Paris, Gallimard, Col. "Bibliothèque de La Pléiade", 1954, pp. 663-4.
148. *Réponse à une enquête. Les jurés jugés par eux-mêmes*, *in* André Gide, *op. cit.*, p. 674.

VII. O crime e sua sanção

> Aperto meus dois polegares no côncavo da carne que ladeia a parte superior do esterno e, apertando, aproximo-me lentamente, um polegar para a direita, um polegar para a esquerda enviesado, da zona mais dura embaixo das orelhas... O rosto de Hélène está imóvel e sereno, seus olhos abertos fixam o teto. E, de repente, fico tomado de terror: seus olhos estão interminavelmente fixos e, sobretudo, eis que uma pontinha da língua repousa, insólita e calma, entre seus dentes e lábios.
>
> Por certo eu já vi mortos, mas jamais em minha vida vi o rosto de uma pessoa estrangulada. E, contudo, sei que é uma estrangulada. Mas como? Ergo-me e urro: estrangulei Hélène!
>
> LOUIS ALTHUSSER, *L'avenir dure longtemps*, Paris, Stock/ IMEC, 1992, pp. 11-2

Introdução

Temos de continuar a ler um pouco mais a confissão estarrecedora de Althusser para descobrir seu motivo:

> Pois foi embaixo da pedra tumular da inimputabilidade criminal, do silêncio e da morte pública que fui forçado a sobreviver e a aprender a viver.

Impune do homicídio da mulher, pois reconhecido demente no momento dos fatos, o próprio filósofo se impingira uma pena perpétua à qual não o haviam, porém, condenado. Através de qual encaminhamento uma inimputabilidade judiciária pode conduzir um homicida reconhecido como "louco" a sentir um sentimento de morte, como se a negação de sua responsabilidade acarretasse a negação de todo o seu ser? O caso Althusser impressiona o observador dos fenômenos jurídicos em um ponto crítico, aquele em que o tratamento do ato criminoso pode começar a hesitar entre repressão e terapêutica: em que o próprio homicida julgado louco reivindica sua responsabilidade jurídica como um vínculo de vida, ainda que devesse incorrer na pena de morte.

Como Althusser, o cabo canadense Denis Lortie, que metralhou várias pessoas em 1984 pois acreditava que o governo do Quebec "tinha a cara de seu pai", rejeitava como a morte a imunidade concedida aos dementes. Pleiteava ser culpado e suplicava à instância judiciária que o reconhecesse responsável por seu ato, o que ela fez graças à perícia de Legendre. Mais longe nos anais judiciários, o camponês Pierre Rivière, assassino de uma parte de sua família, expôs em um arrazoado os móbeis de seus atos, um texto em que verá tanto a prova de sua razão quanto os sinais de sua loucura, e que ele concluiu assim: "Portanto, espero a pena que mereço." Condenado à morte, mas vendo sua pena comutada graças às perícias psiquiátricas, ele se enforcará em sua cela. Rivière, explicou a imprensa da época,

> julgava-se morto e não queria ter nenhum tipo de cuidado com seu corpo; acrescentava que desejava que lhe cortassem o pescoço, o que não lhe causaria nenhuma dor, já que estava morto; e, se não acedessem a esse desejo, ameaçava matar todo o mundo. Essa ameaça fez com que o isolassem de todos os outros detentos e, então, ele aproveitou esse isolamento para se suicidar.[1]

Esses casos parecem à primeira vista paradoxais: põem em cena criminosos que reivindicam seu direito de serem reconhecidos culpados e de serem punidos, ao passo que, no tocante a cada um deles, a ciência pôde demonstrar ou procurar demonstrar a irresponsabilidade no ato cometido e tratar de fazê-los beneficiar-se de uma isenção total ou parcial da pena. Todavia, eles têm o mérito de nos defrontar diretamente com o estatuto problemático do crime, fronteira externa do mito da ordem. Escolhemos apresentar seus delineamentos, conservando como guias esses casos extremos que conduzem sem rodeios às questões essenciais levantadas pelo direito penal e

---

1. *Le pilote du Calvados*, 22 de outubro de 1840, citado *in* M. Foucault (ed.), *Moi Pierre Rivière, ayant égorgé, ma mère, ma sœur et mon frère...*, Paris, Gallimard-Julliard, 1973.

manipuladas pelas ciências sociais, que ambicionam o seu estudo distanciado. Assim, consideraremos sucintamente os fundamentos da proibição de matar e as molas lógicas do ato de transgressão. A construção conflituosa da relação entre ciência e responsabilidade será em seguida evocada, antes que abordemos o problema agudo do recurso à idéia de culpabilidade, arraigada nas instituições mas enfraquecida pelos progressos da explicação científica.

1. O fenômeno criminal

O âmbito do crime e de sua sanção suscitou em sociologia a mais abundante e mais diversificada das literaturas[2]. Qualquer um que aborde o tema só pode sentir-se esmagado pelo material que se lhe oferece. Um esmagamento institucional, de início, pois uma parte considerável do saber "criminológico" possui vínculos muito fortes com o exercício da própria função penal: pode-se falar de saber de mando ou de saber adaptado[3]. Como todos os conhecimentos que uma instituição de aplicação gera, sendo sua primeira utilizadora, *a fortiori* quando se trata de um atributo essencial da soberania do Estado, as produções que provêm dessa categoria em geral possuem o cunho da prática de que elas procedem e à qual devem retornar. Fica-se, depois, esmagado pelo peso das escolas de pensamento. Foucault renovou consideravelmente um campo que ele dissociou das faculdades de direito em proveito de uma teoria geral das "governomentalidades" trabalhada pelo conjunto das ciências do homem e da sociedade. Nascimento da clínica, nascimento do hospício, nascimento da prisão estão, para ele, inse-

---

2. Ver a síntese pluridisciplinar de C. Faugeron, "La production de l'ordre et le contrôle pénal. Bilan de la recherche en France depuis 1980", *Déviance et société*, 1991, 15, 1, pp. 51-91.

3. "O direito criminal, a criminalística e a criminologia são, em suas respectivas áreas e em suas relações mútuas, apenas os diversos instrumentos da ciência criminal e da política criminal", R. Merle e A. Vitu, *Traité de droit criminel*, Paris, Cujas, 1967, p. 95.

ridos num paradigma antropológico comum do movimento histórico. Uma profusão de trabalhos de qualidade, tanto em filosofia e em história social como em sociologia propriamente dita, adotaram as teses foucaultianas para a melhoria do conhecimento da economia geral do sistema penal, das lógicas de incriminação e de encarceramento, passando pelo crivo do empirismo, dos estudos de casos e das análises de longa duração, o que Foucault denominava as "astúcias da disciplina"[4]. Herdeiro singular da tradição freudiana, psicanalista próximo de Lacan, jurista de direito erudito e de direito canônico, Legendre desenvolve uma obra, também ela transversal, ritmada por uma referência constante ao enigma do homicídio e ao seu tratamento pelas instituições, uma obra rica de expectativas dirigidas à sociologia e à antropologia. Não se poderia pretender abranger em algumas páginas uma documentação de tamanha amplitude sem a empobrecer. Assim, propomos ao leitor compartilhar, muito esquemática e muito ingenuamente, os dados fundamentais com os quais o sociólogo se defronta, como todo observador.

O objeto em causa é um fenômeno em parte duplo: o crime, ou a infração estigmatizada em virtude de interesses sociais que se devem preservar ou promover, só existe como tal mediante a sanção que lhe garante o respeito e lhe atualiza a rejeição. A qualificação dos comportamentos repreensíveis se parece, para cada coletividade humana, com um vasto espectro graduado segundo uma escala de valores, do menos grave ao mais grave. A esse espectro hierarquizado das incriminações corresponde uma paleta de sanções adaptadas. Ambos evoluem à medida que evolui o grupo e que se recompõem ou se reposicionam os interesses que ele pretende defender.

A história das sociedades ocidentais praticou de longa data, para a administração de seu direito, uma dessas divisões capitais com que gosta de se estruturar. A justiça criminal e o direito penal logo formaram, nela, uma esfera particular da ativi-

---

4. Cf. F. Ewald, "Pour un positivisme critique: Michel Foucault et la philosophie du droit", *Droits*, 1986, 3, pp. 137-42.

dade judiciária. Em suas *Questions notables du droit* [Questões notáveis do direito] (1649), Simon d'Olive nota que:

> A justiça criminal parece mais nobre quando a consideramos de acordo com o assunto de que trata... pois, se a consideramos em sua fonte, a justiça criminal não é um efeito de jurisdição, mas uma concessão da lei que fica completa com o benefício do Príncipe.⁵

O poder de punir aqueles que colidem mais severamente com a ordem dos homens compete àqueles dentre os juízes que estão em contato direto com a lei no que ela tem de mais fundamental: é às injúrias supremas que corresponde o *ius gladii*. "Consultemos o coração humano", escreve Beccaria em seu *Tratado dos delitos e das penas* (1764), "e nele encontraremos os princípios fundamentais do verdadeiro poder de punir os delitos que o soberano detém."

Freud assinalou sob a forma de uma parábola baseada em observações etnográficas e em ensinamentos clínicos de que era feita essa lei essencial para o homem universal. Ele o fez descrevendo-nos um mito de origem cujos elementos principais passaram para o conhecimento comum. Um pai violento, ciumento, guarda para si todas as mulheres e expulsa os filhos à medida que vão crescendo; um dia, os irmãos se reúnem, matam e comem o pai, pondo fim à "horda paterna".

Freud explica:

> Pelo ato de absorção, realizavam sua identificação com ele, apropriavam-se cada um deles de uma parte de sua força. A refeição totêmica [...] seria a reprodução e como que a festa comemorativa desse ato memorável e criminoso que serviu de ponto inicial a tantas coisas: organizações sociais, restrições morais, religiões.⁶

---

5. S. d'Olive du Mesnil, *Œuvres*, Lyon, 1649, f.º 115.
6. S. Freud, *Totem et tabou. Interprétation par la psychanalyse de la vie sociale des peuples primitifs*, Paris, Payot, 1965, (1912-1913), p. 213.

Tiremos esquematicamente as lições da parábola. Os elementos fundamentais da sociedade puderam desenvolver-se porque o homicídio primitivo do pai pelos filhos pôs fim à não-diferenciação tirânica. A culpabilidade assim contraída dá lugar à celebração dos preceitos paternos: "o que o pai havia proibido outrora, pelo próprio fato de sua existência, os filhos agora proíbem a si mesmos". Assim Freud chega a uma formulação muito clara do que a lei gera, em sua mais simples expressão e nos próprios fundamentos da organização humana. Ela gera duas proibições: proibição do homicídio e proibição do incesto, sem a qual não há genealogia possível e, portanto, reunião harmoniosa do gênero humano. Freud adere à frase luminosa de Robertson Smith: "Homicídio e incesto... são os dois únicos crimes de que a comunidade como tal tem consciência."[7] Não se é obrigado a aderir às premissas da demonstração para aceitar suas conclusões. É, em qualquer sociedade, fortemente desaconselhado matar o pai e casar com a mãe; a história de Édipo – versão ocidental do mito universal – está aí para nos lembrar. O homicídio, particularmente o parricídio, figura no topo dos atos incriminados. É o arquétipo daquilo a que o direito visa quando enuncia suas proibições e pune a desobediência delas com penas.

A interdição do homicídio é, portanto, a "lei das leis" que proporciona à sociedade um encadeamento lógico de instituições. O ato criminoso, longe de representar uma desordem ou um desvio, insere-se *de direito* nessa lógica que remete a um só tempo a uma arquitetura normativa e ao princípio ativo que a inerva. Da arquitetura provém a própria noção de *crime*, cuja etimologia pertence em grego ao verbo *separar, selecionar, escolher* e daí *levar ao julgamento*, ou seja, *acusar*; daí o substantivo *krima* que qualifica tanto o processo do julgamento quanto o que se trata de julgar[8]. O princípio ativo que circula através das estruturas de instituições é o que em direito se denomina

---

7. *Religion of the Semites* (1907), citado por Freud, *op. cit.*, p. 215, n. 1.
8. Cf. P. Legendre, *Le crime du caporal Lortie. Traité sur le père*, Paris, Fayard, 1989, Leçons VIII, p. 63, n. 3.

uma presunção. "As presunções", lembra o Código Civil (art. 1349), "são conseqüências que a lei ou o magistrado tira de um fato conhecido para um fato desconhecido." Diante do crime, a presunção que se aplica é uma presunção de *razão*. Nascemos todos presumidamente racionais, porque é a própria função do sistema institucional perpetuar a proibição através das gerações: "Assim, uma sociedade não é um rebanho de indivíduos contabilizáveis, mas [...] uma composição histórica de sujeitos diferenciados."[9] À proibição fundamental do homicídio corresponde a organização das instituições que é percorrida pelo princípio de aceitação *a priori* da regra comum por cada qual. Até os limites, é claro, da identidade do grupo, assim como evocava Pascal neste diálogo:

> Por que me matais?
> – Ora! Não permaneceis do outro lado da água? Meu amigo, se permanecêsseis deste lado, eu seria um assassino, e seria injusto matar-vos deste modo; mas, já que permaneceis do outro lado, sou um valente e isso é justo.[10]

A formulação do crime como um procedimento fundamentado na execução de uma proibição fundamental, cujo princípio ativo é a presunção de razão, mostra-nos a que ponto cada ato, cada fenômeno isolado, está contido na economia geral das instituições.

2. A lógica do homicídio

O homicídio "em série" que Pierre Rivière comete aos vinte anos de idade em 3 de junho de 1835 nas pessoas de sua mãe grávida de seis meses, de sua irmã Victoire, dezoito anos, e de seu irmãozinho Jules, sete anos, parece, a bem dizer, uma horrorosa tentativa de reordenar "uma composição histórica

---

9. *Id.*, p. 47.
10. Pascal, *Pensées, in Œuvres complètes*, Paris, Gallimard, 1954, p. 1151.

de sujeitos diferenciados" cometida por um indivíduo que se reapropria da norma fundamental e remodela a golpes de podadeira as organizações institucionais que devem decorrer dela.

Rivière era um camponês normando, um camponês muito humilde, mas devorava os livros, todos os livros que podia encontrar, narrativas épicas e obras religiosas. Na prisão de Vire, entre 10 e 21 de julho de 1835, põe no papel a gênese de seu ato, um trabalho de explicação tão maduramente deliberado previamente quanto o fora a execução do próprio crime. Já antes de seu gesto, iniciara a redação do memorial e destruíra uma primeira versão. Pesa sobre Rivière, a respeito do homicídio, a mesma presunção de razão que liga o conjunto dos sujeitos estruturados pelas instituições. Por isso não é absurdo ler o ato e as suas causas invocadas pelo autor como formando um conjunto lógico. Adotemos, pois, o ponto de vista do criminoso, a partir de sua exposição circunstanciada, que parece menos uma confissão judiciária ou uma confissão contrita do que uma demonstração sociológica.

Pierre nasce de pais antagonistas. As núpcias deles são brancas, o casamento consumado com dificuldade, pois Victoire Brion recebe Rivière pai "com uma frieza que o desconcertava". Há realmente "recepção", pois cada um dos esposos reside no sítio de seus pais. Um desses contatos frios e desconcertantes ocasiona o nascimento do futuro criminoso: "No começo de 1815 minha mãe me deu à luz, ficou bem doente com esse parto." Hostilidades, doenças e acusações vão marcar até o drama o destino da descendência problemática. Pai e mãe chegam às vias de fato. Ela o arranha e morde, ele a obriga a acompanhá-lo e a esbofeteia. Periodicamente. Do lado da mãe, Victoire, a mais velha das irmãs e réplica da mãe na aversão pelo genitor; do lado do pai, Pierre; Victoire e Pierre brigam como que em paralelo de seus autores. Os filhos menores ficam igualmente divididos entre as duas partes e as duas residências. Quando o casal Rivière chega a residir no mesmo sítio é em duas casas diferentes, e as cenas se reproduzem quando necessário por intermédio do juiz de paz, mais por instigação da mulher, que também costuma acusar o marido de dilapidação, de privar de alimentos os seus, de ter deixado morrer o pequeno Jean-Vincent. Como eles fazem então, esses filhos, frutos mais da divisão mórbida do que da união? Quando Rivière vai trabalhar no sítio dos sogros:

> Durante todo o seu casamento, com exceção do pouco tempo que ela veio ficar com ele [...], ele só dormiu com minha mãe quando ia trabalhar na lavoura ou em alguma outra obra.

Os partos de Victoire Brion são difíceis e a deixam doente. Mais tarde, Rivière pai também fica doente, pensa em suicídio e fala nisso, suporta cada vez com maior dificuldade os vexames da mulher. Quando esta fica grávida de novo, sendo pequena a probabilidade de que seja ele o responsável, e a vizinhança zomba, como é de prever, sua dor chega ao auge. É pelo menos essa a opinião de Pierre, que matou acima de tudo porque "não é justo que eu deixe viver uma mulher que perturba a tranqüilidade e a felicidade de meu pai".

Teatro familiar do tríplice crime cometido por Pierre Rivière em 1835
(segundo seu Memorial)

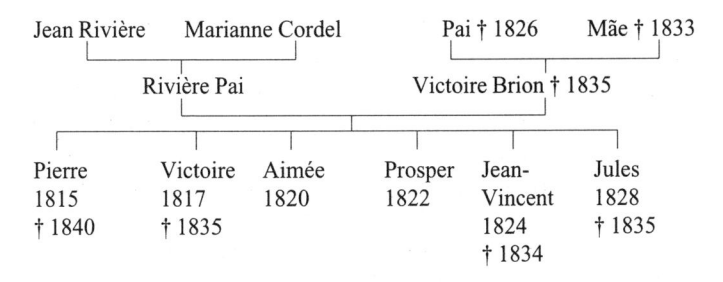

Jean Rivière — Marianne Cordel		Pai † 1826 — Mãe † 1833			
	Rivière Pai —		Victoire Brion † 1835		
Pierre	Victoire	Aimée	Prosper	Jean-Vincent	Jules
1815	1817	1820	1822	1824	1828
† 1840	† 1835			† 1834	† 1835

Se mantivermos a via da análise lógica, se procurarmos o fator de ordem no ato homicida, cumprirá ouvir Pierre Rivière: "Só posso libertar meu pai morrendo por ele." A frase é enigmática quando a reportamos à afirmação precedente. Por que Pierre deverá morrer para libertar o pai quando o homicídio de sua mãe parece ser suficiente?

Podemos tentar esclarecê-la tomando como referência os termos fundamentais da normatividade: as proibições de homicídio e de incesto e as construções institucionais, em primeiro lugar genealógicas, que delas provêm. Sabe-se que a genealogia, enquanto instituição, é feita para que cada qual encontre nela seu lugar contanto que, pelo jogo dos ciclos de substituição das gerações, este lugar seja liberado pelo ocupante anterior. Rivière, por esse ângulo, mata e morre para recuperar rapidamente uma devolução perturbada. Façamos essa hipótese: para que o pai tenha um lugar, é preciso que ele mesmo ceda o seu. O que constitui um raciocínio rigorosamente inverso do vetor normal. A genealogia não sobe, ela desce. Por conseguinte, a questão se torna: em que Pierre ocupou o lugar do pai, ou, o que é a mesma coisa, em que o pai de Pierre ocupou o lugar do filho?

Victoire Brion fica, no nascimento de Pierre, doente por causa dele:

> Naquela doença de minha mãe, suas mamas infeccionaram e meu pai as sugava para lhes extrair o veneno, que, em seguida, vomitava no chão.

Não é preciso ser formado em psicanálise para dizer que um filho não evoca essa imagem impunemente, tratando-se de um seio envenenado no qual ele devia mamar, mas do qual seu próprio pai, sacrificando-se, extraía, para depois expulsar, o líquido impuro, mediante sucção e regurgitação. O conhecimento que Pierre tem do detalhe das questões familiares é, por outro lado, pelo menos o de um chefe de família rural, não o de um filho. Não há uma só cláusula da economia doméstica que ele ignore, nem um contrato de arrendamento de terras ou de serviços cujos termos ele não conheça, nem uma violência ou um suspiro paterno cuja observação ou audição não relate, desde a origem de sua narração, ou seja, de seu nascimento, até a sua libertação pelo crime. Pierre nos diz também que em

1824, quando nasceu Jean-Vincent, esse irmão menor que deveria morrer de uma doença de que Victoire acusará o marido, "ficou acertado que seriam minha avó paterna e eu que lhe daríamos nome". O pai estava ausente. Enfim, Pierre nos conta, na ordem, seu horror ao incesto e suas restrições às mulheres:

> Eu tinha sobretudo um [sic] horror ao incesto, o que fazia que eu não quisesse me aproximar das mulheres de minha família [...]. Diziam que eu tinha horror das outras mulheres, pois quando ele [sic] se punham algumas vezes ao lado de minha avó e de minha irmã, eu me retirava.

Até "três ou quatro anos", ele vive na casa do pai, depois a mãe vem buscá-lo. Na casa dela, é testemunha das brigas contínuas que ela tem com a própria mãe – "várias pessoas contam ter visto minha mãe bater nela e arrastá-la pelos cabelos". Aos dez anos, volta à casa do pai e fica lá, com os irmãos Prosper e Jean-Vincent, mais moços que ele. Aimée, mais nova que Victoire, é criada pela avó paterna, Marianne Cordel. Victoire e Jules, o caçula, viverão sempre na casa da mãe.

A organização familiar é decerto singular. Dir-se-ia, hoje, que consiste em dois lares monoparentais. Mais ainda o são as relações do casal: *relações de trabalho, enfrentamentos físicos* e *cópulas* cujo número parece corresponder à progenitura. Nas três esferas, Pierre é parte interessada, do lado do pai. É, já aos dez anos, para os trabalhos da roça um adulto, guia os bois, lavra as terras da mãe em companhia do pai. Nas brigas, é envolvido, acusado pela mãe, e, principalmente, enquanto o pai troca pancadas com a mãe, ele briga com Victoire:

> Minha irmã se meteu na briga para estorvar meu pai, e, vendo que ela o estava atrapalhando, eu a tirei e dei-lhe vários tapas enquanto meu pai levava minha mãe, ela gritava assim como minha irmã: vingança, ele está me matando, está me assassinando...

Na terceira esfera, a sexualidade dos pais, ele observa sem participar, mas parece saber de tudo, ou seja, saber tanto quanto o pai. Depois de uma onda de intensas pendências, fazia muito tempo que ele já não dormia com a mulher. Como ela estava no mesmo sítio,

> ele quis tentar a primeira ou a segunda noite. Minha irmã Victoire ouviu. Então disse: ah!, meu deus, meu deus, o que o senhor fez com ela? Veja, disse-lhe ele, o que você tem com isso, estou fazendo com ela o que os homens fazem com suas mulheres. Ah!, disse ela, largue-a já que ela não quer. Está bem, disse-lhe meu pai, vou largá-la também.

E Pierre conclui a narração desse episódio: "e minha irmã e meu irmão desde então sempre dormiram com minha mãe". É uma lógica de campo que aparece. Vertente materna, Victoire Brion bate na própria mãe, admite que a filha expulse seu marido de sua cama para ela própria instalar-se ali com o irmão menor. Vertente paterna, as permutas de papéis são igualmente impressionantes, ainda que devêssemos deter-nos apenas nesta imagem: não é Pierre que mama, em seu nascimento, no seio da mãe, mas seu pai.

Percebe-se uma certa simetria na composição dessas duas linhagens antagonistas, a paterna e a materna, que manifestam uma mesma confusão na distribuição dos papéis entre pais e filhos. O crime de Pierre é dirigido a essa confusão e, à sua maneira, soluciona-a. Mas, para solucioná-la, para pôr na ordem certa a inversão que caracterizava as posições familiares em cada um dos segmentos em que se exerce a filiação – uma inversão contrária à lei e ao próprio princípio de todas as leis –, *ele mesmo precisa adquirir o estatuto de um fazedor de leis.*

Ele parece buscar sistematicamente as vias de acesso para isso. Primeiro a engenharia técnica: "Resolvi também distinguir-me fazendo instrumentos totalmente novos, queria que fossem criados em minha imaginação." A delegação divina: "Parece-me que Deus me havia designado para isso e que eu exerceria a sua justiça."

O exemplo heróico: La Rochejacquelein à frente de seus insurretos, "se eu avançar, sigam-me, se eu recuar, matem-me, se eu morrer, vinguem-me". Em tal posição de eminência, as leis existentes são apenas um efeito, manipulável, da conjuntura histórica: "Eu conhecia as leis humanas, as leis de policiamento, mas pretendi ser mais sábio do que elas, via-as como ignóbeis e vergonhosas." Apropriando-se do princípio das leis, Pierre tem acesso ao poder de punir a transgressão delas[11].

Assim seu gesto parece ser a execução de uma sentença forjada no tribunal íntimo de sua razão, já que supusemos que ele estava em plena posse de suas faculdades. Com toda a solenidade requerida para a aplicação de uma pena capital, Pierre manda afiar sua podadeira de melhor gume, prepara suas roupas de domingo, tirando-as e vestindo-as tantas vezes quantas tem de adiar seu fatal projeto, até que afinal estivessem reunidas suas três vítimas designadas, sua mãe Victoire Brion, sua irmã Victoire e seu irmãozinho Jules. Quarta-feira, 3 de junho, vestido como que para as execuções capitais, ele as "passa na faca" com extrema precisão e violência diligente. Três sentenças capitais executadas com o equivalente rústico da guilhotina oficial. Três tentativas homicidas de degolação.

Vale a pena conceder a esse caso a atenção necessária para apreender em que o assassinato dessas pessoas pode querer expressar, da parte do homicida, a *reparação de uma ordem achincalhada*. Poder-se-á supor que na origem dos atos de Rivière há não só uma lógica, mas que essa lógica repousa numa reformulação das proibições fundamentais de homicídio e de incesto? Temos, primeiro, de ouvir o assassino:

> Tomei portanto essa terrível resolução, determinava-me a matá-los a todos os três; as duas primeiras [sic] porque eles [sic] se aliavam para fazer meu pai sofrer, quanto ao pequeno, eu tinha duas razões, uma porque ele amava minha mãe e minha irmã, a outra porque eu temia que, matando apenas as outras duas, meu pai, embora sentindo um grande horror, não me lamentasse ainda que soubesse que morri por ele...

---

11. Uma passagem para o ato homicida é assim definida por Legendre: "Uma retravessia das classificações que nos fazem, todos nós, viver, mas por alguém que se teria apropriado do princípio da divisão, noutras palavras, que teria mudado de campo privatizando a Referência soberana", in *Lortie...*, *op. cit.*, pp. 62-3.

Que vínculo existe entre essas duas proposições: devo morrer para que meu pai viva; por conseguinte, devo matar minha mãe, minha irmã e meu irmão? A pressão normativa se exerce seja qual for a situação concreta vivida pelos sujeitos da ordem genealógica. Em tamanho paroxismo, o menor elemento entra em linha de causalidade. Pusemos em evidência o paralelismo das linhagens antagonistas. A oposição pai/mãe é redobrada por uma divisão de acordo com os sexos: o menino na casa do pai, as meninas na casa da mãe. Aqui se coloca a difícil questão do homicídio do pequeno Jules. Sua posição familiar não segue a separação entre partido do pai e partido da mãe. Quando estes estão brigando, Victoire manda Jules morder o pai, e Pierre relata: "Meu pai conta que ele punha seus dedos dentro da boca mas não se atrevia a apertá-los." A ternura do pai para com Jules é relatada várias vezes por Pierre Rivière. Indo buscar os móveis da mulher para transportá-los para seu sítio: "Ah!, meu pobre e pequeno Jules... você é que é o móvel mais querido que eu tinha vontade de levar."

Victoire Brion decide partir outra vez com sua tripulação e seu partido, a filha Victoire e Jules: Jules chora copiosamente, "pois, embora aquele menino tendesse um pouco para o lado de minha mãe, amava também meu pai e ficava contente quando os via de acordo, meu pai quis retê-lo com seus agrados, não conseguiu". É depois de uma cena parecida que Rivière pai clama seu desespero. Jules é a causa: "ele parecia querer dizer", conta Pierre, "renuncio a tudo o que tenho, só este pobre pequenino é que não tirarão de mim, quero ficar com ele e levá-lo sempre comigo"... Não tendo conseguido convencer Jules a deixar a mãe, pensa então em atirar-se no poço. Pierre testemunha esses sofrimentos impotentes. Na sua frente o pai teria dito, afinal: "ora, não tenho força para me livrar de tantas perseguições, há outros que o fazem por muito menos razões".

Rivière jogou, comentou Foucault, "realmente, na unidade inextricável de seu parricídio e de seu texto, o jogo da lei, do homicídio e da memória...¹²" Em nome da proibição do homicídio, era preciso impedir o suicídio do pai. Como a proibição só vale no interior do grupo, era lícito matar aqueles de "além da água", o partido da mãe, partido inimigo, claramente separado e fonte exterior da desordem. Enfim, cumpria combater a outra transgressão de interdição, também ela fator de morte, a transgressão da interdição do incesto, acompanhada de uma não-diferenciação dos sexos: o apego do pai pelo caçula, tão forte que o impele a pôr sua vida na balança, um apego oriundo de uma extrema perturbação e literalmente incestuoso. Pierre, o fazedor de leis, extermina a linhagem materna para dar vida à linhagem paterna. Resta Jules, o irmãozinho, que forma um vínculo problemático entre os dois pólos: é em nome do "horror pelo incesto", nele tão manifesto a ponto de nos dizer ter evitado "aproximar-se das mulheres de sua família", que seu homicídio parece encontrar seu lugar no cerne dessa abominável empreitada de restabelecimento da ordem, concluída de modo lógico com a morte do executor, não em razão de sua culpa, mas para deixar ao pai a oportunidade de finalmente ocupar a função de pai que ele, Pierre Rivière, havia assumido chegando a prevalecer-se das leis romanas, "que davam ao marido direito de vida e de morte sobre a mulher e os filhos".

3. Ciência e responsabilidade

O processo Rivière atesta hesitações da sociedade perante uma monstruosidade executada com o rigor lógico de uma decisão de justiça. Robert Castel¹³ salientou o que a comutação de pena de Rivière devia a um aumento da força da corporação

---

12. M. Foucault, "Les meurtres qu'on raconte", in *Moi Pierre Rivière...*, *op. cit.*, p. 274.
13. R. Castel, "Les médecins et les juges", in *Moi Pierre Rivière...*, *op. cit.*, pp. 315-31.

médica: a condenação à morte de Rivière louco era para ela uma derrota, suas maiores sumidades (dentre elas Esquirol, Marc, Pariset e Orfila) se mobilizaram por ocasião de um recurso de indulto, para atestar uma alienação mental desde a primeira infância que persistiu depois dos homicídios "devidos ao delírio", para concluir que "deveriam ter internado Pierre Rivière, pois esse moço estava doente demais para gozar de liberdade" (25 de dezembro de 1835). Esse caso específico mostra-se exemplar sob três aspectos[14].

1º) Três lições do caso Rivière

Primeira lição: o esboço de um determinismo

Em primeiro lugar, a medicina forja para si, em torno do ato criminoso, "um espaço de intervenção entre o depois do ato e o antes do ato". Quando os peritos afirmam que *deveriam ter* internado Rivière e que desde a infância ele era doente demais para gozar de liberdade, é, com base na medicina mental, o próprio espírito de uma *política de prevenção* que se está afirmando. A investigação dos fatores que predispõem à prática das infrações estará na origem da utilização, pela administração judiciária, pelas instituições médicas ou, mais recentemente, por organismos relacionados com o setor social, de uma crescente panóplia de métodos tendentes a conjurar o ato ou sua reincidência (políticas de reinserção).

A *previsibilidade* do comportamento delituoso é a hipótese central do conjunto dos dispositivos institucionais e é na ciência, médica, psiquiátrica e biológica em primeiro lugar, social, sociológica, psicológica e histórica, em segundo lugar, que se constituirá o laboratório permanente de investigação dos critérios de previsão. Dos parâmetros individuais, passar-se-á

---

14. Já evocada de modo sucinto em L. Assier-Andrieu, "La norme pénale comme enjeu culturel", *Les cahiers de la sécurité intérieure*, 1994, 18, pp. 39-49.

para os invariantes de grupo e para noções tais como a de "população de risco", que designa ambiguamente tanto o risco que os membros dessa população correm de se defrontar com o crime e com suas conseqüências, quanto o perigo que essas populações específicas representam para a sociedade como um todo. A justiça de menores que constitui na França, desde 1945, um ramo distinto da administração da justiça, adotou em 1990 o nome de "proteção judiciária da juventude". Pondo, em todos os seus níveis de intervenção, da evocação da lei enunciada por um magistrado à colocação em estabelecimentos especializados, a ênfase na pesquisa dos meios de prevenção, de preferência às soluções repressivas, essa instituição de considerável importância administrativa literalmente se construiu e modelou sua evolução a partir dos progressos das ciências sociais, notadamente a psicologia e a sociologia, com o desejo de se antecipar com precisão cada vez maior à ocorrência dos atos repreensíveis[15]. Os profissionais desses serviços, em geral oriundos dos meios socioeducativos, utilizam significativamente a noção de "menores inclassificáveis" para aqueles cujo comportamento, contrário à lei ou necessitando de simples medidas de assistência, põe em xeque os dispositivos elaborados para classificá-los em virtude de critérios anteriores de previsibilidade: como que para assinalar melhor aos sociólogos seu novo horizonte...

Segunda lição: do veredicto ao diagnóstico

Uma segunda propriedade exemplar do caso Rivière, apontada por Castel, é pôr em evidência "uma concorrência entre agentes que defendem seu lugar na divisão do trabalho social: a que tipo de especialistas confiar esse homem e qual

---

15. Cf. F. Bailleau, "Parcours et parcage de 'délinquants juvéniles'", *in* F. Bailleau, N. Lefaucheur, V. Peyre, *Lectures sociologiques du travail social*, Paris, Éditions Ouvrières, 1985, pp. 188-203 e o relatório coletivo, *Politique de prévention et acteurs de la protection judiciaire de la jeunesse*, Vaucresson, CRIV, 1987.

será sua 'carreira' consoante o veredicto ou o diagnóstico?"[16].

Conhecemos a origem comum da medicina e do direito a partir da raiz *med* que evoca o julgar e o curar, ou seja: "tomar com autoridade as medidas que são apropriadas para uma dificuldade atual; trazer de volta à norma – por um meio consagrado – um distúrbio definido"[17]. Assim, a concorrência entre especialistas que a história distinguiu entra na ordem legítima de uma única e mesma função. Com Rivière, a medicina adota, em três diferentes perícias, três posturas significativas de três relações distintas com a instituição judiciária e a legislação.

1. Um primeiro perito ignora a hipótese da loucura: Rivière é pura e simplesmente legado à repressão infamante que a sociedade previu para os parricidas.

2. Um segundo médico aplica um teste de análise específico para avaliar a alienação de Pierre, mas segundo esta avaliação ele é precisamente "inclassificável". O âmbito do teste é pequeno demais, o intérprete médico muito pouco hábil, o homicida está além dos limites de qualquer perícia... Medicina e justiça equilibram-se, fracassando a primeira em situar o crime no campo da doença.

3. Advém afinal a grande perícia das celebridades que já citamos: seu impacto é considerável, já que não só Rivière é atestado doente como também sua doença particular permite deslocar, em proveito da medicina, o limite que separa o território das atividades desta última e o território da justiça. Esquirol, um de seus signatários, descrevia em 1818, num memorial ao ministro do Interior, a confusão entre tratamento dos criminosos e dos alienados que não cometeram forçosamente crime:

> Percorri todas as casas onde são recebidos os insanos da França... Eu os vi nus, cobertos de andrajos, tendo apenas a palha para proteger-se da fria umidade do piso no qual estavam esten-

---

16. R. Castel, art. cit., p. 316.
17. É. Benveniste, *Le vocabulaire des institutions indo-européennes*, Paris, Minuit, 1969, II, pp. 124 ss.

didos, entregues a verdadeiros carcereiros, abandonados à brutal vigilância deles. Eu os vi dentro de redutos estreitos, sujos, infectos, sem ar, sem luz, acorrentados em antros... Ninguém se envergonha de pôr alienados dentro das prisões.[18]

Ao crime corresponde a pena, à doença corresponde a terapia, não a aflição. Mas a medicina precisa organizar "o âmbito jurídico e institucional no qual inserir suas conquistas" (Castel). O artigo 64 do Código Penal de 1810 dispunha que "não há crime nem delito, quando o réu estava em estado de demência no momento da ação": a ciência médica, particularmente a psiquiatria em desenvolvimento, é proprietária do conceito de demência cujo enunciado ela aprimorará muito recentemente influenciando a nova redação do código, que substitui esse termo pelo de "distúrbios psiquiátricos ou neuropsiquiátricos". Mas, para se passar do parecer do perito pronunciado a título exterior, a pedido da autoridade judiciária, à participação ativa da medicina no controle social daqueles que ela identifica como fazendo parte do âmbito de sua competência, foi preciso um salto legislativo, precisamente aquele que foi realizado por uma lei de 30 de junho de 1838, que prevê o internamento dos alienados em estabelecimentos especializados, se necessário *antes* que se manifestem por uma infração. Essa medida de internamento, voluntário ou por decisão administrativa medicamente motivada (internamento de ofício), deve seu advento ao processo Rivière e à mobilização dos mandarins da especialidade.

Ela realiza nas instituições a vocação paralela de gerir com autoridade o distúrbio humano que pertence à raiz comum da medicina e do direito. O diagnóstico substitui o veredicto no campo dos comportamentos relacionados com a "loucura". Como nota Castel, a sanção do "desvio" se desdobra: "De um lado o aparelho da justiça penal encimado pela sombra

---

18. E. Esquirol, citado por A. Martorell, "Malades psychotiques en millieu carcéral: esquisse historique et éléments d'actualité", *L'information psychiatrique*, 1991, 4, p. 296.

da guilhotina. Do outro, o isolamento médico e a sombra do hospício." De uma situação histórica para outra e de um sistema de direito para outro, desloca-se como um cursor a linha de demarcação que tanto une quanto divide as atividades judiciárias e médicas de tratamento do crime.

Uma espécie de extremismo paradoxal pode ser observado nas evoluções contemporâneas da pena de morte nos Estados Unidos. Esta resiste sobretudo à isenção médica de responsabilidade de que se beneficiam em outros países os criminosos dementes: a Corte Suprema Federal estimou, de fato, que a constituição "não veda categoricamente a execução capital de homicidas mentalmente retardados"[19]. Devemos mencionar, além disso, a medicalização da própria pena que vê, em inúmeros Estados onde ainda é praticada, a injeção mortal substituir progressivamente os antiquados métodos do gás ou da eletrocussão. Assim, a Louisiana "celebrou", em 1993, sua primeira execução nos novos moldes na central de Angola: "A câmara de morte [*death chamber*] é tão estéril quanto o próprio novo procedimento de execução. Como num quarto de hospital, cortinas brancas pendem ao longo de paredes limpas e brancas...", relata o cronista judiciário[20]. Três séries de injeções são necessárias: uma de pentatol de sódio, anestésico costumeiro em cirurgia, uma de derivado de curare, relaxante muscular, e uma de clorido de potássio, um regulador celular. Uma "equipe médica" põe duas "linhas intravenosas" e, anonimamente, administra as doses. A primeira adormece, a segunda interrompe a respiração, a terceira põe fim ao funcionamento do coração. Robert Sawyer, quarenta e dois anos, condenado à morte em trinta e cinco minutos por um júri de bairro (Jefferson Parish) em 1980, por ter espancado, estuprado e queimado a *baby-sitter* de sua namorada, falece em quinze minutos, depois de passar treze anos no corredor da morte e ter sido mandado oito vezes à cadeira elétrica e depois agraciado com sur-

---

19. Voto dado pela juíza Sandra D. O'Connor em *Penry v. Lynlaugh*, 109 S. Ct. 2934 (1989).
20. B. Walsh, *Times Picayune*, Nova Orleans, 6 de março de 1993.

sis. "A morte por injeção é limpa, rápida e, segundo todos os depoimentos, sem dor", conclui o jornalista, como se a execução da pena capital pudesse aparentar-se com uma estréia médica.

Terceira lição: a responsabilidade, escopo dos conhecimentos

Uma terceira virtude do caso Rivière para a análise é, enfim, pôr em evidência a questão teórica da *constituição dos conhecimentos apropriados para a compreensão dos fenômenos criminais*.

Devemos aqui voltar a uma propriedade do direito abordada longamente na primeira parte, a saber, ele é a um só tempo princípio de entendimento e modalidade de aplicação, sistema de interpretação e modo de governo, possuindo também a faculdade, que N. Luhman[21] denomina "auto-referencial", de ser para si mesmo sua própria ciência. Esse dado condiciona o conjunto do estudo do direito, especialmente o das atividades por ele praticadas tanto para formular a proibição do crime quanto para punir sua prática. A interpretação jurídica funciona como uma interpretação totalizadora que engloba *a priori* todos os aspectos fatuais num princípio básico: *a responsabilidade* do autor do ato incriminado perante o sistema produtor das normas de incriminação. Todo registro não jurídico de interpretação parece ser, sob essa luz, não só um código concorrente, mas até um risco de subversão das modalidades jurídicas de entendimento dos fenômenos. A ciência como fonte autônoma de conhecimento ataca, assim, a razão jurídica em sua estrutura formal. Ademais, submete sua própria substância a severa prova, desacreditando o princípio de responsabilidade.

Há, no exame científico de um ato criminoso, uma lógica determinista da explicação que tende a demonstrar que o acontecimento procede de um encadeamento relativamente complexo de condições que tornam inevitável sua ocorrência, di-

---

21. N. Luhman, *A Sociological Theory of Law*, Londres, RKP, 1985.

minuindo ou destruindo a função da capacidade de discernimento (*facultas deliberandi*) do sujeito. Mesmo quando essa faculdade é total, seu papel pode ser estimado anedótico, elemento ínfimo ou desprezível na multiplicidade das causas que ocasionaram o fato repreensível.

Pode-se, doutrinalmente, contrapor dois modelos de análise das condutas humanas: um *modelo científico* que considera dado que, seja o que for que aconteça, não era possível que isso não acontecesse, tendo em conta a série única de antecedentes que lhe determinaram a ocorrência; um *modelo jurídico* que presume a liberdade da vontade até nas hipóteses mais extremas e distribui, em conseqüência, ordens de opróbrio e punições correspondentes. A extensão da responsabilidade do autor do ato é o motivo da disputa entre os dois dispositivos, em um antagonismo que só tem sentido em virtude das pretensões concorrentes da ciência e do direito a dispor dos fatos. Essa frente de combate não deixa de ser sensível a cada onda da evolução científica, diante da qual o próprio direito torna-se um conceito maleável. Rivière instala na França a psiquiatria judiciária. As análises posteriores do fenômeno criminal, por deslocar as fronteiras do enigma, subvertem com seus protocolos a avaliação da responsabilidade.

"O discurso sobre o homem criminoso é acima de tudo um discurso sobre o homem"[22]: sob o postulado darwiniano da evolução das espécies, o homem criminoso vai aderir à evolução das ciências do homem. Cesare Lombroso (*O homem delinqüente*, 1876) atribui a causa profunda da delinqüência à hereditariedade das primeiras fases da humanidade. Pode-se nascer criminoso, pois a biologia e a fisiologia predestinaram o sujeito a isso. Rapidamente, conjuga-se o materialismo dos caracteres inatos com a influência do que é adquirido, com a cultura, o meio social. Na França, Lacassagne é o advogado dessa corrente representada a partir de 1883 pelos famosos *Archives d'anthropologie criminelle et des sciences pénales*

---

22. M. Kaluszynski, "Aux origines de la criminologie: l'anthropologie criminelle", *Frénésie. Histoire, psychiatrie, psychanalyse*, 1988, 5, p. 17.

[Arquivos de antropologia criminal e das ciências penais], nos quais se destaca, entre outros, Tarde. O problema da adaptação é central. Em Lombroso, o criminoso não pode ter acesso à vida coletiva devido a uma constituição anatômica, a uma biologia e a uma psicofisiologia mal equilibradas, atavicamente ou de modo adquirido. Em contraposição, figura a tese da normalidade original do criminoso, inclinado, porém, à transgressão por uma instabilidade psíquica, por uma sensibilidade maior às influências externas, sobretudo à influência de fatores sociais, a ociosidade, a miséria, a preguiça, o mau exemplo, a imitação. A inadaptação é, num caso, irremediável e o homicídio esperado, no outro, o perigo é previsível e a infração pode ser conjurada por vigilância social. Assim, a ciência sempre operou em detrimento da tese da responsabilidade. Quer estejam em causa os genes ou o meio social, já não é o indivíduo que está na berlinda. Terapia e repressão podem até cessar as hostilidades dentro de um projeto único de tratamento global, como expressava Di Tullio em 1951 com sua ficha "antropobiográfica" prevista para cada detento, em quatro partes:

> A primeira compreende generalidades e o exame clínico; a segunda é destinada aos dados biográficos (a atividade anti-social, a descrição dos crimes, o comportamento na família, na escola e na profissão); a terceira compreende informações relativas à conduta do detento na prisão; a quarta parte é reservada às considerações sobre a natureza e a gravidade do estado de perigo que o detento constitui e também às suas possibilidades de readaptação.[23]

A ciência parece ser para si mesma seu próprio princípio de subversão. Com Lombroso, a criminalidade geneticamente hereditária parece aceita, mesmo antes das leis de Mendel. Vão surgir a sociologia e a psicanálise, e uma dissociação cada vez mais acentuada entre fatores "naturais" e fatores culturais do com-

---

23. B. Di Tullio, *Manuel d'anthropologie criminelle*, Paris, Payot, 1951, p. 234.

portamento. Até que a evolução das ciências "médicas e comportamentais" não questione os próprios fundamentos dessa distinção.

2º) Da arte de punir à de tratar

As lições do caso Rivière já são contestadas. Como analisa um jurista americano:

> A divisão entre os pacientes que são mentalmente doentes e aqueles que são fisicamente doentes começou a ruir à medida que provas novas associam virtualmente qualquer desordem psicológica a alguma anomalia biológica. Além disso, a tendência corrente a identificar um componente comportamental em inúmeras doenças físicas tornou cada vez mais difícil aos médicos considerar que a doença "atinge alguém" e absolver esse alguém de sua responsabilidade.[24]

Por esse prisma, os progressos da ciência tendem a fazer o princípio de responsabilidade recuar para um leque cada vez mais amplo de comportamentos que a consciência comum atribuiria, porém, à livre escolha dos indivíduos. A desculpa de "demência" é cientificamente aprimorada nos Estados Unidos para qualificar "atores" carentes "da capacidade cognitiva suficiente para se envolver num processo de raciocínio prático". Detentos "quimicamente dependentes", por toxicomania ou alcoolismo, são alinhados nessa categoria medicamente exoneratória de responsabilidade.

A decisão judiciária deve abrir para si um caminho cada vez mais estreito entre os fatos oferecidos pela ciência e a missão de atualizar a proibição aplicando sanções aos responsáveis pela transgressão. Quando os tribunais decidiram que a "dependência química" tinha como origem a escolha e a deci-

---

24. R. C. Bolt, "The Construction of Responsability in the Criminal Law", *University of Pennsylvania Law Review*, 1992, 140, p. 2305.

são do sujeito, tiveram de enfrentar, em defesa, este argumento que parece fechar o ciclo aberto por Rivière: a dependência química é assimilável à loucura, um estado que atinge tão profundamente as faculdades de raciocínio que convém tratar a própria personalidade do sujeito[25]. Tratar, não punir.

O poder explicativo de uma ciência prometéica que só existe por meio de seu próprio progresso faz, *nolens volens*, que escape um número crescente de comportamentos ao ofício judiciário, guardião da lei e autoridade que busca os responsáveis suscetíveis de culpabilidade. Desenha-se uma nova divisão do trabalho em torno da criminalidade. O *setor social* adotaria como regra o determinismo científico e a isenção de culpa de tudo o que é cientificamente explicável. Restaria aos juízes o setor coercivo da criminalidade intencional, cujo *animus necandi* dos atores, a intenção de prejudicar, seria cada vez mais difícil de demonstrar.

4. O recurso à culpabilidade

Voltemos, pois, ao nosso fio condutor, a lápide tumular que Althusser sentiu pesar sobre si devido a sua inimputabilidade, a pena de morte premeditada a tal ponto por Rivière que ele próprio a executou, e a súplica que o cabo Lortie dirige a seus juízes para não ser classificado entre os loucos e para prestar conta de seus homicídios. Esses criminosos têm em comum a possibilidade que tiveram de alegar demência, condição exoneratória de responsabilidade, e o fato de terem, por uma ou outra razão, rejeitado, ao contrário, essa oportunidade, ou seja, reivindicado a presunção de razão. Retomando o preceito segundo o qual um sistema institucional "tem a função de perpetuar a proibição", sua positividade, a estabilidade racional da estrutura social, é mais naturalmente expressa no que reproduz a proibição do que no que infringe a sua aplicação.

---

25. M. S. Moore, *Law and Psychiatry. Rethinking the Relationship*, Cambridge, Cambridge University Press, 1984.

Se o objetivo da proibição fundamental é conseguir, por meio de instituições, atribuir um lugar a cada ser humano na sociedade que obedece a um certo "modo de racionalidade", então deve-se compreender a presunção de razão não só como o cimento abstrato dessa vasta organização mas como um meio muito concreto de ligar o sujeito à estrutura global. Em outros termos, não há, de um lado, as abstrações e as especulações sobre a natureza da integração social, e, do outro, a observação concreta das incriminações, das infrações e das sanções. Os dois aspectos estão unidos de tal maneira que é fácil passar de um ao outro: deduzir o crime da organização institucional e, o que aqui nos importa, remontar do ato individual à racionalidade do conjunto. Assim, a presunção de razão oferece à subjetividade do criminoso um canal para reintegrar os âmbitos institucionais: é sob essa luz que devemos entender as reivindicações de Althusser, Rivière ou Lortie da responsabilidade por seus crimes. Elas constituem *pedidos de acesso à culpabilidade*, como se esse estado garantisse a manutenção do culpado no "sistema da reprodução humana". É a abertura desse segmento da atividade do direito para a investigação sociológica que convém evocar agora.

1.º) A noção de culpabilidade

Pierre Legendre traça o caminho. Primeiro tornando a dourar o brasão da noção de culpabilidade tanto do ponto de vista da subjetividade da pessoa quanto daquele do sistema institucional segundo o qual faz parte da missão de uma sociedade integrar essa pessoa. Como nota Goodrich, Legendre esquadrinha outra vez a dogmática jurídica formulando esta questão que não pode deixar nenhum sociólogo indiferente: "O que o direito significa para o sujeito, para o corpo vivo do direito?"[26] Essa visão subjetiva restitui à idéia de culpabilidade

---

26. P. Goodrich, "Law's emotional body: Image and aesthetics in the work of Pierre Legendre", *in* P. Goodrich, *Languages of the Law. From Logics of Memory to Nomadic Masks*, Londres, Weinfeld & Nicolson, 1990, p. 294.

seus componentes históricos e questiona seu tratamento contemporâneo num palco judiciário influenciado, como se viu, pelas evoluções da ciência, especificamente pelas da psiquiatria e das diferentes ciências do comportamento. "A culpabilidade", escreve Legendre, "está a serviço do princípio de razão"[27]: outorgando-a, os juízes cumprem uma "tarefa de humanização" cujo esquema podemos tentar compreender.

Temos de voltar um pouquinho atrás no tempo. Os teólogos conhecedores do direito, os canonistas dos séculos XI e XII, aos quais o Ocidente deve a modernidade aguçada de seus conceitos jurídicos mais fundamentais, estabelecem pela primeira vez a distinção entre um crime e um pecado. Apenas a justiça eclesiástica, em oposição à justiça secular, tinha o direito de julgar os pecados, ou seja, "crimes contra as leis de Deus". Sobrevém uma segunda distinção nesse primeiro terreno, entre os pecados que dependem do *foro interior* da igreja, isto é, que devem ser julgados por um padre em virtude do sacramento da penitência, e os que devem ser julgados no *forum externum* da Igreja, por um juiz clerical que age segundo sua jurisdição. Assim, os canonistas dedicaram uma atenção pioneira à taxinomia das infrações, enunciando mesmo o princípio que voltará à tona no século XVIII e ganhará corpo na legislação moderna em versão secular: "Não há pecado se não houve proibição", escreve o bispo Pedro Lombardo em seu *Livro das sentenças* (século XII)[28]; "Nenhuma contravenção, nenhum delito, nenhum crime podem ser punidos com penas que não eram previstas pela lei antes que fossem cometidos", parece reiterar o Código Penal francês (art. 2). Os canonistas criaram o direito criminal moderno, mas não por razões modernas. Sua dissecção meticulosa dos atos suscetíveis de depen-

---

27. P. Legendre, *Lortie...*, *op. cit.*, p. 49.
28. "*Non enim consideret peccatum, si interdictio non fuisset*", citado por Harold J. Berman em *Law and Revolution. The Formation of Western Legal Tradition* (Cambridge, Harvard University Press, 1983, p. 186, n. 43), um instrumento capital para o sociólogo interessado pela gênese dos conceitos carreados pela linguagem jurídica.

der da jurisdição interna ou externa da Igreja produziu uma teoria das *intenções* do autor do crime ou do pecado cujos termos impregnam as concepções atuais.

Devemo-lhes em particular a distinção tão cômoda hoje entre *elemento objetivo* e *elemento subjetivo* do crime: de um lado, as circunstâncias exteriores, do outro, o estado de espírito do autor. Todavia, há que notar que foi precisamente o cerco ao pecado que converteu os fatores subjetivos em questões jurídicas: a idéia de culpabilidade, relativamente sumária e objetiva em Roma, foi ampliada e tornada mais complexa pela preocupação moral de controlar no menor detalhe o funcionamento das consciências. Classificava-se entre os crimes seculares sujeitos às jurisdições clericais todo um leque de comportamentos, dotados daquilo a que Berman chama "*fortes elementos ideológicos e morais*" (em contraste com comportamentos qualificáveis segundo sua aparência, como a violência): heresia, sacrilégio, bruxaria, usura, difamação, adultério, homossexualidade etc. A intensidade das investigações conduzidas nos recônditos da alma para isolar o eventual *contemptus*, o estado mental que predispõe ao crime, permite circunscrever tão bem a culpabilidade do pecador que ela exalta *a contrario* o conceito de livre arbítrio, a *facultas deliberandi* do "sujeito livre que dispõe de seus atos em virtude de seu poder de deliberação consigo mesmo". Desse substrato medieval persiste uma equação fundamental: o homem livre, livre para cometer seu crime, funciona em binômio com a noção de culpabilidade. Só se compreende a liberdade de agir no seio de um sistema de pensamento, concretizado pelas instituições, no qual o indivíduo deve *responder* por seus atos.

2º) O papel integrador do processo

O processo é o teatro institucional encarregado de resolver a equação formulada pela cultura jurídica ocidental entre liberdade e responsabilidade. "[A]s liturgias de um processo também têm vocação [...] para desenfeitiçar [...] o sujeito inconsciente de sua culpabilidade ao socializá-la"[29]: o ritual judiciário é, assim como todo ritual, um meio de mostrar ao sujeito que ele pertence a uma cultura em comum. Para o sujeito homicida, ele consiste em reimprimir ou em inculcar a proibição fundamental do entendimento das relações humanas. Legendre apela com muita firmeza a uma lógica de ordem estrutural:

> [U]m processo criminal joga por princípio com a triangulação do sujeito incriminado. Este enfrenta seu acusador e responde pelo crime perante seus juízes, os quais exercem a função de dar uma sentença juridicamente fundamentada pela interpretação do caso reportada ao *Corpus* dos textos.

Esse *corpus* é a *referência normativa* em cujo nome se julga, ou seja, o conteúdo cultural que se trata de inculcar a fim de introduzir de novo o culpado, em virtude de sua culpabilidade, na família dos sujeitos cujas relações são orquestradas pelas instituições.

O ritual judiciário possui também um aspecto mecânico que lhe dá a aparência automática de um modelo testado pelo uso: uma técnica bem aperfeiçoada de instilação do direito nas mentalidades culpadas. Mas, assim como ensinou Claude Lévi-Strauss, as formas rituais remetem ao sentido profundo que lhes é conferido pela estrutura de que decorrem[30]. Dá-se com o direito ocidental o mesmo que com a eficácia simbólica das sociedades "selvagens". O registro da normatividade especificado no campo jurídico ocupa o lugar de um mito de referência, de um *corpus* de imagens coerentes e ativas, e o processo ocupa o lugar dos ritos incumbidos de concretizar essas imagens para todos no desenrolar da vida social.

Com as contingências que a sociologia das profissões ligadas à justiça mostra e a relatividade das organizações institucionais que a história do direito destaca com acerto, podemos

---

29. P. Legendre, *Lortie...*, *op. cit.*, p. 45.
30. C. Lévi-Strauss, *Anthropologie structurale*, Paris, Plon, 1958, "Structure et dialectique", pp. 257 ss.

afirmar que estamos lidando com uma estrutura, cuja armação assegura a longo prazo a estabilidade do conjunto social, ou estaríamos tratando de uma união circunstancial, modulável até em seus componentes essenciais?

3º) Fundamentos antropológicos das instituições

Existe uma forte tendência nas sociedades pós-industriais de qualificar as instituições encarregadas de assumir o crime e de distribuir a culpabilidade de "*sistemas penais*". A pena, instrumento conclusivo do complexo confronto entre a liberdade de agir e a culpabilidade incorrida, bastará, todavia, para caracterizar o que está em questão? Poder-se-á deixar de lado tanto as origens canônicas da disposição quanto a hipótese de seu enraizamento numa estrutura fundamental, sem que o discurso da proibição de homicídio e a responsabilidade individual se percam na gestão comum e indiferenciada dos comportamentos? A essas questões, Legendre, muito atento à propensão da "ideologia gerencial" a dirigir o conjunto das relações sociais, responde negativamente. Crime e sanção são institucionalizados em virtude do princípio de legalidade, o qual não pode ser confundido com "*um self-service normativo*".

Para compreender essa posição temos que proceder a uma inversão da perspectiva: "O direito penal", estipula Legendre, "é um efeito da representação ocidental do humano." Para o sociólogo isso significa, de um lado, que não se deve tomar o esquema moderno da ordem penal por uma simples mecânica funcional apartada de suas origens e, do outro, que essas origens repercutem na economia do sistema presente. O modelo penal parece assim ser um modelo relativo, inserido num destino histórico específico. Devemos aos eruditos medievais o estabelecimento, de modo duradouro, do estatuto jurídico da loucura, adaptando ao projeto institucional ocidental – aquele movimento dos séculos XII e XIII que Harold Berman qualifica de revolução – o material bruto de noções romanas tais como a *alienatio* (o ato que consiste em se separar de alguma coisa) ou a *dementia* (a ausência de *mens*, a mente). A alienação e a demência escusavam o criminoso de seu pecado contra as leis de Deus, isentavam-no do *contemptus*. Desses estudiosos, especialistas da decifração das almas, descende hoje o psiquiatra que usa os mesmos conceitos no palco do processo. Embora endosse a mesma posição funcional, as referências que emprega pertencem de agora em diante, todavia, ao registro autônomo do pensamento científico, não mais ao sistema distributivo da ordem penitenciária.

Esse é o resultado de um movimento duplo:

1º) A passagem dos comportamentos pelo crivo da inocência e da culpabilidade foi separada da gestão das almas e do policiamento das leis de Deus para ser confiada às instituições de uma justiça humana responsável pelo direito criado por cidadãos para reger suas interações; pode-se qualificar essa passagem de *secularização*.

2º) O diagnóstico de demência, que isenta de responsabilidade e priva do acesso à culpabilidade, transitou do registro penitenciário para o registro médico, amoldando-se à lógica do progresso científico; da busca de desculpas para o cometimento de um pecado, passou-se para a explicação objetiva das causas de um ato, sem consideração de seu caráter pecaminoso.

4º) A justiça psiquiátrica

A justiça penal moderna pôde afastar-se de seus conteúdos religiosos, sem com isso deixar de assumir as responsabilidades estruturais cujos espaços institucionais de ação no Ocidente as teorias canônicas haviam definido. A profundidade dessa transição de tipo complexo não pode ser menosprezada. Ela abre uma área comum de intervenção para diferentes sociologias especializadas (da medicina, do campo religioso e, claro, do direito) e oferece um caso específico exemplar a quem interroga as relações entre ciência e sociedade[31]. Legendre de-

---

31. Para uma tentativa recente de abordagem transversal, mencionamos J.-M. Comelles & A. Martinez, *Enfermedad, cultura y sociedad*, Madri, Eudema, 1993.

lineia sua problemática a partir da contribuição do psiquiatra para a instância criminal – poderíamos alargar seus contornos para o conjunto dos movimentos contemporâneos, particularmente sensíveis em justiça familiar e em justiça de menores, que favorecem o recuo da culpabilidade dos sujeitos mediante a multiplicação e o aprimoramento dos fatores científicos de explicação dos comportamentos:

> A psiquiatria, mesmo cientificamente concebida e praticada, não pode dispor do poder de transformar a questão da causa final do crime em um discurso dirigido ao juiz e que se limitaria à exposição de um diagnóstico. Isto é logicamente impossível porque, na verdade, o psiquiatra se dirige também ao réu e sua perícia adquire para este o peso de uma palavra.[32]

A inclusão dos "transportes do espírito" no campo médico, o acoplamento deste ao campo científico em geral e à biologia em particular, a ponto de ditar os considerandos fundamentais de muitas legislações contemporâneas (essencialmente em matéria "bioética"), nada muda na missão original que dá à psiquiatria um lugar num processo que põe o criminoso diante da lei que incrimina, que abre ou fecha o acesso à culpabilidade. Ora, o progresso ou, se se preferir, a crescente sofisticação das leituras psiquiátricas de um ato em face dos textos jurídicos que levam seu autor a um tribunal de justiça, redundam no estreitamento das vias de acesso a uma culpabilidade "humanizante". Subtrair o homicida à "psiquiatrização automática" é, na lógica da história do direito criminal e em virtude da estrutura que conjuga liberdade e responsabilidade, encetar uma renovação, ao que parece indispensável, das maneiras pelas quais as sociedades pós-industriais pretendem assegurar a gestão dessa proibição humana fundamental[33].

---

32. P. Legendre, *Lortie...*, *op. cit.*, p. 58.
33. Ver "Entretien avec Pierre Legendre" de M. Elbaz e Y. Simonis e "Note critique sur le droit et la généalogie chez Pierre Legendre" de Y. Simonis, *in Ordres juridiques et cultures*, número especial de *Anthropologie et sociétés*, 1989, 13, 1, pp. 61-76 e 53-60, assim como Peter Goodrich, *op. cit.*

O tema criminal reitera as constantes e os dilemas que a manipulação do objeto jurídico impõe ao observador. Nele o peso da história não pode ser extinto por decreto, as instituições são efeitos de estrutura e as inovações podem distorcer o organismo que pretendiam assistir. Na falta de um estatuto claramente repensado, a psiquiatria entrou como que por equívoco no edifício judiciário, no lugar e em substituição aos funcionários clericais das almas. A função de escrutador das consciências e de decifrador do inconsciente estava disponível; estava mesmo fixada por contextos legais na matriz medieval daquilo que nomeamos os sistemas penais modernos.

O aumento de poder generalizado da explicação científica dos comportamentos submete a rude prova os fundamentos e a eficácia do direito de punir, inextricavelmente solidários do acesso dos sujeitos faltosos à *culpabilidade*, esse estado legal concebido como uma condição necessária para inculcar outra vez no sujeito as normas fundamentais. Ramo da ciência e gênero terapêutico, a psiquiatria leva o problema ao auge. Desprovida de outro estatuto legal além daquele de um perito científico qualquer, encarregada de esclarecer o juiz, ela julga decisivamente entre a responsabilidade e a demência, abre ou fecha a via de acesso à culpabilidade e, quando a fecha, envolve o sujeito criminoso em suas próprias instâncias de tratamento, em que o crime e as proibições que teriam motivado sua sanção já não têm razão de ser: o que Althusser chamava de "a lápide tumular da inimputabilidade, do silêncio e da morte pública".

Conclusão
O direito maiúsculo e o movimento do tempo

Neste percurso da perspectiva jurídica, convidamos o leitor a abordar o direito como um objeto social, utilizando, de acordo com os temas abordados e os problemas encontrados, uma sucessão de óticas e de procedimentos cuja escolha poderia ter sido diferente. Foram deixadas de lado numerosas vias que teria sido legítimo seguir. Certas maneiras de ver, certas dimensões, certos casos específicos foram valorizados, outros somente evocados. Essa seleção necessária pretendeu-se desprovida de parcialidade e ciosa de pedagogia. Dentre o que H. Spencer denominava com acerto os "sentimentos apropriados para a vida social"[1], empenhamo-nos em esboçar o retrato dos aspectos jurídicos, apoiando-nos numa área de conhecimento animada de um movimento que forçosamente torna relativa qualquer tentativa de expor uma visão de corte. No momento de encerrar um livro, os rigores da objetividade afrouxam um pouco seu laço. O momento é propício às efusões – não se assustem – contidas. Fala-se com mais facilidade no modo subjetivo, contam-se com mais naturalidade os móbeis da escrita, e estas palavras de Gabriel Tarde na conclusão de suas *Transformations du droit* [Transformações do direito] dão um exemplo que parece plenamente atual:

> Antes de terminar, porém, tenho de insistir sobre a importância, às vezes ainda ignorada, de se estudar o Direito como um simples ramo da sociologia, se quisermos apreendê-lo em sua realidade

---

[1]. H. Spencer, *Justice*, trad. fr., Paris, Guillaumin, 1903, p. 28.

viva e completa. Não há, aliás, nenhum ramo dessa grande árvore que possa ser impunemente separado do tronco e que não se encha de seiva ao se relacionar com os outros, em razão das múltiplas semelhanças, e das diferenças não menos instrutivas, que essa aproximação faz perceber entre seus diversos modos de crescimento. Mas é sobretudo a evolução jurídica que requer ser esclarecida desse modo: a rigor, o desenvolvimento de uma religião, de uma arte, de um corpo de ciências tal como a geometria, de uma indústria tal como a dos metais ou dos tecidos, pode ser explicado separadamente; o desenvolvimento de um corpo de Direito não; pois o Direito, entre as outras ciências sociais, tem o caráter distintivo de ser, como a língua, não só parte integrante mas também espelho integral da vida social.[2]

Com Tarde, o direito ganha uma maiúscula, lembrança gráfica da majestade de sua missão social, todo impregnado de uma tarefa que os religiosos de todas as ordens costumam achar divina. Espelho, o direito reflete o humano que ele gere. Parte integrante da vida social, contribui para lhe estruturar a existência. Ademais, como reflexo e como ator, o direito está orientado para uma direção. Encarnando uma tensão positiva direcionada à harmonia social ou servindo, negativamente, para conjurar o caos, ele concentra em suas formas e em seus conteúdos diversos o projeto, não tanto de "reproduzir" o humano ou a sociedade segundo uma mecânica de repetição, mas de lhe *modelar* a organização. A questão da fábrica humana está no cerne da questão jurídica na medida em que esta traduz culturalmente o estabelecimento das normas que a regem. O fato de essa tradução cultural ser universal ou relativa a certas sociedades levanta uma interrogação, como já comentamos, proveniente da crítica das categorias preliminares à compilação de dados fatuais, nos mundos que não *especificaram* o campo jurídico como uma *razão escrita*. Empenhando-se em reconstituir, em sua integridade, as visões de mundo das populações do planeta e procedendo à crítica rigorosa dos modos

---

2. G. Tarde, *Les transformations du droit*, Paris, Berg, 1994 (1893), p. 188.

ocidentais de pensar a alteridade, a antropologia contribui progressivamente para suprimir as ambigüidades vinculadas ao uso da terminologia e dos modos de análises jurídicos para a designação de práticas, das quais não se sabe se a qualificação resulta de "categorias recebidas" ou de "contextos percebidos", repetindo uma distinção cara a Marshall Sahlins[3]. Incansavelmente exposta pela antropologia, a *questão do sentido* constitui para o jurídico uma "preliminar do objeto"[4] duplicada ao infinito pela relatividade dos processos de objetivação do direito. Diante desse campo empírico cuja primeira feição é intelectual, o antropólogo se encontra colocado na postura singular que, Lévi-Strauss nos ensinou, era a particularidade da etnografia: obrigado a nunca esquecer que seus objetos "procedem dele, e que a análise deles, mesmo se conduzida com a maior objetividade, não poderia deixar de reintegrá-los na subjetividade", e contudo perpetuamente propenso a arrancar dolorosamente objetos que estão nele[5].

A documentação ocidental do direito é um objeto que não pode ser arrancado sem sofrimento, de tal modo nele está implicada a existência do sujeito que ele pretende observar. A maiúscula não é demais quando se quer sugerir tudo o que ele abarca. Como expressava a teoria do início deste século, "o Direito manifesta sua existência através dos fatos de consciência, mas só pode ser percebido por inteiro por meio da razão e depois de uma penosa elaboração"[6]. A diversificação dos campos de intervenção do direito lançou a sociologia no seu encalço, num teste de limites permanente sustentado por um objetivis-

---

3. M. Sahlins, *Islands of History*, Chicago, The University of Chicago Press, 1985, p. 144.
4. Ver as posições de método desenvolvidas para a antropologia contemporânea por Marc Augé, *Non-lieux. Introduction à une anthropologie de la surmodernité*, Paris, Seuil, 1992, pp. 23 ss.
5. C. Lévi-Strauss, "Introduction à l'œuvre de Marcel Mauss", *Sociologie et anthropologie*, Paris, PUF, 1983 (1950), pp. XXIX-XXX.
6. J. Bonnecase, *La notion de droit en France au XIXe siècle. Contribution à l'étude de la philosophie du droit contemporaine*, Paris, Boccard, 1919, p. 93.

mo arrebatado. Preocupando, por natureza, em amoldar-se aos relevos de sua época, o sociólogo descreve e fornece um modelo do que compete a outros tratar. Em meio a uma paisagem luxuriante, mencionemos a recomposição dos vínculos familiares, ao ponto, absurdo, de contratualizar a origem da filiação ao mesmo tempo que se lhe biologiza o resultado, e o ressurgimento da "questão social", sempiterna questão do pertencer a um grupo, cuja formulação recorre a alguma transcendência fundadora da unidade do gênero e cujo tratamento no cotidiano remete trivialmente aos compartimentos da ação administrativa. Para nomear a desagregação sofrida pelas sociedades pós-industriais, que chega a crispar seus reflexos identitários sob a lâmina do excluído e do incluído, Robert Castel usa corajosamente a metáfora fundamental: "[f]alar de desligamento [...] não é ratificar uma ruptura, mas retraçar um percurso"[7]. A trajetória dos males ocidentais não poupou o direito, lembrando com insistência aos ensaístas que "uma teoria da justiça é uma teoria dos sentimentos morais"[8]. Raros são os que ousam afirmar o peso metafísico de sua prosa. Um deles é Rouland, que organiza seu discurso em torno da "angústia ontológica" do homem, dividido entre suas aspirações e seus meios, para interrogar-se sobre o "sentido da História, a existência do Mal e a existência da Morte"[9]. "As sociedades modernas questionaram, na segunda metade deste século, a quase totalidade dos modelos culturais que lhes conferiam um significado", constata, mas o Ocidente lhe parece, todavia, "mais seguro de si mesmo", dotado de um "bom" sistema de valores. A lógica do mercado lhe convém a curto prazo. Para o mais longo, confia no sagrado, a ser construído ou reconstruído[10].

---

7. R. Castel, *Les métamorphoses de la question sociale. Une chronique du salariat*, Paris, Fayard, 1995, p. 15.

8. J. Rawls, *Théorie de la justice*, trad. fr., Paris, Seuil, 1987 (1971), p. 75.

9. N. Rouland, *Anthropologie juridique*, Paris, PUF, 1988, pp. 478 ss.

10. N. Rouland, *Aux confins du droit. Anthropologie juridique de la modernité*, Paris, Odile Jacob, 1991, pp. 298-9.

Uma indagação sobre o direito, nutrida no início e no fim por uma referência fundamental à ansiedade humana, redunda aqui, com otimismo, numa confiança (comedida) na economia e num apelo à transcendência. Preocupado com a preocupação dos magistrados diante da "crise dos modelos" traduzida por uma superabundância totalmente "supermoderna" das referências disponíveis na grande loja dos acessórios da justiça, o teórico do direito François Ost decanta a evolução do sistema jurídico a partir do ponto de vista do juiz[11]. Ao modelo jupiteriano da sacralidade e da transcendência da lei, privilégio do Estado de direito do século XIX, e ao modelo hercúleo que faz do juiz a única fonte de direito válida, expressão da imanência dos interesses em competição e associado ao desempenho do Estado social do século XX, sucede, segundo Ost, o modelo de Hermes, mediador universal, comunicador absoluto. Nele o direito se manifesta como "uma ordem em rede que se traduz por uma infinidade de informações a um só tempo instantaneamente disponíveis e ao mesmo tempo dificilmente domináveis", e para apreender sua racionalidade paradoxal convém recorrer à teoria dos jogos, pois "o jogo é para si mesmo seu próprio movimento". Vicissitude e incerteza desenham os novos horizontes porosos do jurídico, no lugar e em substituição aos procedimentos intelectuais a que havíamos chamado costume ou ficção. Ost, criador entusiasta de doutrina, prova que a teoria geral do direito, preocupada em reformular um sistema e restituir um sentido a partir de trechos fragmentados, não deserta diante do obstáculo. Apreende com confiança esse direito "líquido, intersticial e informal" que, "sem deixar de ser ele mesmo, apresenta-se em certas ocasiões no estado fluido que lhe permite adaptar-se às mais diversas situações e ocupar sem alarde todo o espaço disponível"[12]. Entre "a violência pura e a beatitude eterna" sempre existiria um espaço para o direito, cuja tarefa prometéica seria "ampliar a democracia na medida

---

11. F. Ost, "Jupiter, Hercule, Hermès: trois modèles du juge", *in* P. Bouretz (dir.), *op. cit.*, pp. 241-72.

12. *Id.*, p. 262.

da cidade mundial cuidando ao mesmo tempo do destino das gerações futuras"[13].

Outros autores, como Catherine Labrusse-Riou e sobretudo Pierre Legendre, não presumem com igual benevolência a adaptação global do direito aos processos de globalização e transmitem inquietações humanistas fundamentadas na lógica própria do projeto jurídico. Explicitando as conseqüências das procriações medicamente assistidas, C. Labrusse-Riou fala imediatamente dos "riscos reais da desestruturação da ordem jurídica". Não se trata nem de alarmismo existencial nem de reação moral, no sentido da moral subjetiva, mas de um diagnóstico vigoroso, fundamentado na experiência do direito privado, que todos os juristas aprenderam a respeitar como a base de todo o direito. O caso biotecnológico está sem dúvida apenas começando. Não obstante, ele provoca no direito ocidental um abalo histórico como talvez ele não tenha conhecido desde a conquista das Américas, e a obrigação subseqüente de estatuir sobre os limites da humanidade. O balanço de C. Labrusse-Riou tem a densidade do ouro e a precisão do quartzo:

> Os poderes de produção científica do homem e o autodesenvolvimento de fato deles, vagamente referido a uma ética maleável, subjetiva e o mais das vezes cúmplice, reforçam a crise do direito como princípio de julgamento segundo um conjunto de conceitos, de categorias e de qualificações que, perdendo suas fronteiras ou sua autoridade, privam o direito da possibilidade de se impor às tecnoestruturas ou aos poderes individuais não restritos por limites eficientes e o obrigam quer a seguir quer a se eclipsar.[14]

O direito existe a princípio nomeando e qualificando, é arte de linguagem, é acima de tudo palavra. Designando o par-

---

13. *Id.*, p. 270.
14. C. Labrusse-Riou, "Les procréations artificielles: un défi pour le droit", *in Éthique médicale et droits de l'homme*, Actes Sud/INSERM, 1988, p. 66; ver igualmente J.-L. Baudouin e C. Labrusse-Riou, *Produire l'homme: de quel droit?*, Paris, PUF, 1987.

ticular, ele induz o geral, o princípio de classificação cujo papel é evitar a confusão entre aquilo que ele tem como tarefa distinguir. Artesão dos limites, inventor das fronteiras. Ele encarna primordialmente o poder de nomear e de classificar. Não sem razão. Como que ingenuamente – prosaicamente, desde que deixou de ser deliberadamente poético –, maquina a perpetuação daquilo que nomeia e daquilo que classifica. A começar pelos humanos. Em poucas palavras, Labrusse-Riou exprime que a "produção científica do homem" não poderia substituir sem devastações a sua produção jurídica. Se cumprisse vincular o direito, concebido como uma suma histórica, a uma "moral", seria a uma moral da espécie capaz de instituir sujeitos humanizados, e não a uma "ética maleável", espécie de resultante datada de projetos subjetivos apartados do escopo institucional. A meio caminho entre a moral e a política, segundo P. Ricœur[15], o direito encontra seu lugar específico no exercício de uma autoridade baseada num corpo de princípios, uma arquitetura conceptual. O aumento de poder do registro científico em geral e do registro das ciências biológicas em particular, como instrumentos para pensar a reprodução humana, diz diretamente respeito ao lugar do direito na sociedade. Esse passa por algo mais do que uma crise de adaptação, uma verdadeira reviravolta de sua identidade, coagido a "seguir" ou a "eclipsar-se", pressionado a se limitar, como engenharia social, a um papel mecânico de regulação do resultado tecnológico, ou a destituir-se de suas atribuições históricas em proveito de teorias de substituição, científicas, que, mesmo sendo, como o direito, constituídas de conceitos e de experiências, nem por isso assumem o mesmo projeto de humanização.

Quando se dá o sinal de alarme sobre o destino do direito – e Pierre Legendre o dá com todo o vigor – é possível ouvir aí apenas a expressão de um conservadorismo moral e institucional, de uma certa cegueira diante das evoluções patentes de um modo de leitura e de ordenamento da vida social, chamada por

---

15. P. Ricœur, *Le juste*, Paris, Esprit, 1995.

definição a se amoldar ao movimento do tempo. Entretanto, não é disso que se trata. Com Legendre, estamos muito longe da metafísica ou da reação política e tão próximos quanto possível da física íntima do direito ocidental. Se ele analisa, é em seu seio, se dogmatiza, é sobre sua base. A normatividade pode ser universal, o Ocidente apresenta a feição histórica de um direito especificado, estruturado pela escrita e organizado em instituições, que é a tradução cultural de uma antropologia que convém estudar antropologicamente na medida em que, Legendre o salienta com freqüência, a ciência ocidental do homem, perita em classificar os humanos, pareceu renunciar a trabalhar as "verdades dogmáticas" que estão no fundamento da sociedade que a originou. Tão minucioso quanto Lévi-Strauss foi com relação às regras de aliança nas sociedades primitivas para ressaltar as estruturas elementares delas[16], Legendre mostra a prevalência da filiação na estruturação das sociedades ocidentais dependentes das "montagens genealógicas" institucionalizadas, do estatuto da pessoa ao do Estado, no direito, tal como a tradição romano-canônica fixou sua competência. Estamos, para empregar uma linguagem diferente da dele, diante de um modelo cultural, decerto suscetível de transformar-se a partir do interior, mas também dotado de condições de estabilidade cujo inventário compete ao cientista. É como técnico das instituições, cujas trajetórias ele enxerga na longa duração do mesmo modo que as vincula aos fundamentos do humano, que esse jurisconsulto de um novo gênero passa uma mensagem concreta sobre o estado do sistema. A mensagem é de alarme, como se acende com insistência um sinal emitido do interior de uma máquina para avisar do perigo que ela corre. Não ansiosa verborréia nem milenarismo catastrófico: um estado das disfunções específicas dessa fragmentação do discurso normativo que no Ocidente se chama direito e do qual, graças às suas crises, Legendre disseca a lógica profunda e descreve o lugar

---

16. C. Lévi-Strauss, *Les structures élémentaires de la parenté*, Paris-Haia, Mouton, 2ª ed., 1967.

na estrutura social, lendo a espessura do campo institucional na letra dos direitos antigos ou no "não saber" contemporâneo. "Concepção carniceira da humanidade", da qual provêm o nazismo e também, de uma certa maneira, a apropriação pelo poder biomédico, do discurso sobre a filiação, e "degradação do sujeito", pelo que se deve entender a derrota das montagens normativas, são expressões costumeiras para designar "uma guerra progressiva contra as gerações que se seguirão a nós"[17], cuja testemunha mais viva e instrumento mais forte é a decomposição da arquitetura jurídica das instituições. A obra de Legendre fascina, incomoda e põe à prova. A massa de erudição e de sensibilidade que ela mistura, as associações que estabelece entre fatos, disciplinas, imagens que o senso comum acadêmico gostaria que fossem pensados separadamente, suas múltiplas incitações à reflexão sobre o poder e a responsabilidade solicitam vivamente o cidadão, mais ainda o que pratica ou estuda o direito. Suas filípicas contra as ciências sociais – cujo americanismo pedante ou inconsciente ele alfineta denominando-as sistematicamente *"social and behavioral sciences"* –, muito amiúde cúmplices de evoluções nefastas que elas deveriam limitar-se a descrever e a explicar, assim como suas admoestações aos juristas esquecidos de que o Direito, como a Moral, ambos por ele escritos com uma maiúscula, deve ter outras leis que não as do mercado, lembram com força que a sociedade não se reproduz automaticamente e que, servindo para a fabricação diferenciada e coerente de sujeitos humanos, "a verdade das instituições deve ser posta ao abrigo do tempo"[18].

Admitir, pelo menos para a sua própria cultura, a indisponibilidade social de uma organização vital para a sua existência, torna obrigatório o gesto moral deste humanismo que faz Marc Augé preferir os "lugares antropológicos" que criam um

---

17. *Les enfants du texte. Étude sur la fonction parentale des états. Leçons VI*, Paris, Fayard, 1992, p. 133.
18. *L'empire de la vérité. Introduction aux espaces dogmatiques industriels. Leçons II*, Paris, Fayard, 1982, p. 152.

social orgânico "às "inimputabilidades da contratualidade solitária"[19]. No direito, não se pode fazer tudo, nem mandar fazer tudo. Se ele não é uma moral, nem uma política, cabe a cada qual fazer sua política tratar moralmente dele, com a mais viva consciência possível das questões que ele suscita.

---

19. M. Augé, *Non-lieux. Pour une anthropologie de la surmodernité*, Paris, Seuil, 1992, p. 119.

Bibliografia

ABEL, R. L., *The Politics of Informal Justice*, Nova York, Academic Press, 1982.
ALLIOT, M., "L'acculturation juridique", *in* J. Poirier (ed.), *Ethnologie générale*, Paris, Gallimard, col. "Bibliothèque de La Pléiade", 1968.
ALTHUSSER, L., *L'avenir dure longtemps. Les faits*, Paris, Stock/IMEC, 1992.
——, *Montesquieu, la politique et l'histoire*, Paris, PUF, 1959.
ANDRINI, S. e ARNAUD, A.-J., *Jean Carbonnier, Renato Treves et la sociologie du droit*, Paris, LGDJ, 1995.
ARISTOTELES, *Éthique de Nicomaque*, Paris, Ed. Garnier, 1965.
ARNAUD, A.-J. (dir.), *Dictionnaire encyclopédique de théorie et de sociologie du droit*, Paris, LGDJ, 2.ª ed., 1993.
——, *Les origines doctrinales du code civil français*, Paris, LGDJ, 1969.
——, *Critique de la raison juridique. Où va la sociologie du droit?*, Paris, LGDJ, col. "Bibliothèque de philosophie du droit", 1981.
ARON, R., *Les étapes de la pensée sociologique*, Paris, Gallimard, 1967.
ASCH, M., *Home and Native Land. Aboriginal Rights and the Canadian Constitution*, Toronto, Methuen, 1984.
ASSIER-ANDRIEU, L. (dir.), "Le droit et les paysans", *Études rurales*, n.º especial, 1986, 103-104.
—— (dir.), *Une France coutumière. Enquête sur les "usages locaux" et leur codification (XIXe-XXe siècles)*, Paris, Éditions du CNRS, 1990.
—— e COMMAILLE, J. (dir.), *Politique des lois en Europe. La filiation comme modèle de comparaison*, Paris, LGDJ, 1995.
——, "L'homme sans limites. 'Bioéthique et anthropologie'", *Ethnologie française*, 1994, 1, pp. 141-50.
——, "L'anthropologie et la modernité du droit", *Anthropologie et sociétés*, 1989, 13, 1, pp. 21-34.
——, "La recherche pour la justice", *Droit et societé*, 1992, 20-21, pp. 115-25.
——, "La version anthropologique de l'ignorance du droit", *Anthropologie et sociétés*, 1989, 13, 3, pp. 119-32.

——, *Le peuple et la Loi. Anthropologie historique des droits paysans en Catalogne française*, Paris, LGDJ, 1987.
ATIAS, C., *Épistémologie juridique*, Paris, PUF, col. "Droit fondamental", 1985.
AUGÉ, M., "Qui est l'autre? Un itinéraire anthropologique", *L'homme*, 1987, XXVII, 3, pp. 7-26.
——, *Génie du paganisme*, Paris, Gallimard, 1982.
——, *Non-lieux. Introduction à une anthropologie de la surmodernité*, Paris, Seuil, 1992.
AUSTIN, J., *The Province of Jurisprudence Determined*, Londres, 1834.

BACHELARD, G., *La formation de l'esprit scientifique*, Paris, Vrin, 1986 (1938).
BADINTER, R. (dir.), *Une autre justice*, Paris, Fayard, 1989.
BAILLEAU, F., "Parcours et parcage de 'délinquants juvéniles'", in LEFAUCHEUR, N. e PEYRE, V., *Lectures sociologiques du travail social*, Paris, Éditions Ouvrières, 1985, pp. 188-203.
BALANDIER, G., *Anthropologie politique*, Paris, PUF, 2.ª ed., 1969.
——, *Le désordre. Éloge du mouvement*, Paris, Fayard, 1988.
BANCAUD, A., *La haute magistrature judiciaire entre politique et sacerdoce*, Paris, LGDJ, 1993.
BARKUN, M., *Law Without Sanctions. Order in Primitive Societies and the World Community*, New Haven, Yale University Press, 1968.
BARTON, R. F., *Ifugao Law*, Berkeley, University of California Press, 1919.
BASTARD, B. e CARDIA-VONÈCHE, L., *Divorcer autrement: la médiation familiale*, Paris, Syros, 1990.
BAUDOUIN, J.-L. e LABRUSSE-RIOU, C., *Produire l'homme: de quel droit? Étude juridique et éthique des procréations artificielles*, Paris, PUF, 1987.
BAXI, U., "People's law in India – The hindu society", *in* CHIBA, M. (ed.), *Asian Indigenous Law*, Londres, KPI, 1986.
BECCARIA, C., *Traité des délites e des peines*, trad., Paris, Cujas, 1966.
BENREKASSA, G., *Montesquieu, la liberté et l'histoire*, Paris, Librairie Générale Française, 1987.
BENSA, A., "Colonialisme, racisme et ethnologie en Nouvelle-Calédonie" *Ethnologie Française*, 1988, XVIII, 2, pp. 188-97.
BENVENISTE, É., *Le vocabulaire des institutions indo-européennes*, Paris, Minuit, 1969.
BERMAN, H. J., *Law and Revolution. The Formation of Western Legal Tradition*, Cambridge, Harvard University Press, 1983.
BERQUE, J., *Structures sociales du Haut-Atlas*, Paris, PUF, 1955.
BLACK, D., *Sociological Justice*, Nova York-Oxford, Oxford University Press, 1989.

BLACKSTONE, W., *Commentaries on the Laws of England*, Oxford, 1765.
BLOCH, M., "Les usages locaux, documents historiques", *Annales d'histoire économique et sociale*, 1933, V, pp. 584-5.
BODIGUEL, J.-L., *Les magistrats. Un corps sans âme?*, Paris, PUF, 1991.
BOIGEOL, A., "La formation des magistrats: de l'apprentissage sur le tas à l'école professionnelle", *Actes de la recherche en sciences sociales*, 1989, n.os 76-7, pp. 49-64.
―――, *Histoire d'une revendication: l'école de la magistrature (1945-1958)*, Vaucresson, Cahiers du CRIV, 1989.
BOLT, R. C., "The Construction of Responsability in the Criminal Law", *University of Pennsylvania Law Review*, 1992, 140.
BOLTANSKI, L., *L'amour et la justice comme compétences*, Paris, Métailié, 1990.
BONAFÉ-SCHMITT, J.-P. (em col.), *Les justices du quotidien. Les modes formels et informels de réglement des petits litiges*, Lyon, Glysi, 1986.
―――, "Une esquisse d'état des lieux de la médiation", *Le groupe familial*, 1989, 10.
BONNECASE, J., *L'école de l'exégèse en droit civil*, Paris, 1924.
―――, *La notion de droit en France au XIXe siècle. Contribution à l'étude de la philosophie du droit contemporaine*, Paris, 1919.
BOUCHEL, L., *La bibliothèque ou Thrésor du droict françois*, Paris, 1626.
BOUCHER, PH. (dir.), *La révolution de la justice. Des lois du roi au droit moderne*, Paris, Monza, 1989.
BOUDON, R., *La place du désordre. Critique des théories du changement social*, Paris, PUF, 1985.
BOURDIEU, P., "La force du droit. Éléments pour une sociologie du champ juridique", *Actes de la recherche en sciences sociales*, 1986, 64, pp. 3-19.
―――, *Le sens pratique*, Paris, Minuit, 1980.
BOURDOT DE RICHEBOURG, CH. A., *Nouveau coutumier général ou corps des coutumes générales de la France et des provinces*, Paris, 1724.
BOURETZ, P. (dir.), *La force du droit. Panorama des débats contemporains*, Paris, Esprit, 1991.
BRANCAS, L. DE, *Traité des lois publiques*, Londres, 1771.
BROEKMAN, J.-M., *Droit et anthropologie*, Paris, LGDJ, 1993.
BRYCE, J., "Influence of national character and historical environment in the development of the common law", *in* Kocourek & Wigmore, *Evolution of Law*, Boston, 1918.
BURKE, E., *Réflexions sur la Révolution de France*, Paris-Genebra, Ressources, reedição, 1980.

CABALLERO, F., *Droit de la drogue*, Paris, Dalloz, 1990.
CARBONNEAU, T. E., *Alternative Dispute Resolution. Melting the Lances and Dismounting the Steeds*, Urbana & Chicago, University of Illinois Press, 1989.
——, "Tableau de la sociologie juridique", *Nomos. Cahiers d'ethnologie et de sociologie juridiques*, 1974, 1, pp. 3-14.
——, *Flexible droit*, Paris, LGDJ, 8ª ed., 1995.
——, *Sociologie juridique*, Paris, PUF, "Thémis", 1978; reed. PUF "Quadrige", 1994.
CARDOZO, B. N., *The Nature of the Judicial Process*, New Haven, Yale University Press,1921.
CARO BAROJA, J., "Religion, world views, social classes and honor during the sixteenth and seventeenth centuries in Spain", *in* PERISTIANY, J. G. e PITT-RIVERS, J. (eds.), *Honor and Grace in Anthropology*, Cambridge, Cambridge University Press, 1992.
CAROSSO, M., "Parole d'homme: l'arbitrage dans un village sarde", *Droit et cultures*, 1985, 9-10.
CARRÉ DE MALBERG, R., *Contribution à la théorie générale de l'État*, Paris, Sirey, 1920-1921.
CASSIRER, E., *La philosophie des Lumières*, Paris, reed. Fayard, 1983.
CASTEL, R., "Les médecins et les juges", *in* FOUCAULT, M. (ed.), *Moi Pierre Rivière...*
——, *Les métamorphoses de la question sociale. Une chronique du salariat*, Paris, Fayard, 1995.
CAYLA, O., "L'indicible droit naturel de François Gény", *Revue d'histoire des facultés de droit et de la science juridique*, 1988, 6.
CHANOCK, M., *Law, Custom and Social Order. The Colonial Experience in Malawi and Zambia*, Cambridge, Cambridge University Press, 1985.
CHASSAN, *Essai sur la symbolique du droit*, Paris, Villecoq, 1847.
CHAUVEAU, J.-P. *et al.*, "Rapport introductif", *in Exjeux fonciers en Afrique noire*, Paris, Orstom-Khartala, 1982.
CHAZEL, F., "Émile Durkheim et l'élaboration d'un 'programme de recherche' en sociologie du droit", *in* CHAZEL, F. e COMMAILLE, J. (eds.), *Normes juridiques et régulations sociales*, Paris, LGDJ, 1991.
—— e COMMAILLE, J. (dir.) *Normes juridiques et régulations sociales*, Paris, LGDJ, col. "Droit et société", 1991.
CHELLI, M., "Montesquieu sociologue", *in Analyses et réflexions sur Montesquieu, De l'esprit des lois*, Paris, Ellipses, 1987.
CHIBA, M., *Asian Indigenous Law*, Londres, KPI, 1986.
COMAROFF, J. e ROBERTS, S., *Rules ans Processes. The Cultural Logic of Dispute in an African Context*, Chicago, The University of Chicago Press, 1981.

COMELLES, J.-M. e MARTINEZ, A., *Enfermedad, cultura y sociedad*, Madri, Eudema, 1993.
COMMAILLE, J., "Normes juridiques et régulation sociale. Retour à la sociologie générale", *in* CHAZEL, F. e COMMAILLE, J. (eds.), *Normes juridiques et régulation sociale*, Paris, LGDJ, 1991.
——, *Familles sans justice? Le droit et la justice face aux transformations de la famille*, Paris, Le Centurion, 1982.
——, *L'esprit sociologique des lois. Essai de sociologie politique du droit*, Paris, PUF, 1994.
—— e LASCOUMES, P., "De la caution au dévoilement. La justice, la recherche et leurs mythes", *Annales de Vaucresson*, 1982, 19, pp. 82-107.
—— e PERRIN, J.-F., "Le modèle de Janus de la sociologie du droit", *Droit et société*, 1985, 1, pp. 95-112.
CONDORCET, "Observations sur le vingt-neuvième livre de *L'esprit des lois*", *in Œuvres de Montesquieu*, Paris, Daliban, 1822, vol VIII, pp. 409-37.
COQUILLE, G., *Commentaires sur les coustumes de Nivernois*, Paris, 3.ª ed., 1620.
CUQ, E., *Manuel des institutions juridiques des Romains*, Paris, Plon, LGDJ, 1928.
CUSSON, M., *Pourquoi punir?*, Paris, Dalloz, col. "Criminologie et droits de l'homme", 1993.

D'AGUESSEAU, "Instructions sur les études propres à former un magistrat..." (1716), *in Œuvres complètes*, 1819.
DAVID, R. e JAUFFRET-SPINOSI, C., *Les grands systèmes de droit contemporain*, Paris, Dalloz, 9.ª ed., 1988.
DECLAREUIL, J., *La justice dans les coutumes primitives*, Paris, 1889.
DEDIEU, J., *Montesquieu et la tradition politique anglaise en France. Les sources anglaises de L'esprit des lois*, Paris, 1909.
DEL VECCHIO, G., *La justice*, trad., Paris, Dalloz, 1955 (1922).
DELMAS-MARTY, M., *Les grands systèmes de politique criminelle*, Paris, PUF, 1992.
DENISART, J.-B., *Collection de décisions nouvelles et de notions relatives à la jurisprudence actuelle*, Paris, 1773.
DESTUTT DE TRACY, *Commentaire sur L'esprit des lois de Montesquieu*, Paris, Dalibon, 1922 (1806).
DEVILLÉ, A., "L'entrée du syndicat de la magistrature dans le champ juridique en 1968", *Droit et société*, 1992, 22.
DEZALAY, Y., *Marchands de droit*, Paris, Fayard, 1993.
DI TULLIO, B., *Manuel d'anthropologie criminelle*, trad., Paris, Payot, 1951.

DROZ, J., *L'Allemagne et la Révolution Française*, Paris, PUF, 1949.
DUBY, G., *L'économie rurale et la vie des campagnes dans l'Occident médiéval*, Paris, Flammarion, 1977 (1962).
DUFOUR, A., "De l'école du droit naturel à l'école du droit historique", *Archives de philosophie du droit*, 1981, XXVI, pp. 303-29.
——, "La théorie des sources du droit dans l'école du droit historique", *Archives de philosophie du droit*, 1982, XXVII, pp. 85-120.
DUGUIT, L., *Traité de droit constitutionnel*, Paris, 1927.
DUMÉZIL, G., *Servius et la fortune. Essai sur la fonction sociale de Louange et de Blâme et sur les éléments indo-européens du cens romain*, Paris, 1943.
DUMONT, L., *Homo hierarchicus. Le système des castes et ses implications*, Paris, Gallimard, 1966.
DURKHEIM, É., *De la division du travail social* (1893), Paris, PUF, 1986, 11.ª ed.
——, *Les règles de la méthode sociologique* (1937), Paris, PUF, 22.ª ed., 1986.

EDELMAN, B., *Le droit saisi par la photographie. Éléments pour une théorie marxiste du droit*, Paris, Maspéro, 1973.
EDELMAN, B. e HERMITTE, M.-A. (eds.), *L'homme, la nature et le droit*, Paris, Bourgois, 1988.
EHRLICH, E., *Fondation de la sociologie du droit*, 1913.
EL HAKIM, T., *Un substitut de campagne en Égypte. Journal d'un substitut de procureur égyptien*, Paris, Plon, Terre Humaine, 1974 (1942).
ERLICH, M., *La femme blessée. Essai sur les mutilations sexuelles féminines*, Paris, L'Harmattan, 1986.
——, "Notion de mutilation et criminalisation de l'excision en France", *Droit et cultures*, 1990, 20.
EVANS,-PRITCHARD, E. E., *A History of Anthropological Thought*, Londres, Faber and Faber, 1981.
EWALD, F., "Pour un positivisme critique: Michel Foucault et la philosophie du droit", *Droits*, 1986, 3, pp. 137-42.

FAINZANG, S., "Circoncision, excision et rapports de domination", *Anthropologie et sociétés*, 1985, 9, 1, pp. 117-27.
——, "Excision et ordre social", *Droit et cultures*, 1990, 20, pp. 177-83.
FARJAT, G., "Des sociétés sans droit? La leçon de l'Extrême-Orient", *Procès*, 1982, 2, pp. 61-75.
FASSO, G., *Histoire de la philosophie du droit*, Paris, LGDJ, 1976.
FAUGERON, C., "La production de l'ordre et le contrôle pénal. Bilan de la recherche en France depuis 1980", *Déviance et société*, 1991, 15, 1, pp. 51-91.

FERRIÈRE, *Dictionnaire de droit et de pratique*, Paris, 1749.
FINKIELKRAUT, A., *La mémoire vaine. Du crime contre l'humanité*, Paris, Gallimard, 1989.
FOTINO, G., *Contribution à l'étude des origines de l'ancien droit coutumier roumain*, Paris, Librairie de Jurisprudence, 1925.
FOUCAULT, M. (ed.), *Moi Pierre Rivière, ayant égorgé, ma mère, ma soeur et mon frère...*, Paris, Gallimard, 1973.
——, *Surveiller et punir. Naissance de la prison*, Paris, Gallimard, 1975.
FREUD, S., "Remarques psychanalytiques sur l'autobiographie d'un cas de paranoïa. Le président Schreber" (1911-1913), *in Cinq psychanalyses*, Paris, PUF, 1989, pp. 263-324.
——, *Totem et tabou. Interprétation par la psychanalyse de la vie sociale des peuples primitifs*, Paris, Payot (1912-1913), 1965.
FREUND, J., *Sociologie du conflit*, Paris, PUF, 1983.
FULLER, L. L., "American legal realism", *University of Pennsylvania Law Review*, 1934, 82, 5, pp. 429-62.
FUSTEL DE COULANGES, N.-D., *Histoire des institutions politiques de l'ancienne France*, Paris, 1875.
——, *La cité antique*, Paris, Hachette, 1927 (1864).

GALANTER, M., "Reading the landscape of disputes", *UCLA Law Review*, 1983, 4, 31.
GALEY, J.-C., "Société et justice dans le haut Gange: la fonction royale au delà des écoles juridiques et du droit coutumier", *in Différences, valeurs, hiérarchies* (Mélanges Louis Dumont), Paris, EHESS, 1984, pp. 371-421.
GARAPON, A., *L'âne portant des reliques. Essai sur le rituel judiciaire*, Paris, Centurion, 1985.
GASSIN, R., *Criminologie*, Paris, Dalloz, 1990.
GAZZANIGA, J.-L., *Introduction historique au droit des abligations*, Paris, PUF, col. "Droit Fondamental", 1992.
GEERTZ, C., *Savoir local, savoir global*, trad., Paris, PUF, 1987.
GÉNY, F., *Méthodes d'interprétation et sources en droit privé positif*, Paris, 1899.
——, *Science et technique en droit privé positif*, Paris, 1914-1924.
GERNET, L., "Droit et prédroit en Grèce ancienne", *L'année sociologique* (1948-1949), 1951, pp. 21-119.
GIDE, A., *Souvenirs de la Cour d'Assis (*Rouen, 1912), Paris, Gallimard, 1954.
GILMORE, G., *The Ages of American Law*, New Haven, Yale University Press, 1977.
GIRARD, P.-F., *Manuel élémentaire de droit romain*, Paris, Rousseau, 1896.

GODECHOT, J., *La contre-révolution (1789-1804)*, Paris, PUF, 2ª ed., 1984.
GODELIER, M., "L'énigme du don", *Social Anthropology*, 1995, 3, 1, pp. 15-47 e 1995, 3, 2, pp. 95-114.
——, *La production des grands hommes. Pouvoir et domination masculine chez les Baruya de Nouvelle-Guinée*, Paris, Fayard, 1982.
GOGUET, A.-Y., *De l'origine des loix, des arts et des sciences et de leurs progrès chez les anciens peuples*, Paris, 1758, 3 vols.
GOODHART, A., "Le précédent en droit anglais et continental", in *Le problème des sources en droit privé positif, Annuaire de l'Institut International de Philosophie du Droit et de Sociologie Juridique*, Paris, Sirey, 1934.
GOODRICH, P., "Law's emotional body: Image and aesthetics in the work of Pierre Legendre", in GOODRICH, P., *Languages of the Law. From Logics of Memory to Nomadic Masks*, Londres, Weinfeld e Nicolson, 1990.
GOODY, J., *The Interface between the Written and the Oral*, Cambridge, Cambridge University Press, 1987.
——, *La logique de l'écriture. Aux origines des sociétés humaines*, trad., Paris, Armand Colin, 1986.
——, *La raison graphique. La domestication de la pensée sauvage*, trad., Paris, Minuit, 1979.
GOUREVITCH, A., *Les catégories de la culture médiévale*, Paris, trad., Gallimard, 1983.
GOURON, A. e FORTIER, V., "La composition automatique d'un jugement de divorce", *Annales de l'IRETIJ*, 1991, 3.
GOYARD-FABRE, S., *La philosophie du droit de Montesquieu*, Paris, Klincksieck, 1973.
GRAWITZ, M., *Méthodes des sciences sociales*, Paris, Dalloz, 9ª ed., 1993.
GREENHOUSE, C. J., "Mediation: a comparative approach", *Man*, 1985, 20.
——, "Signs of quality: individualism and hierarchy in american culture", *American Ethnologist*, 1992, 19, 2, pp. 233-54.
——, "Looking at culture, looking for rules", *Man*, 1982, 17, pp. 58-73.
——, *Praying for Justice. Faith, Order and Community in an American Town*, Ithaca, Cornell University Press, 1985.
GROSLEY, P.-J., *De l'influence des loix sur les mœurs*, Nancy-Paris, in 4ª, 1757.
——, *Recherches pour servir à l'histoire du droit français*, Paris, 1752.
GRUEL, L., *Pardons et châtiments. Les jurés français face à la violence criminelle*, Paris, Nathan, Essais et recherches, 1991.
GURVITCH, G., *L'expérience juridique et la philosophie pluraliste du droit*, Paris, Pédone, 1935.

——, "Problèmes de la sociologie du droit", in *Traité de sociologie*, Paris, PUF, 1960, II, pp. 173-206.

HALPERIN, J.-L., *Le Tribunal de cassation et les pouvoirs sous la Révolution (1790-1799)*, Paris, LGDJ, 1987.

——, *Les professsions judiciaires et juridiques dans l'histoire contemporaine*, Lyon, Institut d'Études Judiciaires et Centre Lyonnais d'Histoire du Droit, 1993.

HANDMAN, M.-E., "Regard anthropologique sur le droit, la coutume et le droit coutumier", *Droit et cultures*, 1990, 20, pp. 119-32.

HARDING, A., *A Social History of English Law*, Gloucester, Smith, 1966.

HARRINGTON, CH., *Shadow Justice. The Ideology and Institutionnalization of Alternatives to Courts*, Westport, Greenwood, 1985.

HEGEL, G. W. F., *Principes de la philosophie du droit*, Paris, 1940.

HENRY, J.-R., "Le changement juridique dans le monde arabe ou le droit comme enjeu culturel", *Droit et société*, 1990, 15.

HERMITTE, M.-A., "Les concepts mous de la propriété industrielle: passage du modèle de la propriété foncière au modèle du marché", *in* ÉDELMAN, B. e HERMITTE, M.-A., *L'homme, la nature et le droit*, Paris, Christian Bourgois, 1988.

HERDER, *Idées sur la philosophie de l'histoire de l'humanité*, Paris, Agora, 1991.

HESÍODO, *Les travaux et les Jours*, Paris, Les Belles-Lettres, 1979.

HESPANHA, A.-M., "Savants et rustiques. La violence douce de la raison juridique", *Ius Commune. Max Planck Instituts für Europaïsche Rechtgeschichte*, 1983, X, pp. 1-48.

HILÀIRE, J., "Coutumes et droit écrit: recherche d'une limite", *Mémoires de la société d'histoire du droit des anciens pays bourguignons*, 1984, pp. 152-65.

——, *La vie du droit. Coutumes et droit écrit*, Paris, PUF, 1994.

HOEBEL, E. A., *The Law of Primitive Man. A Study in Comparative Legal Dynamics*, Cambridge, Harvard University Press, 1954.

——, "Karl Llewellyn-Anthropological Jurisprudence", *Rutgers Law Review*, 1964, 18, pp. 735-44.

HOFFMANN, G., "Le nomos, 'tyran des hommes'", in HANDMAN, M.-E. (dir.), "Pratiques de la loi dans le monde hellénique", *Droit et cultures*, 1990, 20.

HOFRICHTER, R., *Neighborhood Justice in Capitalism Society. The Expansion of the Informal State*, Nova York, Greenwood, 1987.

HOLMES, O. W., "Law in science and science in law" (1897), *Collected Legal Papers*, Nova York, 1920.

HUNT, A., *The Sociological Movement in Law*, Philadelphia, Temple University Press, 1978.

ITURRA, R., "Stratégies de reproduction. Le droit canon et le mariage dans un village portugais", *Droit et société*, 1987, 5, pp. 7-22.

JAEGER, H., "Savigny et Marx", *Archives de philosophie du droit*, 1967, XII, pp. 65-90.

JEAMMAUD, A., "La médiation dans les conflits du travail", *in La médiation: un mode alternatif de résolution des conflits?*, Zurique, Schultess, 1992.

——, "Consécration de droits nouveaux et droit positif. Sens et objet d'une interrogation", *in Consécration et usage de droits nouveaux*, Saint-Étienne, CERCRID, 1987.

——, "La règle de droit comme modèle", *Revue interdisciplinaire d'études juridiques*, 1990, 25, pp. 125-64.

JHERING, R. VON, *L'évolution du droit*, Paris, trad. Maresq (1883), 1901.

JOBBÉ-DUVAL, E., "L'histoire comparée du droit et l'expansion coloniale de la France", *Annales internationales d'histoire*, 1902.

KALINOWSKI, G., *La logique des normes*, Paris, PUF, 1972.

KALUSZYNSKI, M., "Aux origines de la criminologie: l'anthropologie criminelle", *Frénésie. Histoire, psychiatrie, psychanalyse*, 1988, 5.

KANTOROWICZ, H., *Rechthistorische Schriften*, Karlsruhe, Muller, 1970.

——, *The Definition of Law (1939)*, Nova York, 1958.

KARPIK, L., "Avocats: une nouvelle profession?", *Revue française de sociologie*, 1985, XXVI, pp. 571-600.

——, *Les avocats. Entre l'état, le public et le marché XIIIe-XXe siècles*, Paris, Gallimard, 1995.

KAUTILYA, *L'Arthasastra, Traité politique de l'Inde ancienne*, Paris, Rivière, 1971.

KELSEN, H., *Théorie pure du droit*, trad., Paris, Dalloz, 1962.

KESTNER, P. B. (ed.), *Education and Mediation: Exploring the Alternatives*, American Bar Association, Standing Committee on Dispute Resolution, 1988.

KLIMRATH, H., "Essai sur l'étude historique du droit", 1833, *in Travaux sur l'histoire du droit français*, Paris-Strasbourg, 1843.

——, "Études sur les coutumes", 1837, *in Travaux...*

——, "Programme d'une histoire du droit français", 1835, *in Travaux...*

KOCOUREK, A. e WIGMORE, J. H., *Evolution of Law. Select Reading on the Origin and Development of Legal Institutions*, Boston, 1918, 3 vols.

KOUASSIGAN, G. A., *Quelle est ma loi? Tradition et modernisme dans le droit privé de la famille in Afrique noire francophone*, Paris, Pedone, 1974.

KRADER, L. (ed.), *Anthropology and Early Law*, Nova York, Basic Books, 1966.

KULA, W., *Les mesures et les hommes*, Paris, Éditions de la Maison des Sciences de l'Homme, 1984.

LABOULAYE, E., "Les axiomes du droit français", *Nouvelle revue historique de droit français et étranger*, 1883, VII, pp. 41-72.

———, *Essai sur la vie et les doctrines de Frédéric-Charles de Savigny*, Paris, 1842.

LABRUSSE-RIOU, C., "Les procréations artificielles: un défi pour le droit", in *Éthique médicale et droits de l'homme*, Actes Sud-INSERM, 1988, pp. 65-76.

LASCOUMES, P., "Le droit comme science sociale. La place de É. Durkheim dans les débats entre juristes et sociologues à la charnière des deux derniers siècles (1870-1914)", in CHAZEL & COMMAILLE, *Normes juridiques et régulations sociales, op. cit.*

———, "Normes juridiques et mise in œuvre des politiques publiques", *L'année sociologique*, 1990, 40, pp. 43-71.

———, PONCELA, P. e LENOËL, P., *Au nom de l'ordre. Histoire politique du code pénal*, Paris, Hachette, 1989.

——— e ZANDER, H. (eds.), *Marx: du "vol de bois" à la critique du droit*, Paris, PUF, 1984.

LE PLAY, F., *La Constitution essentielle de l'humanité*. Paris, Mame, 1881.

LE ROY LADURIE, E., *"Système de la coutume"*, in *Le territoire de l'historien,* Paris, Gallimard, 1973, pp. 222-51.

LEENHARDT, M., *Gens de la Grande Terre, Nouvelle-Calédonie*, Paris, Gallimard, 10.ª ed., 1952.

LEGENDRE, P., *Dieu au miroir. Étude sur l'institution des images. Leçons III*, Paris, Fayard, 1994.

———, *L'inestimable objet de la transmission. Essai sur le principe généalogique en Occident. Leçons IV*, Paris, Fayard, 1985.

———, *Les enfants du texte. Étude sur la fonction parentale des états. Leçons VI*, Paris, Fayard, 1992.

———, *Le crime du caporal Lortie. Traité sur le père. Leçons VIII*, Paris, Fayard, 1989.

———, *Le désir politique de Dieu. Étude sur les montages de l'état et du droit. Leçons VII*, Paris, Fayard, 1988.

———, *L'empire de la vérité. Introduction aux espaces dogmatiques industriels. Leçons II*, Paris, Fayard, 1982.

———, *Trésor historique de l'état en France. L'administration classique*, Paris, Fayard, 1992.

———,"La différence entre eux et nous. Note sur la nature humaine des animaux", *Critique*, 1978, pp. 848-63.

LERMINIER, E., *De l'influence de la philosophie du XVIIIe siècle sur la législation et la sociabilité du XIXe*, Paris, 1833.

——, *Introduction générale à l'histoire du droit*, Paris, 1829.
——, *Philosophie du droit*, Paris, Paulin, 1831.
LÉVI-STRAUSS, C., "Introduction à l'œuvre de Marcel Mauss", *in* MAUSS, M., *Sociologie et anthropologie*, Paris, PUF, 1983 (1950), pp. IX-LII.
——, *Les structures élémentaires de la parenté*, Paris-La Haye, Mouton, 1967 (1949).
——, *Anthropologie structurale*, Paris, Plon, 1958.
——, *Tristes tropiques*, Paris, Plon, 1955.
LÉVY-BRUHL, H., *Aspects sociologiques du droit*, Paris, Rivière, 1955.
——, "Problèmes de la sociologie criminelle", *in* GURVITCH, G., *Traité de sociologie*, Paris, PUF, 1960.
——, *La morale et la science des moeurs*, Paris, 1903.
LINGAT, R., *Les sources du droit dans le système traditionnel de l'Inde*, Paris-La Haye, Mouton, 1967.
LLEWELLYN, K. N., *The Bramble Bush. Some Lectures on Law and its Study*, Nova York, Columbia University School of Law, 1930.
——, *The Common Law Tradition Deciding Appeals*, Boston, Little, Brown & Co, 1960.
—— e HOEBEL, E. A., *The Cheyenne Way. Conflict and Case Law in Primitive Jurisprudence*, Norman, University of Oklahoma Press, 1941.
LOCRÉ, J.-G., *Esprit du Code Napoléon*, Paris, 1805.
LOISEL, A., *Institutes coutumières*, 1607.
LOMBARD, F., *Les jurés. Justice représentative et représentations de la justice*, Paris, L'Harmattan, 1993.
LUHMAN, N., *A Sociological Theory of Law*, Londres, RKP, trad., 1985.
MAGDELAIN, A., *Ius imperium auctoritas. Études de droit romain*, Roma, Études de l'École Française de Roma, 1990, n.º 133.
——, *La loi à Rome. Histoire d'un concept*, Paris, Les Belles Lettres, 1978.
MAGET, M., "Les dates de mutations locatives de biens ruraux. Esquisses cartographiques d'après les recueils d'usages locaux", *Études agricoles d'économie corporative*, "Le folklore paysan", 1942, IV, pp. 317-44.
MAINE H. S., *Ancient Law. Its Connection with the Early History of Society and Its Relation to Modern Ideas*, Londres, 1861 (reedição Gloucester, Peter Smith, 1970).
MALINOWSKI, B., "Introduction", *in* HOGBIN, H. I., *Law and Order in Polynesia. A Study of Primitive Legal Institutions*, Londres, Christophers, 1934.
——, *Crime and Custom in Savage Society*, Londres, 1926.
——, "A new instrument for the interpretation of law especially primitive. A review of the 'Cheyenne Way'", *Lawyers Guild Review*, 1942, II, 3, pp. 1-12.

MANENT, P., *Tocqueville et la nature de la démocratie*, Paris, Fayard, 1993, 2ª ed.

MANN, B. H., *Neighbors and Strangers. Law and Community in Early Connecticut*, Chapel Hill, University of North Carolina Press, 1987.

MANNONI, O., *Psychologie de la colonisation*, Paris, Seuil, 1950.

MARCUS, G. E. e FISCHER, M. M., *Anthropology as Cultural Critique*, Chicago, Chicago University Press, 1986.

MARINI, G., *Savigny e il metodo della scienza giuridica*, Milão, Giuffré, 1966.

MARTORELL, A., "Malades psychotiques en milieu carcéral: esquisse historique et éléments d'actualité", *L'information psychiatrique*, 1991, 4.

MARTY, G., *La distinction du fait et du droit. Essai sur le pouvoir de contrôle de la Cour de Cassation sur les juges du fait*, Paris, Sirey, 1929.

MARX, K., *Du vol de bois à la critique du droit (1842)*, ed. Lascoumes et Zander, Paris, PUF, 1984.

MAUNIER, R., *Introduction au folklore juridique*, Paris, Éditions d'Art et d'Histoire, 1938.

MAZEROL, M.-T., *Le juge des enfants. Fonction et personne: approche clinique, Vaucresson*, CRIV, 1987.

—— e VILLIER, J., "Aspects cliniques de la fonction de juge des enfants. Étude phénoménologique", *Annales de Vaucresson*, Centre de formation et de recherche de l'éducation surveillée, 1983, 20, pp. 131-70.

MEEK, R., *Social Science and the Ignoble Savage*, Cambridge, Cambridge University Press, 1976.

MENDRAS, H., *Éléments de sociologie*, Paris, Armand Colin, 1989.

MERLE, R. e VITU, A., *Traité de droit criminel*, Paris, Cujas, 1984.

MEYNIAL, E., "Les recueils d'arrêts et les arrêtistes", *in Le code civil, livre du centenaire*, Paris, Rousseau, 1904.

MIAILLE, M., *Une introduction critique au droit*, Paris, Maspéro, 1977.

MINENKO, N. A., "Traditional forms of investigation and trial among the russian peasants of Western Siberia", *Soviet Anthropology and Archeology*, 1982-1983, XXI, 3, pp. 55-79.

MITTERRAND, F., *Le coup d'état permanent*, Paris, UGE (1964), 1993.

MONTESQUIEU, *De l'esprit des lois*, 1748.

MOORE, M. S., *Law and Psychiatry Relationship*, Cambridge, Cambridge University Press, 1984.

MOORE, S. F., "Law and Anthropology", *Biennal Review of Anthropology*, Stanford, 1970.

——, *Law as Process. An Anthropological Approach*, Londres, Routledge, 1978.

——, *Social Facts and Fabrications*, Cambridge, Cambridge University Press, 1986.

MOTTE, O., *Savigny et la France*, Berna, Lang, 1983.
MOULOUD, N., "Jugement", *Encyclopædia Universalis*, Paris, 1992.
MOUNIER, J.-P., "Du corps judiciaire à la crise de la magistrature", *Actes de la recherche en sciences sociales*, 1986, 64.

NADER, L. e TODD, H., *The Disputing Process-Law in Ten Societies*, Nova York, Columbia University Press, 1978.
NÉGRIER-DORMONT, L., *Criminologie*, Paris, Litec, 1992.
NEWMAN, K. C., *Law and Economic Organization. A Comparative Study of Preindustrial Societies*, Cambridge, Cambridge University Press, 1983.
NOAILLES, P., *Fas et Jus*, Paris, 1948.
NOVICK, P., *L'épuration française 1944-1949*, Paris, Balland, 1985.

OLIVE DU MESNIL, S. D', *Œuvres*, Lyon, 1649.
OURLIAC, P., *Études de droit et d'histoire*, Paris, Picard, 1980.
——, "La puissance de juger: le poids de l'histoire", *Droits*, 1989, 9, pp. 21-32.
——, "La crise des droits locaux et leur survivance à l'époque moderne", in *Études de droit et d'histoire*, Paris, Picard, 1980, II.

PASCAL, *Pensées*, in *Œuvres complètes*, Paris, Gallimard, 1954.
PERCHERON, A. (*et al.*), *Le droit à 20 ans*, Paris, IFOP-Gazette du Palais, 1989.
PERISTIANY, J. e PITT-RIVERS, J. (eds.), *Honor and Grace in Anthropology*, Cambridge, Cambridge University Press, 1992.
PERREAU, E.-H., *Technique de la jurisprudence en droit privé*, Paris, Rivière, 1923.
PERROT, R., *Institutions judiciaires*, Paris, Montchrestien, 1989, 3.ª ed.
PESCHANSKI, D., *Justice, répression et persécution en France de la fin des années 1930 au début des années 1950*, Paris, Institut d'Histoire du Temps Présent, 1993.
PLENEL, E., *La part d'ombre*, Paris, Stock, 1992.
PLUTARCO, *La vie des hommes illustres*, Paris, Gallimard, col. "Bibliothèque de La Pléiade", 1951, I, "Vie de Solon".
PODGORECKI, A. e WHELAN, C. J. (dir.), *Sociological Approaches to Law*, Londres, Croom Helm, 1981.
POIRIER, J., "Introduction à l'ethnologie de l'appareil juridique", in *Ethnologie générale*, Paris, Gallimard, 1968, pp. 1091-110.
PORTALIS, "Discours préliminaire sur le projet de Code civil présenté le 1er pluviôse an IX par la commission nommée par le gouvernement consulaire", *in Écrits et discours juridiques et politiques*, Presses Universitaires d'Aix-Marseille, 1988, pp. 21-63.

POSPISIL, L., *The Anthropology of Law. A Comparative Theory of Law*, Nova York, Harper & Row, 1971.
POUND, R., *Interpretations of Legal History*, Nova York, Mac Millan, 1923.
PUCHTA, G. F., *Das Gewohnheitsrecht*, Erlangen, 1828-1846.

RADCLIFFE-BROWN, A. R., "Primitive law" e "Social sanctions", *Encyclopædia of the Social Sciences,* Nova York, Mac Millan, 1933-1934.
RADIN, M., *Law as Logic and as Experience*, New Haven, Yale University Press, Storrs Lectures, 1940.
RAINGEARD DE LA BLETIÈRE, L.-M., "Peut-on adapter l'administration aux finalités de la justice?", *Revue française d'administration publique*, 1991, 57, pp. 61-7.
RAU, E., *Institutions et coutumes canaques*, Paris, Larose, 1944.
RAVAISSON, F., *De l'habitude*, Paris, F. Alcan (1838), 1933.
RAVIS-GLORDANI, G., *Bergers corses. Les communautés villageoises du Niolu*, Aix-en-Provence, Edisud, 1983.
RIALS, S., "Réalisme juridique et réalisme biologique", *Droits,* 1985.
——, *Révolution et contre-révolution au XIXe siècle*, Paris, Albatros, 1987.
RICOEUR, P., *Le juste*, Paris, Esprit, 1995.
RISKIN, L. L. e WESTBROOK, J. E., *Dispute Resolution and Lawyers*, St. Paul, West Publ. Co., 1988.
ROBERT, P. e FAUGERON, C., "Les attitudes des juges à propos de la prise de décision", *Annales de la faculté de droit de Liège*, 1975, XX, 1-2.
ROBERT, P., *La question pénale*, Genève, Droz, 1984.
ROBERTS, S., *Order and Dispute. An Introduction to Legal Anthropology*, Penguin, Harmondsworth, 1979.
RODIÈRE, R., *Introduction au droit comparé*, Paris, Dalloz, 1979.
ROLAND, H. e BOYER, L., *Locutions latines et adages du droit français*, Lyon, L'Hermès, 1977-1979.
ROMANI, O., "Proceso de modernización cultura juvenil y drogas", *in* RODRIGUEZ, F. (ed.), *Communicación y lenguaje juvenil*, Madri, Fundamentos, 1989.
ROUGIER, A., "Quels actes peuvent justifier ane intervention d'humanité et quelles sont les limites du droit d'action des états intervenants?", *Revue générale du droit international public*, 1910, XVII; reproduzido em *Actes. Les cahiers d'action juridique*, "Droit et humanité", 1989, n.ºs 67-68.
ROULAND, N., *Anthropologie juridique*, Paris, PUF, 1988.
——, *Aux confins du droit. Anthropologie juridique de la modernité*, Paris, Odile Jacob, 1991.

——, PIERRÉ-CAPS, S. e POUMARÈDE, J., *Droit des minorités et des peuples autochtones*, Paris, PUF, 1996.
ROUPNEL, G., *Histoire de la campagne française*, Paris, Plon (1932) 1981.
ROUSSEAU, *Du contrat social*, 1762.
——, "Fragments politiques", in *Œuvres complètes*, Paris, Gallimard, col. "La Bibliothèque de La Pléiade", 1964.
ROUSSO, H., "Une justice impossible. L'épuration et la politique antijuive de Vichy", *Annales E.S.C.*, 1993, 3, pp. 491-500.
ROYER, J.-P., MARTINAGE, R. e LECOQ, P., *Juges et notables au XIXe siècle*, Paris, PUF, 1982.

SAHLINS, M., *Islands of History*, Chicago, The University of Chicago Press, 1985.
SALAS, D., *Du procès pénal. Éléments pour une théorie interdisciplinaire du procès*, Paris, PUF, 1992.
SAVIGNY, F.-C. VON, *Of the Vocation of our Age for Legislation and Jurisprudence (1814)*, trad. Hayward (1831), Reedição, Arno Press, Nova York, 1975.
SCHAPERA, I., *A Handbook of Tswana Law and Custom*, Londres, Oxford University Press, 1938.
SCHNAPPER, B., *Voies nouvelles en histoire du droit*, Paris, PUF, 1991.
SCHWARZ, R. C. e MILLER, J. C., "Legal evolution and social complexity", *American Journal of Sociology*, 1964, 70, pp. 159-69.
SEEBOHM, F., *Customary Acres and their Historical Importance*, Nova York, Bombay, Longmans, 1914.
SERVERIN, E., *De la jurisprudence en droit privé. Théorie d'une pratique*, Presses Universitaires de Lyon, 1985.
SIMMEL, G., *Le conflit*, Paris, reed. Desclée de Brouwer, 1993.
SIMONIS, Y., "Note critique sur le droit et la généalogie chez Pierre Legendre", in ELBAZ, M. (ed.), *Ordres juridiques et cultures*, n.º especial de *Anthropologie et sociétés*, 1989, 13, 1.
SIX, J.-F., *Dynamique de la médiation*, Paris, Desclée de Brower, 1995.
SOULEZ LARIVIÈRE, D., *Les juges dans la balance*, Paris, Points, Seuil, 1990, 2.ª ed.
SOURIOUX, J.-L., *Introduction au droit*, Paris, PUF "Droit fondamental", 2.ª ed., 1990.
SOUSA SANTOS, B. DE, "Droit: une carte de la lecture déformée. Pour une conception postmoderne du droit", *Droit et société*, 1988, 10, pp. 363-89.
SPENCER, H., *Justice*, trad., Paris, Guillaumin, 1903.
STARR, J. e COLLIER, J. F. (eds.), *History and Power in the Study of Law. New Directions in Legal Anthropology*, Ithaca, Cornell University Press, 1989.

STEIN, P., *Legal Evolution. The Story of an Idea,* Cambridge, Cambridge University Press, 1980.
STERN, B. (dir.), *Livre blanc des assises nationales de la recherche juridique,* Paris, LGDJ, 1994.
STRATHERN, M., *Official and Unofficial Courts: Legal Assumptions and Expectations in a Highland Community,* Canberra, The Australian University Press, 1972.
SZRAMKIEWICZ, R. e BOUINEAU, J., *Histoire des institutions,* Paris, Litec, 1989.

TARDE, G., *Les transformations du droit,* Paris, Berg, 1994 (1893).
TARDE, H. DE, "Usages et progrès: l'économie juridique de la modernisation", *in* ASSIER-ANDRIEU, L. (dir.), *Une France coutumière, op. cit.,* pp. 165-86.
TERRÉ, F., *Introduction au droit,* Paris, Dalloz, 1994.
THÉRY, I., *Le démariage. Justice et vie privée,* Paris, Odile Jacob, 1993.
THÉVENOT, L., "Les investissements de forme", *Conventions économiques,* 1985, pp. 21-71.
THOMAS, Y., "L'institution juridique de la nature (remarques sur la casuistique du droit naturel à Rome)", *Revue d'histoire des facultés de droit et de la science juridique,* 1988, 6, pp. 27-48.
TOCQUEVILLE, A. DE, *De la démocratie en Amérique,* Paris, Gallimard, 1961 (1835-1840).
TODOROV, T., *Nous et les autres. La réflexion française sur la diversité humaine,* Paris, Seuil, 1989.
TROFER, M., "Le concept d'état de droit", *Droits,* 1992, 15, 1, pp. 51-63.
——, "Un système pur du droit: le positivisme de Kelsen", in BOURETZ, P. (dir.), *La force du droit, op. cit.,* pp. 117-37.
TWINING, W., *Karl Llewellyn and the Realist Movement,* Londres, Weidenfeld & Nicolson, 1973.

UNGER, R. M., "The chinese case: a comparative analysis", *in Law in Modern Society,* Nova York, 1976.
——, *Law in Modern Society,* Nova York, Free Press, 1976.

VERDIER, R. (dir.), Dossier "Mutilations sexuelles: l'excision", *Droit et cultures,* 1990, 20.
—— (dir.), *Le serment. I. Signes et fonctions* e *II. Théories et devenir,* Paris, Éditions du CNRS, 1991 (2 vols.).
VERNANT, J.-P., Prefácio à *Anthropologie de la Grèce antique,* recueil de textes de Louis Gernet, Paris, Maspéro, 1968.
VERRIEST, L., "Une institution judiciaire en action. Les "Franches Vérités" du bailliage de Flobecq-Lessines en la seconde moitié du XIVe siècle", *Revue du Nord,* 1958, XL, pp. 411-28.

VILLEY, M., *La formation de la pensée juridique moderne*, Paris, Montchrestien, 1975.
VIOLLET, P., *Histoire du droit civil français*, Paris, 1905.
VOLTAIRE, *Dictionnaire philosophique*, Paris, Éd. Plancher, 1818.

WEBER, M., *Sociologie du droit*, Éd. Grosclaude, Paris, PUF, 1986.
——, "Sociologie du droit", *in Économie et société*, trad., Paris, Plon, 1971.
WEISBROT, D. et al., *Law and Social Change in Papua-New Guinea*, Sydney, Butterworths, 1982.
WIGMORE, J. H., *A Panorama of World's Legal Systems*, Washington, 1936.
WILLEN, R. S., "Rationalization of anglo-legal culture: the testimonial oath", *The British Journal of Sociology*, 1983, 34, 1, pp. 109-28.

YNGVESSON, B., "Disputing alternatives: settlement as science and as politics", *Law and Social Inquiry*, 1988, 13, 1, pp. 113-31.
YVER, J., *Égalité entre héritiers et exclusion des enfants dotés. Essai de géographie coutumière*, Paris, Sirey, 1966.

ZÉNATI, F., *La jurisprudence*, Paris, Dalloz, 1991.

Índice remissivo

Em itálico: topônimos

acesso ao direito 213
adaptação do fato ao direito 136
afinidade de interesses 171
aliança 316
alienação mental 290
alternativas ao julgamento 15
alternative dispute resolutions 201
âmbito de interpretação 143
antropologia 21 XXXI-IV
antropologia cultural da legalidade 124
aparência de regra 241
apreciação 155
arbitragem 145, 166, 174, 178, 191
arbitrariedade 135, 215
arbitrariedade judiciária 248
árbitro 155, 181
área jurídica 9
arte de julgar 220, 237
arte do jurista 12
atividades do direito 140
atividades judiciárias e médicas de tratamento do crime 294
ato de palavra 133, 152-3
ato homicida 283
ato jurídico 153
atrito 166
autonomia 22, 24
autoridade 48-9, 51, 73, 107, 156, 166
autoridade judiciária 251, 270
autoridade política 175, 268
autoridade pública 20, 150

calúnia 238
campo jurídico XIII, XX, XXII, XXVIII, 6, 13, 29, 46, 55, 98, 115, 225, 303
canalização preventiva 49
caso 15, 47, 50, 155, 217, 225, 276
caso fundador 225
cassação 250-3
categoria específica do direito 89
categorias jurídicas 34, 74
ciência 289, 295, 297
ciência do direito XVIII, 3-4, 8-10, 90, 98, 171
ciência e sociedade 305
ciência jurídica do direito XIII, 10, 12
ciências do direito 8
ciências sociais XII, 3, 8, 310, 317
classificação 24, 138, 145, 156, 196, 245
clivagens 9
coalizão de interesses 162
coalizões de interesses 160
codificação 123, 245
codificador 31
codificadores 215
Código Civil 247, 253
códigos 27, 138

coerção 21, 45-6
coerção social 46
coerência 21, 45
coerência geral do direito 218
coisa julgada 225
common law 222, 224, 227, 240
comparatismo 62
compilações de decisões 246
conceito 35, 49
conceito de direito 89, 104, 152
conceito de justiça 239
conceito ocidental de direito 85
conceitos maleáveis 25, 34
concepção ocidental do jurídico 79
concepções éticas 152
conciliação 174, 179, 194-5
conciliador 195
configuração das obrigações 46
configurações normativas 182
confissão 97
conflito 15, 41-2, 47-8, 97, 145, 166-7, 170-3
conhecimento 12
consciência comum 26, 116-7
consenso 171, 208, 212-3
continuidade do corpo judiciário 266
contrato 42, 161
contrato social 137, 211-2
controle racional da legalidade 68
controle social 40, 43, 204, 238, 293
convenções 21, 104, 160
convenções internacionais 228
conveniências 192
corpo das regras 41
corpo judiciário 136
corpo político 160
corporativismo judiciário 270
corpos profissionais 255
corpus especializado 24
costume XXI, 25-8, 76-7, 83-6, 108-9, 121-2
costume social 41

costumes XXIII-VII, 29, 33, 78, 107
criação do direito 249
crime 140, 280, 301
crise do direito 314
critérios 54
critérios distintivos 19
crítica do direito 25
crítica do processo 211
culpabilidade 300-7
cultura jurídica XXII, 58, 117, 210

decisão 254
definição 6, 16, 21
definir o direito 6
delação 238
delimitação do direito como fato social 20
delinqüência 206
delito 42
demanda de informalismo 203
demência 293, 298, 304-5
desconstrução do direito 116
desígnio normativo 23
desjurisdização 35
desligamento 312
desvio 293
dever de lealdade 271
dharma 92-5
dialética 105, 109, 122
dialética cultural 245
dialética interna das leis 115
dialética universal das leis e dos costumes 101
diké 64, 152
dilema do juiz diante do político 270
Direito 309-11, 313-5, 317-8
direito alternativo 26
direito consuetudinário 86, 122, 154
direito criminal 138, 301
direito das gentes 228
direito do trabalho 190, 193
direito estatal 196

direito internacional 59, 190, 192
direito livre 41, 145, 216
direito natural 8, 101, 230
direito novo 217
direito penal 138, 276, 304
direito penal republicano 268
direito penal revolucionário 264
direito positivo XXII, 26, 118, 122, 143, 221
direito privado 247
direito processual 68
direito público 20
direito romano 90, 117, 150, 153
direito sagrado 61
direito subjacente 86
direitos do homem 55, 228
direitos particulares 213
discurso normativo 89
discursos doutrinais 91
distinção 8, 13, 16, 24, 40, 42, 62
distinção entre o fato e o direito 227
divisão do trabalho social 291
divórcio 207, 213
dogmática 10
dogmática jurídica 43
dogmatismo 14, 149
dominação 186
doutrina XXI, 152, 216, 254
doutrina do precedente 223
doutrina do precedente obrigatório 224
duelo 169

economia de mercado 35
elegantia juris 219
elemento objetivo e elemento subjetivo do crime 302
empresa 193
engenheiro social 172
epistemologia jurídica 10
eqüidade 219
equilíbrio 157

escabinos 238
escolha da profissão judiciária 232
escrita 22-4
especialização das atividades jurisdicionais 206
especificação 63
especificação do direito 62
especificação jurídica 158
especificidade 57
especificidade do direito 40, 43
especificidade judiciária 252
especificidade jurídica 171
especificidade sociológica do direito 16
Espírito das leis 100, 102-4, 107, 109, 264

espírito do povo 107, 111
estatuto jurídico da loucura 304
estatuto sociológico dos juízes 261
estereótipos normativos 154
estratégia de política jurídica 200
estrutura de autoridade 179, 197-8
estrutura política diferenciada 179
etnia 204
evitamento do conflito 177
evolução jurídica 54
exame científico de um ato criminoso 295
excisão 56-7
execução 287
exegese 23, 243, 247
experiência contenciosa 137
experiência jurídica XXIX, 13, 20, 144

faculdade de interpretar a lei 253
fama 239
fama judiciária 260
família 38-9, 126, 166, 207, 209, 212, 259
fatos 17

fatos etnográficos 45
fazer o costume 84
fenômeno criminal 277
fenômeno de legalidade 107, 140
fenômeno jurídico XXXI, 155
fenomenologia do direito 107
ficção 36, 38, 146, 198
ficção da filiação 39
ficção do lobisomem 38
ficção legal 35, 37
ficções 25, 38, 147
filiação 233, 286, 317
folclore jurídico 28
fonte 121
força jurídica 31, 33
função de interpretação 254
função de julgamento 215
função de julgar 233, 245-6
função de reflexo 144
função jurídica 245

geografia consuetudinária 125
grupos de agentes destinados à função de justiça 255
grupos de interesse 204
guerras 87, 169, 192

hábito XXVI
harmonia social 96, 144
herança jurisprudencial 222
hierarquia 93, 179, 220
hierarquia política 176
história 225, 251
história da sociologia do direito 99
história das idéias 99
homem livre 302
homens de bem 257
homicídio "em série" 281
homicídio 275
homicídio primitivo 280
honra 240

ideal de justiça 135, 232
idéia de culpabilidade 300

idéia de direito 66, 143
identidade empírica do direito 146
identificação dos valores 202
ideologia gerencial 304
imaginação jurídica 25, 33, 39, 54
imparcialidade 197
incesto 280, 284, 287, 289
incriminação 239, 278, 295, 300
indirect rule 77
informalismo jurídico 189
infração 278, 300
injusto 17, 110
inocência 305
institucionalização 209, 212, 255-6
instituição de julgamento 166
instituições 17, 22, 40, 46, 50, 86, 96,103, 150, 153, 161-2
instituições judiciárias 287
inteligência do juiz 226
interdição do homicídio 280
interesse do Estado 207
interesse público 197
interesses sociais 278
interpretação 23, 242, 295
intérprete 217
Inuits 169
irresponsabilidade 310
ius 151

juiz 134-5, 137, 152, 155, 217-26, 255, 257, 259-60, 263
juiz de paz 30, 184, 257
juiz popular 257
juízes de menores 231
juízes locais 257
julgamento 41, 176, 179, 196, 198, 214-8, 247
julgamento coletivo 239
julgamento sociológico 230
jurados 274
jurados populares 274
juramento 168
juramento testemunhal 67
júri 162, 272

ÍNDICE REMISSIVO

júri popular 274
juricentrismo 43
juridicidade XXVIII, 53, 58, 72, 76, 80, 92, 122, 170
juridicidade autóctone 73
jurisconsultos 3, 44, 115, 219, 230, 247
jurisdições de exceção 267
jurisprudência XIII, XXI, 7, 115, 135, 213, 215, 241, 254
jurístico 48
justiça 47, 132-8, 143, 170
justiça criminal 278-9
justiça de menores 291
justiça do trabalho 193
justiça social 229
justiça sociológica 14
justiças alternativas 171, 199
justiças de paz 205
justiças vicinais 204
justo 17, 110, 158
legalidade tribal 50
legalidades autóctones 74
legislação 36
legislador 30, 115, 136, 191, 244
legista 96
legistas 96, 115, 254
legitimação 202
legitimidade 36, 183
lei 160
lei do soberano 246
leis 25, 73, 84, 96, 100-7, 110
leis civis 104
leis positivas 7, 9
liberdade condicional 206
liberdade e responsabilidade 302
limiar de civilização 80
limites do campo jurídico XIX
limites do direito XXVII
linha de demarcação entre social e direito 31
lógica 218-22, 254, 287, 306
lógica do direito 244

loucura 276

magistrado 217, 245
magistrados 250
magistratura 268
magistraturas populares 263
mandamentos 21
mando 6
marcação da distinção 6
máximas 154
mediação 15, 173, 178, 180-2, 184, 188, 195, 198
mediação exclusiva 186-7
mediação familiar 184, 187
mediação inclusiva 186
mediação penal 187
mediador 183-7, 195
medicalização da pena 294
medicina 290, 292
medida comum 159
medida justa 157
método casuístico 47
método jurístico 48
método sociológico 230
mito da lei 160
mito de unidade 146
modo unilateral de resolução dos conflitos 177
modos triádicos de tratamento dos conflitos 196
moral política 57
movimento sociológico em direito 14
movimentos nacionalitários 81
mudança social 107

negociação 176
nemo auditur 220
noção de conflito 172
noção do direito 12, 21
noções intermediárias 39
nomenclatura das legalidades 53
nomos 153

norma 28, 51-2, 143, 146, 165-6, 225
norma oral 263
normas 43, 49, 77, 143, 183, 262-3
normas de orientação 144
normas explícitas 183
normas implícitas 183
normas latentes 30
normas novas 51
normatividade XXV, 92, 134, 145, 150, 263, 284, 303
núcleo duro da construção jurídica 33
núcleo empírico do direito 151

obrigação 46
obrigações 42
ordálio 168, 238
ordem jurídica 73, 81
orientação penal 187

paradigma perspectivo XV
paradoxo temporal 223
parentes 176
partes 135, 176, 185
Pater est quem nuptiae demonstrant 38
pecado 301
pena 304
pena de morte 294
pendência 134, 169, 179, 195
pensamento jurídico 39, 91, 247
perícia 292
perícias psiquiátricas 276
perspectiva jurídica XIII
pesquisa de sociologia ou de antropologia dos fenômenos jurídicos 199
poder de julgar 251, 259-60
poder de punir 279
poder judiciário 150, 245
poder legislativo 244, 252
política 79, 84, 104-5, 160, 264

política de prevenção 290
políticas públicas 146
ponto de vista do criminoso 282
positivismo jurídico XXV
prática 9, 13, 252-3
prática do julgamento 253
pré-direito 63
precedente 218, 221-2
precedentes 135, 217-8
preceitos de direito 65, 155
presente jurídico 218
presente sociológico 218
pressão do poder político 267
presunção 38, 281, 300
presunção de razão 281, 299
prevenção 290-1
previsibilidade do comportamento delituoso 290
previsibilidade do julgamento 218
primeiras leis 104
princípio das leis 286
princípio de mutualidade 45
princípio genealógico 236
problemática do crime 276
problemática do direito 106, 111
problemática do tratamento dos conflitos 173
problemática jurídica 7
procedimento 151
processo 135, 302-3, 306
processo civil 194
processo deslegalizado 210
processo triádico de solucionamento dos litígios 179
procriações medicamente assistidas 314
produção científica do homem 314
profissão de juiz 136
profissional 254
profissionais 255
progresso do direito 103
proibição do homicídio 280-1, 289
proibição do incesto 280

ÍNDICE REMISSIVO 343

projeção colonial 78
promoção do informalismo 210
propriedade 34, 103, 120, 193
propriedade fundiária 23
proteção do gênero humano 229
proteção judiciária da juventude 291
prova 69, 71, 223
psicanálise 297
psicologia 231
psicologia do juiz 234
psiquiatra 305-6
psiquiatria 293, 307
psiquiatria judiciária 296
punições 171
raciocínio judiciário 227
racionalismo 111-2, 153, 244
racionalização 243
razão escrita 23
razão jurídica 91, 295
razão pública 242
razão universal 249
realismo jurídico 14, 216
reciprocidade 42, 46, 137, 157, 237-8
redação dos costumes 30
regra 41
regra comum 281
regra de direito 21, 41, 46
regras 21, 89, 93, 101
regulação social XXV, 49
regulamentação 39
reinserção 290
relação do judiciário com o político 265
relação dos casos com as normas 252
repertório das sentenças 152
repertório de normas 58
repertório normativo 180
representar 24, 51
repressão 292
reservatório de normas 24

responsabilidade 204, 275, 295
responsabilidade coletiva 87
retórica do consenso 201
retórica jurídica 80
ritual judiciário 303
rituais 65

saber hegemônico 263
sala de trabalho do juiz 217
sanção 278
sanções 31, 239, 278, 300
secularidade do direito 66
sensibilidade jurídica 17, 144
senso comum 4, 134, 148, 182
sentença 97, 154
sentenças capitais 287
sentimento de justeza 48
sentimento de justiça 135, 165, 192
separação dos poderes 264
separação entre o jurídico e o social 7
setor social 290, 299
sexualidade 285
silogismo 214
sindicalismo na magistratura 269
sistema de direito 65
sistema de ordem 47
sistema penal 278
situações coloniais 72
soberania do povo 161
socializar a justiça 206
sociologia 311
sociologia das pendências 172
sociologia das profissões 265
solidariedade social XXII
solucionamento dos conflitos 42
soluções alternativas e informais 181
stare decisis 222
subjetividade do criminoso 302
sucessões 258
sujeito de direito 34

taylorismo jurídico 205
têmis 64, 156
teoria culturalista do fenômeno jurídico 118
teoria das intenções 302
teoria do direito 5
terminologia judiciária 155
texto jurídico 36
trabalhadores sociais 204
tradição 25-6, 32, 96-7, 118, 226, 258
transação 194
transgressão 289
tratamento social 138
tribunais 204
tribunais de verdade 238
tribunais para crianças 206

tribunais vicinais 15
trouble case method 52, 173, 201
trust 227

unidades de medição 159
universal legalidade 81
universalidade do jurídico 58
Usos de Barcelona 23, 36
usos 31-2, 75
usos locais 257

valor do julgamento 240
vingança 139-40, 151
vítima 139
vítimas 287
vontade geral 249
voz dos juízes 243

Índice onomástico

Abel, R. L. 205
Alliot, M. XVIII
Althusser, L. 100, 275-6, 300, 307
Aristóteles 134, 138, 257
Aron, R. 107, 112, 118, 161
Arpaillange, P. 271
Augé, M. XXXIV, XXXVIII
Austin, J. 6, 8, 25, 171, 203

Bachelard, G. XV
Badinter, R. 264
Balandier, G. XXXIV
Bancaud, A. 268
Barton, R. F. 75
Beaumanoir, P. de 256
Beccaria, C. 279
Bentham, W. 221
Benveniste, É. XXXIII, 60, 62, 64, 93, 152, 155, 292
Berman, H. J. 301, 304
Berque, J. XXXIII, 63, 214
Blackstone, W. 217, 222-3
Bloch, M. 32
Bouchel, L. 242
Bourdieu, P. 11, 22, 265
Bourjon, 247
Brancas, L. de 109
Burger, W. 211
Burke, E. 114-5

canacas 82-3
Carbonneau, T. E. 191-2

Carbonnier, J. XVII-IX, XXI, 8, 117, 120
Cardozo, B. N. 216, 226, 230, 236, 240
Castel, R. 289, 312
Chanock, M. 77
Chazel, F. XXVIII
cheyennes 48-9
Chiba, M. 90
China 92, 95, 97
Commaille, J. XXXVIII, 11, 266
Comte, A. XV
Condorcet 104
Confúcio 95, 97-8
Coquille, G. 147

Damisch, H. XV
Dante 158
Dareste, R. 119
David, R. 97
d'Aguesseau 21, 246
Declareuil, J. 168, 199
Del Vecchio, G. 143, 157, 159
Descombes XI
Destutt de Tracy 249-50
Di Tullio, B. 297
Duby, G. 159
Duguit, L. XIX, 1, 6, 9
Dumézil, G. 62, 156
Dumont, L. 93
Durkheim, É. XXII-VII, XXX, 19, 117, 127

Edelman, B. 8, 147
Ehrlich 40
Estados Unidos 14, 44, 294
Evans-Pritchard, E. E. 78

Farjat, G. 97
Ferrière 242
Finkielkraut, A. 229
Flandres 237
Fortes, M. 78
Foucault, M. 140, 276, 288
Freud, S. 235, 279
Fuller, L. L. 5
Fustel de Coulanges, N. D. 139

Gazzaniga, J.-L. XXXVIII
Geertz, C. 17, 92, 144
Gény, F. 12, 41, 45, 221, 227, 229
Gernet, L. XXXIII, 60-3
Gide, A. 274
Girard, P.-F. 150
Gluckman, M. 80
Godelier, M. 87
Goguet, A.-Y. 103, 108
Goodrich, P. 300
Goody, J. 22
Gourevitch, A. 60, 65
Goyard-Fabre, S. 101
Grawitz, M. XVIII
Greenhouse, C. J. 176, 188
Grimm, J. L. 113, 118
Grosley, P.-J. XXVI, XXVIII, XXXVIII, 105-10, 125
Grotius 66
Gruel, L. 273
Gurvitch, G. XXIX, 13, 20, 22, 62, 144

Hainaut 237
Hegel, G. W. F. 255
Herder 113
Hermitte, M.-A. 8, 34-5
Hesíodo 157, 239

Hoebel, E. A. 47, 52, 201
Hogbin, I. A. 45
Holmes, O. W. 12
Hugo, G. 116

Jauffret-Spinosi, C. 97
Jeammaud, A. 33, 195
Jhering, R. von 16, 20
Jobbé-Duval, É. 72-3

Kantorowicz, H. 41, 122, 145
Kelsen, H. 5, 221
Klimrath, H. 124-8
Kohler, J. 52, 62
Kouassigan, G. A. 81
Krader, L. 120

La Rochefoucauld, 157
Laboulaye, É. 117, 119
Labrusse-Riou, C. 40, 314-5
Lacassagne 296
Lambert, É. 192
Lascoumes, P. XXXVIII, 146, 160, 265
Le Play, F. 42, 127, 166
Le Roy Ladurie, E. 126
Leenhardt ,M. 82
Legendre, P. XXXIII, XXXVIII, 16, 39, 60, 66-7, 140, 213, 276, 278, 300-1, 303-5, 314-7
Lerminier, E. 123
Lévi-Strauss, C. XXXII, 10, 303, 311, 316
Lévy-Bruhl, H. 27
Lévy-Bruhl, L. XVII
Llewellyn, K. N. XIII, XXI, 11, 41, 44, 47-50, 52, 85, 173, 201
Locré, J.-G. 242
Loisel, A. 154, 240-1
Lombardo, P. 301
Lombroso, C. 296-7
Lortie, D. 276, 300
Louisiana 294
Luhman, N. 295

ÍNDICE ONOMÁSTICO

Maget, M. 32
Maine, H. S. XXXV, 35
Malinowski, B. XXXIII, 41, 44-6, 80
Manent, P. 163
Mannoni, O. 73
Marty, G. 227
Marx, K. XXX, 26, 58, 120-2, 127
Maunier, R. 28
Mauss, M. 41, 157
Meynial, E. 254
Montaigne 56
Montesquieu XXXV, 55, 57, 99-112, 116, 118, 184, 243, 264
Moore, S. F. 183
Morgan, L. H. XXXV
Möser, J. 114

Nietzsche 133
Noailles, P. 60-1, 65
Nova Caledônia 58, 81-2

Olive, S. d' 279
Ourliac, P. 126, 227

Papua-Nova Guiné 85, 196
Pascal 281
Perrot, R. 245
Plutarco 136
Poirier, J. XVIII
Portalis 253
Portugal 261
Pospisil, L. 80, 120
Pothier 247
Pound, R. 122

Quebec 276

Radcliffe-Brown, A. R. 21
Ricœur, P. 315
Rivière, P. 276, 281-3
Rodière, R. 90
Roma 61, 152, 302

Rouland, N. 312
Roupnel, G. 261
Rousseau 143, 159-62, 248
Roussillon 250
Rousso, H. 268

Sahlins, M. 89, 311
Sardenha 259
Savigny, F. C. von 26, 99-100, 112-24, 127, 203, 255
Schapera, I. 76
Schreber, D. P. 234-6
seksawa 63
Simmel, G. 167
Singly, F. de XXXVIII
Sólon 136
Spencer, H. 127, 309
Stein, P. 54, 102-3
Strathern, M. 196

Tácito 139
Tanon 122
Tarde, H. de XV, 297, 309-10
Taylor, F. W. 205
Thibaut, A. 115
Tucídides 98
Tocqueville, A. de XXXV, 127, 161-3, 271-2
Trobriand 44
tswana 76-7, 84, 175, 180

Unger, R. M. 42

Vernant, J.-P. 61
Vichy 267-9
Viollet, P. 54
Voltaire 101-2, 110-1, 135

Weber, M. 25, 33, 48, 127, 185-6, 201, 203, 207
Wigmore, J. H. 53, 62
Yver, J. 126

Zénati, F. 243, 249, 251

Impressão e acabamento
Cromosete
GRÁFICA E EDITORA LTDA.
Rua Uhland, 307 - Vila Ema
Cep: 03283-000 - São Paulo - SP
Tel/Fax: 011 6104-1176